J. Kenner
LOVELY. PRETTY. SEXY –
Blackwell Lyon Sammelband
Drei heiße Kurzromane

J. Kenner

Lovely. Pretty. Sexy –
Blackwell Lyon Sammelband

Drei heiße Kurzromane

Aus dem Amerikanischen von Marie Rahn

Penguin Random House Verlagsgruppe FSC® N001967

Vollständige Taschenbucherstausgabe 07/2021
Copyright © 2018 by Julie Kenner
Die Originalausgaben erschienen 2018 unter den Titeln
Lovely Little Liar (The Blackwell-Lyon Series, Book 1),
Pretty Little Player (The Blackwell-Lyon Series, Book 2),
Sexy Little Sinner (The Blackwell-Lyon Series, Book 3)
bei Martini & Olive.
Copyright des deutschsprachigen E-Books © 2020
und dieser Ausgabe © 2021 by Diana Verlag, München,
in der Penguin Random House Verlagsgruppe GmbH,
Neumarkter Straße 28, 81673 München
Redaktion: Janine Malz und Antje Steinhäuser
Umschlaggestaltung: t.mutzenbach design, München
Umschlagmotiv: © Shutterstock.com (Bokeh Blur Background; Shumo4ka)
Satz: Uhl + Massopust, Aalen
Druck und Bindung: GGP Media GmbH, Pößneck

ISBN 978-3-453-36082-2
Alle Rechte vorbehalten
www.diana-verlag.de

Lovely Little Liar

Sinnliche Lügen

(Blackwell Lyon 1)

Sie ist nicht die Frau, für die ich sie hielt... aber sie ist die Frau, die ich will, verdammt noch mal.

Ich hätte mich nie für zynisch gehalten, aber es verändert einen Mann schon, am Altar stehen gelassen zu werden.

Jetzt geht es mir nur noch um den Job. Darum, mein Unternehmen aufzubauen und mein Leben weiterzuleben. Verstehen Sie mich nicht falsch: Ich liebe die Frauen immer noch. Wie sie aussehen. Wie sie riechen. Wie sie sich anfühlen – vor allem das. Und ich habe es mir zur Mission gemacht, jeder Frau, die das Bett mit mir teilt, die beste Nummer ihres Lebens zu schenken. Aber zulassen, dass Nähe entsteht? Dass es ernst wird? Dass ich jemals wieder einer Frau vertraue? Nein, das wird nicht passieren.

Dachte ich zumindest.

Dann traf ich *sie*. Ist schon komisch, wie sich die Dinge innerhalb einer Sekunde verändern können. Wie zum Beispiel eine Verwechslung alles infrage stellt. Aber da war sie, vollkommen geschäftsmäßig und nicht im Geringsten an mir interessiert. Und Teufel auch: Ich wollte sie. Verzehrte mich nach ihr.

Vor allem aber wollte ich ihr helfen. Sie und ihre Schwester beschützen. Doch je besser ich sie kennenlerne, desto mehr will ich sie. Das ganze Paket. Alles von ihr.

Und wundersamerweise will sie mich auch.

Das Problem ist nur, dass wir beide gebrannte Kinder sind. Eines weiß ich genau: In dem Feuer, das zwischen uns knistert, können wir nur überleben, wenn wir beide den Mut aufbringen, gemeinsam in die Flammen zu springen.

1 Von Beziehungen halte ich nichts. Wovon ich allerdings etwas halte, ist Sex.

Ihr werdet fragen, warum. Tja Leute, darüber könnte ich ein ganzes Buch schreiben: *Männerhandbuch zum finanziellen, emotionalen und geschäftlichen Erfolg*. Aber ehrlich gesagt: Wieso seine Zeit mit einem Buch verschwenden, wenn sich das Ganze auf vier schlichte Wörter eindampfen lässt: Keine. Beziehung. Nur. Sex.

Lasst mich das erklären.

Beziehungen erfordern Zeit, und wenn man gerade dabei ist, ein Geschäft aufzubauen, muss man jede freie Sekunde in die Arbeit stecken. Das könnt ihr mir glauben. Seit meine Kumpel und ich vor ein paar Monaten Blackwell-Lyon Security gegründet haben, reißen wir uns 24/7 den Arsch auf: Aufgabenverteilung, Meetings, Aufbau eines soliden Kundenstamms. Und unser Einsatz zahlt sich aus. Ich schwöre, unser Terminplan wäre nicht halb so voll, wenn ich während der Premiumarbeitszeit immer wieder Textnachrichten von einer unsicheren Freundin beantworten müsste, die nervös wird, wenn ich mich nicht alle zehn Minuten melde. Also verzichte ich auf eine Beziehung und kann dem Unternehmen beim Wachsen zusehen.

Außerdem erwarten One-Night-Stands keine Blumen oder Geschenke. Vielleicht mal eine Einladung zum Essen oder Trinken, aber man muss ja sowieso essen, oder etwa nicht? Mag sein, dass nichts über ein kostenloses Essen geht, aber *Sex for free* kommt ziemlich nah dran.

Der entscheidende Punkt jedoch ist für mich die emotionale Freiheit. Man muss nicht auf Zehenspitzen herumschleichen, weil sie mal wieder schlechte Laune hat. Keine Schuldgefühle, wenn sie wissen will, wieso die Pokernacht interessanter war, als mit ihr eine kitschige Serie zu gucken, in der ein gebräunter Metrosexueller mit Männerdutt der Star ist. Keine Angst, sie könnte gleich mit einem anderen vögeln, wenn man mal nicht auf ihre SMS antwortet.

Und auf gar keinen Fall der Sturz in ein tiefes, dunkles Loch, wenn die Verlobung zwei Wochen vor der Hochzeit gelöst wird, weil sie nicht sicher ist, ob sie einen überhaupt noch liebt.

Nein, ich bin nicht verbittert. Nicht mehr.

Ich bin nur pragmatisch.

Zugegeben: Ich mag Frauen. Wie sie lachen. Wie sie empfinden. Wie sie riechen.

Es gibt mir einen Kick, ihnen gute Gefühle zu machen. Dafür zu sorgen, dass sie in meinen Armen dahinschmelzen und um mehr betteln.

Ja, ich mag sie. Aber ich traue ihnen nicht. Und nie wieder lass ich zu, dass ich am Schluss der Gefickte bin.

Jedenfalls nicht so.

So sieht's aus. Q. E. D.

Beziehungen sind nicht mein Ding. Nur One-Night-Stands. Ich habe es mir zur Aufgabe gemacht, jeder Frau, die mit mir ins Bett geht, den Fick ihres Lebens zu besorgen.

Aber nur als einmalige Sache. Ein zweites Mal gibt es nicht.

So läuft das eben bei mir. Von Beziehungen habe ich mich schon vor langer Zeit verabschiedet.

Als ich jetzt also vor dem Thyme vorfahre, einem trendigen neuen Restaurant in Austins Reichenviertel Tarrytown, und dem Angestellten meinen Wagenschlüssel überlasse, erwarte ich nur das Übliche. Einen kleinen, lockereren Flirt. Ein paar Appetithäppchen. Ein netter kleiner Rausch von ein paar Drinks zu viel. Und dann eine kurze Spritztour zurück in mein Apartment, um die Mitte der Woche würdig zu feiern.

Doch stattdessen erwartet mich *sie*.

2 »Nun, dann müssen Sie ihn wohl ausrufen lassen.« Die Stimme der langbeinigen Brünetten gehört zu einer Frau, die kein Problem damit hat, Befehle zu geben. »Er muss mittlerweile schon hier sein.«

Langbein steht vor mir am Empfang, aber mit dem Rücken zu mir, daher sehe ich nur eine dichte Mähne kastanienbrauner Locken, eine schmale Taille, die man mit zwei Händen umfassen könnte, und einen Arsch, der den Rock mehr als gut ausfüllt. Ihr gegenüber klammert sich eine zierliche Blondine an einen Stapel Speisekarten und kaut nervös an ihrer Unterlippe.

»Und?« Man hört deutlich, dass Langbein das nicht als Frage meint.

Als die Empfangsdame Langbein erklärt, dass man in diesem Restaurant niemanden auszurufen pflegt, blicke ich ungeduldig auf meine Uhr. Der Verkehr auf der Sixth Street war noch ein bisschen übler als sonst, daher bin ich fünf Minuten zu spät. Eine ärgerliche Tatsache, da ich normalerweise immer pünktlich bin. Eine Angewohnheit aus meiner Militärzeit. Ich fröne vielen Lastern, aber Unpünktlichkeit gehört nicht dazu.

Langbein aber sorgt dafür, dass ich noch später komme, daher blicke ich stirnrunzelnd nach links zur Bar und halte Ausschau nach einer Frau ohne Begleitung, die ›J‹ von der Dating-App sein könnte. Aber da sitzt keine allein, die so aussieht, als wartete sie auf ›PB‹.

Diese spezielle App benutze ich zum ersten Mal, und ihre Besonderheit – denn alle haben eine Besonderheit – besteht darin, dass der Kontakt anonym bleibt, bis man sich persönlich trifft. Das ist ja alles gut und schön, macht die Sache aber auch schwieriger. Denn ehrlich: Hätte sie am Empfang wirklich nur ›J‹ als ihren Namen angegeben? Ich jedenfalls komme mir wie ein Idiot vor, wenn ich mich gleich als PB vorstellen muss.

Andererseits werde ich mich glücklich schätzen können, wenn ich mich überhaupt noch vorstellen kann, denn Langbein verschwendet so viel Zeit damit, die Empfangsdame zu schikanieren, dass das Restaurant schließen wird, bevor ich nach ›J‹ fragen oder um einen Tisch bitten kann.

»Aber ich habe Ihnen doch schon gesagt, dass ich seinen Namen nicht weiß«, sagt Langbein gerade, als ich aus meinen Überlegungen auftauche. Ihre Kommandostimme verrät jetzt eher Frustration und, wie ich glaube, auch Enttäuschung.

Die Empfangsdame hingegen wirkt noch nervöser.

»Ich weiß nur, dass er für eine Sicherheitsfirma arbeitet...«

Ding, ding, ding. Leute, wir haben einen Gewinner!

»...und bereits hier sein sollte.«

»J?«, sage ich selbstbewusst und trete neben sie. »Ich bin Pierce Blackwell.« Gleichzeitig ziehe ich eine Visitenkarte aus meiner Brieftasche und reiche sie ihr, als sie sich mir zuwendet.

»Von Blackwell-Lyon Security. *PB*«, füge ich hinzu, nur für den Fall, dass noch Zweifel bestehen. »Ich freue mich sehr, Sie persönlich kennenzulernen.«

Und das ist offen gestanden die hundertprozentige Wahrheit. Denn obwohl die Rückseite meines Dates schon ziemlich lecker war, ist die Vorderseite geradezu umwerfend. Ihre dunklen Haare umrahmen ein blasses Gesicht mit so makelloser Haut, dass ich mich stark zurückhalten muss, um ihr nicht über die Wange zu streicheln. Ihr Mund ist groß und perfekt für schmutzige Köstlichkeiten, und ihr kurviger Körper schenkt einem Mann das Gefühl, eine echte Frau in seinen Armen zu haben.

»Oh.« Sie klingt leicht erschrocken, und ihre bernsteinfarbenen Augen weiten sich vor Überraschung. Ihr Ton ist nicht mehr so streng wie gegenüber der Empfangsdame, und in ihren Augen sehe ich Erleichterung. Vermutlich dachte sie, ich hätte sie versetzt, obwohl sie wahrlich nicht aussieht wie eine Frau, die oft versetzt wird.

Und ihre offensichtliche Erleichterung, dass ich doch gekommen bin, lässt auf eine Verletzlichkeit schließen, die ich nach ihrem Umgang mit der Empfangsdame nicht bei ihr vermutet hätte.

Ehrlich gesagt gefällt mir dieser gewisse Widerspruch. Er hinterlässt den Eindruck einer starken Persönlichkeit mit einem weichen, femininen Kern. Mit anderen Worten: eine Frau, die weiß, was sie von einem Mann will, aber keine Angst hat, ihm die Kontrolle zu überlassen.

Erwähnte ich schon, dass ich gerne die Kontrolle habe?

Sie hält meine Karte immer noch in der Hand, und als sie den Blick senkt, um sie zu studieren, streicht sie, wohl unbewusst, mit dem Daumen über die geprägten Buchstaben, worauf ich mir unwillkürlich vorstelle, wie sie mit ihrem Daumen über meine Hand, meinen Mund... und andere, noch weit interessantere Körperteile streicht.

Jetzt hebt sie den Kopf.

In dem Moment, als unsere Blicke sich treffen, bin ich sicher, etwas Vertrautes in ihrem zu erkennen. Die Art Leidenschaft, die verrät, dass wir die Appetithäppchen überspringen, nur kurz einen Drink zum Kennenlernen kippen und es dann kaum noch vollständig angezogen bis zu meiner Wohnung schaffen.

Ich weiß, Frauen gefällt mein Aussehen: dunkelblonde Haare, ein Körper, der trotz seiner vierunddreißig Jahre dank meiner militärischen Ausbildung und den Anforderungen meines Jobs in Bestform ist, plus blaue Augen, die mir schon viele Komplimente von fremden Frauen eingebracht haben.

Also bin ich nicht überrascht, als ich Leidenschaft in ihren Augen aufblitzen sehe. Doch dann blinzele ich, denn ich will verdammt sein, wenn das Feuer nicht erlischt und ihr Blick vollkommen ausdruckslos wird. Als hätte jemand einen Schalter umgelegt.

Was zur Hölle...

Habe ich mir das alles nur eingebildet? Halluziniert?

Oder gibt sie sich verdammt viel Mühe, intensives körperliches Verlangen zu unterdrücken?

Aber wieso sollte sie? Schließlich ist sie an diesem Abend hierhergekommen, weil sie dasselbe wollte wie ich. Eine gemeinsame Nacht. Eine schöne Zeit. Ohne jede Verpflichtung.

Ehrlich gesagt, das ergibt keinen Sinn. Aber momentan weiß ich nur eines ganz sicher: dass die Begierde, die ich in ihrem Blick sah, verschwunden ist. *Puff!* Wie durch einen Zaubertrick.

Keine Leidenschaft. Kein Feuer.

Keinerlei Interesse.

»Also einen Tisch für zwei?«, fragt die Empfangsdame übertrieben munter. »Für den Speiseraum muss man mit einer Dreiviertelstunde Wartezeit rechnen, aber in der Bar gibt es noch freie Tische.«

»Ja, das geht in Ordnung«, sage ich, wild entschlossen, den Abend wieder auf Spur zu bringen. »Wahrscheinlich bleiben wir bei Drinks und Vorspeisen.« Ich sehe sie um Bestätigung heischend an, doch sie starrt stirnrunzelnd auf ihr Handy und wendet sich mir erst wieder zu, als wir am Tisch sitzen.

»Die Drinks hier sind ziemlich gut«, teile ich ihr mit, als die Empfangsdame uns mit den Karten von der Bar allein lässt. »Da ich in der Innenstadt wohne, bin ich seit der Eröffnung schon sehr oft hier gewesen. Und Sie? Waren Sie schon mal hier?«

Sie hebt eine ihrer perfekt gezupften Augenbrauen, was ich unbeschreiblich sexy finde, obwohl sie offensichtlich verärgert ist. »Ich bin gerade erst hierhergezogen. Wann sollte ich also hier gewesen sein?«

»Ja, richtig. Gutes Argument«, erwidere ich, was reine Beschwichtigung ist, denn woher soll ich wissen, wann sie nach Austin gezogen ist? In ihrem Profil stand nicht ein Wort darüber, dass sie neu in der Stadt ist. Aber meine einzige Alternative wäre, ihr direkt zu sagen, dass der Abend für mich gelaufen ist, und dann abzuhauen.

Allerdings bin ich noch nicht bereit, sie aufzugeben. Denn trotz unseres Fehlstarts fasziniert mich etwas an dieser ›J‹. Und ich weiß ganz genau, dass ich Interesse in ihren Augen aufblitzen sah. Das ich wiedererwecken möchte. Denn, hey: Wer weiß eine schöne Herausforderung nicht zu schätzen?

»Apropos Zeit«, bemerkt sie. »Unter den gegebenen Umständen fühle ich mich gezwungen, vollkommen ehrlich zu sein.«

»Na, dann los.«

»Ich mag es gar nicht, wenn man mich warten lässt«, sagt sie. »Pünktlichkeit ist mir extrem wichtig.«

»Mir auch.« Das stimmt zwar, aber es wundert mich schon, dass sie sich wegen lächerlicher fünf Minuten so aufregt. Andererseits haben wir wenigstens eine winzige Gemeinsamkeit entdeckt. »Ich komme fast immer zu früh. Natürlich könnte ich es jetzt auf den Verkehr schieben, aber eigentlich hätte ich früher das Büro verlassen sollen.«

Dann lasse ich mein charmantestes Lächeln aufblitzen. Das hat mich bis jetzt noch nie im Stich gelassen, und auch jetzt erzielt es die erhoffte Wirkung. Sie entspannt sich ein wenig, lehnt sich auf ihrem Stuhl zurück und fährt mit dem Zeigefinger über die Lederkante der Speisekarte.

»Das freut mich zu hören. Sie kamen mir bislang eher allzu lässig vor. Das bin ich nicht gewohnt.«

Daraufhin ergreife ich ihre Hand. Sie ist weich und warm. Sofort überkommt mich eine neue Welle der Lust, und mein Schwanz meldet sich. Sie mag zwar kratzbürstig und rätselhaft sein, aber sie ist auch sehr von sich selbst überzeugt, und diese Kombination finde ich rattenscharf.

»Schätzchen«, sage ich. »Ich mag in vielerlei Hinsicht lässig sein, aber nicht in dieser Sache.«

»Schätzchen?« Sie entzieht mir ihre Hand, was mich so abtörnt, als hätte sie mich mit einem Eimer Eiswasser übergossen. »Und eben haben Sie mich ›J‹ genannt. Ganz ehrlich? Gründen wir eine Hip-Hop-Band?«

»Könnten wir«, kontere ich und ringe um mein inneres Gleichgewicht. »PB und J. Sie müssen zugeben, das hat was.«

Ich lache, weil *das* auf jeden Fall was hat. Und wieso zum Teufel nörgelt sie so an mir herum? Wenn sie keinen Bock hat, mit ›J‹ angesprochen zu werden, hätte sie sich eine andere App aussuchen sollen.

»Nennen Sie mich einfach Jez«, sagt sie. »Oder Miss Stuart, wenn Sie es förmlicher mögen.« Sie sitzt jetzt vollkommen aufrecht, und ich denke, förmlicher könnte sie gar nicht sein, selbst wenn sie sich Mühe gäbe.

»Jez«, nicke ich. »Gefällt mir.«

»Das ist natürlich die Kurzform von Jezebel. Und selbstverständlich haben meine Eltern meiner Schwester einen Namen mit ähnlichem Hintergrund gegeben.« Sie lehnt sich zurück und wartet offensichtlich auf eine Reaktion.

»Eltern neigen dazu«, erwidere ich, weil mir nichts Besseres einfällt. Schließlich sind Eltern und Geschwister bei solchen Dates normalerweise eher nicht Thema.

Trotzdem habe ich wohl das Richtige gesagt, denn sie lächelt, und auf einmal leuchtet ihr gesamtes Gesicht auf. Und obwohl ich nie über Nacht bleibe – ohne Ausnahme! –, denke ich unwillkürlich, ich würde beim Aufwachen gerne ein solches Lächeln sehen.

»Hören Sie«, sagt sie nun, »ich weiß, ich wirke vielleicht streng und fordernd, und manche fühlen sich davon abgeschreckt. Aber ich nehme nun mal all dieses sehr, sehr ernst.«

»Verstehe ich.« Und das meine ich aufrichtig. Denn ich weiß zwar, dass ich ein netter Kerl bin, aber eine Frau muss vorsichtig sein, mit wem sie nach Hause geht.

»Das freut mich«, erwidert sie, gerade als die Kellnerin kommt, um unsere Bestellung aufzunehmen. Ich reiche ihr meine Karte. »Angel's Envy. On the rocks. Und die Dame nimmt...?«

»Mineralwasser mit Zitrone.« Sie sieht mich direkt an, als die Kellnerin sich entfernt. »Ich behalte gerne einen klaren Kopf.«

Also gut, Leidenschaft hin oder her, aber langsam nervt

diese Frau. »Und ich denke ehrlich gesagt gerade, dass ich mir besser einen Doppelten bestellt hätte.«

Missbilligend presst sie die Lippen zusammen. »Schön. Aber ich hoffe, Sie haben einen klaren Kopf, wenn es darauf ankommt. Ich erwarte volle Konzentration auf alle Details.«

Daraufhin sehe ich sie volle zehn Sekunden nur an. Und dann – denn mittlerweile habe ich nichts mehr zu verlieren – senke ich bewusst langsam meinen Blick. Auf ihre eigentlich prallen Lippen, die gerade nur noch ein dünner, roter Strich sind. Die sanfte Kurve ihres Kiefers, ihren geschwungenen Hals.

Da der oberste Knopf ihrer Seidenbluse sich gelöst hat, kann ich sehen, dass ihr die Brüste ein bisschen über den Rand ihres hellrosa BHs quellen. Ich halte gerade lange genug inne, um mir vorzustellen, wie sie genau an dieser Stelle schmeckt. Wie sich ihre weiche Haut auf meinen Lippen anfühlt. Und wie ihre strenge, forsche Stimme weich werden wird, wenn sie sich unter mir windet und um mehr bettelt.

Langsam hebe ich wieder den Blick. »Schätzchen«, sage ich, »mir entgeht kein einziges Detail.«

Zufrieden sehe ich, wie Röte in ihre Wangen steigt. Sie atmet geräuschvoll aus und schluckt. »Aha. Nun, das ist gut.«

Ich verkneife mir ein Lächeln. Zwar weiß ich nicht, was für ein Spiel wir da spielen, aber ich bin überzeugt, dass ich momentan führe.

Als sie tief Luft holt, erkenne ich, dass sie versucht, sich zu sammeln. »Wenn Ihnen kein Detail entgeht, kennen Sie ja mein Problem schon.«

Ich lehne mich zurück und bin froh, dass die Kellnerin mit meinem Drink zurückkommt, da mir das Zeit zum Nachdenken verschafft. *Problem?* Das einzige Problem, an das ich mich aus ihrem Profil erinnere, ist, dass sie seit Monaten nicht mehr flachgelegt wurde, weil sie so viel arbeiten muss. Als ich ihr versicherte, dieses Problem könnte ich auf der Stelle lösen, akzeptierte sie prompt meine BuT – auf der App die ›Bitte um Treffen‹.

»Tja, Sie haben auf der Überholspur gelebt«, sage ich, worauf sie zufrieden nickt, weil ich mich erinnere.

»Und der ganze Aufruhr um meine Schwester macht alles nur noch schlimmer.«

»Ihre Schwester?«

Als sie mir einen scharfen Blick zuwirft, bedaure ich sofort, dass ich nachgefragt habe.

»Ich dachte, Sie hätten Ihre Hausaufgaben gemacht«, sagt sie leicht provozierend, was ich aber ignoriere, weil ich zu sehr vom Anblick ihrer Lippen fasziniert bin, die den Strohhalm umschließen.

Ich rutsche auf meinem Stuhl hin und her, weil mir die Jeans zu eng wird. Andererseits: Scheiß drauf! Ich weiß jetzt schon, dass diese Frau nur Ärger bringt. Mag sein, dass sie faszinierend ist. In jedem Fall eine Herausforderung. Aber auch viel, viel zu kompliziert.

Offenbar sind Teile von mir, die sich unterhalb der Tischplatte befinden, nicht annähernd so skeptisch wie ich. Aber das spreche ich eher meinem generellen Drang zu, endlich zur Sache zu kommen, als Jez persönlich.

»Nun?«, hakt sie nach.

»Sind Sie eigentlich immer so ...« Ich verstumme, weil ich es nicht für klug halte, *zickig* zu sagen.

»Was?«

»Ach, irgendwie erinnert mich das hier stark an ein Vorstellungsgespräch. Und das finde ich für nur eine Nacht etwas übertrieben.«

»Eine Nacht? Nicht doch! Ich suche jemanden für mindestens drei Wochen. Danach können wir entscheiden, ob eine Verlängerung sinnvoll wäre.«

»Halt. Moment mal.«

»Bei Larry waren es fünf Jahre«, schiebt sie nach, was erklärt, warum sie so steif ist. Wahrscheinlich hat sie zum ersten Mal eine Dating-App benutzt.

»Eine ganz schön lange Zeit«, sage ich.

»In der Tat. Und ehrlich gesagt ist mir die Kontinuität eines langjährigen Arrangements auch lieber. Natürlich nur mit jemandem, dem ich vertrauen kann. Deshalb auch die Probezeit bei Ihnen. Vorausgesetzt, Sie erweisen sich als gut genug. Was ich offen gestanden langsam bezweifle.«

Ich zucke zusammen, denn plötzlich steht mir das Bild einer Riege olympischer Schiedsrichter vor Augen, die mich begutachtet, während ich versuche, mit einem Salto einen eleganten Abgang aus meinem Bett hinzulegen.

Ich verdränge die Vorstellung und schüttele den Kopf.

»Also gut. Klartext jetzt.« Ich leere mein Bourbonglas. »Jetzt kann ich Ihnen vorwerfen, dass Sie sich nicht vorbereitet haben. Denn in meinem Profil steht eindeutig, dass es bei mir keinerlei langfristige Verpflichtungen gibt.« Wieder lasse ich mein charmantes Lächeln aufblitzen. »Vergessen Sie die Ehe. Ich bin lediglich für einen One-Night-Stand zu haben.«

»Das ist doch absurd. Sie wollen das ernsthaft nur eine Nacht tun? Und glauben tatsächlich, damit wäre ich einverstanden und ich wollte dies hier noch mal wiederholen?« Sie weist auf die Bar, als wäre ein Drink mit einem Unbekannten reinste Folter. »Sind Sie wahnsinnig?«

»Mein Seelenklempner findet das nicht.«

Darauf steht sie auf und wirft sich ihre Tasche über die

Schulter. »Ich wollte, das hätten Sie deutlicher herausgestellt. Unser Treffen war komplette Zeitverschwendung, und genau das kann ich mir im Moment gar nicht leisten.«

»Jez...« Ich erhebe mich ebenfalls und strecke den Arm nach ihr aus, aber sie weicht zurück. Keine Ahnung, warum ich sie zum Bleiben überreden will, aber genau so ist es.

Sie hingegen gibt mir nicht mal die Chance, es zu versuchen.

»Vielen Dank für das Wasser.« Sie holt tief Luft, und ich sehe ihr an, dass sie um Fassung ringt. »Das Missverständnis bedaure ich wirklich sehr. Trotz allem bin ich der Meinung, es wäre... *interessant* gewesen, mit Ihnen zu arbeiten.«

Damit dreht sie sich um.

Und schon ist sie weg.

Was zum Teufel war das denn?

»Noch einen?«, fragt die Kellnerin, als ich mich wieder auf meinen Stuhl sinken lasse.

»Ja. Aber diesmal einen doppelten. Den kann ich jetzt brauchen.«

Dann sitze ich eine ganze Weile nur da, leicht benommen, obwohl ich nicht weiß, wieso. Eigentlich gibt es keinen Grund für meine Enttäuschung über ihren Abgang, denn eine wie sie hätte mit Sicherheit nur Ärger gemacht. Eine klammernde Frau ist das Letzte, was ich wollte.

Dennoch: Ich habe schon mehrfach allein in einer Bar gesessen und etwas getrunken. Aber noch nie kam mir der leere Stuhl mir gegenüber dermaßen leer vor.

Seufzend greife ich zu dem Drink, den die Kellnerin mir serviert. Ich genieße den beißenden Geschmack des Whiskeys und frage mich, ob mir vielleicht der Alkohol zu Kopf gestiegen ist. Denn jetzt denke ich sogar, dass zwei Dates auch nicht das Ende der Welt gewesen wären. Vielleicht nicht mal drei, zum Teufel noch mal!

Ehrlich gesagt habe ich mich schon seit langer Zeit nicht mehr so gut mit einer Frau unterhalten, obwohl sie mir wirklich ein Rätsel war.

Mein Handy meldet sich und signalisiert, dass ich eine Nachricht von der Dating-App habe.

Ich reiße es aus meiner Jackentasche, überzeugt, dass das Jez ist.

Falsch gedacht.

Zugegeben, von J ist sie schon. Doch während ich sie lese, macht sich ein unbehagliches Gefühl in mir breit.

Tut mir leid, dass ich nicht gekommen bin. Ärger auf der Arbeit, ich musste nach Dallas fliegen. Verschieben wir's? J.

Ich lese die Nachricht zweimal, nur um ganz sicherzugehen, dass ich nicht vom Bourbon halluziniere.

Aber nein: Die Botschaft ist eindeutig. J, die Frau, mit der ich mich heute Abend hier treffen sollte, ist nicht in Austin, sondern zweihundert Meilen entfernt.

Was heißt, sie ist nicht aufgetaucht.

Was auch heißt, dass Jez nicht J ist.

Was heißt, dass ich keine Ahnung habe, wer Jezebel Stuart ist.

Und ganz sicher weiß ich nicht, über was zum Teufel wir eben geredet haben.

3   Eine volle Viertelstunde sitze ich an der Bar und widme mich meinem Drink, bevor mir endlich ein Licht aufgeht und ich alles kapiere. Zugegeben, vielleicht hätte ich schneller hinter den ganzen komplizierten Sachverhalt kommen sollen, aber ich war nicht mit dem Kopf dabei. Der hat sich nur mit diesen endlosen Beinen beschäftigt. Mit dieser weichen Haut. Diesen sinnlichen, durchdringenden Augen.

Und diesem Mund, der sowohl für Sarkasmus als auch für Sündiges geschaffen schien.

Ja, ich war abgelenkt. Und mehr als ein bisschen begriffsstutzig. Aber letzten Endes dämmert's mir doch. Und in dem Augenblick, als das geschieht – dem Moment, als ich begreife, wie gründlich wir aneinander vorbeigeredet haben –, springe ich vom Stuhl und renne zur Tür.

Aber Jez ist natürlich schon lange weg.

Verdammt.

Ich gehe wieder hinein und setze mich auf meinen alten Platz. Zwar steht mein verwässerter Drink noch da, aber der Kellner will ihn gerade abräumen. Als ich ihn anknurre wie ein Alphalöwe, der auch noch den letzten Rest einer erlegten Gazelle für sich beansprucht, weicht er mit aufgerissenen Augen zurück.

Ich leere mein Glas, kaue auf den letzten Stückchen der Eiswürfel und tippe nachdenklich auf mein Handy.

Nun, da ich das große Ganze sehe, wird mir das echte Szenario schmerzhaft deutlich. Ich bin hergekommen, um mich mit meinem Date zu treffen. Sie hingegen wollte irgendeinen unzuverlässigen privaten Sicherheitsmann engagieren, der sich nicht gezeigt hat.

Oder doch?

Stirnrunzelnd denke ich über diesen Zufall nach. Ist er aufgetaucht? Genauer gesagt: Habe *ich* mich *gezeigt*?

Stöhnend lehne ich mich auf meinem Platz zurück und hole tief Luft. Denn ich *rieche* förmlich, dass hier was faul ist.

Ich nehme mein Handy, wähle Kerries Privatnummer und warte, dass sie sich meldet.

»Kriege ich auf der Arbeit nicht schon genug von dir?«, höre ich meine Schwester.

»Von mir kann man nie genug bekommen, und das weißt du auch.«

Sie schnaubt. »Ehrlich, was ist los? Ich lasse ein Bad ein, und ein sexy Schotte wartet darauf, dass ich mich zu ihm geselle.«

»Vorfreude«, erwidere ich, »ist die schönste Freude.« Unsere Mutter hatte eine Sammlung Romane von Barbara Cartland, die meine Schwester entdeckte, als sie elf war und ich einundzwanzig. Sie war der Überraschungsnachzügler meiner Eltern – nein, keine Wechseljahre, sondern schwanger! – und verbrachte deshalb als Kind viel mehr Zeit im Haus als ich in meiner Jugend. Meine Eltern waren älter, beide berufstätig und weniger bereit, sie zu ihren Freizeitaktivitäten zu chauffieren. Und ich war zum ersten Mal im Mittleren Osten und nicht da, um sie als älterer Bruder zu unterstützen.

Offenbar ist Dame Cartland eine Einstiegsdroge, denn ich bin mir ziemlich sicher, dass Kerrie mittlerweile alle Liebesromane dieser Welt gelesen hat. Mit Ausnahme derer, die sich um Helden der Special Forces drehen. Sie sagt, dabei muss sie an mich denken, und das wäre einfach zu bizarr.

»Vor allem, weil du dich kein bisschen als romantischer Held eignest«, erklärte sie einmal. Und angesichts der Tatsache, dass Romanzen mehr Zeit und Gefühle erfordern als ein One-Night-Stand, hat sie wahrscheinlich recht.

Jetzt seufzt sie theatralisch. »Was willst du?«

»Hast du mit einer Frau namens Jezebel Stuart einen Termin für mich gemacht?«

»Halt – was?«, fragt sie mit scharfer Stimme. Jetzt ist sie interessiert, und ich glaube, meinen Schuldigen gefunden zu haben.

»Verdammt, Kerrie. Wenn du einen Termin ansetzt, musst du den in den Kalender eintragen. Das ist eine Mindestanforderung in deinem Job!«

»Ich weiß schon, wie ich meinen Job mache. Außerdem habe ich so einen Termin nicht für dich gemacht. Aber...«

»Dann für Cayden? Oder Connor?« Ich rattere die Namen meiner Partner herunter.

»Nein. Keinen Termin. Nada. Zero. Hörst du jetzt mal mit dem Mist auf und sagst mir, was eigentlich los ist?«

»Bist du an deinem Computer?«

»Selbstverständlich, weil ich ja auch im Bad einen Computer habe.« Ich höre praktisch, wie sie die Augen verdreht. »Was brauchst du?«

»Ein paar Hintergrundinformationen über diese Frau. Jezebel...«

»Stuart. Ja, ich weiß. Das sagtest du schon. Aber dafür brauche ich keinen Computer. Sie kommt aus Phoenix, hat die letzten zehn Jahre aber in L.A. gelebt. Allerdings ist sie momentan in Texas. Ihre Schwester dreht da einen Film. Und wieso erzähle ich dir das alles?«

»Bist du schon online? Oder woher weißt du das alles?«

»Äh, weil ich auch ein Privatleben habe und noch andere Sachen lese als *Tactical Weapons* und *Security Magazine*.«

»Und *Peanuts*«, bemerke ich trocken. »Ich lass mir nie *Snoopy* in der Sonntagszeitung entgehen.«

»Ihre Schwester ist Delilah Stuart«, fährt sie ungerührt fort. »Und Jezebel ist ihre Managerin. Will sie uns deshalb anheuern? Wegen des Shitstorms, dem Delilah ausgesetzt ist, seit sie Levyl mit Garreth Todd betrogen hat?«

»Ganz so einfach ist es nicht.« Ich habe zwar keine Ahnung, wer Levyl ist, aber Garreth Todd sagt mir was. Hauptsächlich, weil ich mich in meiner Freizeit eben nicht nur mit Fachzeitschriften beschäftige, ganz gleich, was meine Schwester denkt. Ich habe auch eine große Schwäche für Kinofilme mit hohem Actionfaktor und mindestens einer Verfolgungsjagd, und Todd war in drei meiner letzten Lieblingsstreifen der Star.

Normalerweise würde ich mir lieber Bambussplitter unter die Fingernägel schieben, als über irgendwelchen Hollywoodklatsch zu lesen, zu reden oder nachzudenken. Aber da Kerrie es gerade erwähnt, fällt mir doch ein Gespräch ein, zu dem ich vor einer ganzen Weile gezwungen war. Eine meiner Verabredungen erging sich des Langen und Breiten über einen ehemaligen Kinderstar, dessen Erfolg als Erwachsene plötzlich durch die Decke ging. Zuerst wurde sie von ihren Fans geliebt. Nicht nur wegen der Rolle, mit der sie ihren Durchbruch hatte, sondern auch wegen der Tatsache, dass sie mit dem Leadsänger einer berühmten Boygroup zusammen war; einer Band, deren Songs pubertierenden Mädchen Ohnmachts- oder Kreischanfälle bescherte und erwachsene Frauen dazu trieb, heimlich im Supermarkt unautorisierte Biografien über die Sänger zu kaufen.

Offenbar wurde die Romanze der beiden in allen Boulevardzeitungen breitgetreten. Sie waren das zuckersüße Powerpärchen, mit dem alle mitfieberten.

Doch dann bekam die Schauspielerin eine Traumrolle in einem großen Kinofilm mit Garreth Todd als Partner. Als herauskam, dass sie mit Todd geschlafen – und damit dem Sänger das Herz gebrochen – hatte, war sie plötzlich nicht mehr Amerikas Liebling, sondern eine männermordende Harpyie ohne Seele und Gewissen. Zwar schmückte sie immer noch die Titelseiten aller Frauenzeitschriften, aber jetzt, weil sie von allen Frauen auf der ganzen Welt, die den Liebeskummer des Sängers viel zu persönlich nahmen, gehasst und geschmäht wurde.

Zwar habe ich nichts von Morddrohungen gegen die Schauspielerin gehört, aber in Anbetracht des Gifts, das meine damalige Verabredung beim Erzählen der ganzen Seifenoper verspritzte, würde mich gar nichts mehr wundern.

Abschließend hatte sie gesagt, die Schauspielerin hätte genau das bekommen, was sie verdient hätte. Offenbar war sie von irgendeiner großen Filmproduktionsfirma gefeuert worden und galt in ihrer Branche jetzt als Aussätzige.

Wie ich schon sagte: Seifenoper.

Damals hatte mir der Name der Schauspielerin nichts gesagt. Aber jetzt war ich mir sicher, dass er Delilah Stuart lautete.

Bevor ich Kerrie um weitere Informationen bitten kann, plappert sie schon weiter: »Das ist ja großartig. Ich wette, Delilah hat ziemlich viele Aufgaben im Sicherheitsbereich zu vergeben, und mit ihrem Auftrag hätten wir auch in der Unterhaltungsbranche einen Fuß in der Tür. In Austin gibt es unheimlich viele Film- und Musikunternehmen, und eine Empfehlung von Delilah wäre trotz ihres Rufs Gold wert.

Damit könnten wir die Lücke schließen, die Talbot hinterlassen hat, verstehst du?«

Allerdings verstand ich. Blackwell-Lyon ist eine relativ junge Firma, und als die Jungs und ich aus unserem alten Unternehmen ausschieden, rechneten wir mit einem stetigen Strom an Aufträgen von Reginald Talbot, einem Milliardär aus dem Silicon Valley, der vor etwa zehn Jahren mit seiner Familie und seiner Firma nach Austin zog. Doch fünf Monate nach Gründung von Blackwell-Lyon beschloss Talbot, in den Ruhestand zu gehen, verkaufte seine Firma an ein riesiges Unternehmen und zog mit seiner Frau ans Mittelmeer.

Mit anderen Worten: Er arbeitet an seiner Bräune, während meine Partner und ich alle Mühe haben, das Loch in unserem Kundenstamm zu stopfen.

»Also, was genau ist passiert?«, erkundigt sich Kerrie. »Du hattest einen Termin mit ihr? Wie das denn?«

»Ist jetzt egal«, sage ich, denn wenn Kerrie erst mal die wahre Geschichte erfährt, kann ich weitere Informationen von ihr vergessen. »Im Moment muss ich einfach nur wissen, wo sie wohnt.« Ich bin Sicherheitsexperte, kein Privatdetektiv. Dennoch habe ich im Laufe der Jahre ein paar Quellen aufgetan. »Ruf Gordo an und sag ihm, ich habe einen Eilauftrag.«

»Wie wär's mit ›bitte‹?«

»Bitte.«

»Nun, da du so höflich fragst...«

»Kerrie«, sage ich mit warnendem Unterton.

»Ich mach doch nur Spaß. Gordo muss ich erst gar nicht anrufen, denn Delilah wohnt im Violet Crown. Also wette ich, Jezebel wohnt da auch.«

»Und woher weißt du das?«, frage ich, überlege aber schon, wie lang die Fahrt dorthin dauern wird. Das Violet Crown ist ein exklusives Boutique-Hotel in der Innenstadt von Austin. Und günstigerweise nur ein paar Meilen vom Thyme entfernt.

»Twitter. Jemand im Hotel hat einen Schnappschuss von ihr gemacht und gepostet. *Hashtag Delilah Stuart.*«

Ich runzele die Stirn. »Wann genau wurde das gepostet? Und gibt es noch weitere Fotos?«

Jetzt ist Kerrie offenbar an ihrem Computer, denn ich höre sie auf der Tastatur tippen. »Äh, der Post ist vor etwa einer Viertelstunde erschienen. Und hat ein paar Dutzend Likes bekommen.« Erneutes Tippen. »Aber weitere Posts sehe ich nicht. Nur viele Retweets. Wieso?«

Die Frage ignoriere ich. »Ich melde mich später noch mal.« Nachdem ich einen Fünfziger auf dem Tisch hinterlassen habe, sprinte ich zum Parkservice.

»Pierce«, fragt Kerrie drängend, als ich dem Angestellten mein Ticket gebe. »Was ist los?«

»Ich hoffe, nichts.«

»Aber ...«

Ich beende das Gespräch und trommele ungeduldig mit den Fingern auf dem Arbeitstisch des Parkservices. Ich will meinen Wagen, und mit jeder verstreichenden Sekunde nimmt das mulmige Gefühl in meinem Bauch zu.

Mag sein, dass ich noch nicht die ganze Geschichte kenne, aber ich weiß genug.

Ich weiß, dass Jez ins Thyme kam, um einen Sicherheitsfachmann anzuheuern. Ich weiß auch, dass sie während unseres Gesprächs ihre Schwester erwähnte.

Ich weiß, dass Delilah immer noch von Fans belästigt wird.

Und ich weiß, dass ihr gegenwärtiger Aufenthaltsort jetzt öffentlich ist.

Nennt mich paranoid, aber das behagt mir gar nicht.

4

»Verbinden Sie mich mit Jezebel Stuarts Zimmer. Es ist dringend.« Ich habe mein Handy an das Audiosystem des Range Rovers angeschlossen und rase die Fifth Street runter zum Lamar Boulevard.

Wenn ich Glück habe, mache ich mir unnötig Sorgen. Denn die aktuelle Produktionsfirma wird doch wohl für Delilahs Sicherheit sorgen. Andererseits: Wieso wollte Jezebel mich dann einstellen? Oder besser gesagt: Wieso wollte sie den Typen einstellen, der sich an meiner Stelle mit ihr treffen sollte?

Das weiß ich nicht, und im Augenblick ist mir das auch egal. Selbst wenn Jez mich vielleicht für einen inkompetenten Idioten hält, kann ich nicht einfach untätig bleiben, ohne mich zu vergewissern, dass sie und ihre Schwester in Sicherheit sind.

»Tut mir leid, Sir, aber einen Gast mit diesem Namen haben wir hier nicht.« Das Mädchen klingt nicht mal alt genug, um Alkohol trinken zu dürfen, und ich weiß, dass ich ihr den Tag ruiniere. Aber besser ihren als Jezebels.

»Ausgezeichnet«, erwidere ich und verstärke den Charmepegel in meiner Stimme. »Genau so sollten Sie antworten. Ich werde Ihrem Geschäftsführer auf jeden Fall sagen, dass Sie sich strikt ans Protokoll gehalten haben.«

Ich halte lange genug inne, um ihr die Möglichkeit zu geben, mir zu sagen, dass sie nicht weiß, wovon ich spreche. Aber als sie daraufhin schweigt, weiß ich, dass ich richtig geraten habe: Jez und Delilah wohnen bei ihnen, das Management weiß davon, und das Personal wurde angewiesen, unter allen Umständen ihre Privatsphäre zu schützen.

»Ich gehöre zur Presseabteilung des Filmstudios. Jezebel erwartet meinen Anruf.«

»Aber ich darf niemanden durchstellen.«

»Nein, das dürfen Sie nicht«, bestätige ich. »Und ich weiß es zu schätzen, dass Sie so gewissenhaft sind. Sie sind doch unterrichtet worden, wie Sie sich in solchen Fällen verhalten sollen?«

»Äh...«

»Verzeihung, wenn das nicht der Fall ist. Aber natürlich müssen wir die Stuarts auch erreichen können, wenn sie ihre Handys ausgeschaltet haben. Daher lassen Sie mich jetzt einfach warten und rufen im Zimmer an. Sagen Sie Jezebel, Pierce Blackwell müsste sie sprechen. *PB*«, füge ich hinzu. »Sagen Sie ihr unbedingt, es ist *PB*. Und dass es wichtig ist.«

Zwar bin ich ziemlich sicher, dass ich mit meinem Namen keine Punkte bei Jezebel gewinnen kann. Also bleibt nur zu hoffen, dass sie den Anruf aus reiner Neugier entgegennimmt.

»Aber...«

»So ist die vereinbarte Vorgehensweise«, unterbreche ich sie, während ich nach rechts auf den Lamar einbiege und Richtung Brücke steuere. »Wenn Miss Stuart einverstanden ist, müssen Sie mich nur noch durchstellen.«

»Oh. Na gut. Bleiben Sie bitte dran.«

Als ich Warteschleifengedudel höre, klopfe ich mir innerlich auf die Schulter.

Doch je länger ich warten muss, desto mehr schwinden meine Triumphgefühle. Ich bin an der Brücke. Ich bin auf der Brücke. Jetzt zwingt mich eine Ampel zum Halt. Ich werfe einen Blick nach rechts auf den mondbeschienenen Fluss, den wir Einheimischen Town Lake nannten, bis er vor etwa zehn Jahren von der Stadtverwaltung in Lady Bird Lake umbenannt wurde. Es ist ein toter Arm des Colorado River, und warum wir ihn nicht einfach so nennen, ist eines der kleinen Rätsel dieses Lebens.

Dann wandere ich mit dem Blick zu den geschwungenen Hügeln auf der Südseite des Flusses. Zwar kann ich es von hier aus nicht sehen, aber ich weiß, da oben ist das Violet Crown. Und Jezebel.

Als ich die Brücke hinter mir gelassen habe und nach rechts in die Barton Springs Road eingebogen bin, muss ich immer noch warten und befürchte langsam, dass Jez mich völlig abgeschrieben hat und ich niemals durchgestellt werde.

Gerade will ich das Gespräch beenden und noch mal neu wählen, da meldet sich die Angestellte wieder. »Ich verbinde Sie jetzt«, sagt sie, bevor ich fragen kann, wieso das so lange gedauert hat.

Dann höre ich Jez' Stimme. »Wie haben Sie mich gefunden? Und warum rufen Sie überhaupt an? Hab ich was an der Bar vergessen?«

»Ich bin etwa drei Minuten von Ihrem Hotel entfernt. Ich werde das Hotel umrunden und am Personaleingang parken. Es ist ein schwarzer Range Rover. Packen Sie Ihre Sachen zusammen. Nehmen Sie Ihre Schwester, und dann treffen wir uns unten.«

»Falls es Ihnen entgangen sein sollte: Wir arbeiten nicht zusammen.«

»Wenn Sie immer so streitlustig sind, kann ich mich wohl glücklich schätzen. Aber im Moment müssen Sie mir einfach vertrauen. Ich bringe Sie in eine andere Unterkunft.«

»Ihnen vertrauen? Ich kenne Sie ja nicht mal. Und ich bin mir ziemlich sicher, dass ich Sie auch nicht mag.«

»Nur ziemlich sicher? Freut mich, dass es ein kleines Hintertürchen gibt, durch das ich schlüpfen kann.«

»Pierce ...«

»Und vielleicht mögen Sie mich nicht, aber Sie vertrauen mir«, fahre ich fort. »Sonst hätten Sie meinen Anruf gar nicht entgegengenommen. Also wette ich, Sie haben Nachforschungen angestellt. Sie sind auf meine Website gegangen, haben meine Firma und meinen Werdegang gegoogelt.«

Ihr Schweigen ist für mich Bestätigung genug.

»Wo ist Delilah?«, frage ich und achte sorgfältig darauf, jeden triumphierenden Unterton aus meiner Stimme zu verbannen.

»Ich dachte, Sie wüssten nichts über meine Schwester?«

»Ich lerne schnell. Und ich weiß, dass jemand Ihren Aufenthaltsort getwittert hat.«

»*Verdammt!*«

Das beweist, sie hatte keine Ahnung davon. »Sie hätten einen Alarm einrichten sollen«, sage ich mit leisem Vorwurf.

»Habe ich ja.« Wieder flucht sie unterdrückt. »Nur kam in letzter Zeit so viel im Internet über Delilah, dass mein Handy nur noch Alarm gab. Jetzt kümmert sich über Nacht unser Pressesprecher darum und mailt es mir jeden Morgen.«

»Hören Sie, das Crown ist wirklich ein großartiges kleines Hotel, aber für Sie einfach nicht sicher genug. Holen Sie Ihre Schwester, kommen Sie zu mir runter, und dann fahre ich Sie an einen sicheren Ort.«

»Wieso kümmert Sie das überhaupt?«

Das ist wahrhaftig eine sehr gute Frage. Und ich weiß nicht mal, ob ich sie beantworten kann. Vor allem weil ich mir die Wahrheit – dass sie mir nicht aus dem Kopf geht und ich ihr einfach helfen muss – nicht eingestehen will. Und schon gar nicht preisgeben.

Also antworte ich stattdessen mit einer stimmigen Lüge. Es ist zwar etwas Wahres dran, aber eigentlich nicht der Grund. »Weil ich glaube, Sie und ich haben etwas gemeinsam«, sage ich.

»Das möchte ich ernsthaft bezweifeln.«

»Ich habe eine jüngere Schwester«, erkläre ich. »Und würde Himmel und Hölle in Bewegung setzen, damit ihr nichts passiert.«

Einen Moment herrscht Schweigen in der Leitung. Dann sagt sie sehr leise: »Sie ist nicht hier. Sie musste noch mal zum Set. Einer vom Sicherheitsdienst der Produktionsfirma bringt sie zurück. Aber sie hat mir vor ein paar Minuten eine SMS geschickt. Sie sind fast da.«

Jetzt habe ich das Crown erreicht. Es ist ein niedriges, weitläufiges und wie ein U geformtes Gebäude. In der Mitte befindet sich eine beliebte – und öffentliche – Open-Air-Bar, die um einen Pool herum gebaut wurde. Alle Zimmer haben Terrassen entweder mit Blick auf den Pool oder die Parkanlage. Direkt am Zugang zum Barbereich, in der Mitte der kreisförmigen Auffahrt, befindet sich der Parkservice. Ich gehe davon aus, dass Delilah den Fehler beging, entweder an ein Fenster oder gar auf die Terrasse zu treten, und ein Fan von der Bar aus ein Foto geschossen hat.

Der Parkservice befindet sich auch direkt am Haupteingang zum Hotel, durch den man durch einen kurzen, überdachten Gang gelangt, der an der Bar vorbeiführt. Was heißt, dass jeder, der ins Hotel will, an der Bar vorbeilaufen muss. Was großartig fürs Geschäft ist. Aber für Sicherheit und Privatsphäre ganz und gar nicht.

Als ich langsam an der Front entlangfahre, sehe ich, dass die Bar brechend voll ist. Sie war schon immer gut besucht, aber jetzt wimmelt es dort derartig von Menschen, dass sie aussieht wie Dantes Version der Hölle.

Ich hoffe nur, die Massen sind dort, weil es mittwochs eine super Happy Hour gibt. Allerdings glaube ich, etliche Gäste sind nicht wegen der Drinks, sondern wegen der Unterhaltung gekommen. Ich fürchte, Delilah ist die Hauptattraktion.

»Simsen Sie Ihre Schwester an. Ihr Fahrer soll sie wieder zum Set zurückbringen.«

»Zu spät«, sagt sie. »Sie sagt, sie sind gerade vorgefahren.«

In der Tat hält ein Lincoln Town Car vor dem Parkservice. Offenbar kennt der Angestellte den Wagen, denn er eilt sofort zur Tür des Fonds, um sie zu öffnen. Der Chauffeur steigt aus und will ebenfalls zur Beifahrerseite gehen.

Ich persönlich kann nicht sehen, wer im Wagen sitzt, die Gäste der Bar aber schon, und kaum geht die Tür auf, stehen unzählige auf und recken die Köpfe. Da ich mein Fenster geöffnet habe, höre ich die Pfiffe, Buhrufe und Schmähungen mehr als deutlich.

Ich lege den ersten Gang ein und fahre langsam los, aber da fängt die Menge schon an, mit faulen Tomaten zu werfen. Und ununterbrochen blitzen mindestens ein Dutzend Kameras auf und tauchen die Szenerie in ihr grelles Licht.

Die Tomaten zerplatzen auf dem Bürgersteig, und Delilah duckt sich wieder in den Wagen zurück und zieht die Tür hinter sich zu, als ein Hagelsturm aus kleinen roten Bomben auf die Wagenseite niedergeht.

Ich bremse quietschend neben dem Lincoln. »Was ist da los?«, ruft Jezebel, und durch die Lautsprecher klingt ihre Stimme blechern.

Ich mache mir nicht mal die Mühe zu antworten, sondern springe aus meinem Wagen und öffne die linke Fondtür des Lincoln. Delilah, die sehr jung und verängstigt aussieht, schreckt vor mir zurück. Ich strecke die Hand aus. »Jez schickt mich. Kommen Sie.«

Als sie zögert, befürchte ich schon, dass ich sie mit Gewalt aus dem Wagen zerren muss, aber da bellt Jez' Stimme aus den Lautsprechern des Range Rovers: »Tu', was er sagt, Del. Ich komme sofort.«

Auf der Stelle stürzt Delilah in meine Richtung. Ich packe ihre Hand, ziehe sie zu mir und schiebe sie auf den Rücksitz des Range Rovers.

»Hey«, ruft der Sicherheitsbeauftragte und bestätigt damit meinen Eindruck, dass er ein unfähiger Trottel ist.

Vom Hotel aus nähert sich eine Gruppe Frauen dem Lincoln. In ihren Augen blitzt Wut, die ich nicht verstehen, aber eindeutig sehen kann.

»Miststück!«
»Levyl war viel zu gut für dich!«
»Wie konntest du ihm nur so wehtun?«
»Nutte!«

Sie kommen immer näher. Ich bin schon auf der Fahrerseite und rufe Jez zu, dass sie am Personaleingang auf uns warten soll.

Doch gerade als ich einsteigen will, stürzt sie aus dem Haupteingang und bremst so abrupt ab, dass sie fast das Gleichgewicht verliert, nur wenige Meter von der aufgebrachten Menge. *Shit.*

Sie hat ihr Handy am Ohr, und ihren Ruf »Delilah!« kann ich stereo hören: vom Bürgersteig ein paar Meter entfernt und durch das offene Fenster meines Range Rovers.

»Jez!«, ruft Delilah. »Bitte, Mister!«

Eine Sekunde zögere ich, weil ich mich frage, ob ich schneller im Rover oder am Bürgersteig wäre.

Dann renne ich los.

Zuerst beachtet der aufgebrachte Mob sie gar nicht, aber dann kreischt jemand »*Jezebel!*«, worauf sich die Masse *en bloc* zu ihr schiebt und ihr Fragen zu Delilah zubrüllt. Eine Woge des Zorns steigt in mir auf – wehe, sie *rühren* sie an! Ich sprinte noch schneller und werde erst langsamer, als ich endlich ihre ausgestreckte Hand packen kann.

»Los«, befehle ich, völlig unnötig, denn sie rennt sofort los, zurück zum Wagen, Hand in Hand mit mir. Junge Frauen grapschen nach meiner Jacke, schreien uns Flüche und Fragen nach und schwören, Delilah wird dafür bezahlen, dass sie ihrem süßen, wunderbaren Levyl wehgetan hat.

»Rein da!«, befehle ich und reiße die Tür auf, damit Jez hinter mir zu ihrer Schwester steigen kann. Ich knalle die Tür zu, steige auf den Fahrersitz und rase mit quietschenden Reifen zurück auf die Straße.

Ich fahre, bis wir das Hotel weit hinter uns gelassen haben. Dann halte ich auf einem der Parkplätze am Zilker Park, schalte den Motor aus, entspanne mich und blicke über den Rückspiegel sofort nach hinten. Zu *ihr*.

Die Frauen sitzen dicht nebeneinander. Jez hat ihre Arme um Delilah gelegt, die sich leise weinend an sie schmiegt. Nach einer Weile hebt Jez den Blick und sieht mich über den Rückspiegel an. Als sie sich lautlos bedankt, muss ich den Blick abwenden, weil mir vor lauter Emotionen der Brustkorb eng wird. Ich rede mir ein, das liegt nur daran, weil ich an Kerrie denken muss. Weil ich mich in Jez hineinversetze und nachvollziehen kann, wie sie sich jetzt, da ihre Schwester in Sicherheit ist, fühlt.

Aber das stimmt natürlich nicht. Denn die Anerkennung dieser Frau ist wie ein Schock für mich. Dieser sanfte, dankbare Blick einer Frau, die, wie ich weiß, stark und kompetent ist, die mich aber trotzdem braucht. Und ich bin stolz, es geschafft zu haben. Für sie.

Für sie.

Denn hier geht's mir nicht um den Job. Sondern um die Frau. Und das habe ich schon seit langer Zeit nicht mehr auf diese Weise empfunden.

Offen gestanden will ich das auch gar nicht.

Mit einem Mal bekomme ich in der geräumigen Kabine des Range Rovers Platzangst. Ich greife nach dem Griff, öffne die Tür, steige aus und drücke sie hinter mir zu. Die beiden können jetzt etwas Privatsphäre brauchen. Und ich brauche Luft.

Doch nach ein paar Minuten höre ich, wie die Tür aufgeht und dann zugeknallt wird. Ich stehe an die Motorhaube des Rovers gelehnt und blicke hinaus auf das Fußballfeld und den Fluss.

Auf der gegenüberliegenden Seite befindet sich auch meine Wohnung, und ich sehe das Apartmentgebäude, das mit der Skyline von Austin verschmilzt.

Mein Zuhause.

»Eine schöne Aussicht«, bemerkt Jez, als sie zu mir tritt.

»Sie sind das erste Mal in Austin, stimmt's?«

Zwar blicke ich immer noch auf die Lichter der Stadt, nehme Jez aber am Rand meines Sichtfelds wahr. Wie sie sich mit ganz leicht zur Seite geneigtem Kopf zu mir wendet, als wäre ich ein kniffliges Rätsel, das sie lösen müsste. »Wieso waren Sie im Thyme? Jedenfalls nicht, um sich mit mir zu treffen.«

»Wegen eines Blind Dates«, erkläre ich und drehe mich zu

ihr. »Es war eine Verwechslung.« Nickend weise ich mit dem Kinn Richtung Wagen. »Wir sollten das aufschreiben. Daraus könnte einer dieser romantischen Heist-Movies werden. Mit Ihrer Schwester als Star.«

Sofort verschließt sich ihre Miene, und sie schlingt die Arme um sich, als wäre ihr kalt. Es ist März, aber wir befinden uns in Austin, daher ist die Luft nicht kühl. Dennoch ziehe ich meine Jacke aus und lege sie ihr um die Schultern. Als sie mir ein kurzes Lächeln schenkt, wirkt sie gleichzeitig verlegen und verletzlich. »Langsam frage ich mich, ob sie überhaupt noch in einem Film mitspielen wird.«

»Was meinen Sie?«

Ganz kurz habe ich den Eindruck, sie wollte antworten. Dann klappt erneut ihr Visier herunter, und sie schüttelt nur den Kopf. »Nichts. Egal.«

»Jez...«

»Wirklich, das ist nicht Ihr Problem.« Sie stößt sich vom Wagen ab. »Danke für die Hilfe – ehrlich. Aber jetzt fahren wir zurück. Doch wenn Sie uns zurückbringen, sollten Sie wahrscheinlich wirklich am Personaleingang halten.«

»Wir fahren nicht zurück«, sage ich.

»Wie bitte?«

»Momentan läuft das South by Southwest-Festival in Austin«, erkläre ich. »Das heißt: Fans, Reporter und so weiter und so fort. Alle in dieser Stadt. Und im Violet Crown ist es nicht sicher. Meinen Sie vielleicht, die Fotografen würden sich von der Bar fernhalten, nur weil Sie sie nett drum bitten?«

»Sie haben recht«, sagt sie, was mich verblüfft. »Morgen kümmere ich mich darum.«

»Wie wär's, wenn wir uns schon heute Abend darum kümmern?«

Sie presst die Lippen zusammen. »Ich bin Ihnen dankbar für Ihre Hilfe«, sagt sie. »Aber ich werde Sie nicht einstellen. Ich brauche jemanden für eine langfristige Lösung und nicht nur für eine Nacht.«

»War aber heute Abend ziemlich gut für Sie«, erwidere ich ironisch grinsend. »Doch um eines klarzustellen: Bei der Arbeit geht's mir auch um langfristige Beziehungen.«

»Also suchen Sie nur im Privatleben nach schnellen Lösungen?«

Das trifft mich wie ein Schlag in den Magen. Als hätte sie mich durchschaut und gesehen, wie bedürftig ich bin. »Ja«, erwidere ich. »Den Beziehungsanzug habe ich schon mal getragen. War mir ein bisschen zu eng.«

Sie nickt. »Nun, ich schätze, das ist jetzt unwichtig. Wir haben keine Beziehung, wir werden keinen One-Night-Stand haben, und ich habe bereits für den Rest des Drehs ein neues Sicherheitsteam engagiert.«

»Von dem Typen, der nicht im Thyme aufgetaucht ist?«

»Ja, genau.«

Ich nicke. »Wirkt sehr zuverlässig und solide. Gute Wahl.«

»Das Studio hat ihn überprüft«, gibt sie gepresst zurück. »Und das Datum des Termins verwechselt. Er fliegt morgen nach Austin.«

»Und Larry?«

Sie runzelt die Stirn. »Was ist mit Larry?«

»Der war doch Ihr früherer Sicherheitsmann, oder? Der fünf Jahre bei Ihnen war.« Ich kreise mit meinem Finger an meiner Schläfe. »Ich bin im Kopf noch mal unser Gespräch durchgegangen. Und nun, da ich weiß, dass Sie nicht mein Blind Date waren, ergibt es viel mehr Sinn.«

»Was ist mit Larry?«

»Würde er Ihren neuen Sicherheitsmann billigen?«

»Ich ... das weiß ich nicht.« Sie holt tief Luft und senkt den Blick. »Er ist vor über einen Jahr gestorben. Von einem Betrunkenen in Newport Beach überfahren worden.«

Mir stockt der Atem: Die Geschichte kommt mir zu bekannt vor. »Larry?«, frage ich. »Laurence Piper? Colonel Laurence Piper?«

Sie reißt die Augen auf. »Sie kannten ihn?«

»Ich habe sechs Monate unter ihm gedient. Und war auch bei seiner Beerdigung«, füge ich hinzu.

»Sie waren bei den Special Forces?«

Ich nicke. Über meine Zeit in Uniform rede ich nicht gern. Zwar bedaure ich nichts – meine Ausbildung und meinen jetzigen Job verdanke ich dem Militär –, aber was ich da sah, kann einem Mann ganz schön zusetzen. Allerdings habe ich vor langer Zeit gelernt, mich davor zu verschließen.

»Ich glaube, Larry würde wollen, dass ich für Ihre Sicherheit sorge«, sage ich nun. »Und Sie aus dem Crown hole.« Der Wind hat ihr eine Haarsträhne über den Mund geweht, und als ich sie unbewusst wegstreiche, überrascht mich der Blitz, der mich durchfährt, als meine Finger ihre Wange berühren.

Sie hat das auch gespürt. Da bin ich mir sicher. Ich höre, wie sie zittrig Luft holt. Ich sehe, wie sie den Blick senkt und einen Schritt zurückweichen will. Aber sie beherrscht sich und zieht meine Jacke enger um sich. Als sie mich wieder ansieht, ist sie sehr geschäftsmäßig. »Wir werden niemals ein Zimmer finden. Schließlich läuft gerade das Festival. Und all unsere Sachen sind im Crown.«

»Mit anderen Worten: Wenn ich Ihre Sachen und ein neues Zimmer besorgen kann, dann ziehen Sie ohne Widerrede um?«

»Ja, verdammt«, sagt sie. »Da bin ich ja schön in die Falle getappt.«

Ich unterdrücke ein selbstgefälliges Grinsen. »Ohne zu zögern.«

Wieder presst sie die Lippen zusammen, aber nicht aus Ärger, sondern weil sie sich zwingt, nicht zu lachen. Dadurch leuchten ihre Augen auf, sie bekommen einen Schimmer, der gleichzeitig sexy ist und süß ... und mich in eine Richtung denken lässt, die ich auf keinen Fall einschlagen sollte.

Nach einer Sekunde reißt sie sich zusammen. »Na gut. Schön. Sie haben gewonnen. Aber ein Zimmer kriegen Sie nie im Leben. Nicht während des Festivals.«

»Sollen wir wetten?« Jetzt bin ich derjenige, der mit dem Feuer spielt. Aber ich kann nicht anders. Ich will das Feuer spüren, selbst auf die Gefahr hin, dass ich mich verbrenne.

Sie kneift leicht die Augen zusammen. »Um was?«

»Zu Beginn des Abends habe ich Sie für mein Date gehalten. Machen wir's offiziell. Gehen Sie morgen Abend mit mir essen.«

Wieder hebt sie auf ihre ganz spezielle Weise ihre Augenbraue. »Als Sie mich für Ihr Date hielten, haben wir nur etwas zusammen getrunken.«

»Stimmt«, räume ich ein. »Also Drinks und Häppchen. Abgemacht?«

»Abgemacht«, sagt sie. »Aber Sie werden ohnehin nicht gewinnen.«

»Dann passen Sie mal auf.« In der Hoffnung, dass meine Zuversicht mich nicht trügt, hole ich mein Handy heraus und wähle die Nummer eines Freundes, den ich seit Jahren nicht mehr gesprochen habe. »Ryan Hunter«, erkläre ich ihr. »Hatte früher seine eigene Sicherheitsfirma, ist jetzt aber der

Sicherheitschef von Stark International«, fahre ich fort und meine mit Letzterem das riesige internationale Unternehmen des ehemaligen Tennisprofis und jetzigen Selfmade-Milliardärs Damien Stark.

»Und wie kann der uns helfen?«

»Das neue Starfire Hotel auf der Congress Avenue gehört zu Stark. Wenn da also ein Zimmer fürs Management frei gehalten wird, kann Ryan es mir geben, da bin ich ziemlich sicher.«

Er meldet sich nach dem vierten Klingeln, und nachdem wir uns kurz auf den neuesten Stand gebracht haben, komme ich zur Sache. »Am besten eine Suite«, sage ich, nachdem ich die Lage erklärt habe. »Aber ich bin dankbar für alles, was du aus dem Hut zaubern kannst.«

»Warte mal«, sagt er und drückt mich in die Warteschleife. »Es klappt«, verkündet er, als er sich wieder meldet. »Frag nach Luis, wenn ihr dort seid. Er wird sich um sie kümmern.«

»Ich schulde dir was.«

»Das behalte ich im Hinterkopf.«

Leise lachend beende ich das Gespräch. In der Sicherheitsbranche geht es viel um Gefallen und Gegengefallen. Heute hat diese Praxis gut für mich funktioniert – und für Jez, die mich neugierig ansieht.

Ich lächele triumphierend. »Man sollte nie gegen das Haus setzen.«

»Na, dann los«, sagt sie nur, und obwohl ihre Stimme streng klingt, höre ich einen amüsierten Unterton.

Wie versprochen kümmert sich Luis gut um Del und Jez. Er gibt ihnen beim Check-in Pseudonyme, weist ihnen eine Suite auf einem Flur mit privatem Zugang zu, und die Suite besteht aus zwei Schlafzimmern, die ein riesiges Wohnzimmer miteinander verbindet.

»Ich hoffe, es gefällt Ihnen?«, fragt Luis.

»Es ist großartig«, versichert Jez ihm.

»Hier sind Sie jetzt sicher«, sage ich, nachdem Luis gegangen ist. Er hat versprochen, sich persönlich darum zu kümmern, das Gepäck der beiden Frauen aus dem Crown herbringen zu lassen. »Morgen Abend hole ich Sie um acht Uhr ab.«

»Wir treffen uns am Thyme«, entgegnet sie und lächelt dann unschuldig.

»Nun gut. Aber kein Mineralwasser mit Zitrone.«

»Abgemacht«, nickt sie.

»Darauf solltet ihr euch die Hand geben«, bemerkt Delilah, die gerade aus dem Zimmer kommt, das sie für sich gewählt hat.

Bislang hatte ich kaum Zeit, sie mir genauer anzusehen, aber es ist unschwer zu erkennen, warum sie ein Star ist. Sie ist zwar erst achtzehn, wirkt aber viel reifer. Gleichzeitig hat sie jedoch etwas Unschuldiges an sich, so als wäre sie ein bisschen zu behütet aufgewachsen.

Sie ist kleiner als ihre Schwester und dünner. Für meinen Geschmack fast zu dünn.

Ihr Gesicht ist klassisch schön geschnitten, doch wirkt sie nicht kühl, weil es von Sommersprossen übersät ist. In ihren Augen blitzt der Schalk, trotz der erst so kurz zurückliegenden Szene mit den Fans, und man sieht leicht, wer von den beiden Schwestern die ernstere ist.

»Noch mal danke«, sagt Delilah wohl zum tausendsten Mal. »Für die Rettung und für das Zimmer.«

»Noch mal: gern geschehen«, erwidere ich, worauf sie grinst.

»Er war gut, findest du nicht?«, sagt sie zu Jez gewandt.

»Grob und arrogant«, erwidert Jez und lässt ganz kurz ihren Blick zu mir huschen. »Aber ja: Er war gut.«

Ich lächele, weil ich mich vollkommen unverhältnismäßig über das Lob freue.

»Aber selbstverständlich ist er auch ein Mistkerl«, fügt sie hinzu, worauf Delilah losprustet.

»Achtung, sonst wetten wir noch mal. Und wir wissen doch beide, wie Ihre Chancen stehen.«

»Ich schlottere vor Angst.«

Mit großen Augen schaut Delilah immer wieder von mir zu ihr und wieder zu mir, wie bei einem Tennismatch. »Also bis morgen, oder? Ich bin hier.«

»Auf jeden Fall bist du hier«, sagt Jez zu Delilah. »Morgen ist kein später Dreh, also keine Wiederholung von heute Abend.« Sie wirft einen Blick auf ihre Uhr. »Um fünf geht's für dich los. Also wecke ich dich um vier. Los.« Sie weist nickend zum Schlafzimmer.

Delilah sieht mich angenervt an. »Sie vergisst mal wieder, dass ich schon lange nicht mehr dreizehn bin.«

»Und du vergisst wohl, wie schlecht gelaunt du bist, wenn du nicht genug Schlaf kriegst.«

Genau so ist es nämlich, sagt Delilah stumm zu mir und schirmt mit der Hand den Zeigefinger ab, den sie auf Jez richtet.

»Das habe ich mitgekriegt!«

»Schon gut, schon gut. Ich gehe ja schon.« Auf der Türschwelle zu ihrem Zimmer hält sie inne. »Noch mal vielen Dank, Pierce. Für alles.«

»Es war mir ein Vergnügen«, erwidere ich. Und dann schließt sie die Tür, und ich bin allein mit Jez. Mit einem Mal kommt mir die geräumige Suite zu eng vor.

Ich räuspere mich. »Ich sollte Sie jetzt auch ins Bett gehen lassen.«

Sie nickt. »Ja, es ist schon spät.«

»Bis morgen«, sage ich.

»Bis morgen.« Als sie einen Schritt auf mich zutritt, fängt mein Herz vor lauter Vorfreude auf ihre Berührung an zu rasen – doch dann erkenne ich peinlich berührt, dass sie mich nur zur Tür bringen will.

»Schließen Sie hinter mir ab«, befehle ich.

»Selbstverständlich.«

Kaum bin ich aus der Tür, drückt sie sie mir mit einem Lächeln vor der Nase zu.

Und das war's dann wohl.

Oder auch nicht. Schließlich werde ich sie am nächsten Tag sehen.

In diesem Augenblick jedoch erkenne ich, dass die Wette ein Fehler war. Ich hätte einfach meine Klappe halten sollen.

Einfach abhauen.

Denn Jezebel Stuart ist der Typ Frau, der einem unter die Haut geht.

Nur bin ich nicht der Typ Mann, der so eine Frau sucht.

5 »Das hier ist mein Lieblingsfoto«, verkündet Kerrie und hält ihr Tablet hoch, sodass Connor es sehen kann. Dann wendet sie sich zu mir, als wäre ihr gerade erst eingefallen, dass ich auch da bin. »Es gefällt mir, dass alles so scharf ist, außer dir und Delilah. Ihr seid ein bisschen verschwommen.«

»Nett«, erwidere ich, lehne mich an die Arbeitsfläche des Pausenraums und nippe an meinem zweiten Nachmittagskaffee. Den brauche ich, nachdem ich für einen neuen Job Baupläne studiert habe. »Immer freundlich zu deinem großen Bruder.«

Das Foto ist vor dem Crown aufgenommen worden und zeigt Delilah und mich, wie wir vom Town Car zum Range Rover eilen.

»Ein Actionfoto«, bemerkt Connor mit breitem Grinsen. »Mit einem Filmstar. Ich weiß nicht, Blackwell: Könnte der Beginn einer ganz neuen Karriere für dich sein.«

»Aber nein«, widerspricht meine Schwester, zu Connor gewandt. »Du bist hier derjenige, der wie ein Filmstar aussieht.«

»Hey.« Ich hebe gespielt gekränkt die Hände. »Und was bin ich? Nur Ausschussware?«

Sie legt das Tablet nieder und mustert mich kritisch. »Nein, du hast auch Potenzial«, räumt sie ein. »Nüchtern besehen bist du ziemlich heiß, auch wenn du nur mein Bruder bist. Es liegt an den Augen. Du hast einen Schlafzimmerblick.«

Von seinem Platz am Kühlschrank aus höre ich, wie Connor schnaubt.

»Nein, ich mein's ernst«, versichert meine Schwester. »Schließlich hat er den Körper – dank Onkel Sam – und markante Kieferknochen. Außerdem gibt's Extrapunkte für den Dreitagebart.«

»Ich geb mir Mühe.«

»Aber diese hellblauen Augen geben den Ausschlag. Im Grunde genommen hat er, was eigentlich ich haben sollte. Dieser Bastard.«

Meine Schwester hat dunkle Haare und braune Augen. Und sie weiß verdammt genau, wie hinreißend sie aussieht.

»Aber *du*«, fährt sie fort und schaut zu Connor hinüber, »du hast diese geheimnisvolle dunkle Aura. Die ist richtig scharf.«

»Du willst mich nur in dein Bett locken«, zieht Connor sie auf.

»Nein, habe ich schon, kenne ich schon«, gibt sie leichthin zurück.

Wie immer, wenn ihre einstige Affäre zur Sprache kommt, beobachte ich sie genau, auf der Suche nach Anzeichen, dass ihre kurze Beziehung wieder aufflackern könnte – was schlecht fürs Geschäft wäre. Aber beiden scheint es gut damit zu gehen, dass sie nicht mehr zusammen sind. Das überrascht mich zwar, da Kerrie seit ihrem dreizehnten Lebensjahr für ihn schwärmte, als ich ihn und Cayden im Heimaturlaub mal mit nach Hause brachte, aber ich weiß auch, dass es Connor angesichts ihres Altersunterschiedes von vierzehn Jahren nie ganz wohl bei der Sache war.

Da sie sich keinen Rat bei mir suchten, als sie sich trennten, kenne ich auch nicht alle Gründe. Ich weiß allerdings, dass sie Freunde geblieben sind.

Was gut fürs Geschäft ist, weil meine Schwester ihren Job

als Büroleiterin super macht. Diese Stelle bekam sie, als sie mir gestand, sie würde sich in ihrem Job als Rechtsanwaltsgehilfin zu Tode langweilen. Jetzt leitet sie unsere Geschäftsstelle und studiert nebenbei Betriebswirtschaft.

Sie nimmt wieder ihr Tablet zur Hand. »Es gibt noch Dutzende solcher Fotos. Vielleicht sogar Hunderte. Wollt ihr sie sehen?«

»Nein«, sage ich entschieden, doch gleichzeitig ruft Connor: »Aber ja doch!«

»Na gut«, nickt sie und legt grinsend das Tablet weg. »Dann zeige ich die Connor später, wenn Cayden auch Zeuge deiner Schmach sein kann.«

»Genau deshalb bist du meine Lieblingsschwester. Weil du so gut zu mir bist.«

»Ich bin eben wunderbar«, flötet sie. »Aber im Ernst: Deine fünfzehn Minuten Ruhm könnten gut fürs Geschäft sein.«

Da kommt Cayden herein und lehnt sich mit verschränkten Armen gegen die Wand. »Nun, das höre ich gerne. Was hat unser Mr. Blackwell denn gemacht?«

Kerrie reicht ihm das Tablet und verschafft ihm einen Überblick über die Geschehnisse vom Vorabend – das heißt: ihre Version davon. Cayden hört amüsiert zu, und seine Miene ist fast identisch mit Connors. Was vermutlich kein Wunder ist, denn die beiden sind eineiige Zwillinge. Allerdings kann man sie leicht auseinanderhalten. Denn Cayden trägt eine Augenklappe über seinem linken Auge – eine Kriegsverletzung, wegen der er drei Jahre zuvor ausgemustert wurde, obwohl er eigentlich bis zur Pensionierung dabeibleiben wollte.

Zwar erledigt er bei Blackwell-Lyon weiterhin Arbeiten vor Ort, aber im Wesentlichen ist er der Ansprechpartner unserer Firma. Und darin verdammt gut. »Durch die Augenklappe sehe ich tough aus«, pflegt er zu sagen. »Und das ist eine Grundvoraussetzung, wenn ich Leuten sage, sie könnten ihr Leben ruhig in unsere Hände legen.«

Jetzt gibt er Kerrie das Tablet zurück. »Die ganze Publicity bringt uns also neue Kunden?«

»Zwar nicht scharenweise«, räumt Kerrie ein, »aber es haben heute schon mindestens ein halbes Dutzend potenzieller Kunden angerufen. Vermutlich sind sie der Meinung, wenn Pierce auf Delilah aufpasst, dann kann er auch auf sie aufpassen.«

»Sie hat uns den Auftrag gegeben?«, fragt Cayden, der wie üblich sofort auf den Punkt kommt.

»Nein«, antworte ich. »Das war eine einmalige Sache.«

»Du hast mir noch gar nicht erzählt, wie du sie kennengelernt hast«, meldet sich Kerrie erneut.

»Jezebel habe ich im Thyme getroffen. Wir sind beide versetzt worden.«

»Aha.« Ich sehe ihr an, dass sie mir nicht glaubt. Damit kann ich leben.

»Sie hat dich nicht angeheuert? Obwohl du deinen Job so gut erledigt hast?«, fragt Connor. »Was ist das denn für eine Akquise?«

»Gar keine.« Es ist kein Geheimnis, dass meine Fähigkeiten eher in der Arbeit vor Ort liegen. Kundenakquise ist Caydens Spezialität. »Alles in allem glaube ich aber, ich hab's ganz gut gemacht.« Ich zeige auf Kerrie. »Hat sie nicht gerade gesagt, das Telefon hätte den ganzen Tag geklingelt? Also habe ich doch meine Aufgabe erledigt.«

Das sage ich bewusst leichthin. In einem Tonfall, der signalisiert *Gehen Sie weiter, hier gibt es nichts zu sehen.*

Aber die Wahrheit ist, dass ich den Job unbedingt will.

Denn sonst werde ich Jezebel Stuart heute Abend zum letzten Mal sehen. Und das passt mir ganz und gar nicht.

»Okay, genug von meinem Bruder. Machen wir jetzt das Meeting oder nicht?«

Connor nickt und weist mit dem Kinn zu dem runden Tisch in der Mitte des Pausenraums. Kerrie holt eine große Schale Jellybeans heraus – ihr ganz persönliches Laster –, und dann setzen wir uns, wie jeden Donnerstagvormittag, zusammen und besprechen alle aktuellen Aufträge und das Budget.

Kerrie überbringt uns gerade die schlechten Nachrichten, wie viel uns das Upgrade der Firewall kosten wird, da zeigt uns ein elektronisches Signal an, dass jemand den Empfangsbereich betreten hat.

»Und das steht auch auf meinem Budgetwunschzettel«, bemerkt Kerrie beim Aufstehen. »Ich bin Büroleiterin und keine Empfangsdame. Wir müssen unbedingt jemanden einstellen.«

Sie verschwindet durch die Tür und geht zum nahe gelegenen Empfang. Ich höre sie zwar mit jemandem sprechen, verstehe aber nicht, was sie sagen. Gebe mir allerdings auch keine besondere Mühe, genau hinzuhören. Zwar haben wir auch schon so Kunden gewonnen, aber die meisten Aufträge kamen über Empfehlungen. Wenn also jemand unsere Geschäftsstelle besucht, ist es meist der Postbote oder jemand, der Flyer für einen neuen Schnellimbiss verteilt.

Daher überrascht es mich nicht, als Kerrie ziemlich schnell zurückkehrt. Überrascht bin ich erst, als ich sehe, wer sie begleitet.

Jezebel.

6 »So«, sagt Kerrie und blickt zwischen mir und Jez hin und her. »Ach, Connor, Cayden? Könntet ihr mal mit mir ins Archiv kommen? Ich habe Probleme mit dem ... Rebooten des Servers.«

Sie verschwindet, und die beiden folgen ihr, werfen mir vorher aber noch neugierige Blicke zu. Dabei bin ich genauso ratlos wie sie. Und genauso neugierig.

Ich weise zum Tisch. »Jellybeans?«

»Äh, ja klar.« Jez setzt sich und wählt eine pinkfarbene.

»Ich habe Sie falsch eingeschätzt«, bemerke ich. »Ich hätte gewettet, Sie suchen sich Lakritz aus.«

Sie nimmt die Jellybean zwischen Daumen und Zeigefinger und hält sie in die Höhe. »Finden Sie, ich bin nicht feminin genug für Pink?«

»Daran liegt es nicht«, erwidere ich. Ich nehme neben ihr Platz. Dabei streift mein Knie leicht gegen ihres. »Ich finde einfach, es passt nicht zu Ihnen.«

»Ist das so?«

Ich greife nach ihrer Hand und berühre mit den Fingern ihre Haut, als ich die rosafarbene Jellybean nehme und sie mir in den Mund werfe. »Süß«, sage ich, als sie die Augenbrauen hochzieht.

»Und ich bin nicht süß?«

»Das habe ich nicht gesagt.«

Interessiert sieht sie mich an, als ich eine schwarze Jellybean aus der Schale fische. »Aber Sie haben auch etwas Herbes, etwas Klassisches.« Ich stecke sie in den Mund, sauge daran und bemerke erfreut, dass sie unruhig auf ihrem Stuhl hin und her rutscht. Und meinem Blick ausweicht. »Ehrlich gesagt, suche ich mir so gut wie nie die schwarzen aus, aber wenn doch, dann kann ich einfach nicht genug von ihnen kriegen.«

»Oh.« Sie schluckt und leckt sich über die Lippen. »Ich hab sie immer für gewöhnungsbedürftig gehalten.«

»Daran ist doch nichts auszusetzen, oder?«

Sie hält meinem Blick stand. »Nein. Ich glaube nicht.«

»Vielleicht bestelle ich Ihnen heute Abend einen Sambuca. Schmeckt wie Jellybeans, aber mit viel Alkohol.«

Ihr Lächeln erstarrt und schwindet dann.

»Na gut, dann Bourbon. Oder Wein.« Doch meine Vorschläge lösen kein erneutes Lächeln aus, daher lehne ich mich auf meinem Stuhl zurück. »Alles klar: Ganz ehrlich, was habe ich Falsches gesagt?«

Sie lacht auf. Offenbar habe ich sie überrascht. Sofort presst sie die Finger auf die Lippen und schüttelt den Kopf. »Tut mir leid. Nein, es ist alles gut.«

»Ach ja? Gut?« Ich betrachte sie genauer. »Sie sind eine reizende kleine Lügnerin.«

»Nein, im Ernst. Es tut mir leid, Sie haben nichts Falsches gesagt. Ich wollte Ihnen nur mitteilen, dass es mit dem Drink heute Abend nichts wird.«

Das trifft mich wie ein Schlag in den Magen, aber ich wahre die Fassung. »Kein Problem«, sage ich. »Dann gehen wir direkt zum Sex über.«

Als sie eine Augenbraue in die Höhe zieht, glaube ich ganz kurz, ich hätte den Bogen überspannt. Aber dann sehe ich Amüsement in ihren Augen aufflackern, bevor sie den Blick senkt und die Schale mit den Jellybeans fokussiert.

Sie nimmt zwei von den gelben mit den Sprenkeln. »Die hier sind wie Sie: Popcorn-Jellybeans. Süß und salzig und sehr überraschend.«

Ich neige den Kopf zur Seite. »Das klingt wie ein Kompliment. Was aber nicht sein kann.« Ich verschränke die Hände hinter meinem Kopf. »Denn wäre es ein Kompliment, würden Sie unsere Verabredung nicht absagen. Eine Verabredung, die ich mir verdient habe, schon vergessen? Ich glaube, wir haben es hier mit einem ernsten Regelverstoß zu tun.«

Innerlich krümme ich mich. Kein Wunder, wenn sie mich bei derart lahmen Witzen in den Wind schießt. Obwohl ich in Versuchung bin, meine Fähigkeiten als Schmeichler für ihr Geld arbeiten zu lassen, weiß ich nicht, ob ich schon bereit bin, mich zur Witzfigur zu machen.

»Es ist ein Kompliment«, erwidert sie. »Denn ich sage unsere Verabredung ab, weil ich Sie anheuern will. Um für Delilahs Schutz zu sorgen, meine ich. Also, nicht nur Sie, sondern wenn nötig, Ihre gesamte Mannschaft.«

»Oh.« Ich stehe auf und gehe zur Kaffeemaschine, hauptsächlich, weil sie meinen Gesichtsausdruck nicht mitbekommen soll. Denn ehrlich gesagt weiß ich nicht genau, was sie dort sehen würde. Enttäuschung wegen heute Abend? Freude über den Auftrag? Überraschung wegen ihres Angebots? Vor allem, wenn man bedenkt, dass sie bereits jemanden angestellt hatte ...

»Wieso?«, frage ich und wende mich wieder zu ihr. »Ich dachte, das Studio hätte bereits jemanden besorgt?«

»Ja, das stimmt.«

»Und Ihrer Miene nach zu urteilen, waren die vom Studio nur bereit, einen anderen zu nehmen, weil Sie dafür die Rechnung zahlen.«

»Das ist kein Problem, Mr. Blackwell. Falls Sie Angst haben sollten, der Scheck könnte platzen.«

»Nein, das hätte ich nie vermutet. Kaffee?« Ich nehme einen Becher und halte ihn ihr hin. Als sie den Kopf schüttelt, stelle ich ihn wieder ins Regal. »Larry«, sage ich, und als ich mich wieder zu ihr wende, sehe ich an ihrer Miene, dass ich ins Schwarze getroffen habe. »Sie machen es wegen Larry.«

Sie hebt die Schultern und lässt sie wieder sinken. »Er hat Sie ausgebildet«, sagt sie, als wäre das Erklärung genug. »Und über die Sicherheitskräfte, die das Studio eingestellt hat, weiß ich nichts.«

»Über mich wissen Sie auch nichts.«

»Wie Sie schon sagten, habe ich Nachforschungen betrieben. Und Sie gestern Abend in Aktion gesehen. Und Sie haben recht.«

»Habe ich meistens«, bemerke ich trocken. »Aber in welcher Hinsicht genau?«

»Als Sie gestern Abend in meinem Hotel anriefen, wissen Sie noch? Da sagten Sie, ich würde Ihnen vertrauen.« Mit trotzigem Blick reckt sie ihr Kinn. »Damit hatten Sie recht. Ich vertraue Ihnen. Und Delilah auch.«

Das gefällt mir weit mehr, als ich zugeben will.

»Und wenn ich jetzt sagen würde, dass wir keine Kapazitäten haben? Dass wir genug Kunden haben und keine neuen mehr annehmen können?«

Da steht sie auf, geht zur Anrichte, lehnt sich dagegen und betrachtet mich kühl. »Wie wahrscheinlich ist es, dass Sie das sagen?«

Ich sollte es nicht, verdammt noch mal. Zur Hölle, nicht mal darüber nachdenken sollte ich, vor allem, weil ich noch vor einer Viertelstunde in genau diesem Raum stand und mir wünschte, ich bekäme diesen Auftrag von ihr, nur damit ich sie wiedersehen könnte.

Und jetzt hält sie mir diese Karotte vor die Nase. Ich sollte Hurra schreien und Kerrie und den beiden anderen erzählen, dass wir einen neuen Kunden haben und das feiern, indem wir ein paar Schulden bezahlen und die Bilanzen ausgleichen.

Ich *sollte* es nicht, aber jetzt, da sie direkt vor mir steht und ich mich mit der Verwirklichung meines Wunsches konfrontiert sehe, kann ich weder die Begeisterung noch die Worte aufbringen. Denn diese Frau geht mir unter die Haut, und die Versuchung, mit ihr ins Bett zu steigen, ist einfach zu groß. Wie zum Teufel soll ich Seite an Seite mit ihr arbeiten und sie nicht anrühren?

Und was, wenn ich kapituliere? Wenn ich meine eigenen Regeln breche und mich der personifizierten Versuchung namens Jezebel hingebe?

Dann verpasst sie mir entweder eine Ohrfeige – und ich habe auch unser Arbeitsverhältnis zerstört – oder sie schmilzt in meinen Armen dahin.

Was kurzfristig schön sein mag. Aber ich fürchte, wenn ich sie erst mal im Bett habe, will ich nicht mehr, dass sie geht.

Und eine derartige Komplikation kann ich in meinem Leben wirklich nicht brauchen.

»Pierce?«

»Tja, also.« Ich hole tief Luft. »Tut mir leid, aber wir sind tatsächlich ausgebucht.«

Mit wiegenden Hüften kommt sie geradewegs auf mich zu. Packt mich mit beiden Händen am Kragen, stellt sich auf die Zehenspitzen und streift mit den Lippen mein Ohr, als sie flüstert: »Lügner.«

Ihre Worte durchzucken mich wie ein Blitz, und sofort

wird mein Schwanz hart. Ich muss den Drang in mir niederkämpfen, meine Finger in ihren Haaren zu vergraben, ihren Kopf festzuhalten und sie so zu küssen, dass ihr die Sinne schwinden.

Erwähnte ich schon, dass ich Kompetenz extrem sexy finde?

Entweder hat sie wirklich ihre Hausaufgaben gemacht... oder sie ist eine ausgezeichnete Pokerspielerin.

Offen gestanden ist eine Frau, die gut bluffen kann, auch verdammt sexy.

Mit ironischem Lächeln tritt sie ein paar Schritte zurück. »Hören Sie, ich weiß, unser erstes Treffen ging ein bisschen daneben. Ehrlich gesagt hielt ich Sie für ein inkompetentes Arschloch.«

»Sollten Sie mich auf diese Weise überreden wollen, den Job anzunehmen, halte ich das für die falsche Strategie.«

Ihre Mundwinkel zucken. »Ich will damit nur sagen, dass ich Sie jetzt anders einschätze.«

Ich blicke ihr direkt in die Augen und trete einen Schritt auf sie zu. »Also halten Sie mich nicht mehr für ein inkompetentes Arschloch?«

Ihre Hand umschließt die Lehne des Stuhls, neben dem sie steht. Aber sie hält meinem Blick stand. »Sie sind immer noch ein Arschloch«, sagt sie. Ihre Stimme ist leicht heiser. Nur ein kleines bisschen. Kaum zu bemerken, wenn man nicht darauf achtet.

Aber ich achte darauf.

Und trete noch einen Schritt näher zu ihr. »Aber?«

Sie leckt sich über die Lippen. Ich will verdammt sein, wenn ich diesen Mund nicht küssen will. »Aber jetzt halte ich Sie für ein *kompetentes* Arschloch.«

»Da liegen Sie allerdings richtig. Das bin ich.«

Jetzt stehe ich nur noch Zentimeter von ihr entfernt. Ich rieche ihr Parfüm, es ist ein subtiler Vanilleduft. Ich spüre ihre Wärme. Ich sehe, wie ihr Atem sich beschleunigt und ihre Bluse sich schneller hebt und senkt.

Das ist die Gelegenheit.

Ich kann ihren Nacken fassen und sie festhalten. Kann meinen Mund auf ihren drücken und ihren Körper an meinen ziehen. Ich kann mich in ihren weichen Kurven verlieren und spüren, wie mein Schwanz immer härter wird.

Es wäre so leicht, sie einfach an mich zu ziehen. Ihren Mund in Besitz zu nehmen, sie hart und fordernd zu küssen, wild und gierig, bis wir beide so atemlos sind wie beim Sex.

Ich könnte es so leicht tun.

Ich könnte es ... aber ich tue es nicht.

Stattdessen schiebe ich meine Hände tief in meine Taschen. Wende mich ab und fixiere den Tisch. Und dann hole ich einmal tief Luft.

»Pierce.«

»Gehen wir was trinken.«

»Was trinken«, wiederholt sie mit ausdrucksloser Stimme. »Ich weiß nicht, ob das so eine gute Idee ...«

»Es ist fast fünf. Ich habe einen langen Tag hinter mir. Und wir können über Delilahs Stundenplan, Ihre Befürchtungen und die Anforderungen des Jobs reden. Über all die guten Sachen.«

»Also rein geschäftlich.« Ihre Stimme gibt nicht das Geringste preis. So als wollte sie bewusst jegliche Emotion unterdrücken. Daher habe ich keine Ahnung, ob sie erleichtert oder enttäuscht ist.

»Ein paar Blocks weiter gibt es eine Bar. The Fix on Sixth.

Die gehört einem Freund, daher bekommen wir sicher noch einen Tisch im hinteren Teil, trotz des Festivals.«

Einen Moment erwidert sie nichts darauf, so als müsste sie nachdenken. Schließlich nickt sie. »Na gut. Gehen wir.«

Kerrie arbeitet am Computer im Empfangsbereich, und als wir zu ihr treten, hebt sie fragend die Augenbrauen.

»Wir sind in ein, zwei Stunden wieder zurück«, erkläre ich. »Kannst du einen Standardvertrag aufsetzen und auf meinen Schreibtisch legen? Miss Stuart kann ihn nach unserer Rückkehr prüfen.«

»Selbstverständlich.« Ihr Ton ist rein geschäftsmäßig, und doch kenne ich sie gut genug, um zu wissen, dass sie darauf brennt, mir tausend Fragen zu stellen.

Ich halte Jez die Tür auf und führe sie zu den Aufzügen, bevor Kerrie womöglich ihrer Neugier nachgibt und uns gegen jede Etikette mit Fragen bombardiert.

Während wir auf den Aufzug warten, bemerkt Jez: »Ihre Empfangsdame wirkt ...«

»Was?«

»Tüchtig«, sagt sie, obwohl sie etwas anderes im Sinn hatte.

Ich werfe ihr einen neugierigen Blick zu. »Ehrlich?« Zwar ist Kerrie tüchtig, aber seit Jez' Erscheinen strahlt sie etwas ganz anderes aus, was ich als ungezügelte Neugier bezeichnen würde.

»Ja, tatsächlich. Aber eigentlich wollte ich sagen, dass sie neugierig auf mich wirkte.« Der Aufzug kommt, die Türen gleiten auseinander, sie tritt hinein und wirft mir über die Schulter einen Blick zu. »Gilt das mir oder Ihnen?«

»Uns beiden, schätze ich. Ihnen wegen Ihrer Schwester. Mir, weil meine Schwester gerne ihre Nase in meine Angelegenheiten steckt.«

»Ihre Schwes... *oh.* Also sind Sie ein Familienunternehmen?«

»Eigentlich nicht«, erwidere ich. »Kerrie fing erst bei uns an, als sie von ihrer letzten Stelle enttäuscht war. Und als Schwester ist sie gar nicht so übel.«

»Aber Sie sind wesentlich älter als sie.«

»Zehn Jahre«, bestätige ich. »Sie ist vierundzwanzig.«

Jez nickt. »Ich bin neun Jahre älter als Del. Ziemlich ähnlich.« Als sie lächelnd zu mir aufschaut, spüre ich wieder einmal verblüfft, wie gerne ich ihr Lächeln sehe. »Wir haben beide jüngere Schwestern, mit denen wir zusammenarbeiten.«

Als der Aufzug sich im Erdgeschoss öffnet, halte ich die Hand auf die Tür und winke sie hinaus. »Da wir so viel gemeinsam haben, mögen Sie mich eines Tages noch.«

Sie streift im Vorbeigehen meinen Arm. »Aber ich mag Sie bereits«, was mich umhaut. Ich will sie. Das ist im Grunde die Quintessenz. Denn Jezebel Stuart hat was. Dieses gewisse Etwas ist kratzbürstig, witzig und sexy.

Und ein ganz klein bisschen störrisch.

Zwar kenne ich sie nicht besonders gut, aber ich weiß bereits, dass sie kompliziert und loyal, klug und engagiert ist.

Sie ist eine Frau mit vielen Schichten, und ich möchte jede einzelne von ihnen freilegen.

Für einen Mann wie mich ein ziemlich gefährlicher Wunsch.

7 »Pierce?«
Nicht ihre Stimme, sondern ihre Hand an meinem Ellbogen reißt mich aus meinen Gedanken.

Wir sind mittlerweile draußen und stehen direkt vor meinem Bürogebäude an der südöstlichen Ecke Sixth und Congress.

»Verzeihung. Ich war mit den Gedanken woanders.« *Bei ihr.* »Ich habe über Sicherheitsmaßnahmen nachgedacht. Logistik. Alles Mögliche.«

»Schön zu wissen, dass Sie sich bereits damit beschäftigen. Aber wohin müssen wir?«

»Nach rechts«, sage ich und zeige in die Richtung. »Nur ein paar Blocks weiter.«

Die Sixth Street ist für Austin, was die Bourbon Street für New Orleans ist. Nur sauberer, nobler und ohne Striplokale. Und normalerweise ohne Betrunkene, die auf die Straße kotzen. Aber während des Festivals schwinden die Unterschiede zwischen den beiden Straßen, und obwohl es noch früh ist, schieben sich scharenweise Collegestudenten über die bereits vollen Bürgersteige.

Das Festival ist nicht nur auf einen Ort begrenzt: Tatsächlich gibt es auch jenseits der Sixth Street andere Bühnen und Festzelte am Fluss. Aber Austin wird nicht ohne Grund die Welthauptstadt der Live Music genannt, und selbst wenn gerade kein Festival stattfindet, gibt es viel Livemusik. Vor allem in der Innenstadt.

Das The Fix liegt nur ein paar Blocks von meinem Büro entfernt, ist also trotz der Menschenmassen leicht zu erreichen. Ich rechne fest damit, dass es voll ist, da es im Hauptraum eine Bühne gibt. Durchs Fenster sehe ich auch tatsächlich eine Band spielen, und am Eingang wartet eine Schlange aus Besuchern, alle mit Festivalarmbändchen, die hinein wollen.

»Vielleicht sollten wir irgendwo anders hingehen«, sagt Jez mit Blick auf die Schlange.

»Nein, vertrauen Sie mir.« Ich nehme ihre Hand, um sie zum Eingang zu führen, und fühle mich ein bisschen wie ein Teenager, als sie sie nicht wegzieht.

»Tut mir leid«, sagt der Typ an der Tür. »Hier muss man sich anstellen. Außerdem haben Sie kein Bändchen.«

»Richten Sie Tyree aus, dass Pierce Blackwell hier ist. Und uns geht es nicht um die Musik. Ich möchte mit der Dame in den hinteren Teil.«

Der Typ ist jung, mager und bleich – entweder ist er ein Vampir, oder er hat zu viel Zeit in seinem Studentenwohnheim verbracht –, und er genießt eindeutig seine Machtstellung an der Tür, da er uns ausgiebig von oben bis unten mustert, bevor er ein Walkie-Talkie aus der Jackentasche holt und Tyree ruft. Ganz kurz geht mir durch den Kopf, mein Freund könnte vielleicht nicht da sein. Dann müsste ich eine andere Bar suchen, wo ich trotz des Festivals noch einen Platz mit Jez kriegen könnte.

Aber dann sehe ich durch die Scheibe, wie er zum Eingang kommt: ein Bär von einem Mann, der mit seinem Bart und einem goldenen Ohrring aussieht wie ein Pirat. Heute trägt er ein kurzärmliges, schwarzes T-Shirt mit dem Logo The Fix on Sixth, und als er zur Begrüßung die Hand ausstreckt, spannen sich die Muskeln unter seiner schokoladendunklen Haut.

»Hab' dich schon seit einer Woche nicht mehr gesehen«, sagt er und schiebt mich und Jez in die Bar. »Wo hast du gesteckt?«

»Wollte den Massen ausweichen«, gestehe ich. »Aber ich dachte mir, Jez sollte was vom Festival sehen. Und wenn sie in Austin ist, muss sie auch ins The Fix.«

Tyree lächelt dermaßen breit, dass seine Zähne aufblitzen. »Das ist richtig. Schön, Sie kennenzulernen, Jez«, sagt er, und seine Stimme ist trotz der R&B-Band zu hören. »Ich bin Tyree, aber Sie können mich Ty nennen. Mir gehört der Laden hier.«

»Verstehe«, sagt sie und schaut sich um. »Es ist großartig.«

»Er hat Potenzial«, räumt er ein. An mich gewandt sagt er: »Die Renovierungen und Reparaturen machen mich fertig. Aber ich krieg das schon hin.«

»Ty und ich haben zusammen gedient«, erkläre ich ihr. »Direkt bevor er seine Uniform gegen die Schürze eines Barmanns eintauschte.«

»Und einen Haufen Schulden«, fügt er hinzu. »Allerdings schreiben wir diese Woche schwarze Zahlen. Also geht's bergauf. Bist du wegen der Band hier?«

Ich schüttele den Kopf. »Nur wegen der Atmosphäre. Jez und ich müssen uns unterhalten. Also dachte ich, ich setz mich mit ihr in den hinteren Bereich.«

»Du kennst ja den Weg, mein Freund. Richte unserem Hübschen da aus, ich hätte gesagt, er sollte sich gut um euch kümmern.«

Da er grinst, weiß ich, er meint den neuen Barkeeper, einen Doktoranden von einer Uni, an deren Namen ich mich nicht erinnere.

»Er ist nett«, sagt Jez, mit den Lippen dicht an meinem

Ohr. Ich weiß, das macht sie nur, um nicht brüllen zu müssen, dennoch geht mein Puls direkt schneller. »Ich mag ihn.«

»Man darf ihn nur nicht reizen«, erwidere ich, worauf sie lacht.

»Ich werde es im Hinterkopf behalten.«

Wir schnappen uns den einzigen freien Tisch und bestellen beide Bourbon on the Rocks. »Also, was müssen wir besprechen?«, fragt sie, nachdem die Drinks gekommen sind und sie ihren ersten Schluck getrunken hat. »Oder wollten Sie mich nur abfüllen?«

»Wäre Letzteres der Fall, würden Sie dann schlechter von mir denken?«

Sie zögert, nur eine Sekunde, dann schüttelt sie den Kopf. »Nein«, sagt sie mit leicht schleppender, sinnlicher Stimme, die einem Mann eine Gänsehaut beschert. »Aber wir wissen doch beide, dass das keine gute Idee wäre.«

»Sie wären überrascht, wie oft sich schlechte Ideen in sehr, sehr gute verwandeln.«

Darauf verblasst ihr Lächeln. Sie blickt auf ihr Glas und fährt mit dem Finger den Rand nach.

»Jez?«

»Sorry.« Sie blickt auf und schüttelt langsam den Kopf. »Es ist nur so, dass wir hier sind, weil sich eine schlechte Idee als einfach nur schlecht erwiesen hat.«

Ich brauche eine Sekunde, um ihre Bemerkung zu verstehen, doch dann sage ich: »Levyl.«

»Kennen Sie die ganze Geschichte? Über ihn und Delilah?«

»Erst seit gestern. Heute habe ich mich im Internet über den Skandal schlaugemacht.«

»Den Skandal«, wiederholt sie so bitter, dass das Wort wie

ein Fluch klingt. »Ein Teenager sollte in seinem Liebesleben doch mal ein paar Fehler machen dürfen, oder? Aber bei Delilah muss alles sofort in den Boulevardzeitungen und den sozialen Netzwerken breitgetreten werden.«

»Levyl ist etwa in ihrem Alter, stimmt's?«

Sie nickt. »Ein Jahr älter als Del. Sie wurden ein Paar, als Del siebzehn war. Drehten einen Film zusammen – er ist der Leadsänger von Next Levyl.«

»Einer Boygroup, die in einer Talentshow gewonnen hat, richtig?«

»Genau. Als die Band gewann, waren sie ständig in allen Medien, vor allem Levyl und der Schlagzeuger. Sie bekamen Filme, Fernsehshows und sonst noch alles Mögliche.«

»Ist unter meinem Radar gelaufen«, gestand ich. »Aber ich erinnere mich vage, irgendwas über ihn und seine Band gehört zu haben.«

»Sonst hätten Sie auch tot sein müssen. So populär war die Band. Ist sie auch immer noch, aber der Wahnsinn ist langsam unter Kontrolle. In den ersten Jahren allerdings...« Sie verstummt und schüttelt den Kopf. »Jedenfalls lernten sich Del und Levyl auf dem Höhepunkt ihres Ruhms kennen, und damit gerieten sie ins Scheinwerferlicht der Öffentlichkeit. Als hätten sie die Romanze des Jahrhunderts. Es war einfach verrückt – vor allem, als Del achtzehn wurde und alle Welt darauf drängte, dass sie sich verlobten.«

»Darauf drängte?«

»Hauptsächlich die Fans in den sozialen Medien«, erklärt sie. »Aber selbst in Talkshows fingen die Moderatoren davon an. Ich glaube, das wurde Del ein bisschen zu viel. Sie betete Levyl an – das tut sie immer noch –, aber als sie dann diesen Film hatte, mit Garreth Todd als Partner...«

Ich nicke. »Habe ich gelesen. Wirkte auf mich, als hätte er sie verführt.«

»Hat er auch. Verdammt, das hat er sogar zugegeben. Es war auch nicht von Dauer – er ließ sie fallen. Aber sie gilt immer noch als die Böse, weil sie Levyl das Herz gebrochen hat.« Als ihre Stimme lauter wird, bricht sie ab und holt tief Luft, offensichtlich, um ihre Gefühle unter Kontrolle zu bringen. »Wie ich schon sagte: Del ist erst achtzehn, und doch weiß die ganze Welt über ihre Privatangelegenheiten Bescheid.«

»Das muss schrecklich sein. Ich kann es nicht mal leiden, wenn meine Schwester sich in meine unwichtigen Angelegenheiten mischt.«

Wie erhofft bringt sie das zum Lächeln. »Tja, also, das ist die Hintergrundgeschichte. Was jetzt Sie betrifft, so...«

»Ich glaube, ich habe gestern Abend schon einen ersten Eindruck bekommen.«

»Mit den aufgebrachten Fans? Ja, das ist ein Teil Ihrer Aufgabe. Aber eigentlich geht's mehr um meine Schwester.« Offenbar wirke ich verwirrt, denn sie erklärt: »Levyl kommt Dienstag hierher. Ich schätze, er hat einen Auftritt beim Festival.«

»Und Sie glauben, Delilah will ihn sehen?«

»Ja. Es geht ihr unheimlich schlecht. Die beiden zusammen sind eine hochexplosive Mischung. Abgesehen davon würde ich ihn an ihrer Stelle auch sehen wollen. Wenn ich dem Mann wehgetan hätte, den ich liebe, dann würde ich zumindest versuchen, es zu erklären und mich zu entschuldigen. Also würde es mir sehr zusetzen.«

»Das heißt, die beiden haben nicht mehr miteinander geredet, seit...«

»Nur übers Telefon. Sie hat zwei Tage lang geweint.«

»Die Arme. Was für ein Schlamassel.« Nachdenklich fahre ich mir durch die Haare. »Wir könnten sie zu seinem Konzert bringen. Gefahrlos, backstage.«

Sie schüttelt den Kopf. »Nein, das geht nicht. Irgendetwas sickert immer durch. Dabei hat der Aufruhr schon nachgelassen – gestern Abend war nichts im Vergleich zu dem, wie es anfangs war. Aber wenn sie dorthin geht – wenn sie ihn trifft und das rauskommt –, dann wird alles wieder aufflammen. Dann nimmt die Presse sie wieder als die Böse in die Mangel. Dann wird sie auf dem Set belästigt.«

Mit besorgter Miene winkt sie nach einem weiteren Drink. »Hören Sie, wir können uns nicht mal den Hauch eines Skandals erlauben. Wir können ihren Kontakt zu den Fans kontrollieren, um alles auf Minimum zu halten, aber wenn alles wieder hochkommt – und so was wie letzte Nacht passiert, nur noch schlimmer –, dann ist die Karriere meiner Schwester wahrscheinlich beendet.«

Überrascht lehne ich mich zurück.

»Das ist mein Ernst«, sagt sie, als sie mein Erstaunen sieht. »Das Studio hat ihr bereits eine Rolle weggenommen – eigentlich sollte sie die Hauptfigur in einer beliebten Serie übernehmen. Das hätte nicht nur eine Menge Geld gebracht, sondern sie hätte auch mehr Gewicht in der Branche bekommen. Aber nach dem Skandal wollte niemand mehr mit ihr zu tun haben.«

»Andererseits hatte sie einen Vertrag«, fährt sie hitzig fort. »Deshalb bekam sie jetzt diese Rolle hier. Die ist zwar klein, und der Film hat so gut wie kein Budget, aber sie warten nur auf einen Grund, um sie ganz loszuwerden. Und wenn der Skandal wieder aufgewärmt wird, haben sie eine Rechtfertigung. Eigentlich dürfte ich das gar nicht wissen, aber eine

Freundin, die im Büro des Managements arbeitet, hat es mir verraten. Die Anwälte haben mehr oder weniger deutlich gesagt, wenn es erneut zu einem Skandal kommt, können die Produzenten sie ohne Vertragsbruch feuern.«

»Aber sie steckt mitten in den Dreharbeiten.«

Sie schüttelt den Kopf. »Nein, wir haben gerade erst angefangen. Sie könnten sie ohne Weiteres feuern und durch eine andere ersetzen.«

Darauf fällt mir nichts mehr ein, was Jez wohl merkt, denn sie fährt fort: »Das also will ich von Ihnen. Das sind die Eckpunkte des Auftrags. Sie schützen meine Schwester vor den Fans. Aber vor allem müssen Sie sie vor sich selbst schützen. Und wenn Sie das versauen – wenn Sie sie aus den Augen verlieren und sie sich davonschleicht, um Levyl zu sehen, oder wenn es zu einer Konfrontation mit aufgebrachten Fans kommt –, dann feuere ich Sie so schnell, dass Sie nicht wissen, wo Ihnen der Kopf steht.«

Ich mustere sie prüfend und sehe, dass sie das vollkommen ernst meint. »Und ich dachte schon, wir würden Freunde werden.«

»Kompetenz nötigt mir Hochachtung ab, Mr. Blackwell. Von dem ausgehend, was ich bislang gesehen habe, genügen Sie und Ihre Firma meinen Ansprüchen. Hoffentlich bereue ich das Mittwochmorgen nicht.«

»Was ist denn Mittwoch?«

»Die Aufnahmen in Austin dauern nur eine Woche. Danach fliegen wir zurück nach Los Angeles. Alles andere wird auf dem Studiogelände gedreht.«

»Verstehe.« Es ist Donnerstag, und meine Enttäuschung darüber, dass Jez in nicht mal einer Woche verschwindet, ist größer, als sie sein sollte.

»Das wär's so weit«, sagt sie, als die Kellnerin uns eine zweite Runde Bourbon bringt. »Ein typischer Auftrag, um einen Teenager zu beschützen. Mit ein paar Ängsten und Skandalen als Zugabe.«

»Ich halte Ihnen den Rücken frei.«

»Gut«, sagt sie und hebt ihren Drink. »Denn wenn Sie es vermasseln, wird es hässlich, das verspreche ich Ihnen.«

Ich hebe ebenfalls mein Glas und halte es ihr zum Anstoßen hin. Nachdem wir uns zugeprostet haben, trinke ich einen Schluck, stelle es wieder hin und betrachte sie.

»Was?«, fragt sie.

»Sie sind nicht so tough, wie Sie tun, Jezebel Stuart.«

Daraufhin runzelt sie die Stirn und senkt den Blick. Eigentlich habe ich das scherzhaft gemeint, aber offenbar einen Nerv bei ihr getroffen.

Als sie mich wieder anschaut, entdecke ich wilde Entschlossenheit in ihrem Blick. »Doch, bin ich«, sagt sie. »Früher war ich es nicht – wollte es auch gar nicht sein, verdammt noch mal. Aber durch diesen Job, dieses Leben ...«

Sie verstummt und zuckt die Achseln. »Machen Sie mir einfach keinen Ärger, klar?«

Am liebsten würde ich meine Hand über den Tisch ausstrecken und ihre nehmen. Sie in die Arme ziehen, ihr sagen, dass ich vielleicht nicht all ihre Dämonen kenne, gegen die sie im Laufe der Jahre ankämpfen musste, aber dass ich alles niedermetzeln werde, was ihr jetzt in die Quere kommt, dass ich sie beschützen werde, was auch immer es kosten mag.

Doch ich weiß, der Ansturm der Gefühle in mir gilt der Frau und nicht dem Job, daher halte ich mich zurück. Verschließe es in mir. Und sage lediglich: »Daran würde ich nicht mal im Traum denken.«

Sie leert ihr Glas und seufzt schwer. »Ich schätze, dieser Auftrag ist nicht so sexy wie Ihre sonstigen Jobs. Zum Beispiel Abgeordnete zu schützen.«

»Doch, ziemlich sexy.« Ich nehme ihr das Glas aus der Hand und setze es an die Lippen.

»Oh«, sagt sie, den Blick auf meinen Mund gerichtet, als ich den letzten Eiswürfel hineingleiten lasse. Dann greife ich nach ihrer Hand. Sie ist warm, bis auf ihre Fingerspitzen, mit denen sie das Glas umschlossen hat. Ich muss gegen den Drang ankämpfen, sie zu küssen, bis sie warm werden.

Sie räuspert sich, entzieht mir ihre Hand und legt sie in den Schoß. »Also, äh, was machen Sie sonst so?«

»Wie Sie schon sagten, im Wesentlichen Personenschutz. Und da Austin die Hauptstadt ist, sorgen wir auch für die Sicherheit von Politikern. Und von Künstlern. Normalerweise nicht von Dels Format, keine Berühmtheiten aus Hollywood, aber wir mussten schon den einen oder anderen Grammygewinner schützen, der es bereits ins Long Center und die Bass Concert Hall geschafft hatte.«

»Hatten Sie auch schon Kunden im Teenageralter?«

»Ein paar. Eine von ihnen war etwas Besonderes, etwa vor einem Jahr. Damals war ich noch bei meiner alten Firma, aber ich nahm den Auftrag privat an.«

»Was ist passiert?«

Als ich an Lisa denke, hole ich tief Luft. »Sie war wunderschön. Sprudelnd vor Begeisterung und Witz. Und sehr klug. Hatte ein Vollstipendium an der Uni«, erkläre ich und meine die University of Texas, die angesehene, exzellent ausgestattete Institution, die Austins Kultur geprägt hat.

»Sie war neunzehn, und ein Stalker hatte sie ins Visier genommen.« Normalerweise denke ich nicht an diesen Fall, und als die Erinnerungen auf mich einströmen, trinke ich einen großen Schluck und spüre, wie mir der Bourbon brennend durch die Kehle rinnt.

»Was ist passiert?«

»Er attackierte sie – sie hatte Glück. Kam mit dem Leben davon, aber ihr Gesicht war verunstaltet. Tiefe Schnitte mit einer gezackten Klinge. Und dann gab er ihr zu verstehen, dass er seinen Job noch zu Ende bringen würde.«

»Also hat sie Sie angeheuert?«

»Ja. Das heißt: ihr Vater.« Obwohl »Anheuern« in diesem Fall nicht der richtige Ausdruck war, weil ich Lisa über Kerrie kennenlernte, die im gleichen Spinningkurs wie sie war. Da weder Lisa noch ihr Dad genug Geld hatten, um mich zu bezahlen, handelte ich aus, dass ihr Dad mir ein paar Schränke für meine Wohnung baute.

»Und dann?«

»Der Stalker versuchte es noch mal.« Ich will mein Glas heben, setze es aber sofort wieder ab. »Er ist tot.«

»Sie haben ihn getötet.«

Schweigend senke ich den Kopf. Ehrlich gesagt macht mir sein Tod immer noch zu schaffen. Nicht dass ich ihn getötet habe – das würde ich ohne zu zögern wieder tun –, sondern das, was ich in seinen Augen sah. In meiner Zeit bei der Armee habe ich so manches gesehen, aber an das Böse glaube ich erst, seit ich in das Gesicht dieses Mannes geblickt habe.

Jez beobachtet mich, und ich weiß, sie spürt auch, dass unser Gespräch eine sehr ernste Wendung genommen hat. Sie sagt zwar nichts, nimmt aber meine Hand. Rein instinktiv will ich sie ihr entziehen, doch das tue ich nicht und merke überrascht, wie tröstlich die Berührung ist.

Aber nur für einen Moment. Dann löse ich sanft meine Hand aus ihrer. »Tut mir leid.«

»Nein, ist schon...«

»Ich rechne nicht damit, bei Ihrem Auftrag jemanden töten zu müssen«, bemerke ich leichthin, um der Unterhaltung die Schwere zu nehmen. »Es sei denn, der Produzent ist ein Bastard. Dann müssen wir über einen Bonus reden.«

Ein leichtes Lächeln huscht über ihre Lippen. »Ist gut.« Sie sieht mich mit zur Seite gelegtem Kopf an. »Also wissen Sie wohl, was ein Auftrag mit Teenagern mit sich bringt. Und es klingt, als könnten Sie gut mit sehr anspruchsvollen Kunden aus der Unterhaltungsbranche umgehen.«

»Absolut«, nicke ich und freue mich über ihren amüsierten Unterton. »Aber ich habe das Gefühl, dieser Auftrag könnte einer meiner Lieblingsjobs werden.«

»Wegen meiner Schwester?«

Als ich ihr direkt in die Augen blicke, weicht die Schwere unseres Gesprächs vollständig etwas ganz anderem, ebenso Gefährlichem. »Nein.«

Einen Augenblick sehen wir uns nur an. Langsam färben sich ihre Wangen rosa. Dann leert sie ihr Glas und greift nach einer brieftaschengroßen Handtasche, die sie auf den Tisch gelegt hat. Sie schlingt den Träger um die Schulter und bedenkt mich mit einem gezwungenen Lächeln. »Wir sollten wohl besser los. Ich wette, Ihre Schwester hat den Vertrag bereits fertig.«

»Na klar.« Leicht enttäuscht stehe ich auf. Obwohl ich die Enttäuschung nicht ganz verstehe – schließlich ist das hier kein Date. Und wenn wir die Bar verlassen und die Sixth Street hinuntergehen, um in verschiedene Läden zu schauen, wo man tanzen und was trinken kann, wird ihr Körper in der Menge nicht an meinen gepresst werden.

Nein, das würde nicht passieren. Aber so lang wir hier sitzen, kann ich mich in der Vorstellung ergehen. Nur dass Jez mir jetzt einen Eimer kaltes Wasser ins Gesicht schüttet.

Sie entfernt sich drei Schritte vom Tisch und blickt zu mir zurück. »Kommen Sie?«

Da erst erkenne ich, dass auch sie verwirrt ist. Sie hat nicht mal ans Bezahlen gedacht und wirkt gerade wie ein Hase, der einem Raubtier einen gehetzten Blick zuwirft.

Aber dieser spezielle Hase sieht aus, als wollte er verschlungen werden.

Wenigstens geht das nicht nur mir so.

Ich werfe einen Hunderter auf den Tisch – zufällig weiß ich, dass die Kellnerin, Melanie, Probleme hat, ihren Studienkredit abzubezahlen –, und folge Jez durch den Flur in den Hauptraum.

In der Bar wird es langsam so voll wie auf der Straße. Und wie in meiner Fantasie drängt uns die Menge enger zusammen. Ich nehme Jez' Hand, vorgeblich, um sie zur Tür zu führen, in Wahrheit aber, weil ich sie einfach nur berühren will. Als wir endlich den Ausgang erreichen und hinaus in die kühle Nachtluft treten, atme ich schwer, und mein Nacken ist verschwitzt. Nicht von der Anstrengung, mich durch die Massen nach draußen zu kämpfen, sondern von der, meinen Drang zu bleiben niederzuringen.

Sie hält immer noch meine Hand, und als ich einen Blick auf unsere verschränkten Finger werfe, ist es vorbei. Aus und vorbei. Ich schicke ein Stoßgebet in den Himmel, hebe den Kopf, um ihr ins Gesicht zu sehen, und schmelze fast dahin, so viel Leidenschaft blickt mir entgegen.

»Pierce«, sagt sie, doch ich ziehe sie einfach an mich.

»Komm«, dränge ich und zerre sie schneller, als ich sollte,

die Straße hinunter, trotz ihrer hohen Schuhe. Aber ich kann einfach nicht länger warten. Kaum haben wir zwei Blocks hinter uns gelassen, ziehe ich sie in die Gasse hinter meinem Bürohaus, presse sie gegen die Wand und stütze mich links und rechts von ihr mit den Händen ab.

»Tut mir leid«, sage ich. »Aber ich kann nicht anders.« Ich vergrabe meine Finger in ihre dichten, dunklen Haare, umfasse ihren Hinterkopf und drücke meinen Mund auf ihren.

Wahrscheinlich ist dies der wunderbarste und gleichzeitig furchterregendste Augenblick meines Lebens. Jez, warm und weich in meinen Armen, und gleichzeitig die Angst, sie könnte mich von sich stoßen und mir eine Ohrfeige verpassen.

Aber das tut sie nicht. Im Gegenteil, ihre Lippen teilen sich, und sie küsst mich so hingebungsvoll, wild und leidenschaftlich wie ich sie. Sie schmeckt nach Alkohol und Lust, und mir schwirrt der Kopf, weil mich ihre Hingabe ebenso berauscht wie ihre Berührung.

Mit einer Hand umfasst sie meinen Nacken und zieht mich enger an sich. Die andere presst gegen meinen Rücken, damit sie sich noch mehr an mich schmiegen kann. Ihre Hände sind das stärkste Aphrodisiakum, sagen sie mir doch ohne Worte, dass sie das hier genauso will wie ich. Als Reaktion spannt sich mein gesamter Körper an, und Verlangen steigt in mir auf. Wildes Begehren. Verzweifeltes Sehnen.

Ich bin so hart wie Stahl, und nur mit all meiner Willenskraft kann ich mich davon abhalten, mit den Fingern durch den Schlitz ihres Rocks zu wandern und ihr das verdammte Ding herunterzureißen. Ich will meine Hände zwischen ihre Beine schieben und mit den Fingern unter die heiße, feuchte Seide ihres Höschens wandern. Ich sehne mich nach der schlüpfrigen Hitze ihres Verlangens auf meinen Fingerspitzen. Nach dem süßen, feuchten Beweis dafür, wie sehr sie mich begehrt.

Ich stelle mir vor, wie ich den Kopf senke und zwischen ihren Brüsten vergrabe. In meiner Fantasie reiße ich ihr sämtliche Kleidungsstücke vom Leib und nehme sie so wild, dass unsere überhitzten Körper eng umschlungen über die kühlen, glatten Laken rollen. Mein Schwanz und meine Finger bewirken ihren archaischen Zauber, jagen sie in nie gekannte Höhen, treiben sie über die Klippe, hinauf in die Sterne, bis sie sich in meinen Armen auflöst und mich anfleht, das Ganze noch einmal zu machen. Aber das darf ich nicht. Wirklich nicht. Deshalb ist dieser Kuss – dieser eine wilde Kuss in einer schmutzigen Gasse – der Ersatz für saubere Laken und leidenschaftlichen Sex. Ich dringe weiter mit meiner Zunge vor, um das Beste daraus zu machen. Sie schmeckt nach Bourbon und Sex, und da unsere Zungen miteinander ringen und unsere Zähne gegeneinander stoßen, fürchte ich, vor lauter Hitze und Heftigkeit werden wir gleich Blut schmecken.

Aber das ist mir egal. Ich will nur diesen Moment. Ich will nur *sie*.

Als sie praktisch dahinschmilzt, verliere ich fast den Verstand. Meine Gedanken reduzieren sich zu primitiven Urinstinkten, die ich kaum aushalten kann, so mächtig sind sie.

Meine Wohnung ist nur ein paar Blocks entfernt. Ich könnte auf den Bürgersteig gehen, ein Taxi heranwinken und mit ihr nach Hause fahren.

Das wäre ein gewagter Schritt. Andererseits nicht gewagter, als sie in einer dunklen Gasse zu küssen.

Doch natürlich geht das alles nicht.

»Jez«, sage ich, nachdem ich mich widerstrebend von ihr

gelöst habe. Als sie die Augen öffnet, werde ich wundersamerweise noch härter, denn ich sehe die wilde, unverhohlene Begierde in ihrem Blick.

»Das dürfen wir nicht«, flüstert sie, und obwohl ihre Worte schmerzen wie ein Messerstich, ist mir doch klar, dass sie unvermeidlich waren.

»Ich weiß.«

Sie runzelt die Stirn. »Warum dann?«

»Kundinnen sind tabu«, erkläre ich und verdamme mich im Stillen für meine eiserne Regel. »Aber ich musste dich küssen – nur ein einziges Mal –, bevor wir den Vertrag unterschreiben.«

8   Jeder, der behauptet, beim Dreh eines Films zuzuschauen sei aufregend, ist ein gottverdammter Lügner. Das mag für die erste Viertelstunde stimmen, wenn man gerade erst angekommen ist und die Crew emsig die Beleuchtung ausrichtet oder den Set aufbaut oder was auch immer Filmcrews so machen.

Aber dann merkt man, wie viel man herumsitzen muss. Sitzen und warten und still sein. Einstellung für Einstellung für Einstellung.

Als Mitarbeiter oder Schauspieler ist das sicher rasend interessant. Aber als Beobachter? Ist es einfach nur dröge, ehrlich.

Und doch sitze ich hier. Nicht weil ich glaube, dass für Delilah akute Gefahr besteht – es ist ein geschlossenes Filmset mit eigenem Sicherheitsteam –, sondern weil Blackwell-Lyon für sie verantwortlich ist, weil ich gerade Schicht habe und außerdem ihre Routine kennenlernen muss, wenn ich meinen Job richtig machen soll.

Also sitze ich, schaue zu und lerne. Ich sehe drei Anläufe für Delilahs aktuelle Szene, und zwar kenne ich mich mit Schauspielerei nicht aus, bin aber doch beeindruckt von ihren Fähigkeiten. Es ist eine angsterfüllte Szene, und sie trifft mich bei jeder der drei Aufnahmen bis ins Mark.

Aber sonst gibt es nichts Aufregendes, und da die gesamte Szene nicht mal vier Minuten dauert und ich bereits seit fast drei Stunden hier sitze, würde ich sagen, das Kosten-Nutzen-Verhältnis stimmt nicht.

»Das machst du jeden Tag?«, erkundige ich mich bei Jez, als sie zwischen zwei Einstellungen zu meinem Platz kommt. Es ist ein Regisseurstuhl mit Sitz und Lehne aus Stoff. Allerdings steht nicht mein Name darauf.

»Spannend, oder?«, erwidert sie trocken, und wieder einmal spüre ich, wie sehr ich diese Frau mag. Sie und ich liegen auf derselben Wellenlänge.

»Genauso spannend, wie dem Gras beim Wachsen zuzusehen.«

»Aber die Actionszenen machen mehr Spaß«, erklärt sie. »Vor allem, wenn die Stuntdoubles ins Spiel kommen.«

»Da sagst du was«, nicke ich, bereit, auf diesen kleinen Nervenkitzel zu warten. »Wann kommt das?«

»Gar nicht«, antwortet sie mit dem Anflug eines Lächelns. »Das war in dem Film, aus dem sie gefeuert wurde. In diesem geht es nur um Qual und tiefe Gefühle.« Sie tätschelt mir die Schulter. »Viel Spaß.«

»Wo willst du jetzt hin?«

»Zurück ins Hotel. Hier kriege ich keinen anständigen Empfang, und ich habe einen Videoanruf mit Delilahs Agenten, dann mit ihrem Pressesprecher und dann mit ihrem Finanzmanager. Mit viel Glück überstehe ich diesen Tag, ohne dass mir der Kopf platzt. Kommst du klar?«

Wie gerne würde ich ihr sagen, es ginge mir besser, wenn sie bliebe. Seit unserer Ankunft habe ich sie kaum gesehen, und obwohl ich hier bin, um zu arbeiten, kann ich doch nicht leugnen, dass sie mir letzte Nacht gefehlt hat.

Nachdem wir zurück ins Büro gegangen waren und den Schriftkram erledigt hatten, wollte ich eigentlich mit zu ihr ins Hotel. Aber Jez hielt mich auf. »Del ist schon auf ihrem Zimmer, und auf dem Gang ist es doch sicher, oder?«

»Durchaus«, räumte ich ein. Sie mochte zwar recht haben, aber ich wusste, dass sie in Wahrheit allein sein wollte, um einen klaren Kopf zu bekommen. Zwar bedauerte ich das, musste jedoch zugeben, dass es wahrscheinlich vernünftig war.

»Na schön«, sage ich jetzt. »Dann sehen Del und ich dich, wenn wir hier fertig sind.«

Sie geht, und da Drehtage immer lang sind, stelle ich mich auf weitere neun Stunden elender Langeweile ein.

Glücklicherweise muss ich nur eine Stunde warten, bis Delilah zu mir kommt und sich neben meinem Stuhl auf den Boden sinken lässt. »Ich bin *so* fertig!«, verkündet sie. »Aber bis zur nächsten Einstellung habe ich eine Dreiviertelstunde Pause.« Sie reicht mir ein eingepacktes Sandwich. »Willst du? Ich darf nur Salat essen.«

Sie klingt, als würde man sie zwingen, Schleimbrei zu essen.

Sie trägt Skinny Jeans und ein T-Shirt mit der Aufschrift *Keep Austin Weird*. Ihre feuchten Haare hat sie zu einem Pferdeschwanz zurückgebunden, und sie ist ungeschminkt. Vermutlich hat sie in ihrem Wohnwagen geduscht, bevor sie zu mir kam. Wahrscheinlich ist nach der Mittagspause eine weitere Session für Frisur und Make-up anberaumt.

Alles in allem sieht sie aus wie ein Erstsemester an der Universität von Texas, und sie ist mindestens so lässig wie ein typisches Mädchen aus Austin. Sie verschränkt die Beine und zieht den Deckel ihrer Salatbox ab. »Ich sterbe vor Hunger. Heute Abend, wenn wir wieder im Hotel sind, werde ich was Richtiges essen.« Sie sieht mich an. »Und du? Bleibst du, wenn wir was vom Zimmerservice bestellen? Ich spiele mit dem Gedanken, alle Fritten zu ordern – also buchstäblich *alle*.«

»Das heißt: kein Salat mit Quinoa heute Abend?«
Sie rümpft die Nase. »Verpfeif mich nicht, ja? Es wird schon hart genug, wenn ich wieder in bin und von meinem Trainer einen Anschiss bekomme. Aber während ich hier bin, esse ich, so viel ich kann. Außerdem muss ich mich in diesem Film nicht ausziehen. Keine Liebesszenen. Keine Duschszene. Keine Zeitlupenaufnahmen von mir, wie ich im Bikini am Strand entlanglaufe. Ehrlich gesagt ist es schön, sich nur aufs Schauspielen zu konzentrieren, weißt du?«
»Eigentlich nicht«, räume ich ein. »Aber ich glaub's dir.«
Del lächelt, und da erkenne ich wieder ihr Potenzial zum Star. Das Lächeln ist strahlend, sehr fotogen und bringt das ganze Set zum Leuchten.
»Du magst sie, oder?«
»Wen?«, frage ich, obwohl ich genau weiß, wen sie meint. Und wie bei Pawlows Hund fängt mein Herz schon allein durch die Erwähnung von Jez' Namen an zu rasen.
»Meine Schwester. Sie ist eigentlich nicht so zickig, weißt du?«
»Doch, ist sie«, erwidere ich, was Del zum Lachen bringt.
»Na gut. Vielleicht ist sie das. Aber du magst sie trotzdem.«
»Ja«, gebe ich zu. »Ich mag sie.«
»Gut.« Das klingt zufrieden. »Und nur damit du's weißt, Jez hat ihre Gründe.«
»Ich finde nicht, dass sie zickig ist«, sage ich, ohne zu erwähnen, dass ich ein paar Mal tatsächlich mitbekommen habe, dass sie zickig ist. »Aber was hat sie für Gründe?«
»Das blöde Buch natürlich.«
Ich runzele die Stirn. »Das blöde Buch?«
»Der Enthüllungsreport, den mein alter Leibwächter geschrieben hat.«

»Larry?« Das kann nicht stimmen.

»Aber nein. Der Typ danach. Simpson. Der Wichser. Er nannte das Buch *Die Stuarts von Beverly Hills*. Es war totaler Müll: mit heißer Nadel gestrickt, um von dem Skandal mit mir, Levyl und Garreth zu profitieren – aber er hat auch ein paar ziemlich miese Sachen über Jezebel geschrieben.«

Sie zieht eine Schulter in die Höhe. »Die beiden sind sich ziemlich nahe gekommen, wenn du weißt, was ich meine. Deshalb ist sie jetzt vorsichtig. Und deshalb hatten wir immer nur vorübergehend Sicherheitsleute, nachdem sie ihn gefeuert hat. Aber es ist schwer, von jemandem beschützt zu werden, den man nicht richtig kennt, verstehst du?« Das alles sprudelt so ungestüm aus ihr hervor, dass ich mich frage, ob sie die Gelegenheit nutzt, mal ins Blaue hinein zu reden, ohne Drehbuch.

»Wie auch immer«, fährt sie fort, bevor ich zu Wort kommen kann, »manchmal wirkt sie eben zickig, aber nur, weil sie uns beschützen will.«

Ich umkralle so hart die Holzlehnen des Regiestuhls, dass man später wahrscheinlich die Abdrücke meiner Fingernägel sieht. Ich schwöre, wäre der Wichser Simpson gerade am Set, wäre er ein toter Mann.

»Jedenfalls«, sagt Delilah, steht auf und fegt sich den Staub von der Jeans, »dachte ich nur, du solltest das wissen. Falls sie dir distanziert vorkommt, du weißt schon.«

»Ich arbeite nur für sie, Del. Zwischen uns läuft nichts.«

»Selbstverständlich nicht«, erwidert sie, was mich jetzt doch an ihren schauspielerischen Fähigkeiten zweifeln lässt, da sie nicht besonders überzeugend klingt.

Kaum setzt sie sich in Bewegung, um sich für die nächste Szene zurechtmachen zu lassen, hole ich mein Handy hervor, suche im Internet eine digitale Version des Buchs und fange an, darin zu lesen.

Und sofort kocht mir das Blut. Simpson erzählt, dass ihre Eltern starben und Jez daraufhin die Rolle des Familienoberhaupts übernahm und Dels Karriere managte, die bereits angefangen hatte, da das Mädchen mit sechs Jahren entdeckt worden war. Bis ins letzte Detail schildert er Dels Liebesleben, ihre Beziehung mit Levyl und ihr Verhältnis zu den Fans. Beschreibt Streitgespräche zwischen Jez und Del. Gibt der Öffentlichkeit ihre Gespräche, ihre Gewohnheiten und Einzelheiten aus ihrem Privatleben preis.

Nichts Schmuddeliges, aber schmerzhaft indiskret. Er verrät der ganzen Welt Dinge, die normalerweise nur enge Freunde zu sehen bekommen.

Mit anderen Worten: Er hat ihr Vertrauen missbraucht.

Das Schwein!

Eine Stunde, bevor Del fertig ist, habe ich das Buch durch, und das ist auch gut so, da ich mich beruhigen kann, bis wir in den Range Rover steigen und zum Starfire fahren.

»Ich hab was zu essen bestellt«, bemerkt Jez, als wir in der Suite ankommen. Sie weist zum Esstisch, worauf Del aufquiekt und begeistert in die Hände klatscht.

»Die gehören mir«, erklärt sie und schnappt sich die ganze Platte mit Fritten. »Die esse ich auf meinem Zimmer und guck dabei schlechtes Reality-TV.« Als sie mir ein verschmitztes Lächeln zuwirft, drängt sich mir der Eindruck auf, dass sie uns absichtlich allein lässt. Und zwar nicht, damit wir Geschäftliches besprechen können.

»Hey«, sage ich, kaum dass sie verschwunden ist, »wie war dein Tag?«

Jez massiert sich die Schläfen. »Verrückt.«

»Schlimm?«

»Nein«, sagt sie, »nur viel Arbeit.« Sie blickt zum Tisch. »Wenn wir über die Arbeit sprechen, heißt das, dass du noch im Dienst bist?«

»Falls du wissen willst, ob ich Wein trinken kann, würde ich sagen: ja.«

»Gut. Denn ich möchte nicht allein trinken und brauche jetzt unbedingt Alkohol.« Sie gibt mir die Flasche und einen Korkenzieher. »Ich habe nicht daran gedacht, ihn vorher öffnen zu lassen. Übernimmst du das?«

Ich nehme die Flasche, öffne sie und schenke jedem von uns ein Glas ein. »Cayden hat mir eine Nachricht geschickt, als wir hier ankamen. Er ist mit dem Personal die Sicherheitsvorkehrungen durchgegangen, und die beiden anderen Gäste auf diesem Flur sind heute Morgen abgereist. Diese Zimmer hat Blackwell-Lyon jetzt auch bis Donnerstag gebucht. Das heißt, abgesehen von unserem Team und dem Hotelpersonal hat niemand Zugang zu diesem Trakt. Sicherheitstechnisch ist das optimal.«

»Ehrlich? Ist das nicht übertrieben?«

»Wenn es um eure Sicherheit geht, nicht. Und Cayden kann ausgezeichnet verhandeln, das heißt, du wirst keine überraschenden Unsummen für diese Zimmer auf deiner Rechnung finden – weder von uns noch vom Hotel.«

»Wenn ich Del dadurch vor solchen Tumulten wie neulich Abend schützen kann, zahle ich sehr gerne dafür.«

»Ich weiß.« Nachdem ich mich auf dem Sofa niedergelassen habe, zeige ich auf den Platz neben mir. »Du hast immer wieder unter Beweis gestellt, dass du bereit bist, Opfer für deine Schwester zu bringen.«

»Das stimmt«, bestätigt sie und setzt sich ohne zu zögern

neben mich. Sie trägt ein weißes T-Shirt mit V-Ausschnitt und einen grauen Rock aus Stretchstoff. Ihre Füße sind nackt, und ich habe den Eindruck, dass dies Jez' übliche Arbeitskluft ist. Immer noch förmlich, aber nicht mehr ganz so zugeknöpft wie der Hosenanzug, den sie morgens am Set trug.

»Dabei betrachte ich nichts davon als Opfer«, fährt sie fort. »Nur...«

Sie bricht abrupt ab und sieht mich stirnrunzelnd an. »*Ich habe immer wieder unter Beweis gestellt?* Diese Formulierung hast du benutzt?«

»Ja.«

Einen Augenblick schweigt sie mit gerunzelter Stirn, als versuchte sie mal wieder, ein schwieriges Rätsel zu lösen. Dann glätten sich ihre Falten, und sie sagt »*Verdammt*«, allerdings so leise, dass ich es kaum höre. Sie stellt ihr Glas auf den Tisch, steht auf und sieht mich an.

»Du hast das Buch gelesen«, sagt sie mit anklagender Stimme und ohne genauer zu erklären, welches Buch sie meint. Sie weiß eindeutig, dass das nicht nötig ist. »Davon hätte dir Del nichts erzählen dürfen«, sagt sie, ohne auf meine Antwort zu warten.

»Ja, ich hab's heute gelesen«, gebe ich zu. »Und ich glaube, Del wollte nur helfen.«

»Helfen?« Sie zieht die Augenbrauen hoch. »Wieso denn das?«

»Mir«, erkläre ich. »Sie hat gemerkt, dass ich dich besser kennenlernen möchte.«

»Na, großartig. Einfach großartig. Weil dir das mit diesem Buch auch ganz sicher möglich ist! *Verdammt*«, wiederholt sie, und dieses Mal höre ich es sehr gut.

»Er war ein Arschloch«, sage ich. Sie hat sich von mir abgewandt, aber ich fasse sie sanft am Ellbogen und zwinge sie, mich wieder anzuschauen. »Simpson war ein Arschloch, der dein Vertrauen missbraucht hat.«

»Das kannst du laut sagen.« Sie fährt sich mit den Händen durchs Haar, hebt es an und lässt es wieder fallen. Ich weiß, sie ist nur frustriert, aber es sieht so sexy aus, dass ich mich nur mit reiner Willenskraft davon abhalten kann, sie an mich zu ziehen.

»Möchtest du darüber reden?«

Sie zuckt die Achseln, geht zum Tisch und nimmt sich einen Tortillachip aus einer Porzellanschale. Sie taucht sie in die Salsa und beißt davon ab. Erst denke ich, das ist ihre Art, Nein zu sagen, daher überrascht es mich, als sie die Chips mit der Salsa zum Sofa bringt und sie auf dem Couchtisch abstellt. Dann nimmt sie erneut Platz, schiebt sich einen Fuß unter den Po und wendet sich zu mir.

»Ich hab einfach nicht aufgepasst«, erklärt sie. »Ich habe mich so daran gewöhnt, jemandem zu vertrauen, dass ich einfach alle Vorsicht habe fahren lassen.«

»Larry«, sage ich nur, worauf sie nickt.

»Er war wie ein Vater für mich. Alles war so einfach, weißt du? Dann ging er in den Ruhestand, zog nach Orange County, und ich stellte Simpson ein. Wahrscheinlich war ich damals aufgrund meiner Erfahrungen einfach zu vertrauensselig.« Sie leckt sich kurz über die Lippen und nippt an ihrem Wein. »Ich habe ihn zu nah an mich herangelassen.«

Ich nicke. Das hatte ich mir schon gedacht.

»Und als dann das Buch erschien...« Weil ihr die Stimme bricht, fasse ich ihre Hand, obwohl ich nicht sicher bin, ob das gut ist. Aber in diesem Augenblick muss ich sie einfach berühren, nicht nur für sie, sondern auch für mich. »Am liebsten hätte ich mich bei Larry ausgeweint, aber der Unfall – er war schon tot. Und...« Wieder bricht ihre Stimme. Jez ringt sichtlich um Fassung. »Ich dachte: *Dann bekommt er wenigstens diese Demütigung nicht mit.*«

»Jez...«

»Ich ging mich bei ihm beschweren. Bei Simpson, meine ich.« Sie lacht bitter. »Eine höfliche Umschreibung, denn ich schrie und zeterte und warf sogar ein Buch nach ihm, glaube ich.« Sie schließt die Augen und holt tief Luft. Als ich ihre Hand drücke, erwidert sie das und sieht mich dankbar an.

»Er meinte doch glatt, da alles im Buch der Wahrheit entspräche, könnte ich nichts dagegen machen. Und dann...« Ihr stockt der Atem. »Dann sagte er, ich könnte noch von Glück sagen, dass er nicht erzählt hätte, wie schlecht ich im Bett wäre.«

Aufschluchzend springt sie auf und schlägt sich die Hand vor den Mund. Ich trete hinter sie und lege ihr meine Arme auf die Schultern. »Sollte ich dem Kerl jemals begegnen, ramme ich ihn unangespitzt in den Boden, das schwöre ich. Er verdient nicht mal, dieselbe Luft wie du zu atmen.«

Als ihre Schultern zu beben anfangen, drehe ich sie sanft um, sodass sie ihr Gesicht gegen meine Brust pressen und sich ausweinen kann, während ich sie halte.

»Tut mir leid«, sagt sie nach einer Weile und löst sich von mir. »O Mann, ich hab dein Hemd ganz nass gemacht.«

»Das trocknet schon wieder.«

Sie bedenkt mich mit einem jämmerlichen Lächeln. »Du bist – ganz anders, als ich erwartet hatte.«

»Wirklich?« Ich überlege kurz. »Gut oder schlecht?«

»Gut.« Mit ihren Zeigefingern wischt sie sich die Tränen aus den Augen. Dann nickt sie, wie um sich selbst zu beruhigen. »Also, gut. Ich weiß gar nicht, wieso ich dir das alles erzähle.«

»Weil ich es zur Sprache gebracht habe?«, schlage ich vor. »Oder weil du jemanden zum Reden brauchst? Weil Simpsons Schweinerei ein Preis für eure Berühmtheit ist, genau wie der Aufruhr neulich abends vor dem Crown?«

»All das ist wahr«, nickt sie. »Und alles gottverdammt unfair.«

Ich greife nach ihrer Hand und ziehe sie wieder zum Sofa. »Leg dich hin«, befehle ich, und als sie gehorcht, nehme ich ihre Füße in meinen Schoß. Ihre Zehen sind hellrosa lackiert, und ihre Füße sehen aus, als würde sie keinen einzigen Tag ohne Pediküre verbringen. Als ich ihr mit dem Daumen über die Innenwölbung reibe, legt sie stöhnend den Kopf in den Nacken.

Dieses Stöhnen will ich noch mal hören – aber nicht bei einer Fußmassage.

»Wieso unfair?«, frage ich. »Abgesehen vom Offensichtlichen?«

»Ach, nur so. Ich hätte nicht – hey«, ruft sie aus, als ich meine Hände von ihren Füßen löse.

»Die Wahrheit«, sage ich. »Sonst gibt's keine Massage.«

Ihre Miene verdüstert sich, aber sie nickt. Dann legt sie erneut den Kopf in den Nacken und schließt die Augen. »Du hast das Buch ja gelesen, deshalb weißt du, was passiert ist. Unsere Eltern sind bei einem Unfall gestorben, und anstatt mit dem College anzufangen, übernahm ich die Rolle als Dels Managerin. Ich traute sonst niemandem, und da meine Mom das vorher jahrelang übernommen hatte, kannte ich mich ein bisschen aus. Ich wusste auch, dass Mom es so gewollt hätte. Außerdem liebe ich meine Schwester. Wirklich.«

»Aber?«

»Aber ich hatte nie die Möglichkeit, darüber nachzudenken, was ich eigentlich tun möchte. Ich weiß nur, dass mir dieses Leben nicht gefällt. Es gefällt mir weder in L. A. noch im Scheinwerferlicht.«

Sie öffnet ihre Augen und zuckt die Achseln. »Da hast du es. Mein schmutziges Geheimnis.«

»Wieso hörst du nicht einfach auf?«

»Das werde ich, aber erst muss Del bereit dafür sein. Sie ist in vielerlei Hinsicht schon ziemlich reif, wuchs aber unglaublich behütet auf. Wenn ich sie jetzt verlassen würde, wäre das eine Katastrophe.«

»Sie könnte dich überraschen.«

»Möglich. Aber dieses Risiko möchte ich nicht eingehen. Dazu ist sie mir zu wichtig.«

»Also hast du einen Plan«, sage ich, löse meine Hand von ihrem Fuß und fange an, ihre Waden zu massieren.

»Das fühlt sich so gut an – du kriegst eine Festanstellung! Und ja, ich habe einen Plan. Aber bis dahin stehe ich es einfach durch und lebe mit dem Schlamassel.«

»Du schaffst das schon«, sage ich, achte aber kaum auf das, was ich sage, weil ich mich zu sehr darauf konzentriere, sie zu spüren. Ihre glatte Haut. Die Hitze ihres Körpers.

»Es ist verrückt«, fährt sie fort, »denn so sehr ich das alles hasse, so sehr liebt Del es. Sie blüht in dieser Art Leben geradezu auf. Selbst der Skandal stört sie nicht wirklich. Sie will nur schauspielern.«

»Und du? Was willst du?«

Sie richtet sich auf und zieht ihre Füße unter ihren Schoß, als wäre die Frage ihr unangenehm. »Das weiß ich ehrlich gesagt nicht.«

Ihre Stimme ist leise, flüstert fast. Aber ich höre ihr an, dass sie die Wahrheit sagt. Am liebsten würde ich sie in meine Arme ziehen und fest an mich drücken.

»Nein? Nicht mal die ungefähre Richtung?«, frage ich scherzend. »Dunkle Schokolade mit Meersalz? Noch mehr Tortillachips? Den Weltfrieden?«

»Ehrlich gesagt möchte ich im Moment nur...«

»Was?«

Sie seufzt. »Duschen und mich im Bett verkriechen. Es war ein langer Tag.«

Ihre Worte sind wie eine kalte Dusche. Ich wusste nicht, dass ich unbedingt bei ihr bleiben wollte, bis sie mir die Möglichkeit jäh entrissen hat. »Na klar«, nicke ich. »Kein Problem.«

Ich stehe auf. »Dann ruh dich gut aus. Morgen wird doch nachts gedreht, oder? Dann rufe ich dich vormittags an, damit wir über die Zeiten und die Logistik reden können. Bis dahin«, füge ich hinzu, während ich die Tür ansteuere, »weißt du ja, wie das Protokoll lautet. Verlasst ohne mich nicht diesen Trakt. Ich leg mich in einem der hinteren Zimmer aufs Ohr.«

»Pierce?«

Mit der Hand auf der Türklinke halte ich inne. »Ja?«

»Ich hab gelogen.«

Ich drehe mich wieder um. Etwas in ihrer Stimme bewirkt, dass all meine Sinne erwachen und mein Schwanz hart wird. »Ach ja?«

Sie steht auf und geht einen Schritt auf mich zu. »Ich will gar nicht schlafen.«

Auch ich trete einen Schritt auf sie zu. »Nein? Was willst du dann?«

Ich höre das Stocken in ihrem Atem. Dann sehe ich reglos

zu, wie sie noch einen Schritt näher kommt. Und noch einen, und noch einen, bis sie nur noch Zentimeter von mir entfernt ist. Sie schaut mir geradewegs in die Augen, weicht meinem Blick nicht aus. »Ich will, dass du mich küsst«, sagt sie.

Sofort bin ich entflammt und muss beide Hände in die Hosentaschen schieben, um Jez nicht augenblicklich in meine Arme zu reißen. Es kostet mich unendliche Überwindung zu bemerken: »Wie ich bereits sagte: Ich schlafe nicht mit Kundinnen. Und du wolltest auch nicht mehr mit Angestellten schlafen, weißt du noch?«

»Das will ich ja auch nicht.« Als sie noch näher kommt, rieche ich ihren Duft nach Vanille. Was gar nicht gut ist, denn am liebsten würde ich sie verschlingen. »Sondern nur einen Kuss.«

»Jez...«

»Hierhin«, sagt sie und legt die Spitze ihres Zeigefingers auf einen Mundwinkel. »Nur einen kleinen Kuss.«

Als sie mir tief in die Augen blickt, bin ich bereit zu schwören, dass sie Superkräfte hat, denn mir wird jeglicher Wille entzogen, mich zu wehren. Mir bleibt gar nichts anderes übrig, als mich ihr zu nähern und mit meinen Lippen ganz sanft über ihren Mundwinkel zu streichen.

»Gut?«, frage ich.

»Ja«, sagt sie, schüttelt aber den Kopf. Und ihr Blick sagt mir, dass sie mehr will.

Mit hämmerndem Herzen weiche ich ein Stück zurück und betrachte sie. Ihre geöffneten Lippen. Ihre schweren Lider. Ihr zerzaustes Haar.

Mit jedem Atemzug hebt und senkt sich ihre Brust, und ich bin sicher, sie ist so erregt wie ich. Als sie schluckt, sehe ich, wie ihre Kehle sich bewegt, und muss gegen den Drang ankämpfen, mich zu ihr zu neigen und die kleine Kuhle an ihrem Hals zu küssen.

Ich lasse meinen Blick weiter sinken und nehme die Wölbung ihrer Brüste und den Anblick ihrer Brustwarzen in mich auf, die sich deutlich unter dem dünnen Stoff ihres BHs und ihres T-Shirts abzeichnen. Der Saum liegt lose auf der Taille, und ich weiß, wenn ich die Hand ausstreckte, könnte ich sie auf ihren Bauch legen und spüren, wie die Muskeln sich bewegen, wenn sie Luft holt.

Und wenn ich tiefer glitte…

Unwillkürlich frage ich mich, was sie wohl unter ihrem Rock trägt. Ich vermute, einen Stringtanga, oder gar nichts, denn der Stoff liegt eng an ihren Hüften und Beinen an. Und wenn ich meine Hand zwischen ihre Schenkel schöbe, wäre sie dann schon feucht?

Allein von dem Gedanken werde ich hart.

Ich sollte gehen – das weiß ich. Aber ehrlich gesagt, war ich nie der Typ, der Regeln befolgt. Und manchmal wird das Richtige zu tun ziemlich überschätzt.

»Jez«, flüstere ich und gebe ihr nicht mal die Zeit zu reagieren. Denn ich kann es einfach nicht riskieren, dass sie Nein sagt, verdammt noch mal. Also neige ich mich vor, küsse sie mitten auf den Mund und ziehe sie an mich. Sie schmeckt nach Wein und Sünde, und ich will mich an beidem berauschen. Trunken werden von ihrer Berührung. Ihrem Geschmack.

»Küsse«, murmele ich, umfasse sanft ihr Kinn und blicke ihr tief in die Augen. »Das willst du also? Etwa so?«, frage ich und streife mit den Lippen über ihre. »Oder so?« Ich drücke tausend kleine Küsse auf ihren Hals, bis hinunter zu der Kuhle zwischen ihren Schlüsselbeinen.

Sie erzittert unter meiner Berührung und haucht kaum hörbar: »Ja.«

»Jez«, murmele ich gedämpft, da mein Mund über den Stoff über ihren Brüsten wandert. Sie wölbt ihren Rücken durch und lehnt sich mit den Schultern gegen die Wand, damit ich es leichter habe. Aber ich will *sie* schmecken, nicht ihr T-Shirt, daher schiebe ich es mit den Händen hoch, bis ich ihren weißen Baumwoll-BH freigelegt habe.

Er ist ungepolstert, und ihre Brustwarzen drücken sich wie Kirschkerne durch den dünnen Stoff. Ich drücke meinen Mund auf eine ihrer Brüste und sauge, stimuliere dann mit den Zähnen den Nippel. Sie schreit auf und wimmert, als ich meinen Mund von ihr löse.

Aber so leicht lasse ich sie nicht vom Haken. Im Gegenteil, immer noch auf der Suche nach nackter Haut, reiße ich mit den Zähnen den Rand ihres BHs zur Seite und lege ihre Brust frei.

Sie keucht auf, vergräbt ihre Finger in meinen Haaren, zieht mich enger an sich und drückt meinen Mund dorthin, wo sie ihn haben will. Mit meiner Zunge stimuliere ich ihre Brustwarze, bis ich spüre, wie sie anfängt zu zittern, und da weiß ich, ich werde nicht – auf gar keinen Fall – zulassen, dass sie kommt, bevor ich ihre süße Möse geschmeckt habe.

Wieder wimmert sie auf, als ich mich von ihr löse und heiße Luft auf ihre feuchte Brust hauche. »Bitte«, fleht sie, als ich winzige Küsse darauf drücke. »Pierce, bitte.«

»Schsch.« Ich löse meinen Mund nur so lange von ihrer Haut, um zu sagen: »Kein Wort mehr.« Dann gleite ich mit den Händen zum Bund ihres Rocks, den man einfach nur herunterstreifen kann. Aber anstatt ihn nach unten zu schieben, ziehe ich den Stoff höher und immer höher, bis er kaum noch ihre Schenkel bedeckt, um meine Hand auf ihren Innenschenkel zu drücken und damit langsam immer weiter nach oben zu wandern.

Sie zittert, und ihre leisen Laute treiben mich in den Wahnsinn, und mein Schwanz ist so verdammt hart, dass es schon wehtut. Aber in diesem Augenblick will ich sie nur berühren. Ich will sie an meinen Fingern spüren, heiß und feucht, und ich bin so, so nahe dran.

Vor allem aber will ich sie schmecken. Mit meiner Zunge ihre Klitoris liebkosen. Sie saugen, küssen und necken, bis sie an meinem Mund explodiert.

Wie gesagt: nur ein Kuss.

Aber ein höchst intimer.

Langsam wandern meine Finger nach oben. Sie trägt einen hauchdünnen Stringtanga, den ich ungeduldig herunterreiße, um ihre feuchte Hitze zu befreien. Gleichzeitig wandere ich mit meinen Küssen tiefer und tiefer, bis kein Stoff mehr da ist, sondern nur noch Haut, nur noch *sie*, und sie ist gewaxt, glatt und wundervoll.

»Bitte«, fleht sie, als ich sie mit meinem Mund bedecke. Als meine Zunge ihre Klitoris findet. Als meine Finger gleichzeitig mit meinem intimen Kuss in sie hineinstoßen, meine Zunge sie ableckt. Meine Lippen sie auf die Folter spannen.

Da fängt sie an, ihr Becken vorzustoßen, rhythmisch drängend gegen meinen Mund, und mit ihren Fingern in meinen Haaren steuert sie mich. Als ich ihre leidenschaftlichen, keuchenden Laute höre, werde ich immer härter. Und ich will nur noch, dass sie kommt. Dass sie explodiert.

Und dass ich weiß, ich habe sie dazu gebracht.

»Ja!«, schreit sie auf, erzittert am ganzen Körper, und ihre Muschi zieht sich eng um meine Finger zusammen.

Ich knie bereits, aber jetzt geben auch ihre Beine nach, und sie sinkt zu Boden und zieht mich mit sich.

Meine Hände sind überall. Berühren sie. Liebkosen sie. Ich lausche ihren leisen Lauten, ihrem sehnsüchtigen Murmeln. »Ich krieg nicht genug von dir.« Und das stimmt. Ich habe sie geschmeckt – jetzt will ich sie nehmen. Hart und heiß und schnell und danach ganz sanft. Zärtlich. Ich möchte spüren, wie sie in tausend Stücke zerspringt, und ich möchte tief in ihr sein und spüren, wie ihr Körper sich um meinen Schwanz zusammenzieht, wenn ich komme.

»Gut«, sagt sie. »Denn ich will noch mehr von dir.« Ihr Gesicht hat sie an meiner Brust vergraben, aber jetzt hebt sie Kopf und Oberkörper, um mir in die Augen zu sehen. »So viel mehr.«

Sie knöpft mein Hemd auf und haucht einen Kuss auf mein Brustbein. Dann bahnt sie sich küssend einen Weg nach unten, tiefer und tiefer, bis mein bereits steinharter Schwanz schmerzhaft gegen meine Jeans drückt. Sie umfasst ihn über dem Stoff, worauf sich mein Oberkörper unwillkürlich zurückwölbt und ich nach Luft ringe. Und es ist ein gottverdammtes Wunder, dass ich nicht auf der Stelle komme, als sie meine Jeans aufknöpft.

Als sie ihr Gewicht verlagert, weiß ich, sie will meinen Schwanz herausholen und ihn in ihren heißen, kleinen Mund nehmen, was mir himmlisch erscheint. Nur reicht mir das nicht. Ich will verdammt sein, aber es ist einfach nicht genug.

Ich umfasse ihr Gesicht. Sie sieht mich verwirrt an. »*Mehr*«, sage ich.

Sie leckt über ihre Lippen und wirkt, als wäre sie stark in Versuchung. »Aber wir haben doch unsere Regeln.«

»Ich glaube, die haben wir schon derart verbogen, dass man Knoten daraus machen könnte.«

Als sie sich auf die Unterlippe beißt, muss ich leise lachen.

» Eine Frau mit Prinzipien«, sage ich. »Dagegen kann ich nichts machen.«

»Pierce?«

»Hmmh?«

»Du bist gefeuert.«

9 *Du bist gefeuert.*
Das sind wohl die magischsten Worte, die ich je gehört habe.

Sie schenken mir Freiheit. Sie eröffnen mir unendliche, wundervolle, dekadente, intime Möglichkeiten.

Sie bringen mein Blut zum Kochen und machen mich noch härter.

Ihre Stimme ist gerade verstummt, als ich schon mit einer Hand ihre Handgelenke packe, ihre Arme über den Kopf ziehe und sie dort festhalte. Ihr T-Shirt ist immer noch schief, ihr BH vollkommen verdreht. Ihr Rock windet sich um ihren Bauch, und ihr Höschen hängt nur noch an einem Fußknöchel.

Sie sieht wild aus, bereit und atemberaubend schön.

»Ich bin jetzt freischaffend«, sage ich. »Stell dir vor, welche Möglichkeiten sich mir dadurch bieten.«

»Das will ich mir nicht nur vorstellen«, erwidert sie. »Ich will so wund werden, dass ich morgen kaum noch laufen kann. Ich will...«

»Was?«

»Diese Nacht. Morgen stelle ich dich wieder ein, aber verdammt, Pierce, in diesem Augenblick will ich dich in mir spüren.«

Ich bin noch fast vollständig angezogen, aber das ist mir egal, und aus ihren Worten zu schließen, ist es ihr auch egal. »Jetzt«, verlangt sie. »Bitte, Pierce. Jetzt.«

Ich lasse ihre Handgelenke los, um meine Jeans aufzuknöpfen. Und da erst wird mir klar, dass ich kein Kondom dabeihabe. Was lächerlich ist, weil ich *immer* ein Kondom benutze.

»Ich auch nicht«, sagt sie, als ich es ihr gestehe. »Aber ich bin clean und verhüte.«

»Ich hab mich testen lassen«, erwidere ich. »Alles in Ordnung. Vertraust du mir?«

Als sie antwortet, sehe ich ihr in die Augen, und ich will verdammt sein, wenn ihr leises, aufrichtiges Ja nicht das Erotischste ist, was ich je gehört habe.

»Gut«, nicke ich, »denn ich kann nicht mehr warten.«

»Ich auch nicht.« Sie streckt die Arme aus, zieht mich auf sich und küsst mich derart leidenschaftlich, dass es sich bereits wie eine Vereinigung anfühlt.

»Baby«, bemerke ich. »Ich glaube, ich kann's jetzt nicht langsam angehen lassen.«

»Musst du auch nicht«, sagt sie. »Wag es ja nicht.«

Was ich sagte, ist mein voller Ernst. Selbst wenn ich mir Mühe gäbe, könnte ich es nicht langsam angehen lassen. Denn seit ich sie das erste Mal im Thyme sah, will ich sie, und jetzt, da sie halb nackt unter mir liegt, kann ich mich nicht mehr zurückhalten. Jedenfalls nicht beim ersten Mal.

Ich schiebe meine Hand zwischen ihre Beine und streichele sie. Öffne sie.

Geschmeidig, warm und bereit wölbt sie sich mir entgegen und drängt sich gegen mich.

Sie ist feucht und schön, ich schiebe mich über sie und necke ihre Muschi mit der Spitze meines Schwanzes, nur um uns noch ein bisschen mehr anzuheizen.

Aber Jez unterbindet das, indem sie nach meinem Schwanz greift und ihn zu ihrem Spalt führt. »Jetzt«, verlangt sie. »Verdammt, Pierce, ich will dich in mir haben«, und das klingt so heiß und drängend, dass ich mich nicht mehr zurückhalten kann. Ich kann nicht mal mehr sanft sein, sondern stoße heftig in sie hinein. Einmal, zweimal. Mit jedem Mal tiefer, bis ich so tief in ihrer engen Mitte bin, dass es sich anfühlt, als würde ich mich darin verlieren.

Wie ein Kolben pumpe ich in sie hinein, stütze mein Gewicht auf den Händen ab und spüre, wie sie mir mit ihrem Becken entgegenkommt. Und ihre Augen, ihre Augen sind unentwegt auf meine gerichtet.

Ich bin nah dran, so verdammt nah dran, aber noch nicht bereit zu kommen. »Roll dich herum«, keuche ich. »Auf mich drauf.«

Ich umfasse mit den Händen ihre Taille, rolle uns herum, und dann ist der Anblick, wie sie meinen Schwanz reitet, derart sexy, dass ich eigentlich nicht mehr kann.

»Zieh dich aus«, befehle ich und wandere mit dem Blick über ihre Kleider, während ich zwischen unsere Körper greife und mit der Fingerspitze ihre Klitoris stimuliere. »Na bitte«, sage ich, als sich ihr Inneres um mich zusammenschließt und immer enger wird, während eine riesige Woge sich in ihr aufbaut.

Sie reißt sich das T-Shirt und den BH vom Leib und zieht sich den Rock über den Kopf. Jetzt ist sie vollkommen nackt, und ich bin noch vollständig angezogen, was so verdammt heiß ist, dass ich weiß, gleich verliere ich die Beherrschung. »Los«, dränge ich sie. »Komm mit mir zusammen.«

»Ja«, sagt sie, während ich sie immer weiter streichele. »O Gott, ja, nicht aufhören.«

Daran würde ich nicht mal im Traum denken, und ich spiele mit ihrer Pussy, während sie mich reitet – und dann, als sie aufschreit, dass sie jetzt kommt, und sich ihre Möse um meinen Schwanz zusammenzieht – da ergieße ich mich in ihr, und der Orgasmus begräbt mich wie eine riesige Flutwelle unter sich.

Als ich völlig leer bin, lässt sie sich auf mich fallen, drückt ihren Busen gegen mein Hemd und streift mit ihren Lippen über die Haut an meinem Kragen.

Ich umfasse ihr Kinn, führe ihren Mund zu meinem und küsse sie lang und leidenschaftlich. »Baby«, sage ich, als wir Luft holen müssen, »du fühlst dich himmlisch an.«

»Komisch. Ich dachte, das liegt an dir.«

Ich rutsche unter ihr hervor. »Komm her«, sage ich und hebe sie auf meine Arme. Nackt und weich schmiegt sie sich an mich. Ich trage sie in ihr Schlafzimmer, und erst da wird mir klar, welches Glück wir hatten, dass Del nicht aus ihrem Zimmer gekommen ist, um noch etwas zu essen.

Ich lege Jez aufs Bett, ziehe mich aus und lege mich zu ihr. Sie hat mich völlig fertiggemacht, aber im Gegensatz zu meinen anderen Dates möchte ich nicht gehen. Im Gegenteil, ich will unbedingt bleiben. Ich will eng an sie gepresst im Bett liegen. Was mir mehr als klarmacht, was ich für diese Frau empfinde. Denn normalerweise bin ich nicht der Typ, der eng an eine Frau gepresst im Bett liegen will.

Außer bei Jez.

Sie ist warm, und weil ihr Po sich gegen meinen Schritt drängt, begehre ich sie schon wieder, obwohl ich völlig erschöpft und verausgabt bin.

Andererseits kann ich noch warten. Es fühlt sich zu gut an, sie einfach nur im Arm zu halten.

Ich weiß, ich sollte gehen. Aufstehen und mich in mein eigenes Zimmer begeben. Mir einen Kaffee machen. Irgendetwas tun.

Aber das schaffe ich nicht mehr, und je länger ich so daliege, desto mehr drifte ich weg.

»Pierce?«

Das reißt mich aus meinem Dämmerzustand. »Oh, tut mir leid. Ich wollte nicht einschlafen.« Benommen und orientierungslos richte ich mich auf. Ich könnte mir in den Arsch beißen, dass ich nicht rechtzeitig den Absprung geschafft habe.

»Ich gehe schon«, sage ich, rutsche zur Bettkante und versuche, mit dem Rücken zu ihr im Dunkeln meine Kleider zu lokalisieren.

»Nein, nein. Warte.«

Etwas an ihrem Ton beunruhigt mich, doch als ich mich zu ihr umdrehe und sie ansehe, kann ich ihre Miene nicht deuten. »Jezebel? Was ist denn, Baby?«

»Du bist doch nicht – mit jemandem zusammen, oder? Ich bin nicht *die andere*?«

Fast muss ich lachen. Wenn ich eins bin, dann ungebunden. Und bis ich Jezebel traf, ging es mir damit großartig. Aber jetzt – bin ich zwar nicht begeistert darüber, kann aber nicht leugnen, dass sie mich dazu bringt, meine Maxime *Nur für eine Nacht* zu überdenken. Denn mit dieser Frau würde ich definitiv auch zwei Nächte wollen. Offen gestanden, wären drei genau richtig.

»Pierce?« Als ich Sorge in ihrem Blick sehe, wird mir klar, dass mein Zögern sie beunruhigt.

»Nein, bin ich nicht«, versichere ich eilig. »Ganz und gar nicht.«

»Oh.« Ich höre ihr deutlich ihre Erleichterung an. »Gut. Ich meine, ich hatte schon angenommen, dass du Single bist. Weil du an dem Abend, als wir uns kennenlernten, etwas von einem Blind Date gesagt hattest. Ich schätze, Kerrie hat das vermittelt.«

»Nein, nicht ganz«, erwidere ich automatisch, bereue es aber sofort. Was zum Teufel mache ich da? Ich sollte einfach *Ja* sagen. Nicken und es damit gut sein lassen. Denn was soll's?

»Nicht ganz ein Blind Date? Oder nicht ganz Kerrie?«

»Es war kein Blind Date. Und Kerrie hatte nichts damit zu tun.« *Idiot.* Ich bin ein Idiot, der nicht mehr weiß, was er sagt.

Doch genau genommen stimmt das nicht. Denn dieser Frau gegenüber möchte ich offen und ehrlich sein, was auch immer daraus folgt. Das ist zwar Neuland für mich, aber ich kann nicht leugnen, dass ich genau das will.

»Kein Blind Date«, überlegt sie. »Trotzdem wusstest du nicht, wie sie aussieht und – *oh!* Die Initialen. Darüber habe ich doch irgendwas gelesen. Die neue App!« Gott sei Dank: Sie grinst und wirkt amüsiert, nicht empört. »Du hast mich mit einem One-Night-Stand verwechselt.«

»Was ein schrecklicher Irrtum war«, sage ich und gebe ihr einen leichten Kuss. »Weil du so viel mehr bist.«

Wieder einmal verblüfft es mich, was ich da sage. Gleichzeitig kann ich nicht leugnen, dass es stimmt.

Del hat sich geirrt: Jez ist keine Zicke, sondern eine Hexe. Denn irgendwie hat sie mich vollkommen verzaubert.

»Warum hast du keine Freundin?«, will sie wissen.

»Hast du was daran auszusetzen?«

»Aber nein. Ich bin nur neugierig.« Sie setzt sich auf und zieht das Laken hoch, um ihre Brüste zu bedecken, was in meinen Augen eine verdammte Schande ist.

Ich hingegen lege mich wieder hin und stütze den Kopf auf den Arm. Ganz kurz erwäge ich, die Frage zu übergehen. Einfach das Thema zu wechseln oder, noch besser, sie abzulenken, indem ich sie auf mich ziehe und sie noch einmal nehme, schnell und hart.

Das Problem ist der Zauber, mit dem sie mich belegt hat. Ich will mit ihr reden. Genauer gesagt will ich hier mit ihr im Bett bleiben und ihr von meiner Vergangenheit erzählen. So sieht es aus, verdammt noch mal.

»Nun?«, hakt sie nach. »Willst du mir jetzt sagen, ich sollte mich um meine eigenen Angelegenheiten kümmern?«

»Nein«, erwidere ich und verkneife mir gerade noch die Bemerkung, ich hätte es gern, dass es auch ihre Angelegenheit wäre. »Ich hab nur nachgedacht.«

Als sie die Nachttischlampe anschaltet, aus dem Bett gleitet und ins Wohnzimmer verschwindet, genieße ich den Anblick ihrer nackten Rückseite. Genieße allerdings noch mehr den Anblick ihrer Vorderseite, als sie mit zwei Gläsern Wein zurückkehrt.

»Nur zur Information«, bemerke ich. »Nackt herumzulaufen weckt nicht gerade die Lust am Reden. Solltest du in Zukunft bedenken.«

Sie reicht mir ein Glas, als ich mich aufrichte, und stellt ihres auf den Nachttisch. Dann kommt sie wieder ins Bett und wickelt das Laken um sich. »Zur Kenntnis genommen. Aber was hattest du über deinen erbärmlichen Mangel an einer Freundin oder Frau gesagt?«

Amüsiert schüttele ich den Kopf und nippe an meinem Wein, weil ich immer noch nicht weiß, wo ich anfangen soll. Schließlich mache ich es kurz: »Ich habe zwar die Militärzeit überlebt«, sage ich, »meine Verlobung aber nicht.«

»Was ist passiert?«

»Ich liebte sie und dachte, sie liebt mich auch. Aber exakt drei Stunden vor der Trauung gestand sie mir, sie könnte es nicht durchziehen. Weil sie mich nicht lieben würde. Weil sie nicht mal wüsste, ob sie mich je geliebt hätte.«

Jez umfasst meine Hand. »Dieses Miststück! Oh, Pierce, das tut mir sehr leid.«

»Ach, ich bin drüber weg«, sage ich achselzuckend, als wäre das keine große Sache, obwohl das natürlich vollkommen gelogen ist. Dann sehe ich Jez direkt an und gestehe: »Aber Beziehungen sind für mich tabu.«

Sie zieht die Augenbrauen in die Höhe. »Du schaust mich an, als wäre das ein Problem. Ist es aber nicht.«

»Stimmt«, nicke ich, und obwohl es genau das ist, was ich eigentlich hören wollte, trifft mich ihre Aussage ziemlich und macht sich als bleiernes Gewicht in der Magengrube bemerkbar.

»Schließlich bin ich nur noch ein paar Tage hier. Und bis Del sich selbst um ihre Karriere kümmern kann, gilt meine ganze Aufmerksamkeit ihr und keiner Beziehung, keiner Affäre oder Ähnlichem.«

Sie zeigt zwischen uns hin und her und erklärt mit dem Anflug eines Lächelns: »Ich bereue nichts, bin aber auch kein schüchternes Mauerblümchen, das plötzlich von deinem magischen, mystischen Schwanz verzaubert wurde.«

»Dabei ist er doch ziemlich spektakulär, oder?«

»Auf keinen Fall werde ich irgendetwas sagen, um dein ohnehin zu großes Ego aufzublasen«, entgegnet sie. »Was ist denn mit den Frauen auf dieser App? Suchen die keine Beziehung?«

»Nein, diese App ist anders. Außerdem stelle ich immer sofort klar, dass ich lediglich für eine Nacht zu haben bin.«

»Wirklich? Wie ein Söldner?«

»Bislang hat's für mich funktioniert.« Doch noch während ich das ausspreche, beschleicht mich die Ahnung, dass die solide Mauer aus One-Night-Stands kurz vor dem Einsturz steht.

»Hmmm.«

»Du billigst das nicht.«

»Im Gegenteil, ich finde es ziemlich schlau.« Sie stützt sich auf beide Ellbogen. »Vielleicht solltest du einfach so weitermachen.«

Verwirrt runzele ich die Stirn. »Wovon redest du?«

Jetzt legt sie den Kopf auf dem Kissen ab und betrachtet die Decke. »Ist doch eine gute Methode, nicht allein zu sein, oder?«

»Schon«, bestätige ich, ohne nachzudenken. Aber eigentlich entspricht das nicht der Wahrheit. Denn mit diesen Frauen war ich immer allein. Und so ungern ich es auch zugebe, aber hier mit Jez zu sein, sie zu berühren und mit ihr zu reden, hat mir das erst klargemacht.

Eine Weile schweigen wir beide. Dann richtet sie sich wieder auf, zieht die Knie an und umschlingt sie mit ihren Armen. »Wir werden viel zu sentimental. Also, Folgendes habe ich mir überlegt. Wegen morgen, meine ich. Del und ich wollten eigentlich den ganzen Tag im Spa verbringen. Um sieben muss sie für den Nachtdreh am Set sein.«

»Alles klar«, nicke ich und bin seltsam enttäuscht darüber, sie den ganzen Tag nicht zu sehen. »Dann hole ich euch um sechs Uhr hier ab.«

»Ist gut. Außer natürlich, du hast auch am Tag Zeit.«

»Selbstverständlich. Du hast mich doch nonstop engagiert, schon vergessen? Wenn du mir allerdings eine Pediküre vorschlagen willst, muss ich passen. Aber Connor ist morgen bis fünf für Del eingeteilt. Vielleicht hat er Lust auf eine Gesichtsbehandlung.«

»Sehr komisch. Nein, ich dachte nur...«

»Was denn?«

»Dass Del ein Tag im Spa vielleicht mehr Spaß machen würde, wenn jemand in ihrem Alter dabei wäre.«

»Aha.«

»Also«, setzt sie an und räuspert sich dann. »Du hast doch gesagt, Kerrie wäre vierundzwanzig, oder?«

»Kerrie? Ja, stimmt.«

»Das würde doch ganz gut passen. Glaubst du, sie hätte Lust dazu?«

»Auf einen Wellnesstag mit einem Filmstar, der schwarzen Humor hat? Ja, ich glaube, da wäre sie dabei.« Ich verbiete mir jegliche Vorfreude auf das, was dieses Gespräch zur Folge haben mag. Dennoch sehe ich vor meinem inneren Auge einen langen, faulen Tag mit Jez im Bett, während Connor ein Auge auf die Mädels im Spa hat.

»Daher dachte ich, du und ich könnten uns vielleicht...«

»Ja.«

»...Austin ansehen«, beendet sie den Satz.

Ich richte mich auf. »Halt. Was?«

Sie runzelt die Stirn. »Was hast du denn gedacht?«

»Ach nichts. Backgammon spielen? Oder so.«

Ihr Lachen klingt wie Musik in meinen Ohren. »Nun, ich denke, *Backgammon* könnte sich auch einrichten lassen. Aber ich war erst einmal in Austin und hatte gehofft, du könntest mir ein bisschen was zeigen.«

Das hört sich in meinen Ohren verdächtig nach einem Date an. Und obwohl ich sofort an Bord wäre, wenn es darum ginge, den ganzen Tag nackt mit ihr im Bett zu verbringen, schrillen bei dem Gedanken an ein Date alle Alarmsirenen in meinem Kopf.

Weil Beziehungen für mich tabu sind. Vollkommen ausgeschlossen.

Aber irgendwie muss ich mir das in Gegenwart von Jezebel immer wieder in Erinnerung rufen.

Andererseits hat sie ja gerade selbst gesagt, dass sie in nicht mal einer Woche wieder verschwindet. Und ich erkenne keinerlei Hinweis bei ihr darauf, dass sie einem gemeinsam verbrachten Tag besondere Bedeutung beimisst.

Und zu einem gemeinsamen Tag hätte ich Lust.

Ehrlich gesagt, sogar mehr, als ich eigentlich haben sollte.

»Pierce?« Sie sieht mich stirnrunzelnd an. »So kompliziert ist das doch nicht. Möchtest du ...«

»Ja, möchte ich«, sage ich, denn ich will verdammt sein, wenn sie sich von irgendjemand anderem die Stadt zeigen lässt. »Ich habe nur überlegt, wohin wir gehen.«

»Großartig. Super.« Sie holt tief Luft und gähnt.

Ich steige aus dem Bett und schaue mich auf der Suche nach meiner Hose um. »Ich lass dich jetzt mal schlafen und schreibe Kerrie und Connor eine SMS. Wenn wir sie morgen im Spa abgeliefert haben, brechen wir zu unserem Ausflug in die Stadt auf.«

»Ist gut«, sagt sie, aber ich meine, ein Zögern zu hören.

»Gibt's ein Problem?«

»Ich dachte nur, dass ich dich morgen ab sechs wieder anheuern werde. Also bist du bis dahin nicht bei mir angestellt und ...«

»Bitten Sie mich etwa, hier zu schlafen, Miss Stuart?«

Sie richtet sich auf und lässt das Laken von ihrem Oberkörper gleiten. »Im Gegenteil, Mr. Blackwell. Ich bitte Sie, überhaupt nicht zu schlafen.«

10

»Es ist super hier«, verkündet Jez und wirft einen Blick zu dem Pterodactylus, der an der Decke hängt. »Und diese Pfannkuchen sind köstlich. Ich hab noch nie welche mit Lebkuchengeschmack gegessen.«

»Noch nie?«

»Ich bin sehr behütet aufgewachsen«, sagt sie mit vollkommen ausdrucksloser Stimme.

Lachend hebe ich meine Kaffeetasse, als unsere Kellnerin zum Nachschenken vorbeikommt. Wir befinden uns im Magnolia Café auf der South Congress Avenue, meinem Lieblingsrestaurant in Austin, nur noch getoppt vom Original Magnolia Café auf der anderen Seite des Sees. Die Atmosphäre ist entspannt, das Ambiente urig und das Essen so ausgezeichnet, dass ich dafür bis in die Pampa fahren würde.

Allerdings sind wir hier nicht in der Pampa, sondern einerseits nur ein paar Meilen vom Starfire Hotel entfernt und andererseits am südlichen Ende der Einkaufsmeile auf der South Congress Avenue. Und da Jez mir erzählt hat, sie wollte heute ein Souvenir für Del kaufen, dachte ich mir, wir würden auf dem Rückweg zum Fluss einen Schaufensterbummel machen.

»Wir können von Glück sagen, dass wir einen Platz bekommen haben«, sage ich. »Samstags ist es hier normalerweise brechend voll, vor allem während des Festivals.« Ich sehe mich um: Zwar ist das Café gut besucht, aber nicht überfüllt.

»Es ist ja nicht mal zehn«, erwidert sie. »Alle, die gestern Abend aus waren, schlafen wahrscheinlich noch.« Sie beißt sich auf die Unterlippe und sieht mich unter gesenkten Lidern an. »Ich würde nach meiner letzten Nacht auch noch tief und fest schlafen, wenn ich meine Schwester nicht hinaus in die Welt hätte bringen müssen.«

»Ach wirklich?«, frage ich, als ich ihren Fuß an meinem Knöchel spüre. »Wenn du müde bist, können wir ja wieder zurück ins Hotel und den Tag im Bett verbringen, während unsere Schwestern Wellness machen.«

»Klingt verlockend, aber nein.« Als sie an ihrem Kaffee nippt, werde ich allein vom Anblick ihrer Lippen an dem weißen Porzellanrand kurzatmig. »Du hast mir eine Stadtführung versprochen.« Ohne den Blick von meinen Augen zu lösen, stellt sie den Kaffee ab. »Ich freue mich schon auf alles, was du so im Kopf hast.«

»Du, Jezebel Stuart, bist ein böses Mädchen.«

»Vielleicht ein bisschen«, nickt sie und zieht ihren Fuß weg. »Aber ich kann auch artig sein.« Sie legt ihre Gabel nieder und lehnt sich zurück. Die Hälfte ihres Pfannkuchenstapels hat sie vertilgt, was, wenn man die Größe der Pfannkuchen bedenkt, ziemlich beeindruckend ist. »Erzähl mir was von diesem Lokal. Wie hast du es entdeckt?«

»Ach, das kenne ich schon seit meiner Kindheit. Mir gefiel immer das *Sorry, we're open*-Schild, und als Kerrie noch klein war, tischte ich ihr die Geschichte auf, das Restaurant wäre Teil einer Zeitschleife.«

»Weil es auf dem Schild heißt, sie hätten 24/8 geöffnet?«

»Trotzdem hat sie mir nie geglaubt«, sage ich. »Meine Schwester ist einfach viel zu abgebrüht.«

Jez lacht. »Ja, sie wirkte heute Morgen echt abgebrüht, als sie vor Begeisterung über einen Wellnesstag klatschend auf und ab hüpfte.«

»Sie verbirgt es eben gut«, kontere ich, worauf Jez mit der Serviette nach mir wirft.

»Wann wirst du mir sagen, was du für heute geplant hast?«

»Nie«, erwidere ich. »Du musst mir einfach vertrauen und mitmachen. Glaubst du, das schaffst du?«

»Nein«, antwortet sie, verschränkt die Arme und kneift leicht die Augen zusammen. Aber ihr Lächeln sagt Ja.

Eine halbe Stunde später hat sie bereits für Delilah drei Souvenir-T-Shirts bei Prima Dora gekauft, einem Geschenkeladen neben dem Magnolia, und außerdem fünf Päckchen kitschiger Cocktailservietten. »Del liebt so was«, erklärt sie grinsend, während wir Hand in Hand die Straße hinunterschlendern und ich mit der freien Hand die Einkaufstüte umklammere. »Wohin jetzt?«

»Jetzt machen wir einen Spaziergang.«

»Schön hier«, bemerkt sie, nachdem wir ein paar Blocks hinter uns gelassen haben. »Sehr trendy, aber bunt, lustig und hauptsächlich mit lokalen Produkten. Oh...«

An einer Ecke bleibt sie stehen und zeigt auf Allens Boots. »*Die* brauche ich.« Mit strahlendem Lächeln wendet sie sich zu mir. »Cowboystiefel für L. A. Aber echte. Was meinst du?«

»Wie könnte ich da widersprechen?« erwidere ich, worauf wir die Straße überqueren und den Laden betreten. Im Gegensatz zu anderen Geschäften auf der South Congress Avenue war Allens Boots schon immer hier, und die Mitarbeiter verstehen was von ihrem Fach: Sie gehen sogar so weit, Jez zu raten, sie sollte die roten Stiefel, die sie sich nach langem Überlegen ausgesucht hat, lieber erst einlaufen. Aber sie besteht darauf, sie für den Rest unseres Ausflugs anzubehalten.

»Die gefallen mir«, sagt sie, kaum sind wir draußen, und streckt einen Fuß vor. Sie versucht, hüpfend ihre Hacken aneinanderzuschlagen, und lehnt sich dann lachend an mich. »Das habe ich mal in einem Film gesehen. Also, nicht genau *das*. Aber so ähnlich, bei einem Tanz.«

»Fang doch erst mal mit Two-Step an und arbeite dich dann weiter hoch.«

»Du kannst das?«

»Ein-, zweimal habe ich es schon zustande gebracht.«

»Dann zeig's mir«, befiehlt sie und nimmt meine Hände, als wollten wir Walzer tanzen.

Lachend löse ich mich von ihr. »Glaub mir: Das versuchen wir besser nicht in der Öffentlichkeit. So groß ist mein Talent dann doch nicht.«

»Im Gegenteil«, sagt sie, gleitet mit ihrer Hand über mein T-Shirt und hält direkt über dem Gürtel inne. »Ich finde, du hast sehr großes Talent.«

»Jez...« Ich bin stark versucht, den Rest des Ausflugs abzublasen und ihr ein paar horizontale Tanzschritte beizubringen. Aber sie lacht nur und weicht zurück. »Später«, flüstert sie. »Versprochen?«

»O ja«, versichere ich ihr.

Daraufhin nimmt sie meine Hand, und wir gehen weiter die Straße hinunter und reden über alles und nichts. Über die Waren in den Schaufenstern und die Passanten. Das Wetter. Bücher. Sogar über irische Poesie, obwohl ich keine Ahnung habe, wie wir auf das Thema gekommen sind.

Als ich sie frage, lacht sie nur achselzuckend, drückt meine Hand und wirkt sorgloser denn je. In diesem Augenblick denke ich, mir wäre nichts auf der Welt lieber, als sie für immer genau so sorglos zu sehen.

Ein gefährlicher Gedanke... aber irgendwie nicht so furchterregend, wie er eigentlich sein sollte.

»Danke«, sagt sie später, als wir den Laden Lucy in Disguise with Diamonds verlassen, beide mit neuen abgefahrenen Retro-Sonnenbrillen. »Genau so was habe ich gebraucht.«

»Eine Neonsonnenbrille braucht doch jeder!«

»Da hast du recht«, nickt sie. »Aber das meinte ich nicht. Im Ernst«, fügt sie hinzu, legt ihre Hände auf meine Schultern und stellt sich auf Zehenspitzen, um mir einen leichten Kuss auf die Lippen zu drücken. »Danke.«

Als sie sich von mir lösen will, umfasse ich ihren Hinterkopf, drücke sie noch enger an mich und küsse sie, bis sie aufstöhnt und ich die Vibration davon in meinem ganzen Körper spüre.

»Wohin jetzt?«, flüstert sie.

»Tja, ich hab noch Pläne für den ganzen Tag. Ich dachte, hiernach mieten wir ein Paddelboot und verbringen ein Stündchen auf dem Fluss. Dann könnten wir an einem der Foodtrucks auf der Barton Springs Road zu Mittag essen, danach ins Wildflower Center in Süd-Austin und am Schluss in der Innenstadt Sushi essen.«

»Klingt einfach wunderbar.«

»Oder wir könnten das alles sausen lassen, und ich zeige dir meinen Lieblingsausblick auf den Fluss.«

»Von wo aus?«

»Meiner Wohnung.«

Ihre Augen weiten sich kaum merklich. »Ich schätze, der Ausblick auf den Fluss ist ein Euphemismus?«

»Könnte sein«, räume ich ein. »Ich weiß, du wolltest einen ganzen Tag unterwegs sein. Aber...«

»Gib Ruhe, Pierce«, sagt sie und drückt mir ihren Zeigefinger auf die Lippen. »Gehen wir. Wenn ich eines hasse, dann einen außergewöhnlichen Ausblick zu verpassen.«

11 Es ist ein prächtiger Tag im März. Auf dem Fluss glitzert die Nachmittagssonne. Die Bäume sind grün, und ein paar von ihnen fangen gerade erst an zu blühen.

Ein wahrhaft schöner Ausblick.

Aber nichts davon kann mit Jezebel mithalten.

Wir befinden uns in meinem Wohnzimmer, und sie steht an der Glastür, die zum Balkon hinausführt, und betrachtet das Panorama. Aber noch atemberaubender als das finde ich die Frau, die hier mit mir ist.

Sie hat bereits ihre Stiefel abgestreift, aber ich will, dass sie sich ganz auszieht, und als ich zu ihr trete, bin ich entschlossen, diesen Zustand bald zu erreichen. »Mach die Augen zu«, befehle ich leise und freue mich, als sie gehorcht. »Arme hoch.« Wieder fügt sie sich, und ihr Vertrauen erregt mich ebenso wie ihre weiche Haut und ihr köstlicher Duft.

Ich fasse den Saum ihres T-Shirts und ziehe es ihr über den Kopf. Zwar seufzt sie leicht auf, wehrt sich aber nicht.

»Als Nächstes die Jeans«, sage ich, als ich ihr den BH ausziehe und beiseite werfe. »Zieh sie aus. Und die Unterhose.«

Die Glasscheiben sind zum Schutz vor der Sonne leicht getönt, und zu dieser Tageszeit spiegeln sie ein bisschen. Jez blickt auf und sieht mich über die Scheibe an. Ich rechne schon mit Protest, aber sie sagt kein Wort, sondern knöpft nur ihre Jeans auf, zieht sie herunter und streift dabei gleich das Höschen mit ab.

Dann steht sie da, die Hände in die Hüften gestemmt, mit

leicht geöffneten Füßen, und betrachtet den naturbelasseneren Teil von Austin.

Ich stehe hinter ihr, kann aber über die reflektierende Scheibe sehen, dass ihre Brustwarzen steif sind und sie sich auf die Unterlippe beißt.

»Das erregt dich«, sage ich und atme erleichtert auf, als sie nickt. Denn ich finde diesen Anblick ebenfalls verdammt heiß.

»Das ist mein Lieblingsausblick«, erkläre ich. »Nicht die Stadt. Nicht die Bäume. Nicht der Fluss. Sondern du, wie du mit glühender Haut vor mir stehst und dein Körper vom Fenster gespiegelt wird. Denn ganz ehrlich: Könnte es etwas Schöneres geben?«

»Lügner«, erwidert sie, lächelt aber. »Schöne Worte, aber alle gelogen. Wie kann das dein Lieblingsausblick sein, wenn du ihn noch nie zuvor gesehen hast?«

Ich trete an sie heran, umfasse ihre Brüste und gleite dann mit einer Hand zwischen ihre Schenkel. Sie ist feucht – so unglaublich feucht –, und mein einziger Gedanke ist: *mein*.

»Aber ich hab ihn schon mal gesehen. Nicht in der Realität, aber in meinem Kopf. Als Vorstellung. Eine unschuldige Schönheit steht nackt vor mir und will mich.« Ich fahre mit der Hand von ihrer Brust zu ihrer Stirn, um ihren Kopf nach hinten zu drücken und ihren Hals zu verlängern. Sie holt zitternd Luft, rührt sich aber nicht. »Sag mir, dass du mich begehrst.«

»Ja. Sehr.«

Als ich sie loslasse, seufzt sie, bleibt aber so, lehnt sich einfach an mich, in dem Vertrauen, dass ich sie stütze.

Die andere Hand habe ich immer noch zwischen ihren Beinen, und jetzt liebkose ich sie, bis sie sich heiß und bereit gegen mich drängt. »Zieh dich aus«, sagt sie heiser.

»Wie die Dame befiehlt«, erwidere ich und gehorche eilends.

»Ist das dein Ernst?«

Ich neige den Kopf zur Seite und frage mich, was sie sich vorstellt. »Probier's aus.«

Sie dreht sich in meinen Armen um, reißt mir die letzten Kleider vom Leib und gibt mir einen so leidenschaftlichen Kuss, dass ich verblüfft und sofort auf hundert bin. »Jez, Baby«, sage ich, als ich mich atemlos von ihr löse. Aber sie gewährt mir keine Pause, sondern streicht mit ihrer Hand an meinem Bauch hinunter und liebkost mich, bis ich unvorstellbar hart bin und wie unter Strom stehe.

»Jetzt«, keuche ich, »verdammt, Jez, ich will unbedingt in dir sein.«

»In welchem Stockwerk befinden wir uns?«, fragt sie, ebenfalls außer Atem.

»Im siebenundzwanzigsten.«

»Kann man uns von außen sehen?«

»Ich weiß nicht. Glaube ich nicht.«

»Dann am Fenster«, sagt sie drängend. »Nimm mich am Fenster, bitte.«

Ja, verdammt, das werde ich.

»Stütz dich an der Scheibe ab«, befehle ich. »Bück dich.«

Sie gehorcht, und der Anblick ist so scharf, dass ich fast komme. Aber ich will in ihr sein. Ich will mit ihr zusammen sein. Mit *ihr*. Ich will Jez, nicht nur Sex. Und als ich hinter sie trete – als ich meinen Schwanz tief in ihre heiße, feuchte Pussy stoße – und damit ein für alle Male für mich beanspruche –, frage ich mich unwillkürlich, was das bedeutet.

Momentan bin ich jedoch zu erregt, um dem nachzugehen. Zu tief im Strudel meiner Leidenschaft. Verloren in den Wogen meiner Lust.

Vor allem jedoch verloren in Jez.

Und als sie in meinen Armen explodiert – als sie meinen Namen schreit und so heftig erbebt, dass ihre Beine unter ihr nachgeben –, da fühle ich mich wie der mächtigste Mann auf Erden.

Wir sind auf den Teppich gesunken, und irgendwann stehe ich auf, um uns sauber zu machen und Bademäntel zu holen. Dann öffne ich die Glastür, führe sie auf den Balkon, platziere sie auf einer der überdimensionalen Liegen und gehe wieder hinein, um zwei Gläser Bourbon zu holen.

Ich verwöhne sie – und das ist für mich etwas sehr Ungewöhnliches.

Aber es fühlt sich richtig an. Sogar gut.

Und als sie lächelnd ihr Glas von mir entgegennimmt, fühlt es sich seltsamerweise so an wie *zu Hause*.

»Das gefällt mir«, bemerkt sie, bevor ich zu lange bei diesen seltsam häuslichen Gedanken verweilen kann, die mir da mit einem Mal durch den Kopf wirbeln. »Ganz hoch oben im Himmel auf einem Balkon. Das ist, als würde man zwar in der Stadt leben, aber dennoch weit draußen sein.«

»Genau«, nicke ich. »Eines Tages möchte ich auch mal ein Haus haben, aber nur, wenn es sich dort genauso anfühlt. Und dafür bräuchte ich einen richtig großen Garten. Aber ich habe keine Zeit, mich um ihn zu kümmern.«

»Dafür könntest du doch jemanden einstellen.«

Ich schüttele den Kopf. »Das wäre nicht dasselbe. Es ist etwas seltsam Archaisches und Persönliches an einem eigenen Garten. Was ist?«, frage ich, als ich ihre überraschte Miene sehe.

»Ach, nur, dass ich das ganz genauso empfinde. Ich will einen Garten, habe aber aus denselben Gründen wie du keinen. Weil ich keine Zeit dafür habe, aber auch nicht möchte, dass sich jemand anderer um das kümmert, was mir gehört.«

Ich nicke nachdenklich. Wir haben überraschend viel gemeinsam.

Seufzend trinkt sie einen Schluck von ihrem Bourbon. »Die letzten Tage waren großartig«, sagt sie. »Denn ehrlich gesagt hatte ich in letzter Zeit nicht besonders viel Spaß«, fügt sie hinzu. »Also möchte ich dir danken.«

»Wegen des Skandals?«

»Ja. Aber davor auch schon.«

Ich wende mich ihr zu, weil mir unser Gespräch vom Vorabend wieder einfällt. »Du führst ein Schattendasein.«

Sie erstarrt. »Ich liebe meine Schwester.«

»Das bestreite ich gar nicht. Aber du musst dein eigenes Leben leben. Was geschieht, wenn sie bereit ist, ihre Karriere selbst zu managen?«

»Das ist nicht dein Problem«, erwidert sie harsch.

Eine schmerzliche Wahrheit; schmerzlich deshalb, weil ich ihr helfen möchte. Ich möchte sie in die Arme nehmen, sie festhalten und ihr helfen, sich über all das klar zu werden.

Ich will verdammt sein, wenn ich weiß, wieso ich auf einmal diese Richtung eingeschlagen habe. Aber so ist es. Und jetzt schlittere ich mit dieser Frau auf etwas zu, das ich noch nicht deutlich erkennen kann. Ich weiß nur, dass es sich richtig anfühlt – und ich nicht bereit bin, auf die Bremse zu treten.

»Doch, das ist es«, entgegne ich daher. »Ich weiß nicht, wieso und warum, und ob du überhaupt meine Hilfe annehmen würdest. Aber verdammt, Jez, du gehst mir unter die Haut. Und ich kann dich nicht im Stich lassen. Nicht jetzt. Nicht ohne es wenigstens versucht zu haben.«

Mit zusammengepressten Lippen reißt sie die Augen auf; offensichtlich kämpft sie mit den Tränen. Doch dann springt sie von der Liege und stürzt in die Wohnung.

Ich lasse ihr einen Moment Zeit, bevor ich ihr folge. Sie steht in der Küche vor dem laufenden Wasserhahn und umklammert die Arbeitsfläche.

»Hey.« Ich lege ihr eine Hand auf die Schulter und widerstehe dem Drang, sie zu mir umzudrehen und in die Arme zu schließen, obwohl ich genau das will. »Rede mit mir.«

»Ich hab's verstanden«, sagt sie, mehr zur Spüle als zu mir. »Wirklich«, bekräftigt sie und dreht sich zu mir herum. »Nur wünschte ich manchmal, ich könnte alles einfach an jemand anderen übergeben. Einfach loslassen und mich zurückziehen. Weißt du?«

»Ja«, nicke ich und nehme ihre Hand. »Komm mit.«

Sie sieht mich fragend an, protestiert aber nicht, als ich sie in mein Schlafzimmer ziehe.

»Bei Del kann ich dir nicht helfen«, sage ich. »Zumindest nicht, bevor ich mich kundig gemacht und mit ein paar Dutzend Leuten telefoniert habe. Aber wenn du alles jemand anderem übergeben willst... da hätte ich ein paar Ideen.«

Ich betrachte ihr Gesicht. Sehe aufblitzendes Interesse. Einen Anflug von Nervosität. »Was hast du vor?«, fragt sie schließlich.

»Vertraust du mir?«

»Ich...«

Als sie einen winzigen Augenblick zögert, fühle ich mich, als würde sich unter mir ein Abgrund auftun. Ich könnte mich ohrfeigen, verdammt noch mal, weil ich schon wieder so schnell und hart auf dem Boden der Tatsachen lande. Dabei hätte ich es besser wissen müssen.

Andererseits: Scheiß drauf, oder etwa nicht? Denn das Ganze ist schließlich nicht mehr als ein Multi-Night-Stand. In ein paar Tagen fliegt sie zurück nach L. A., und ich benutze wieder meine Dating-App und kehre zum Status quo zurück.

Doch bis dahin habe ich Jez.

Aber da nickt sie und sagt: »Natürlich vertraue ich dir.« Und mit einem Mal schließt sich der Abgrund unter mir wieder.

»Dann setz sich aufs Bett«, befehle ich und gehe zu meiner Kommode, als sie gehorcht.

»Was genau hast du vor?«, fragt sie amüsiert, aber leicht argwöhnisch.

»Ich zwinge dich, alles jemand anderem zu überlassen. Mach die Augen zu. Jetzt«, dränge ich, als sie zögert.

Sie kneift leicht die Augen zusammen, gehorcht dann aber – und schreit leise auf, als ich ihr eine Schlafmaske aufsetze und sie so festbinde, dass sie nichts mehr sehen kann.

»Pierce, ich will nicht...«

»Schsch. Du gibst dich hin. Du lässt los. Du überlässt mir die Kontrolle. Das ist der Deal. Und ich verspreche, du wirst es genießen.«

Als sie sich nervös über die Lippen leckt, halte ich die Luft an, weil ich Angst habe, sie weigert sich. Doch dann nickt sie.

»Gut. Jetzt leg dich hin und kreuze die Arme über deinem Kopf.« Da ich sicher bin, dass sie erneut protestieren wird, staune ich, als sie ohne Widerrede gehorcht.

Ich steige neben ihr aufs Bett und binde ihre Handgelenke mit einer alten Krawatte zusammen. Am Kopfteil des Bettes befindet sich ein Regal, und in Ermangelung eines Besseren stöpsele ich meinen Wecker aus und fädele das Kabel durch die Schlaufe der Krawatte, um Jez' Handgelenke am Kopfteil festzubinden.

»Pierce...«

»Ja, Baby?«

»Ach nichts«, sagt sie. »Ich wollte wohl nur hören, ob du mir antwortest.«

»Immer. Jetzt entspann dich und konzentrier dich auf deinen Atem.«

»Und was machst du?«

»Schätzchen: Ich lass dich kommen.«

»Oh.«

Allein der Anblick, wie sich ihr Körper in freudiger Erwartung anspannt, bringt mich zum Lächeln. Dann mache ich mich daran, diese Frau gründlich zu erforschen. Ich bedecke ihren Körper mit Küssen. Ich gebe Öl auf meine Hände und massiere ihre Brüste. Ich sauge an ihnen. Ich bahne mir küssend einen Weg ihre Schenkel hinauf. Und die ganze Zeit sage ich ihr, wie unglaublich schön sie ist.

Ich verliere mich in ihrer Lust. Ich beobachte, wie ihre Haut sich unter meiner Berührung zusammenzieht. Lausche dem Rhythmus ihres Atems. Ich will alles erfahren und mich in der Erfahrung von Jezebel verlieren.

Erst als sie sich wimmernd windet und um meine Berührung bettelt, stecke ich ihr meine Finger zwischen die Beine und halte sie fest, als sie versucht, sich an mir zu reiben. »O nein. Das ist meine Aufgabe«, sage ich und mache mich daran, sie in die höchsten Höhen der Leidenschaft zu treiben.

Als sie beim Orgasmus tatsächlich schreit, glaube ich, ich habe verdammt gute Arbeit geleistet.

Ich halte sie fest, bis sich die Nachbeben des Höhepunkts gelegt haben, und nehme ihr äußerst sanft die Maske und die Fesseln ab.

Sofort schmiegt sie sich an mich und seufzt tief auf. »Das war unglaublich.«

»Zu kommen oder loszulassen?«

»Das ist doch eine Fangfrage«, erwidert sie und öffnet die Augen. »Ich bin so heftig gekommen, *weil* ich losgelassen habe.«

»Da schau mal einer an«, sage ich scherzend. »Meine Musterschülerin.«

Sie hebt die Hand, um mir einen Schlag auf die Brust zu versetzen, aber ich halte sie fest und drücke einen Kuss darauf. »Wenn du das im Bett kannst«, sage ich, »dann kannst du es auch im Leben.«

»Einen alles überwältigenden Orgasmus bekommen?«

»Etwas Kontrolle abgeben.«

Ich denke, ich habe meinen Standpunkt klargemacht. Aber sie schüttelt den Kopf und stützt sich auf einen Ellbogen. »Du vergisst eines: Dir vertraue ich.«

12   Ihre Worte dringen in mich ein, warm und befriedigend – und dermaßen furchterregend, dass ich sie sofort wieder verdränge. Hier geht es nicht um mich, sondern um sie. Um Del. Darum, einen Agenten oder Manager oder Partner zu finden: jemanden, mit dem Jezebel die Last teilen kann, bis Del in der Lage ist, sie selbst auf sich zu nehmen.

Und genau das sage ich ihr auch.

»Dennoch, das ändert nichts an meinem Standpunkt«, entgegnet sie. »Zwar bin ich dann nicht nackt, muss ihnen aber trotzdem vertrauen. Und nach der Sache mit Simpson ...«

Sie verstummt, zuckt die Achseln und steigt aus dem Bett. »Außerdem nehmen Sie mein Problem viel zu ernst, Sir. Ich krieg das schon hin. Aber jetzt müssen wir wieder los.«

Sie weist nickend zur Uhr. Ich fluche leise, weil mir klar wird, dass ich völlig die Zeit vergessen habe. In nicht mal einer halben Stunde müssen wir wieder am Hotel sein. »Du übst einen schlechten Einfluss auf mich aus«, erkläre ich.

»Danke, gleichfalls.«

Glücklicherweise ist meine Wohnung nur ein paar Blocks vom Starfire entfernt, daher kann ich schon eine Viertelstunde später einem Angestellten meine Wagenschlüssel überlassen und Jez zum Aufzug führen.

Mit ihrer Schlüsselkarte verschafft sie sich Zugang zu ihrem Trakt, und kurz darauf betreten wir Händchen haltend die Suite – wo uns Kerrie vom Tisch aus erwartungsvoll entgegenblickt.

Ihre Augenbrauen schnellen in die Höhe, und ein vielsagendes Lächeln huscht über ihre Lippen, bevor sie ihr Pokerface aufsetzt.

»Du bist früh dran«, bemerke ich und lasse Jez' Hand los. »Wo ist Del?«

»Halt mich bloß davon ab, falls ich je ein Filmstar werden will«, erwidert sie. »Dann verfügen nur noch andere über deine Zeit.«

»Kerrie...«

»Sie ist bereits am Set. Connor hat sie hingebracht und meinte, du könntest ihn nach deiner Rückkehr ablösen.«

»Am Set?«, hakt Jez nach.

»Als wir in der Dampfsauna waren, bekam sie einen Anruf von den Produzenten. Ich schätze, sie wollten früher anfangen oder so.« Kerrie trinkt einen Schluck aus ihrer Wasserflasche und sieht mich an. »Könntest du mich vorher nach Hause bringen? Ich habe heute Abend noch was vor, bin aber nicht mit dem Wagen hier.«

»Klar. Pack deine Sachen.« Ich wende mich zu Jez, als Kerrie ein paar Zeitschriften und ihre Flipflops in eine Tasche schiebt. »Kommst du mit?«

Sie schüttelt den Kopf. »Ich muss hier noch was erledigen und ein paar Leute in L.A. anrufen.« Sie streckt die Hand nach mir aus, zieht sie nach einem Blick zu Kerrie aber wieder zurück. »Wir sehen uns dann später. Wenn du Del nach Hause bringst.«

»Ja, bis dann«, erwidere ich, trete näher an sie heran und sage so leise, dass nur sie es hören kann: »Heute Abend kannst du mich wieder feuern.«

»Abgemacht.«

»Ich bin so weit«, verkündet Kerrie.

»Moment, ich hole mir noch kurz ein Wasser.« Auf dem Weg zum Kühlschrank in der winzigen Küche klingelt mein Handy. Ich hole es heraus, lege es auf die Anrichte und blicke auf das Display, während ich eine Flasche Wasser öffne und einen großen Schluck daraus trinke.

J von 2Nite hat dir eine Nachricht hinterlassen: Bin in der Stadt. Neuer Versuch heute Abend?

Gerade will ich ablehnen, als Kerrie mir zuruft, ich sollte ihr auch noch eine Flasche mitbringen. Ich hole eine aus dem Kühlschrank, gehe zurück und werfe die Flasche meiner Schwester zu. »Bist du bereit?«

»Ja, gehen wir.«

Ich winke Jez zu und widerstehe dem Drang, sie zu küssen. Nicht weil es unprofessionell wäre, sondern weil meine Schwester dann keine Ruhe mehr geben würde.

Allerdings lohnt sich das Opfer nicht, denn kaum sind wir in meinen Range Rover gestiegen, bemerkt Kerrie: »Du magst sie.«

»Na klar. Sie ist nett, klug und kompetent.«

»Du weißt genau, dass ich das nicht gemeint habe. Du verliebst dich in sie.«

»Nein, ganz und gar nicht«, lüge ich, weil ich nicht die geringste Lust habe, das jetzt mit meiner Schwester zu besprechen.

»Aber es ist okay.«

»Kerrie...«

»Ich sag ja nur, dass es gut wäre. Mehr nicht. Mir ist schon klar, dass dir die ganze Sache mit Margie ziemlich zugesetzt hat, aber ich mache mir Sorgen um dich. Mom und Dad auch. Sie würden es dir nur niemals sagen. Oder höchstens an Thanksgiving oder Weihnachten.«

Unsere Eltern sind vor fünf Jahren nach Nevada gezogen. Zwar bleiben wir in Kontakt, aber am Telefon erzählt man sich eigentlich nur das Nötigste. Dabei mischen sich unsere Eltern nur zu gerne ein, wann immer wir sie zu den Feiertagen besuchen.

Stur halte ich meine Hände auf dem Steuer und meine Augen auf die Straße gerichtet. »Wie ich schon sagte: Mir geht's gut.«

»Mag sein. Aber irgendwann wirst du erkennen müssen, dass speziell Margie ein Arschloch war und das nicht für alle Frauen gilt. Ehrlich, einige von uns sind wirklich treu, weißt du? Und ich hab dich lieb.«

»Ich hab dich auch lieb!«, erwidere ich seufzend. Ganz kurz überlege ich, ihr alles zu erzählen und mir von ihr aus diesem Gefühlschaos heraushelfen zu lassen.

Aber dann klingelt ihr Handy, und die Gelegenheit verfliegt.

»Hey«, meldet sie sich. »Was ist los?« Kurzes Schweigen, dann: »Klar, sag ich ihm. Bye.«

»Was ist?«

»Du hast dein Handy im Hotel gelassen. Jez hat Connor angerufen, damit du dir keine Sorgen machst, wenn du es nicht finden kannst.«

»Oh, gut. Danke.«

»Und offenbar hat Lisa versucht, dich zu erreichen«, fügt sie hinzu. »Als sie über dein Handy und die Festnetznummer nur den Anrufbeantworter bekam, hat sie Connor angerufen. Sie ist in der Stadt und will sich heute Abend mit dir treffen. Connor meint, sie habe Neuigkeiten, deshalb würde er dich am Set vertreten.«

»Neuigkeiten?«, frage ich stirnrunzelnd und denke nach. Aber ich habe keine Ahnung, wie die lauten könnten. »Ich habe gerade erst Jez von ihr erzählt, weil sie sich nach unserer Arbeit erkundigte.«

»Du hast ihr von Lisa und dem Stalker erzählt? Alles, was passiert ist?«

Ich verstehe, dass sie überrascht klingt, denn ich erzähle nicht oft, dass ich einen Menschen getötet habe. »Ja, alles.«

»Wie ich schon sagte«, erwidert sie selbstgefällig. »Du verliebst dich in sie.«

Diesmal leugne ich es nicht mal.

Mit Kerries Handy rufe ich Lisa zurück, bringe meine Schwester nach Hause und fahre zum Umziehen in meine Wohnung zurück. Für all das brauche ich eine Stunde, schaffe es aber, zu dem Treffen mit Lisa pünktlich zu kommen. Sie sitzt bereits an einem Vierertisch im Restaurant, und als ich zu ihr komme, steht sie auf und umarmt mich.

»Ich bin so froh, dass du kommen konntest. Ich weiß, es war schrecklich kurzfristig, aber ich bin nur heute in der Stadt. Wir wollten Daddy besuchen.«

»Wie geht es deinem Vater denn?«, erkundige ich mich. Mit ihrem Dad habe ich schon seit Monaten nicht mehr gesprochen. Ich weiß nur, dass er mittlerweile in Salado wohnt, einem kleinen Ort etwa fünfzig Meilen von Austin entfernt.

»Großartig«, erklärt sie. »Er übernimmt jede Menge Renovierungsarbeiten, deshalb geht das Geschäft immer besser. Er profitiert auch von deiner Empfehlung auf der Website, die ich für ihn angelegt habe.«

»Gut. Genau dafür war sie gedacht.« Als ich einen Schluck von meinem Wasser trinke, fällt mir der Kühler mit der Flasche Champagner auf. »Gibt es was zu feiern?«

Sie nickt und sieht aus, als könnte sie die Neuigkeiten nicht mehr für sich behalten. »Aber wir müssen warten, bis – oh! Derek!«

Ich drehe mich um und sehe einen großen Mann mit lockigen Haaren, der sich suchend im Restaurant umschaut. Lächelnd eilt er auf uns zu und küsst Lisa auf die Wange. Zufrieden bemerke ich, dass er ohne zu zögern einen Kuss auf die gezackte Narbe drückt, die Lisa von dem Angriff zurückbehalten hat.

»Das ist Derek, mein Verlobter.«

»Das ist ja wundervoll, Lisa. Ich gratuliere euch beiden. Derek, es ist mir ein Vergnügen, Sie kennenzulernen.« Ich biete ihm meine Hand und nehme beifällig seinen festen Händedruck zur Kenntnis.

»Schatz, Mom hat mich gerade zurückgerufen. Ich gehe kurz raus, um sie zu erreichen. In der Zwischenzeit kannst du Pierce fragen, okay?«

Als Lisa nickt, drückt er mir noch mal die Hand. »Tut mir leid, aber meine Mutter ist nach Taiwan gezogen, und es ist ganz schön schwierig, mit ihr in Kontakt zu bleiben. Ich bin gleich wieder zurück.«

Lisa wartet, bis er außer Hörweite ist, und fragt dann: »Ich weiß, das ist vielleicht komisch, aber möchtest du unser Trauzeuge sein?«

Fassungslos, aber geschmeichelt lehne ich mich auf meinem Stuhl zurück. »Bist du sicher, Lisa? Will Derek das auch?«

Sie nickt. »Ohne dich wäre ich jetzt nicht hier und würde heiraten. Und da Dereks bester Freund weiblich ist, kann sie meine Brautjungfer sein. Also, machst du's? Die Hochzeit findet im Juni statt.«

»Selbstverständlich. Es ist mir eine Ehre.«

Offensichtlich erleichtert lehnt sie sich zurück. »Oh, Gott sei Dank. Daddy wird sich so freuen. Aber wie steht es bei dir? Bist du mit jemandem zusammen?«

»Tatsächlich gibt es da eine Frau ...«, setze ich an.

»*Pierce!*«

Lisa und ich wenden gleichzeitig den Blick der Frau zu, die wütend auf uns zumarschiert kommt. Während Lisa vollkommen verwirrt ist, durchzuckt mich eine Erkenntnis.

Mein Handy. Das gottverdammte Handy.

»Ist das J?«, fragt Jez. Sie nickt mit verschränkten Armen zu Lisa, hält ihren lodernden Blick jedoch unverwandt auf mich gerichtet. »Ist das die Frau, die du vögeln willst, kaum dass du mich zurückgelassen hast? Wie zum Teufel konntest du nur? Ich dachte, wir – *verflucht noch mal!*«

Lisa reißt die Augen auf. Ich rechne schon damit, dass sie mich fragt, was los ist, aber da richtet sie ihren Blick auf etwas hinter uns und ruft: »Derek!«

»Ich konnte Mom wieder nicht erreichen«, erklärt er, als er uns erreicht. Dann blickt er mit gerunzelter Stirn zu Jez. »Was ist hier los?«

»Setz dich«, sage ich zu Jez, als Derek ihr gegenüber Platz nimmt.

Ihre Augen blitzen trotzig auf. Doch nach einem Blick auf Derek wirkt sie verwirrt.

»Das ist Lisa«, sage ich sanft und zeige erst auf sie und dann auf Derek. »Und dies ist Derek. Ihr Verlobter.«

»Oh.« Ihr weicht alles Blut aus dem Gesicht. »O Gott. Es tut mir so leid. Ich – ich muss...«

Sie beendet nicht mal den Satz, sondern macht auf dem Absatz kehrt und eilt zum Ausgang.

»Entschuldigt mich«, sage ich hastig. »Ich muss da ein kleines Missverständnis klären.«

Ich eile Jez nach, erreiche sie aber erst auf dem Bürgersteig vor dem Restaurant.

»Es tut mir leid«, sagt sie. »Ich entschuldige mich, schäme mich und wünschte nur, du gingest wieder hinein, damit ich mir ganz allein vollkommen blöd vorkommen kann.«

»Du musst dir nicht vollkommen blöd vorkommen.«

Als sie eine Augenbraue in die Höhe zieht, muss ich lachen. »Okay, vielleicht doch. Weil du wirklich vollkommen blöd bist, wenn du meinst, ich würde mich fünf Sekunden nach dem Abschied von dir mit irgendeiner Unbekannten von einer Dating-App treffen.«

Jez wühlt in ihrer Tasche, holt mein Handy hervor und gibt es mir. »Als ich es von der Anrichte nahm, ploppte die Nachricht auf dem Display auf.«

»Ich hätte sie gelöscht«, sage ich. »Nicht mal drauf reagiert.«

»Ich bin ja so dämlich.«

Ich umfasse ihre Hände. »Komm mit rein. Es ist noch ein Platz am Tisch frei. Iss mit uns zu Abend.«

»Wieso hast du mir nicht gesagt, dass du mit jemandem essen gehst? Du wolltest doch eigentlich zum Set.«

Als ich ihr von dem Anruf erzähle, runzelt sie die Stirn. »Das Schicksal ist gegen mich.«

»Oder es will, dass wir zusammen zu Abend essen. Im Ernst, schließ dich uns an.«

Aber sie schüttelt den Kopf. »Nein, wirklich nicht. Ich muss mal ein bisschen allein sein.«

»Na gut.« Ich überschlage kurz die Pläne für den nächsten Tag. »Morgen ist Cayden dran. Er bringt Del wegen der

Sonntagmorgenshow ins Studio und danach zum Set. Ich komme auch, dann können wir reden.«

»Einverstanden. Morgen wird am frühen Nachmittag gedreht. Dann sehen wir uns am Set.«

Ich schweige kurz und erfasse die Botschaft hinter ihren Worten. *Sie will nicht, dass ich heute Nacht zu ihr komme.*

»Jez«, beginne ich, weil ich einen Anflug von Panik verspüre. »Dir ist doch klar, dass dies hier nur ein Essen mit einer Freundin ist. Oder?«

Sie nickt. »Ja, ist es. Und ich bin nicht verärgert deswegen.«

»Worüber dann?«

Aber das sagt sie nicht, und ich bleibe mit einem hohlen Gefühl im Bauch zurück. Und mit der Ahnung, dass ich etwas verloren habe und nicht weiß, wie ich es zurückbekommen soll.

13 Am Sonntag erscheine ich schon lächerlich früh am Set, und als Del und Jez ankommen, habe ich bereits Furchen in Dels Wohnwagen gelaufen. Die beiden sind in ein Gespräch vertieft, und als Jez mich sieht, erstarrt sie.

Ich bleibe mitten auf dem ausgetretenen Pfad zwischen winzigem Sofa und winziger Küche stehen. »Jez, wir müssen reden.«

»Oh, Mann«, bemerkt Del und schaut zwischen mir und Jez hin und her. »Ich komme zu spät zur Maske.«

Als sie davoneilt, trete ich einen Schritt näher auf Jez zu. »Bitte, Baby«, sage ich. »Sag mir, was los ist. Sag mir, was gestern passiert ist. Denn ich hab verstanden, warum du am Anfang wütend warst, als du uns sahst. Aber als alles geklärt war ...«

»Aber wir haben nicht alles geklärt«, unterbricht sie mich. »Und das habe ich erkannt. Wir haben nicht das Geringste geklärt.«

Ganz plötzlich wird mir kalt. So als hätte mich jemand in eisiges Wasser getaucht. »Was meinst du?«

»Ich habe nicht damit gerechnet«, erwidert sie und setzt sich aufs Sofa, senkt den Kopf und presst sich die Fingerspitzen an die Stirn.

»Womit denn?«

Als sie aufblickt, schwimmen Tränen in ihren Augen. »Mit dir.« Eine einzelne Träne rinnt ihr über die Wange. »Ich habe nicht mit dir gerechnet.«

Sofort bin ich bei ihr, umarme sie und ziehe sie an mich. Mir wird eng um die Brust, weil sie genau das sagt, was auch ich fühle. Die Worte, die ich lieber verdrängen wollte. Aber jetzt... tja, vielleicht sollte ich mir sie jetzt genauer ansehen.

»Erklär's mir«, sage ich sanft. »Erklär mir, was du meinst.«

»Gestern Nacht, als ich die blöde Nachricht auf deinem Handy sah, wurde es mir klar. Es fühlte sich an wie ein Messerstich mitten ins Herz.« Sie richtet sich auf und löst sich aus meiner Umarmung. Ich weiß, dadurch kann sie mich besser anschauen, aber sie nicht mehr zu berühren ist so schmerzhaft wie ein Tritt in die Eier.

»Ich empfinde zu viel für dich«, fährt sie fort. »Und ich weiß, du willst keine Beziehung, aber wenn ich mit dir zusammen bin...«

Sie bricht ab und schüttelt den Kopf, als wollte sie ihre Gedanken vertreiben. »Ich will mehr«, sagt sie schlicht. »Mehr von dir. Mehr Zeit mit dir. Mehr von allem. Ich will, dass das, was zwischen uns ist, sich entwickeln kann. Und dann sehen, wohin es führt.«

So intensive Erleichterung durchströmt mich, dass ich staune, mich überhaupt aufrecht halten zu können.

Ich weiß, ich sollte ihr sagen, dass ich dasselbe empfinde. Dass ich uns Zeit geben will. So viel wir brauchen.

Ich sollte ihr sagen, dass sie mich ins Leben zurückgerufen hat. Dass sie mich überrascht hat, überwältigt, dass sie ein unerwartetes Wunder ist und ich sie nie mehr gehen lassen will.

Ich sollte ihr sagen, dass wir das irgendwie schaffen werden. Dass ich weiß, es wird funktionieren, weil sie bereits ein Teil von mir ist.

All das sollte ich sagen. Stattdessen sage ich: »Wir haben doch noch drei Tage.«

Einen Moment lang sieht sie mich nur an. Ich könnte mich in den Arsch beißen, weil ich ein derart erbärmlicher Feigling bin. Ich will alles zurücknehmen und ihr die Wahrheit sagen. Aber ich bringe sie nicht hervor. Ich habe mir so lange eingeredet, dass ich keine Beziehung will, dass ich es jetzt nicht mehr aussprechen kann. Denn was ist, wenn ich mich irre? Was sie betrifft? Was uns betrifft?

Was ist, wenn ich sie zu nah an mich ranlasse und sie mir die Eier abreißt? Wenn ich diese drei Tage brauche, um das für mich zu klären?

»Du hast recht«, sagt sie und steht auf. »Wir haben ja noch drei Tage. Und das ist großartig.« Sie fährt sich mit den Fingern durchs Haar. »Alles klar. So, ich ... äh, treffe mich mit dem Produktionsteam. Das wird eine Weile dauern, denke ich. Wir sehen uns dann im Hotel. Wenn du Delilah zurückbringst, meine ich.«

Ich stehe ebenfalls auf, strecke die Hand aus und spüre die Erleichterung, als meine ihre berührt. »Jez, bitte. Ich wollte nicht ...«

Aber sie entzieht mir ihre Hand. »Nein, ist schon gut. Du hast recht. Wir hatten unseren Spaß, und uns bleiben ja noch drei Tage. Ich war nur ...«

Achselzuckend verstummt sie. Dann beugt sie sich zu mir und gibt mir einen leichten Kuss. »Es ist alles in Ordnung, ehrlich. Wir sehen uns heute Abend. Und die Sache zwischen uns: Die macht wirklich Spaß. Es ist großartig, genau so, wie es ist. Aber ich muss jetzt wirklich los«, fügt sie nach einem Blick auf ihre Armbanduhr hinzu.

Dann stürzt sie praktisch aus dem Wohnwagen. Ich lasse mich wieder aufs Sofa sinken.

Spaß.

Was für ein schreckliches Wort.

Eine halbe Stunde später sitze ich immer noch da und frage mich, wie zum Teufel ich es in nicht mal zehn Minuten geschafft habe, das, was das Beste in meinem Leben zu werden versprach, zu einem der schlimmsten aller Rohrkrepierer werden zu lassen. Ehrlich, wahrscheinlich habe ich ein ausgesprochenes Talent, Scheiße zu bauen, denn das ist wohl echt ein Rekord.

Wenn ich mir vielleicht – nur vielleicht – nicht ständig vorgebetet hätte, dass ich keine Beziehung will, hätte ich sie mir geschnappt und so fest an mich gedrückt, dass sie nie mehr weggekonnt hätte.

Scheiße!

Ich stehe auf. Auch wenn ich es eben vermasselt habe, kann ich es vielleicht noch in Ordnung bringen. Zwar weiß ich nicht genau wie, aber ich bin sicher, wenn ich zu Kreuze krieche und vollkommen aufrichtig bin – und sie zu einem einmalig exklusiven Abendessen einlade –, könnte ich was bewirken.

Ich will sie gerade suchen und schon mal mit dem Zu-Kreuze-Kriechen anfangen, da springt die Tür zum Wohnwagen auf, und Delilah kommt mit loderndem Blick hereingestürmt.

»Del, was ist los? Ist mit Jez alles in Ordnung?«

Sie nickt. »Ja. Sie ist mit den Produzenten irgendwohin gefahren.«

»Also ist sie nicht mehr am Set?«

Als Del den Kopf schüttelt, fluche ich im Stillen über die verpasste Gelegenheit. »Was ist denn los?«

»Die Drehtage wurden gekürzt. Das war's. Das waren die letzten Aufnahmen in Austin.«

Ich lasse mich gegen die Sofalehne sinken. »Was zum Teufel soll das heißen?«

»Nach der letzten Szene wurde es bekannt gegeben. Das Drehbuch wurde umgeschrieben, und alles, was unter der Eiche oder vor dem Steinhaus passieren sollte, findet nun in einem Café statt. Und diese Szenen werden in L.A. gedreht.«

»Los Angeles?«, wiederhole ich, als hätte ich noch nie von L.A. gehört. »Wann?«

»Abreise ist morgen. Die Aufnahmen starten am Dienstag.«

»So viel zu unseren drei Tagen«, murmele ich. »Shit.«

»Bitte, Pierce. Du musst mir helfen.«

Als ich sie ansehe, wird mir klar, dass sie sich nicht nur über die verkürzten Drehtage aufregt.

»Worum geht's?«

»Levyl ist schon hier. In der Stadt, meine ich. Er wohnt im Driskill«, fügt sie hinzu und meint das historische Hotel, das sich gegenüber von meinem Bürogebäude und nur wenige Blocks vom Starfire entfernt befindet. »Ich muss ihn sehen. Bitte, du musst mir dabei helfen.«

»Bist du verrückt?«

Sie blinzelt, und dann rinnen Tränen über ihr Gesicht. »Bitte. Verstehst du das nicht? Ich muss ihn einfach sehen. Er muss unbedingt wissen, dass es mir leidtut – dass ich ihn liebe, aber eine Dummheit begangen habe. Vielleicht verzeiht er mir nicht, aber ich muss ihm sagen, dass ich ihn liebe und immer geliebt habe. Und dass ich immer noch seine Freundin sein will, auch wenn wir nicht mehr zusammenkommen, und dass ich ihm niemals wehtun wollte.«

»Del...«

»Nein. Bitte. Ich weiß, es ist ein Risiko. Ich weiß auch, dass er mich vielleicht abweist oder noch nicht mal zu sich hereinlässt, aber ich muss es einfach versuchen. Mit dem Schmerz kann ich umgehen, Pierce, wirklich. Aber nicht damit, etwas Gutes einfach aufgegeben zu haben. Und auch nicht mit dem Wissen, dass ich jemandem wehgetan und nicht zumindest versucht habe, es wiedergutzumachen. Verstehst du?«

Ich seufze. Denn ich verstehe sie verdammt gut.

Und weiß, dieses Mädchen ist viel, viel mutiger als ich.

»Wenn das in den sozialen Netzwerken landet, bringt uns deine Schwester beide um«, sage ich, worauf sie mich stürmisch umarmt und mir einen Kuss auf die Wange drückt.

»Danke. Danke! Du bist der absolut Beste. Ich bin so froh, dass du und meine Schwester...«

»Na, dann komm. Wenn wir das durchziehen wollen, muss es sofort sein. Weißt du eigentlich, ob er jetzt im Hotel ist?«

»Ja. Vor einem Konzert verkriecht er sich immer ein paar Tage. Manchmal lädt er die Presse oder ein paar Fans zu sich ein, aber er geht nie vor die Tür. Danach schon, aber nie davor.«

»Also müsste er leicht zu finden sein. Wie kommst du zu ihm rein? Wird er dir die Zimmernummer sagen, wenn du ihn anrufst? Mit dir reden? Mit anderen Worten: Soll ich dich nur zu ihm bringen? Oder sind verdeckte Operationen erforderlich?«

»Äh, ich glaube, es ist eher eine Art CIA-Operation«, sagt sie, worauf ich lachen muss.

»Na gut. Dann erledige ich erst mal ein paar Anrufe.«

Eine Stunde später habe ich ein halbes Dutzend Gefallen eingefordert, praktisch mit jedem in Austin telefoniert, den ich je getroffen habe, und im Hotel den Verbindungsmann der Band ausfindig gemacht, der mich zu der Bandmanagerin durchstellt, einer Frau namens Anissa.

»Levyl und ich sind schon seit Jahren Freunde«, erklärt Anissa mir. »Und ich habe viel von dem Drama mit Del persönlich mitgekriegt. Ich weiß nicht, ob Levyl sie sehen will, aber ich finde, er sollte es. Also kann ich sie zumindest in sein Zimmer schleusen.«

Mehr kann ich wohl nicht erhoffen, daher fahren Del und ich sofort los.

Ich parke meinen Wagen im Büro, wir überqueren die Straße und folgen dann Anissas Wegbeschreibung zum Personaleingang, den die Band benutzt, um der Presse auszuweichen.

Dort erwarten uns Anissa und der Verbindungsmann, mit dem ich eben telefoniert habe. »Vielen, vielen Dank«, sagt Del zu ihr. »Ich freue mich unheimlich, dich wiederzusehen. Aber du wirst doch wegen mir keinen Ärger kriegen, oder?«

Anissa macht eine abwehrende Geste. »Wenn er sauer ist, kommt er irgendwann wieder drüber weg. Wie ich schon sagte, kenne ich ihn seit einer Ewigkeit. Also kannst du mir glauben, wenn ich sage, es ist kein Problem.«

Wir folgen ihr durch ein Labyrinth von Gängen zu einem Lastenaufzug, bis wir schließlich vor der Tür von Levyls Suite landen.

»Bist du bereit?«, fragt Anissa.

Del nickt, doch bevor Anissa sie hineinbringen kann, fasse ich Del am Ärmel. »Bist du sicher, dass du das machen willst? Wenn dieser Besuch in den sozialen Netzwerken bekannt wird, könnte der Skandal erneut hochkochen, vor allem, wenn es nicht gut läuft. Und das wäre vielleicht das Ende deiner Karriere. Abgesehen davon wird deine Schwester stocksauer sein.«

»Schon klar«, nickt sie. »Aber manchmal muss man eben ein Risiko eingehen, weißt du?«

»Na dann.« Ich lasse sie los und trete einen Schritt zurück. »Ich werde hier sein. Und Del?«, füge ich hinzu, als sie die Schwelle überschreitet. »Viel Glück.«

Eine halbe Stunde später tigere ich immer noch im Flur umher und frage mich, ob es gut oder schlecht ist, dass es so lange dauert. Vielleicht muss sie immer noch Abbitte leisten. Vielleicht aber hat er auch einen Wutanfall und tobt sich so richtig aus.

Ich hoffe nur, sie versöhnen sich und kommen wieder zusammen. Ehrlich gesagt möchte ich wirklich gern, dass zumindest eine der Stuart-Frauen diese Stadt glücklich verlässt.

Gott, ich bin so ein Scheißkerl!

Ich habe Jez vermittelt, dass da etwas zwischen uns ist, weil da tatsächlich etwas zwischen uns ist. Aber als es drauf ankam, habe ich dichtgemacht und den Schwanz eingezogen.

Selbst eine Achtzehnjährige ist mutiger als ich.

In diesem Augenblick beschließe ich, das in Ordnung zu bringen.

Denn verdammt noch mal: Ich glaube, ich verliebe mich in Jezebel Stuart. Und es ist höchste Zeit, dass sie das erfährt.

14

Als wir die Hotelsuite betreten, erwartet uns Jez bereits an der Tür und starrt uns mit dem Handy in der Hand finster an. »Was zum Teufel ist das?«, verlangt sie zu wissen und hält uns das Handy vor die Nase.

Als ich einen Blick darauf werfe, sehe ich ein Foto von Delilah und Levyl: Arm in Arm, und Levyl drückt ihr einen Kuss auf die Schläfe.

Es ist auf Levyls Instagram-Seite gepostet, und die Bildunterschrift lautet *Ich liebe dieses Mädchen. #DelilahStuart #wiederzusammen #nievergessen #meinHerzgehört ihr #austintexas #NoHaterz #Geschafft*

»Wir haben uns versöhnt«, erklärt Delilah. »Es ist alles wieder gut. Und Jason, der neue Schlagzeuger der Band, hat das Foto geschossen. Levyl meinte, wenn er es postet, würden die Fans sich beruhigen.« Sie nimmt Jez das Handy aus der Hand, tippt etwas ein und scrollt viel schneller die Seite herunter, als ich es mit meinem Handy zustande bringe.

Kurz darauf blickt sie auf und strahlt uns an. »Ich glaube, er hat recht. Ich sehe nur Daumen hoch. Nichts Negatives oder Gemeines. Bis jetzt jedenfalls.«

»Großartig«, sage ich. »Es hat funktioniert.«

»Hätte aber auch schiefgehen können«, bemerkt Jez mit angespannter Stimme. Da wird mir klar, dass ich meine Abbitte, wegen der ich gekommen bin, verdoppeln muss.

»Ach, komm schon, Jez«, setzt Delilah an, aber Jez schüttelt nur den Kopf und schneidet ihr das Wort ab.

»Verschwinde«, sagt sie und zeigt auf Dels Zimmer. Und dann, als Del zögert, fügt sie mit sanfterer Stimme hinzu: »Bitte. Ich freue mich, dass das mit den Fans geklappt hat. Und dass ihr euch versöhnt habt. Aber jetzt will ich mit Pierce allein reden.«

Als Del mich ansieht, erkenne ich Solidarität in ihrem Blick. Sie wird bleiben, wenn ich das will.

»Na los«, sage ich. »Ich komm schon klar.«

Daraufhin geht sie, wenn auch widerstrebend, und drückt die Tür fest hinter sich zu. Kaum klickt sie ins Schloss, fährt Jez mich an.

»Was zum Teufel sollte das? Ernsthaft! Was. Zum. Teufel!«

Ich hebe die Hände, um sie zu beruhigen und auch etwas dazu zu sagen. Aber das interessiert sie nicht im Geringsten.

»Ich habe dir ausdrücklich gesagt, dass ich dir meine Schwester anvertraue. Und du hast mir ein Versprechen gegeben. Nicht nur das, sondern auch einen Vertrag unterschrieben. So kommst du also deinen Verpflichtungen nach? Ernsthaft? Das Ganze hätte höllisch in die Hose gehen können! Es hätte sie und ihre Karriere vollkommen erledigen können.«

»Hat es aber nicht«, werfe ich dazwischen.

Jez will darauf antworten, aber jetzt bringe ich sie mit erhobener Hand zum Schweigen. »Nein«, sage ich und trete einen Schritt auf sie zu. Was offen gestanden gefährlich ist, denn sie sieht aus, als wollte sie mir vor Wut ins Gesicht springen. »Was sie wirklich erledigt hat, war der Umstand, sich nie richtig bei ihm entschuldigt zu haben. Und dass er nicht wusste, wie sie sich fühlt.«

Ich versuche, tief Luft zu holen, habe aber Mühe, weil mir vor lauter Gefühlen die Kehle wie zugeschnürt ist. »Und als ich das erkannte«, fahre ich fort, »musste ich ihr helfen.«

»Wie selbstlos von dir«, faucht sie. »Und wieso?«

Ich sehe sie an. Ihre vor Zorn lodernden Augen. Ihre Augen, die mich schon voller Leidenschaft angesehen haben. Voller Lust. Und voller Humor.

»Wegen dir«, erwidere ich schlicht. »Weil genau das mich auch fertigmacht.«

Darauf wendet sie sich ab und senkt den Blick, sodass ich ihr Gesicht nicht mehr sehen kann. »Nicht«, flüstert sie. »Lass das einfach.«

Ich höre ihre Verletzlichkeit und weiß, ich sollte Ruhe geben. Aber das kann ich nicht. Sie muss mich verstehen. Weil ich ohne sie vollkommen leer bin und mir verzweifelt wünsche, dass sie mich mit Leben füllt.

»Geh einfach«, sagt sie. »Bitte.«

»Das kann ich nicht.« Ich trete einen Schritt näher zu ihr. »Jez – alles, was du gestern gesagt hast...«

Sie unterbricht mich mit einem harschen Schnauben. »Es war dämlich von mir, dir zu zeigen, wie es in mir aussieht!«

»Jez, bitte.«

»Ich hab dir vertraut. Ich habe dir meinen Körper anvertraut. Meine Geheimnisse. Meine Schwester und ihre gesamte Karriere. Ich dachte, du wärest das wert.«

»Das bin ich auch. *Wir* sind es. Aber ich hab's vermasselt.«

»Ja, zum Teufel, das hast du.« Ihre Stimme klingt so erstickt, dass ich weiß, sie ist den Tränen nahe.

Ich trete noch einen Schritt näher zu ihr. Jetzt stehe ich direkt vor ihr und muss mich zwingen, sie nicht zu berühren, um sie zu trösten, obwohl alles in mir danach schreit.

»Ich hab mich von meiner Vergangenheit abschrecken lassen«, gestehe ich. »Weil ich an Margie dachte, daran, wie weh sie mir getan hatte. Wie sie mich verlassen hatte. Aber ich hätte keinen Gedanken an sie verschwenden dürfen. Nur an dich. An keine andere.«

»Warum hast du es dann getan?«

»Weil ich ein Arschloch bin.«

Sie hebt den Kopf und sieht mich argwöhnisch an. »Sprich weiter.«

»Weil ich Angst hatte.«

Sie runzelt die Stirn. »Wovor denn?«

»Vor dir. Vor allem. Vor den Gefühlen, die du in mir auslöst.«

Sie leckt sich kurz über die Lippen. Der Zorn in ihren Augen verblasst langsam. »Was sind denn das für Gefühle?«

»Als hätte ich eine Chance auf etwas Dauerhaftes«, sage ich und hole tief Luft, um mir Mut zu machen. »Als könnte ich mich in dich verlieben. Und du dich in mich.«

Ich höre, wie ihr der Atem stockt. »Pierce, ich...«

»Nein, lass mich ausreden, Jez. Ich weiß, das alles geht – wahnsinnig schnell. Und vielleicht irren wir uns beide, aber das glaube ich nicht. Ich möchte uns die Zeit geben, es herauszufinden. Nein, mehr noch, ich will, dass es funktioniert. Aber vor allem will ich, dass wir *wir* bleiben können.«

Da rinnt ihr eine Träne über die Wange, und ich strecke die Hand aus und wische sie ihr sanft weg. »Ich hatte Angst und habe dir wehgetan. Das tut mir verdammt leid. Bitte, Jez. Bitte sag, dass du mir verzeihst.«

Wieder leckt sie sich über die Lippen und zieht schnüffelnd die Nase hoch. »Dein Timing ist verdammt mies. Wir haben nicht mal mehr unsere drei Tage. Morgen fliege ich nach L.A.«

Unwillkürlich muss ich lachen.

Sie zieht ihre Augenbrauen in die Höhe. »Findest du das etwa lustig?«

»Nein, wundervoll«, erwidere ich. »Weil du mich nicht zum Teufel schickst, sondern nur sagst, dass du weg musst. Aber das ist nur eine räumliche Distanz. Damit kommen wir klar.«

Als sie darauf nichts erwidert, schlinge ich meine Arme um ihre Taille. »Zieh hierher, nach Austin. Mit Del. Du hast doch gesagt, du wolltest raus aus L.A., oder? Also komm her. Miete ein Haus. Kauf eine Wohnung. Wohne bei mir. Aber gib uns eine Chance. Del muss doch gar nicht mehr um ihre Karriere kämpfen. Sie kann wohnen, wo sie will.«

»Aber sie will in L.A. wohnen«, erwidert Jez, woraufhin ich wieder lächeln muss.

»Sie ist alt genug, um allein zu leben«, sage ich. »Da gibt es diese coole Erfindung namens Internet. Und SMS und Videotelefonate und sonst noch alles Mögliche. Und diese riesigen Metallzigarren, mit denen man fliegen und L.A. in etwa vier Stunden erreichen kann.«

Jez versetzt mir einen leichten Schlag auf die Schulter.

»Du weißt doch, dass man nie im Zorn die Hand erheben soll?«

Sie kneift leicht die Augen zusammen. »Vielleicht bin ich ja nicht mehr zornig.«

»Nicht?« Ich drücke einen Kuss auf ihr Kinn. »Das freut mich sehr. Selbstverständlich muss ich mich noch für vieles mehr entschuldigen.« Ich umfasse mit den Händen ihre Taille und schiebe langsam ihr T-Shirt hoch.

»Du hast mir wehgetan.«

»Ich weiß«, sage ich und knabbere zärtlich an ihrem Ohrläppchen.

Ihr Körper fängt unter meinen Händen an zu beben, und ihr Atem geht stockender. »Ich glaube, du musst dich noch mehr entschuldigen.«

Ich trete einen Schritt zurück, um ihr sanft das T-Shirt über den Kopf zu ziehen. »Schatz, ich werde die ganze Nacht damit verbringen, mich auf alle erdenklichen Weisen bei dir zu entschuldigen.«

Ich bedecke erst ihre Schlüsselbeine und dann ihr Dekolleté mit Küssen. Knete eine ihrer Brustwarzen zwischen Daumen und Zeigefinger, umschließe mit dem Mund ihre andere und werde immer härter, als sie leise aufstöhnt.

So bleibe ich eine Weile, saugend und streichelnd, und genieße es, sie zu spüren und zu riechen. Dann löse ich mich von ihr und lasse ihren Nippel los.

Ich richte mich auf und blicke in ihre vor Lust verschleierten Augen. »Reicht das?«, frage ich. »Hast du mir verziehen?«

Sie beißt sich auf die Unterlippe und neigt mit einem winzigen Lächeln den Kopf zur Seite. »Nicht mal ansatzweise.«

»In diesem Fall«, sage ich und bahne mir küssend einen Weg tiefer und tiefer in Richtung Paradies, »muss ich mir noch ein bisschen mehr Mühe geben...«

Epilog

Acht Monate später

Ich stehe im Smoking unter einem berankten Baldachin am Ende eines weißen Laufstegs. Über mir spannt sich der Himmel in einem perfekten Blau. Hinter mir erstreckt sich das Meer bis in die Unendlichkeit.

Da ich nur wenige Meter von der Klippe entfernt bin, kann ich sehen, wie sich unten die Wellen an den Felsen brechen. Ich höre das Brausen des Ozeans, atme tief ein und konzentriere mich darauf, mich von den Geräuschen und der Seeluft beruhigen zu lassen, während die unverkennbare Musik einsetzt und die Gäste vor mir sich von ihren weißen Klappstühlen erheben.

Als ich den Gang hinunterblicke, kann ich erst wieder aufatmen, als ich sie sehe. Sie schreitet im Takt der Musik auf mich zu, mit Blumen in den Händen, und ist schöner als je zuvor.

Ich schiebe meine Hand in die Tasche und spiele mit dem kleinen Schatz, den ich dort versteckt habe. Dem Talisman, der meine Nerven beruhigen soll.

Sie kommt näher und näher, bis sie fast direkt vor mir steht. Nach einem Blick in meine Augen tritt sie einen Schritt zur Seite und lächelt so strahlend, dass sich Fältchen an ihren Augenwinkeln bilden.

Jetzt steht sie mir gegenüber, und wie zwei Buchstützen

rahmen wir Delilah und Levyl ein, die Hand in Hand den Blick auf den Mann mit der Bibel gerichtet halten, der ihre Gelübde vorspricht.

Beide sagen »Ich will«, worauf die Gäste zu klatschen anfangen. Und als Levyl und Delilah sich küssen, ruft der Regisseur, der gerade außer Sichtweite links von ihnen hinter den Kameras steht: »Cut!«

Levyl lacht und schlingt seinen Arm um Delilahs Schulter. Sie schmiegt sich an ihn. »Eine meiner Lieblingsszenen«, scherzt sie, worauf er ihr einen sanften Kuss gibt.

Sie sind nicht wieder zusammengekommen, stattdessen aber Freunde geworden, und ihre Fans – und das Studio – liebt die ständig in der Luft liegende Frage, ob es nicht vielleicht doch noch klappt. Dieser Film wurde eigens gedreht, um aus ihrer erneuerten Freundschaft Kapital zu schlagen, und Del hat Jez und mich gedrängt, darin eine Statistenrolle zu übernehmen. Angeblich nur zum Spaß, aber auch, um Jez und mir einen Grund zu geben, für ein langes Wochenende nach L. A. zu fliegen.

In den letzten Monaten haben wir weniger Zeit in Kalifornien und mehr in Texas verbracht. Zunächst pendelte Jez fast jede Woche hin und her, um Delilah alles Wesentliche zu vermitteln, damit sie in der Lage ist, ihre Karriere selbst zu managen. Aber Del nahm schnell die Zügel in die Hand, indem sie einerseits immer mehr eigene Entscheidungen traf und andererseits ein Team einstellte, das etliche von Jez' Aufgaben übernahm.

»Vermisst du es?«, frage ich Jez, nehme sie bei der Hand und führe sie aus der Menge. »Hollywood? Das Meer? Den Verkehr in Kalifornien? Dich um Dels Karriere zu kümmern?«

»Das Meer schon«, nickt sie. »Und Del natürlich. Aber...«, fügt sie hinzu und schmiegt sich an mich, »...ansonsten bin ich mit dem Tausch sehr zufrieden.«

»Du meinst mit dem Haus und dem Garten?«, frage ich und meine das Anwesen in Austin, das wir im vergangenen Monat gekauft haben, um seitdem jede Menge Geld, Schweiß und Mühe hineinzustecken.

»Ganz genau«, erwidert sie und stellt sich auf die Zehenspitzen, um mir einen Kuss zu geben. »Was sollte ich sonst meinen?«

Grinsend trete ich einen Schritt zurück, ohne ihre Hand loszulassen. »Komm mit. Ich will dir was zeigen.«

Ich bringe sie zurück zum Baldachin. In der Nähe plaudern Del, Levyl und Anissa mit Connor, Cayden und Kerrie, die alle glauben, wegen meines Filmdebüts eingeflogen worden zu sein. Aber das stimmt nur zum Teil.

»Was ist?«, fragt Jez und sieht sich in dem schönen Ambiente um. »Willst du mir das Set zeigen? Das habe ich doch schon gesehen.«

»Aber das hier noch nicht«, erwidere ich, knie mich vor sie hin und strecke ihr den Ring entgegen, der mir ein Loch in die Jackentasche gebrannt hat.

Jez keucht auf und schlägt sich die Hand vor den Mund. Ich weiß nicht, was sie verbergen will: Tränen der Rührung oder ein Lachen? Vielleicht steht sie auch einfach nur unter Schock.

»Ich glaube, einen perfekteren Hintergrund für einen Heiratsantrag werde ich nicht mehr finden«, erkläre ich. »Und da unsere Freunde und Schwestern hier sind, werde ich es wohl ewig aufs Brot geschmiert bekommen, wenn du mich abweist. Aber dieses Risiko muss ich eingehen. Denn ich liebe dich,

Jez. Ich glaube, ich habe dich vom ersten Augenblick an geliebt. Ich liebe deinen Spott und deine Leidenschaft, deine Wärme und deinen Humor. Du bedeutest mir alles. Du bist meine Seelenverwandte.«

Sie blinzelt. Und obwohl Tränen in ihren Augen schwimmen, strahlt sie vor Glück.

»Ich hätte nie gedacht, dass ich noch mal diese Frage stellen würde. Ich hätte nie gedacht, dass ich das je noch mal wollen würde. Aber Jezebel Stuart, ich möchte keine weitere Minute ohne die Gewissheit leben, dass du meine Frau wirst. Baby, willst du mich heiraten?«

Mein Herz hämmert so laut, dass ich nicht mal die Antwort höre. Aber das Klatschen und Pfeifen höre ich. Und als Jez mich zu sich hochzieht – als sie ihre Arme um mich schlingt und mich leidenschaftlich küsst –, da bin ich mir ihrer Antwort sicher.

Sie lautet: Ja.

Und als ich ihren Kuss erwidere, umringt von Freunden und Verwandten, kann ich mein Glück kaum fassen.

Pretty Little Player
Heiße Spiele

(Blackwell Lyon 2)

Bettspielchen sind was Feines… aber ich will eine Frau, die nicht mit meinen Gefühlen spielt.

In meinen Jahren beim Militär habe ich einiges erlebt, und es gibt nicht vieles, wovor ich zurückschrecke. Nur vor Beziehungen. Denn wenn man die eigene Frau mit einem anderen im Bett erwischt, dann kann das selbst den hartgesottensten Mann gegen Frauen einnehmen.

Als ich den Auftrag bekam, eine Frau mit einer leicht anrüchigen Vergangenheit zu überwachen, war ich auf alles Mögliche gefasst – nur nicht darauf, einer Frau zu begegnen, die mir den Kopf verdreht. Mein Blut in Wallung bringt und meine Leidenschaft entfacht. Eine Frau, bei der ich mich endlich wieder lebendig fühle.

Eine Frau, die ganz anders war, als ich erwartet hatte, aber alles bot, was ich mir wünschte. Eine Frau, die, wie sich herausstellte, meinen Schutz brauchte. Und sich nach meiner Berührung sehnte.

Und als die Welt sich um uns herum auflöste und alle Gewissheiten schwanden, konnte ich mich nur noch an einem festhalten: Je besser ich sie kennenlernte, desto mehr wollte ich sie.

Aber wenn sie mein sein soll, muss ich sie nicht nur beschützen, sondern ihr beweisen, dass ich meine eigenen Ängste und Zweifel überwunden habe. Dass ich nicht mehr in die Vergangenheit blicke, sondern nur noch eine Zukunft mit ihr will.

1 Im Leben eines jeden Mannes gibt es ganz besondere, unvergessliche Ereignisse. Der erste Kuss. Das erste Mal. Die erste Kostprobe von Kaviar und Champagner.

Und die erste Begegnung mit seiner Traumfrau.

Wenn er sie quer durch den Raum ansieht, und ihre Augen blitzen. Wenn er sie auf der Tanzfläche in seinen Armen hält und mit dem Daumen über die nackte Haut auf ihrem Rücken streicht, die ihr tief ausgeschnittenes Kleid frei lässt. Wenn er sich bei ihrem ersten Sex in ihr verliert.

Wenn sie sagt: »Ich will.«

Das sollte doch der Höhepunkt eines Lebens sein, oder? Das Sahnehäubchen auf dem Kuchen.

Wenn man genau hier den Schlusspunkt setzt, ist das ein Happy End.

Genau hier kommt in allen Filmen doch der Nachspann, oder? Man denke nur an die kitschige Werbung für Verlobungsringe. Oder für Blumenlieferanten. Oder auch an rührselige Liebesromane.

Sie alle enden mit dem Höhepunkt.

Aber wenn man die Seite umblättert, was dann? Was ist mit dem Kerl, der das Mädchen erobert hat? Der singt längst kein Liebeslied mehr. Im Gegenteil, er ist gefickt. Nur nicht im wörtlichen Sinn.

Denn in der echten Welt ist es irgendein aufgeblasener Doktorand, der seine Frau fickt. Und der Kerl mit dem Ring – der Kerl, der sich in Tarnuniform in irgendeinem fernen Wüstenstaat den Arsch aufreißt, damit seine Frau nachts sicher schlafen kann –, dieser Kerl ist nichts weiter als ein gehörnter Volltrottel.

Bin ich zu zynisch?

Mag sein. Keine Ahnung. Gibt es eine Grenze für Verbitterung, wenn einem das Herz gebrochen wurde?

Ich weiß nur, dass ich damit nicht allein bin. Allerdings ist es auch kein Trost, dass ich Leidensgenossen habe.

Doch zu den unvergesslichen Ereignissen, den Höhepunkten, die ich eben ansprach, gehört auch, eine Betrügerin in flagranti zu erwischen und sie wirklich dafür bezahlen zu lassen. Ich muss es wissen. Schließlich konnte ich durch meinen Beruf schon etlichen Kerlen bei genau diesem Problem helfen. Und ich bin gut darin.

Es reicht zu sagen, dass ich hoch motiviert bin.

Denn Rache ist süß.

2 Das Internet ist doch etwas Wunderbares.
Nicht mal vier Stunden nach der Übernahme eines neuen Falls – eine untreue Verlobte – habe ich schon jede Menge Informationen über die doppelzüngige kleine Schlampe.

Verzeihung: die in Verdacht geratene Zukünftige.

Ich weiß, dass ihr Name Gracie Harmon lautet, obwohl ich das zugegebenermaßen von meinem Klienten erfahren habe. Sie ist neunundzwanzig Jahre alt und besitzt ein kleines Haus im Stadtviertel Travis Heights, hat allerdings die letzten Tage im höchst exklusiven historischen Driskill Hotel auf der Congress Avenue gewohnt.

Das passt mir zwar gut, weil mein Büro direkt gegenüber liegt, aber komisch ist das schon. Schließlich befindet sich ihr eigenes Haus nur ein paar Meilen entfernt, und so weit ich sagen kann, sind da weder Handwerker noch Kammerjäger am Werk.

Schon ein bisschen verdächtig. Andererseits ist es durchaus möglich, dass sie kein kostspieliges Liebesnest gesucht hat, sondern sich einfach gerne verwöhnen lässt. Nur dass ich bereits weiß, dass sie weder einen Termin bei der hoteleigenen Masseurin noch in einem auswärtigen Spa hat.

Ein Rätsel also, das ich lösen muss.

Glücklicherweise habe ich die Online-Adressen für ihren Instagram-, ihren Facebook- und ihren Twitter-Account. Wenn sie also irgendwas zum Hotel postet, krieg ich das mit. Allerdings postet sie nicht oft etwas, und wenn, dann nichts, was persönlich wäre. Ein bisschen komisch in dieser Welt, in der alles sofort geteilt wird, aber noch nicht verdächtig.

Ich weiß, dass sie als Model arbeitet und davon gut leben kann – laut ihrem Instagramprofil modelt sie hauptsächlich für Wäsche und Bademode in Übergrößen –, und ich weiß, dass sie einfach hinreißend ist, denn sie hat goldblonde Haare, hypnotisch blaue Augen und Kurven, die jeder Mann zu schätzen weiß. Zugegeben, Letzteres ist eher meine persönliche Vorliebe als ein Fakt, aber da sie erfolgreich in ihrem Job ist, weiß ich, dass etliche Männer ähnlich denken wie ich.

Ist sie deshalb untreu? Weil die Verlockung zu groß ist, wenn so viele Männer online so viel von ihr zu sehen bekommen?

Dazu könnte ich sagen: »Reiß dich zusammen«, aber meiner Erfahrung nach können das Frauen oft nicht. Und ich habe viel Erfahrung damit, meist wütenden, manchmal aber auch verblüfften Männern die Untreue ihrer Frau nachzuweisen.

Normalerweise beschränke ich mich auf den Beweis für Ehebruch. Aber ein-, zweimal wurde ich auch von Männern angeheuert, die ihre Freundin vor dem Antrag sicherheitshalber testen wollten. In diesen Fällen erkläre ich ihnen immer, dass allein ihr Ansinnen schon ein Zeichen ist, dass es in ihrer Beziehung ein Vertrauensproblem gibt, und es daher vielleicht nicht das Klügste wäre, an eine lebenslange Verbindung zu denken.

Die meisten nehmen meinen Rat an. Hin und wieder aber gibt es welche, die beharren darauf, dass ich meine Nase in Dinge stecke, die die Betreffende auf jeden Fall für sich behalten will.

Heute arbeite ich für einen dieser beharrlichen Typen.

Er heißt Thomas Peterman und ist bis über beide Ohren

verliebt – offenbar schon seit Jahren. Laut seinen Angaben waren sie früher zusammen, als sie noch in Los Angeles lebte, aber er hat Schluss gemacht, als er herausfand, dass sie was nebenher laufen hatte.

Er war am Boden zerstört, aber hier in Austin kreuzten sich ihre Wege erneut, und jetzt hängt der Himmel voller Geigen, und die Hochzeitsglocken läuten.

Zumindest will er das.

Nur hat er Bedenken, vor allem, da sie ihn schon einmal betrogen hat. Er befürchtet, dass sie nicht nur beruflich mit anderen Männern zu tun hat, sondern ihnen auch privat näherkommt – viel zu nahe. Neulich sah er sie mit einem anderen Mann in einer hiesigen Bar. Vielleicht war das nur ein Freund oder Kollege, aber er hatte ein ungutes Gefühl. Und angesichts ihrer Vergangenheit hielt er es für ratsam, seinen Instinkten zu folgen.

So kam es, dass Mr. Thomas Peterman bei Blackwell-Lyon Security anrief und mit jemandem sprechen wollte, der sich mit dem Nachweis vorehelicher Untreue auskannte. Unsere Büroleiterin Kerrie empfahl ihm daraufhin meine Wenigkeit, Cayden Lyon.

Was mich wieder zu Gracie bringt. Denn nach einem Erstgespräch mit Mr. Peterman und dem Erhalt des Standardvorschusses sitze ich jetzt auf einer Ledercouch in der schummrigen, gemütlichen Bar des Driskill Hotels, nippe an meinem Bourbon und beobachte die geheimnisvolle Gracie, die an der Bar sitzt, mit dem Barkeeper plaudert – mit dem sie anscheinend auf vertrautem Fuß steht – und auf ihrem Handy die E-Mails prüft.

Dabei ist dies kein Überwachungsauftrag. Zumindest jetzt noch nicht.

Bei unserem Gespräch erklärte ich Peterman, dass in Fällen wie diesen – wenn der Klient sich zwar sicher ist, aber keine Beweise hat – der beste Angriffsplan der ist, sich die nötigen Beweise zu besorgen. Also mindestens achtundvierzig Stunden Überwachung. Videos und Fotos, Befragungen von Bekannten und Leuten aus der näheren Umgebung, vorausgesetzt, sie sind dazu bereit, außerdem detaillierte Berichte über das Kommen und Gehen der Zielperson. Wenn möglich werden auch Telefon- und Kreditkartenrechnungen analysiert, aber das ist in einem derart begrenzten Zeitraum außerhalb der Ehe kaum möglich. Und manchmal ist es sogar überraschend schwierig, obwohl die Betreffenden verheiratet sind.

Wenn man ein Zyniker werden will, muss man sich nur die Ehe fremder Leute näher ansehen. Es ist schon erstaunlich, wie wenig die Betreffenden übereinander wissen. Mir ist die Naivität schon vor langer Zeit ausgetrieben worden. Wahrlich, es werden einem sämtliche Illusionen über die Institution der Ehe und das Konzept der Treue geraubt, wenn man seine eigene Frau nackt mit einem anderen Mann im Bett erwischt.

Aber ich schweife ab.

Wie ich während unseres ersten Telefonats erläuterte, würden sich nach der zweitägigen Überwachung der Ermittler – also ich – und der Klient – also Peterman – zusammensetzen und alle Erkenntnisse gemeinsam auswerten.

Meiner Erfahrung nach gibt es innerhalb dieser zwei Tage immer Hinweise, falls die Zielperson tatsächlich untreu ist. Dann entscheidet der Klient, ob er weitere Beweise will, um vor Gericht einen besseren Stand zu haben. Oder, wenn er noch nicht verheiratet ist, ob er sich für die unvermeidliche Streichung der Hochzeit wappnet.

Normalerweise ist der Fall damit erledigt. Hin und wieder allerdings deuten die Ermittlungsergebnisse darauf hin, dass der Klient sich geirrt hat und die Zielperson treu ist. Vielleicht ist der Kunde einfach paranoid. Oder die Zielperson unternimmt zwar etwas Verdächtiges, aber vollkommen Harmloses. Wie bei dem Fall, als die Frau eines Klienten eine gigantische Überraschungsparty zu ihrem zehnten Hochzeitstag plante. (Ich sollte erwähnen, dass sie sofort die Scheidung einreichte, als sie erfuhr, dass ihr Mann es gewagt hatte, ihre Treue anzuzweifeln.)

In diesen nicht eindeutigen Fällen schlage ich dem Klienten stets vor, tief Luft zu holen und seiner Partnerin einfach zu vertrauen. Wohlgemerkt: Ich *empfehle* es nicht, sondern *schlage* es nur *vor*. Denn mal abgesehen von Überraschungspartys zum Hochzeitstag kann ich aufgrund meiner privaten und beruflichen Erfahrungen sagen, dass wo Rauch ist, auch Feuer ist. Und wenn man den Verdacht hegt, betrogen zu werden, dann liegt man wahrscheinlich auch richtig, und die eigene Frau ist nur eine von vielen in einer Welt voller Betrüger und Lügner.

In dieser Situation schlage ich dem Klienten vor, auf Plan B zurückzugreifen.

Dies als Erläuterung dessen, was heute passiert ist. Denn Plan A habe ich Peterman schon dargelegt. Ich erklärte ihm, warum eine Überwachung sinnvoll sei. Eine effektive, bewährte Methode, um echte, verwertbare Beweise zu bekommen. Und dass man erst nach einer ersten Einschätzung zum nächsten Schritt übergehen sollte.

Er aber wollte direkt zu Plan B.

Zwar hat der Kunde nicht unbedingt immer recht, aber er hat das Scheckbuch. Und deshalb heißt es jetzt: Plan B.

Aus diesem Grund trinke ich hier in der Driskill Bar meinen Whiskey und beobachte eine schöne Frau beim Flirten mit dem Barkeeper.

Nicht, weil ich die Happy Hour nutzen will. Und auch nicht, weil ich einen Überwachungsauftrag habe.

Nein, ich trinke und beobachte, weil ich an einem Plan feile. Weil ich die Zielperson studiere, um ihre Schwachpunkte herauszufinden.

Denn meines Erachtens ist der beste Weg, die Treue einer Frau zu testen, sie in Aktion zu sehen. Und wenn man sie nicht mit ein paar Schnappschüssen von ihr und ihrem Boss oder dem Poolboy erwischt, ist die nächstbeste Option, sie selbst zu verführen.

Und das, meine Freunde, ist für heute Abend der Plan.

3   Gracie neigt sich vor und stützt sich mit dem Ellbogen auf die polierte Holztheke, als der Barkeeper ihr ein frisches Glas hinstellt. Ein rötlichbrauner Cocktail in einem Martiniglas, vermutlich ein Manhattan. »Also hatte ich recht?«, fragt sie, stützt ihr Kinn auf ihre Faust und wartet, die meerblauen Augen aufgerissen, gespannt auf eine Antwort. Das kann ich sehen, weil ich meinen Platz auf der Couch aufgegeben habe. Mittlerweile sitze ich ein paar Hocker links von Gracie an der Bar, und da die Theke kreisförmig ist, habe ich einen guten Blick auf ihr außergewöhnlich hübsches Gesicht.

»Schon gut, ich gebe es zu«, erwidert der Barkeeper. »Du lagst goldrichtig. Sie meinte, das sei ihr bestes Date gewesen.«

»Das freut mich sehr für dich.« Gracies Lächeln erhellt die ganze dämmrige Bar, und während ich sie beobachte, tippe ich selbstvergessen mit dem Finger auf die Theke und revidiere meine erste Einschätzung. Offenbar ist Gracie mit dem Barkeeper doch nicht auf vertrautem Fuß. Jedenfalls nicht so vertraut, wie Mr. Peterman argwöhnt. Aber das heißt noch nicht, dass sie nicht doch auf der Suche ist.

»Noch einen?«, wendet sich der Barkeeper, der laut Namensschild Jon heißt, an mich. »Oder die Karte?«

Dabei hat er mir gerade einen frischen Drink gemacht, und die Speisekarte liegt innerhalb meiner Reichweite. Ganz kurz bin ich verwirrt. Dann merke ich, dass ich mit dem Finger tippe, und halte inne. »Sorry. Das sollte kein Signal sein.«

Ich bemerke, dass Gracie einen neugierigen Blick in meine

Richtung wirft, und erkenne sofort, dass ich die leicht peinliche Situation zu meinem Vorteil nutzen kann. Ich schaue Gracie direkt in die Augen und lächele geheimnisvoll, gerade so, dass mein kleines Grübchen auftaucht, das Kerrie bei meinem Zwilling Connor teuflisch sexy fand. (Fürs Protokoll: Da wir eineiige Zwillinge sind, halte ich es für mehr als gerechtfertigt, diese Information zu meinen Gunsten zu verwenden.)

»Ich dachte gerade an etwas ganz anderes«, sage ich, immer noch lächelnd, zum Barkeeper. Ohne den Blick von Gracie zu lösen.

Ihre Mundwinkel zucken ganz leicht, doch dann wendet sie rasch den Blick ab und wickelt sich eine Strähne ihrer blonden Haare um den Finger, während ein Hauch von Rosa ihre Wangen überzieht.

Bingo.

Die Botschaft ist angekommen.

Als ich aus Afghanistan zurückkehrte, ohne mein linkes Auge, dafür aber mit einer hässlichen Narbe und einer schwarzen Augenklappe als neues Modeaccessoire, suhlte ich mich zugegebenermaßen ziemlich in Selbstmitleid. Bis mir Kerrie einen Arschtritt gab und mich zwang, mich der Realität zu stellen.

Kerrie ist nicht nur unsere Büroleiterin, sondern auch die kleine Schwester meines besten Freundes. Eine kurze Zeitspanne war sie außerdem mit meinem Bruder zusammen, obwohl sie jetzt beide Stein und Bein schwören, sie wären nur noch Freunde, und daran würde sich auch nichts mehr ändern.

Mag sein.

Ich werde sie nicht ermutigen, wenn sie das nicht wollen, vor allem, da ich weiß, dass Connor der Altersunterschied von vierzehn Jahren ziemlich zugesetzt hat. Aber Kerrie ist eine Frau, die ich ohne Bedenken auf ein Podest stellen würde. Sie hat ihre Schwächen und Schrullen – und Tippen kann sie ganz und gar nicht –, aber ich weiß genau, dass sie nie, *niemals*, das mit Connor abziehen würde, was Vivien mit mir abgezogen hat.

Und in meiner Welt bedeutet das eine Menge.

Außerdem ist sie verdammt schlau. Deshalb behauptete sie auch als Erste – und zwar völlig zu Recht –, dass meine Heimkehr aus dem Nahen Osten mir einen Vorteil gegenüber meinem Bruder verschafft hat, zumindest, was die Wirkung auf Frauen betrifft.

»Es liegt an der Augenklappe«, verkündete Kerrie ein paar Wochen nach meiner Rückkehr bei einer Happy Hour. »Du und Connor seid beide ohnehin schon dermaßen scharf, dass es unfair ist gegenüber Normalsterblichen wie meinem Bruder...«

»Oh, vielen Dank.« Pierce, der sich noch nie über Frauenmangel beklagen konnte, bewarf seine kleine Schwester mit einer wodkagetränkten Olive.

»Bin ich die Einzige, die auf Manieren achtet?«, fragte sie klagend und bedachte den amüsierten Barkeeper mit einem entschuldigenden Lächeln.

»Moment mal, Prinzessin«, schaltete sich Connor ein. »Willst du allen Ernstes behaupten, mein jämmerlicher Bruder sei schärfer als ich? Kann gar nicht sein.«

»Es liegt an der Augenklappe«, erwiderte sie achselzuckend. »Ehrlich. Ihr beide seht ohnehin schon aus wie Filmstars, aber er bekommt dadurch noch etwas Verruchtes, wie ein Pirat. Und ihr beide müsst nicht so tun, als wüsstet ihr nicht, was ich meine. Ihr seid Womanizer, und das ist euch völlig bewusst. Aber Cayden ist ein Womanizer auf der Überholspur, weil er sofort die Fantasie von einem hart rangehenden Piraten weckt.«

Connor kniff leicht die Augen zusammen und starrte sie an. »Ist das dein Ernst?«

Sie neigte den Kopf zur Seite. »Klar, im echten Leben ist das harte Rangehen keineswegs immer die coolste Variante. Aber in der Fantasie? Ich meine, wenn ich an Piraten denke, fällt mir sofort Johnny Depp ein. Und den finde ich scharf. Caydens neuer Look hat ganz viel Fantasiepotenzial. Tut mir leid, Connor. Aber das musst du einfach schlucken. Diesmal gewinnt dein Bruder.«

Als Peterman meine Augenklappe erwähnte und fragte, ob ich mich wirklich der Aufgabe gewachsen fühlte, ein Mädchen zu verführen, versicherte ich ihm daher, ich sei der beste Mann dafür.

Ausgehend von der Tatsache, dass Gracie allein von meinem Blick rot geworden ist, lehne ich mich jetzt mal aus dem Fenster und behaupte, dass ich Eindruck hinterlassen habe. Und als sie wieder in meine Richtung blickt, hebe ich mein Glas, proste ihr schweigend zu und trinke einen Schluck. Sie lächelt kurz und wendet sofort wieder den Blick ab.

Das Pärchen zwischen uns leert seine Gläser. Der Mann, schon etwas älter, mit grauen Schläfen, unterschreibt die Quittung und hilft seiner Begleiterin vom Barhocker. Sie ist vermutlich etwas jünger als er, wenn auch nicht viel. Die Fältchen um ihre Augen und Mundwinkel zeugen von einem Leben voller Lachen. Und als er sanft ihren Arm fasst, ist sein Ausdruck so liebevoll, dass ich sie unwillkürlich anstarre.

Sie trägt einen Diamantring. Er einen schlichten Goldring. Ich frage mich, wie lange sie wohl schon verheiratet sind.

Plötzlich habe ich ein Bild ihres gemeinsamen Lebens vor Augen. Mona und Ted. So nenne ich sie in meiner Fantasie, wo sie ein zufriedenes Leben mit zwei Kindern und einem Collie führen und Hand in Hand im Sonnenuntergang auf einer von Bäumen gesäumten Straße spazieren gehen.

Ich frage mich, ob Ted je befürchtet hat, Mona mit einem Kollegen, einem Freund oder dem Handwerker im Bett zu erwischen. Wahrscheinlich nicht – und dieser Gedanke erfüllt mich mit Wehmut, weil er sowohl schön als auch traurig ist. Schön, weil er mir Hoffnung schenkt. Traurig, weil die beiden eine seltene Spezies sind. Wie ein Ausstellungsstück im Museum. Etwas, das man in freier Wildbahn sehen *könnte*, aber wahrscheinlich nie sehen wird.

Vermutlich kann ich mich glücklich schätzen, Zeuge ihres Glücks geworden zu sein.

Ich sehe ihnen nach, wie sie durch die Bar zur Hotellobby gehen und er ihr dabei leicht die Hand auf den Rücken legt, um sie zu führen, aber auch, um die Verbindung mit ihr herzustellen.

Natürlich hatte ich das mit Vivien nie. Diese Verbindung.

Verbindungen sind auch etwas sehr Seltenes. Etwas, das es eigentlich nur in Kerries Liebesromanen gibt. Im echten Leben dagegen herrscht höllische Einsamkeit.

Ich hole tief Luft und wende mich wieder meinem Drink zu. Da er nur noch aus nach Whiskey schmeckenden Eiswürfeln besteht, leere ich ihn mit einem Schluck und bestelle einen neuen. Normalerweise halte ich mich bei einem Auftrag den ganzen Abend an einem einzigen Drink fest. Aber heute habe ich das Gefühl, ich müsste mir Mut antrinken. Warum, weiß ich nicht, und ich will auch nicht genauer darüber nachdenken. Normalerweise bin ich Frauen gegenüber nicht schüchtern, und es macht mich auch nicht nervös, jemanden unter die Lupe zu nehmen. Vielleicht liegt es an diesem Pärchen. Diesem glücklich verliebten Pärchen mit dem Leben, das ich bereits erwartet hatte, aber nie bekommen werde.

Vielleicht habe ich es satt, ständig mit dem Gegenteil davon konfrontiert zu werden.

Verdammt, vielleicht bin ich sogar ein bisschen traurig, dass Gracie mit ihrer süßen Schüchternheit und dem strahlenden Lächeln eine Vivien ist und keine Mona.

Vielleicht bereue ich es, diesen Auftrag angenommen zu haben.

»Was war es also?«

Erst nach einer Sekunde wird mir bewusst, dass Gracie die Frage gestellt hat, und als ich aufblicke, bemerke ich nicht nur, dass der Barkeeper mir einen frischen Whiskey serviert hat, sondern dass Gracie mich mit leicht zur Seite geneigtem Kopf anlächelt. Flirtend.

Okay. Alles klar.
Zurück zum Geschäft.

»Was war was?«, frage ich.

»Als ich mit Jon gesprochen habe, tippten Sie mit dem Finger auf die Theke. Sie wirkten so entschlossen. Ich habe mich nur gefragt, woran Sie gedacht haben.«

Entschlossen. In Anbetracht der Tatsache, dass ich sie unverhohlen angestarrt habe, ist dieses kleine Wort mehr als zweideutig. Hätte ich tatsächlich vor, sie flachzulegen, wäre ich begeistert. Und da ich ihr Untreue nachweisen will, könnte ich zufrieden sein, dass die Sache läuft.

Stattdessen fühle ich mich dumpf und bin nicht imstande, meinen unterschwelligen Überdruss abzuschütteln.

Ich trinke einen großen Schluck von meinem Whiskey – um mir mental in den Arsch zu treten – und setze mich auf den Hocker neben ihr, auf dem eben noch Ted gesessen hat. »Ich war neugierig wegen seiner Antwort«, erkläre ich und weise mit dem Kinn auf Jon. »Weil das Date wegen Ihres Vorschlags so gut gelaufen ist.« Leicht streiche ich mit dem Finger über den Rand des Glases und starre ihr auf die Lippen. »Solche Vorschläge sind für Männer immer interessant. Wollen Sie mich aufklären?«

Vor ihr steht ein Schälchen mit Erdnüssen, und als ich die Frage stelle, nehme ich eine Handvoll, werfe sie mir in den Mund und lecke mir die Finger ab, ohne den Blick von ihr zu lösen. Alles ganz unschuldig. Und unverhohlen flirtend.

Ich sehe, wie sie schluckt, und weiß, ich habe sie am Haken.

»Planen Sie ein heißes Date?«, fragt sie, zieht den winzigen Strohhalm ein Stück aus ihrem Manhattan und saugt daran. Mir fällt auf, dass sie keinen Verlobungsring und auch sonst keine Ringe trägt.

»Immer.«

Sie lacht, wie ich gehofft hatte. »Tja, dann ist mein Vorschlag für Sie vielleicht nicht so geeignet. Weil er subtiler ist. Oder...« Sie verstummt und zuckt die Achseln.

»Romantischer?«

»Freundschaftlicher«, sagt sie. »Etwas zum Kennenlernen.«

»Zum Kennenlernen«, wiederhole ich und sehe ihr direkt in die Augen. »Das würde mir gefallen.«

Sie wendet den Kopf ab, umfasst ihren Nacken und zieht die Schultern hoch. Ihre Wangen werden rot, und ich sehe, dass sie unwillkürlich lächeln muss. Sie wirkt vollkommen unschuldig – sogar scheu –, und ich staune, wie gut Frauen ein Doppelspiel treiben können.

Kurz darauf setzt sie sich wieder gerade auf den Hocker, wirft mir einen Seitenblick zu und trinkt einen Schluck von ihrem Drink. »Ich habe ein Shopping-Date vorgeschlagen«, sagt sie ganz sachlich, als hätte ich sie weder angeflirtet, noch hätte sie reagiert.

»Ein Shopping-Date?«

»Shoppen und Cocktails trinken«, erläutert sie. »In North Loop gibt es einen tollen Laden mit allem möglichen coolen Vintagekram. Kennen Sie sich hier aus? Das Viertel liegt nördlich von der Innenstadt, ist aber nicht weit. Sie müssen...«

»Ich komme von hier«, werfe ich ein. »Arbeite direkt gegenüber. Dies ist eine meiner Lieblingsbars für einen schnellen Drink.«

»Also kennen Sie das Viertel? Ich meine: North Loop?«

»Ich war schon ein paar Mal da.«

»Viele kleine Kunstgewerbeläden«, erklärt sie. »Ausgefallene Sachen.«

»Und dahin haben Sie Jon geschickt?«

»Genau. In einen Laden namens Room Service. Eignet sich großartig zum Stöbern, aber auch für ein Kennenlern-Date. Da gibt es viel Art déco. Kitsch. Kleider, Geschirr und Möbel. Auch ein paar Bücher. Schmuck. Ein bisschen von allem. Krimskrams, über den man sich unterhalten kann.«

Ich bemerke, dass Jon uns zuhört, aber nichts dazu sagt. Ganz kurz frage ich mich, ob das ihre Standard-Anmache ist. Ein romantisches Date zu beschreiben. Sich damit näherzukommen. Dann einen Drink auf dem Zimmer vorzuschlagen...

Möglich wäre es. Ich muss nur sehen, wie es sich entwickelt.

»Also sind Sie oft da?«, frage ich.

»O ja. Ständig.«

»Als Date?«

Sie leert ihren Manhattan, schüttelt dabei den Kopf und gibt ein ablehnendes Geräusch von sich. »Normalerweise nicht. Ich stöbere nur gerne. Aber Jon habe ich vorgeschlagen, mit dem Mädchen, für das er sich interessiert, in den Laden zu gehen und danach die Straße hinunter zu der kleinen Bar, die fantastische Cocktails anbietet. Sie heißt Drink.Well. Waren Sie schon mal da?«

Ich schüttele den Kopf, mache mir aber eine Notiz im Hinterkopf. Ich bin immer auf der Suche nach einer guten Bar.

»Dann sollten Sie unbedingt hingehen.« Sie zieht die Schulter hoch. »Wie auch immer. Jedenfalls glaube ich, dass es ein sehr brauchbarer Rat war.« Sie nickt zum Barkeeper hinüber, der sich jetzt außer Hörweite auf der anderen Seite der Theke befindet. »Gestern Abend, nachdem sie Feierabend hatte, sind sie dorthin gegangen, und er meint, es lief gut.« Sie lehnt sich zu mir und senkt die Stimme. »Morgen gehen sie wieder zusammen aus.«

»Ah, das berühmte Freitagsdate«, erwidere ich, lehne mich ebenfalls zu ihr und senke die Stimme. »Es muss wirklich gut gelaufen sein, wenn sie sich gleich zur Premiumzeit treffen.«

»Das war mein erster Rat zum Thema Verabredungen«, erwidert sie. »Offenbar hab ich Talent.«

»Ihr erster? Ich hätte gedacht, Sie sind Profi.«

»Aber nein«, wehrt sie ab und hebt die Hand. Als ich aufschaue, sehe ich, dass Jon sich umgedreht hat und sie ihm das Signal für die Rechnung gibt. *Verdammt.* »Wie heißt es noch?«, sagt sie und runzelt die Stirn. »Wer es nicht kann, unterrichtet es?«

»Das glaube ich keine Minute«, sage ich charmant, fluche aber innerlich. Denn bei unserem Flirt sind wir für diesen Abend nicht annähernd weit genug gekommen.

»Du gehst?«, fragt Jon und schiebt ihr ein Mäppchen zu, das sie aufklappt, worauf er ihr einen Stift reicht.

Ich verkneife mir eine frustrierte Grimasse. Wenn ich Beweise für Peterman kriegen will, muss ich jetzt Gas geben. Ich lege meine Hand auf die Rechnung. »Lassen Sie mich das übernehmen.«

»Aber nein.«

»Es wäre mir ein Vergnügen.« Ich gebe Jon einen Wink. Er nickt.

Einen Moment lang zögert Gracie. Dann sagt sie äußerst höflich: »Tja, dann danke. Das ist sehr aufmerksam von Ihnen. Ich heiße übrigens Gracie.«

»Cayden. Darf ich Sie noch nach draußen begleiten? Haben Sie irgendwo in der Nähe geparkt?«

»Nein, ich bin hier im Hotel.«

»Ach«, gebe ich mich überrascht. »Nach Ihren Ausführungen zu diesem Vintageladen dachte ich, Sie wohnten in Austin.«

»Das stimmt auch«, erwidert sie. »Nur...« Sie schüttelt den Kopf und räuspert sich. Eine blonde Locke löst sich aus ihrer nach hinten gestrichenen Mähne. Mich durchzuckt der Impuls, sie ihr wieder hinters Ohr zu stecken – stelle mir schon ihre seidigen Haare an meinen Fingern vor –, aber dann zwinge ich meine Hand, dort liegen zu bleiben, wo sie ist.

»Ich wohne hier nur solange, bis in meinem Haus ein paar Arbeiten erledigt sind«, erklärt sie und streicht die verlockende Haarsträhne selbst zurück. »Man musste mir für ein paar Tage Wasser und Strom abstellen.«

»Ah.« Widerstrebend löse ich mich von der Vorstellung, ihre Haare auf meiner Haut zu spüren, und rufe meine Gedanken mühsam zur Ordnung. »Und Ihr Freund? Ehemann? Verlobter? Haben Sie das Driskill ausgesucht, um die Notunterkunft als kleines Liebesnest zu nutzen?«

Wieder wird sie rot. »Oh. Nein. Leider sind mir Freunde, Ehemänner und Verlobte gerade ausgegangen. Ich hab mich fürs Driskill entschieden, weil es mein Lieblingshotel in Austin ist.«

»Meins auch«, nicke ich.

Als sie mich mit einem Lächeln bedenkt, muss ich mich wieder ermahnen, dass dies ein Job ist und kein Date.

»Angeblich spukt es hier«, bemerke ich.

»So sagt man.«

»Schon irgendwelche Geister auf den Gängen gesehen?«

»Nicht einen einzigen.«

»Das überrascht mich aber. Ich hätte gedacht, dass alle Geister aus ihren Verstecken kommen, nur um einen Blick von Ihnen zu erhaschen.«

Lachend lässt sie sich vom Hocker gleiten. »Wenn das ein Anmachspruch sein soll, ist er nicht besonders gut.«

Ich stehe ebenfalls auf. »Seien Sie nachsichtig, ich hab schon zwei Bourbon intus.«

»Nun denn, zumindest haben Sie sich Mühe gegeben. Und es war wirklich nett, mit Ihnen zu plaudern. Aber jetzt sollte ich gehen.«

Jetzt sollte ich gehen. Das magische Signal. Denn das heißt, sie *sollte*, lässt sich aber gerne zu etwas anderem überreden. Und genau deshalb bin ich natürlich hier. »Na, dann sollte ich Sie wohl besser zu Ihrem Zimmer bringen. Nur für alle Fälle.«

»Für alle Fälle?«

»Wegen der Geister«, sage ich und biete ihr meinen Arm.

Als sie zögert, frage ich mich kurz, ob ich einen Gang hochschalten muss. Aber dann hakt sie sich bei mir unter, und wir gehen gemeinsam zum Aufzug. »Vierte Etage«, sagt sie, als wir eingetreten sind, und während der Aufzug hochfährt, bleibt sie bei mir untergehakt. Einen Moment lang – nur einen Moment – wünschte ich, das Ganze wäre echt.

Aber das ist es nicht und sollte es auch nicht sein. Auf keinen Fall darf ich jetzt sentimental werden. Dies ist ein Auftrag. Und selbst wenn nicht, bin ich nicht auf der Suche nach einer Beziehung. Ich werde keinesfalls das Risiko eingehen, noch mal verletzt zu werden. Außerdem ist diese Frau meine Zielperson und damit ohnehin tabu.

Sie gehört nicht zu meinem Leben. Sie hat sich nur bei mir untergehakt. Obwohl ich natürlich auf mehr aus bin. Nicht dass ich wirklich mit ihr ins Bett gehen will – schließlich gibt es ethische Richtlinien. Aber lange, heiße Küsse? Ausgiebiges Streicheln? Ein bisschen nackte Haut? Das ist nicht nur zu erwarten, sondern auch schlichtweg erforderlich. Schließlich muss ich Peterman einen Beweis liefern können.

Normalerweise lassen mich diese Aspekte eines Auftrags keine Sekunde zögern. Bei Gracie allerdings...

Nun, ich kann nicht leugnen, dass ich ihre nackte Haut spüren will.

Gleichzeitig sträubt sich alles in mir dagegen, dass sie der Typ Frau ist, der das zulässt.

»Cayden? Hey, wo sind Sie mit Ihren Gedanken?«

Ihre Stimme reißt mich in die Wirklichkeit zurück. »Sorry, wie bitte?«

»Hier muss ich raus.«

»Natürlich«, sage ich, und wir verlassen den Aufzug. »Tut mir leid. Ich musste gerade nur – also, ehrlich gesagt – an Sie denken.«

»Oh.« Ihr Lächeln wirkt verhalten, aber eindeutig erfreut. »Äh, wahrscheinlich kann ich von hier aus allein zu meinem Zimmer kommen. Ich glaube, die Geister werden mich in Ruhe lassen.«

»Unsinn. Ich biete Rundumschutz vor Geistern«, widerspreche ich, ohne den Blick von ihren Augen zu lösen.

»Oh«, haucht sie. »Tja, das ist sehr ritterlich von Ihnen.«

»Was immer dazu nötig ist. Versprochen.«

»Aha.« Sie senkt den Blick, und als sie sich in die Unterlippe beißt, muss diesmal ich schlucken.

»Gracie?« Als sie wieder aufblickt, hat sie erwartungsvoll die Augen aufgerissen. Und da weiß ich, die Sache ist geritzt. Eigentlich sollte ich mich darüber freuen. Ist schließlich leicht verdientes Geld, oder? Ein gut ausgeführter Auftrag.

»Cayden?«

»Ich ... ich muss wissen, welches Zimmer Sie haben.«

»Oh. Vier-zwanzig. Da lang«, sagt sie und zeigt vage nach rechts.

Als ich ihre Hand nehme, verschränkt sie ihre Finger mit meinen. Ihre Haut ist ganz weich, und sie hält meine Hand, als würde sie mir vertrauen. Wir gehen zu ihrem Zimmer. Eine Woge des Bedauerns überkommt mich, als wir es erreichen und sie in ihrer Tasche nach dem Schlüssel sucht.

Sie blickt erst zu mir, dann zur Tür. Sie nagt an ihrer Unterlippe, senkt den Blick zum Teppich, hebt den Kopf und sieht mir direkt in die Augen, um mich ins Zimmer zu bitten.

»Es tut mir leid«, sagt sie. Ich muss mir tatsächlich ihre Worte im Kopf zurückspulen, um mich zu vergewissern, dass ich mich nicht verhört habe. »Es tut mir leid«, wiederholt sie, die Schlüsselkarte in der Hand.

»Verzeihung?«

»Ich... eigentlich wollte ich fragen, ob Sie noch mit reinkommen wollen. Sie wissen schon. Um zu plaudern. Und so weiter. Aber... das ist wahrscheinlich keine gute Idee?«

»Nein? Hört sich für mich an wie die beste Idee seit Langem.«

Als sie lacht, spüre ich einen ziehenden Schmerz in der Brust.

»Ich weiß ... es ist nur ... also, Sie wirken wirklich nett, und es hat mir Spaß gemacht, mich mit Ihnen zu unterhalten, aber ...«

Als sie verstummt, trete ich näher zu ihr, um ihre Unschlüssigkeit zu nutzen. »Sind Sie sicher? Ich verspreche, nicht allzu fest zu beißen.«

Wie erhofft lacht sie erneut. Aber dann schüttelt sie den Kopf. »Ich weiß nicht.« Sie tippt sich mit dem Finger an den Winkel ihres linken Auges und grinst. »Ich hab schon einiges über Piraten gehört.«

Ich grinse, verblüfft und dankbar, dass sie etwas angesprochen hat – sogar scherzend –, das die meisten Mädchen selbst nach einer wilden Nacht im Bett aus Höflichkeit totschweigen würden.

Sie hebt die Schultern und lässt sie wieder fallen. »Hören Sie, es tut mir leid, wenn Sie – ich meine, wenn Sie mich begleitet haben, weil Sie mehr erwarteten.«

»Mehr, als nur ein paar zusätzliche Minuten mit Ihnen zu verbringen? Glauben Sie mir, Sie müssen sich für nichts entschuldigen.« Ich umfasse ihre Hand, hebe sie an und drücke meine Lippen auf ihre Fingerspitzen. »*Say Goodnight, Gracie.*

Das ist ein Theaterstück; kennst du sicher. Also: Sagen Sie Gute Nacht, Gracie!«, scherze ich, worauf sie lacht. »*Say Goodnight, Gracie*«, erwidert sie. »Und danke.«

Ich nicke, drehe mich um und gehe zum Aufzug zurück. Und gegen alle Erwartung bin ich tatsächlich erleichtert, dass es absolut keinen Beweis dafür gibt, dass Gracie Harmon ihren Verlobten betrügt.

4 Normalerweise weiß ich bei einem Auftrag immer, wie es weitergeht, heute Abend aber nicht. Ehrlich gesagt bin ich mir nicht sicher, ob das daran liegt, dass ich keine eindeutigen Informationen für Peterman habe oder weil ich enttäuscht bin, von Gracie nicht mit auf ihr Zimmer genommen worden zu sein.

Allerdings hege ich den Verdacht, dass Letzteres der Fall ist, daher beschließe ich, nicht länger darüber nachzudenken. Und da Alkohol in diesem Fall dienlich ist, gehe ich zurück in die Bar und bestelle mir einen weiteren Drink.

Eine Stunde später ist es kurz vor zehn, ich habe meinen Bourbon getrunken und alle E-Mails über mein Handy gesichtet. Da mir nichts Besseres einfällt, schicke ich mich an, mir ein Taxi zu bestellen, nach Hause zu fahren und mir vor dem Schlafengehen noch den neuesten *Fast and Furious* auf meiner Couch reinzuziehen.

Doch schon in der Hotellobby überlege ich es mir anders. Denn da fällt mir ein, dass Seven Percent, eine meiner Lieblingsbands, einen Überraschungsauftritt in der Bar The Fix on Sixth haben. Der Auftritt wurde vorher nicht bekannt gegeben, da die ursprünglich aus Austin stammende Band in den letzten Jahren so bekannt geworden ist, dass die Bar sonst wegen der Zuschauermassen gesprengt würde. Aber ihr Leadsänger Ares wollte auf der Durchfahrt zu einem anderen Auftritt einen Freund besuchen und gleichzeitig einen Gig in der Bar veranstalten, in der sie ihren Durchbruch hatten.

All das weiß ich nur, weil Pierce, Connor und ich oft genug im The Fix sind, um als Stammgäste zu gelten, und uns mit Tyree, dem Besitzer, angefreundet haben.

Daher verlasse ich das Driskill durch den Haupteingang und biege auf der Brazos Street nach links auf die Sixth Street. Ich gehe ein paar Blocks hinunter, bis ich mich gegenüber vom The Fix befinde, überquere, ohne die Ampel zu beachten, die Straße und eile zum Eingang. Obwohl es keine offizielle Ankündigung gab, ist es brechend voll. Ich kann Tyree zwar im hinteren Teil erkennen, aber er hat zu tun und sieht mich nicht. Der Barkeeper Eric ruft mir einen Gruß zu, aber da an der Theke kein freier Platz ist, winke ich nur und versuche, einen freien Tisch zu finden.

Die Band baut auf der Bühne bereits auf. Ich verfluche mich stumm, weil ich so spät komme. Es gibt keine Sitzplätze mehr, und ich habe keine Lust, in der Menge zu stehen, die sich mit Sicherheit gleich vor der Bühne im vorderen Teil der Bar bilden wird.

»Cayden!«

Zuerst bin ich nicht mal sicher, dass jemand tatsächlich meinen Namen gerufen hat; es ist so laut, dass ich mir das ohne Weiteres auch eingebildet haben kann. Dennoch drehe ich mich um und halte Ausschau nach dem eventuellen Rufer.

Und da sehe ich sie: *Gracie.*

Ich habe absolut keine Ahnung, was sie hier macht, zumal ich sie vor über einer Stunde zu ihrem Zimmer gebracht habe. Aber da ist sie, wie ein hinreißender Schutzengel, der über mich wacht und mir den leeren Stuhl an einem kleinen Tisch anbietet.

Ich bahne mir einen Weg in ihre Richtung und rede mir ein, meine sprunghaft gestiegene Laune rühre nur daher, dass ich während des Auftritts nicht stehen muss. Und dass ich eine weitere Gelegenheit für meine Ermittlungen bekommen habe.

Natürlich freue ich mich einfach nur, sie zu sehen. Aber darüber will ich auf keinen Fall nachdenken.

»Geben Sie's zu«, begrüße ich sie. »Sie verfolgen mich.«

»Genau das könnte ich auch behaupten«, kontert sie. »Was machen Sie hier?«

»Ich war schon auf dem Weg nach Hause, da fiel mir ein, dass Seven Percent heute Abend hier spielen. Die ist eine meiner Lieblingsbands.«

»Auch eine von meinen«, sagt sie. »Aber woher wussten Sie das?«

Ich drehe mich auf meinem Stuhl um und zeige auf Tyree. »Ich bin mit dem Besitzer befreundet. Wussten Sie vorher nichts davon? Was machen Sie dann hier?« Hat sie mich loswerden wollen, um jemand anderen abzuschleppen? Die Vorstellung gefällt mir gar nicht, daher verdränge ich sie rasch. Schließlich hat sie allein hier gesessen.

»Ich hab mir was vom Zimmerservice bestellt«, erklärt sie. »Pommes und Kaffee. Als ich mich mit dem Kellner unterhielt, klagte er darüber, dass er arbeiten muss und den Auftritt verpasst.« Gracie trinkt einen Schluck von ihrem Bier. »Zwar habe ich kein schlechtes Gewissen seinetwegen, aber falls ich ihn morgen sehe, werde ich es ihm nicht auf die Nase binden. Allerdings wird das schwer werden, weil ich ein riesiger Fan bin. Ich hab Seven Percent vor Jahren mal als Vorband von Next Levyl gesehen.«

»Sie Glückspilz«, erwidere ich. »Den Auftritt habe ich verpasst. Aber ich kenne ihn. Levyl, meine ich.«

Sie reißt die Augen auf und lehnt sich zurück. »Sie nehmen mich doch auf den Arm!«

»Nein, ich schwör's. Er ist der Freund einer Freundin.« Genau gesagt ist er der Ex-Freund von Pierces Schwägerin, dem Filmstar Delilah Stuart, aber das behalte ich für mich.

»Ich bemühe mich sehr, nicht auf Promiklatsch zu achten«, sagt sie, »aber ich war echt sauer, als Delilah ihn wegen Garreth Todd fallen gelassen hat.«

Dazu sollte ich den Mund halten, das weiß ich. Aber Del ist so ein nettes Mädchen, dass ich es einfach nicht kann. »Sie sind jetzt Freunde, wissen Sie? Außerdem hat Garreth sie verführt.«

Mit leicht zusammengekniffenen Augen starrt sie mich an und stützt ihr Kinn auf ihre Faust. »*Sie* ist die Freundin, die Sie gerade erwähnt haben. Sie sind mit Delilah Stuart befreundet.«

»Damit gehe ich normalerweise nicht hausieren«, antworte ich. Aber diese Frau hat etwas an sich, das mein Hirn irgendwie lahmlegt. Ich fühle mich verzaubert. Wie gebannt. Und wäre da nicht Peterman, der mich dafür bezahlt, dass ich sie beschatte und zu verführen versuche, wäre das gar kein so unangenehmes Gefühl.

In der gegebenen Situation allerdings ist das mehr als störend.

Doch darüber muss ich nicht länger nachdenken, da Reece, einer von Tyrees Partnern, auf die Bühne kommt, sich das Mikro schnappt und die Band vorstellt. Innerhalb von Minuten kocht der Saal, und die Musik ist viel zu laut, um sich zu unterhalten.

Nach ein paar Songs und ein paar Loaded Coronas – einer Spezialität der Bar, die aus Corona mit einem Schuss Rum besteht – fühle ich mich ziemlich gut. So gut, dass ich, als sich Gracie zu mir lehnt, mich mit der Schulter anstößt und mir ins Ohr brüllt, dass der Song, der gerade gespielt wird, zu ihren absoluten Lieblingen gehört, keinen Gedanken daran verschwende, dass es eigentlich mein Auftrag war, sie zu verführen. Ich genieße einfach nur den Abend.

Während des Auftritts trinken wir beide je zwei Loaded Coronas, und als die Band ihre letzte Zugabe gibt, gehe ich davon aus, dass ich auf meinem rechten Ohr nie wieder richtig hören kann, so laut hat Gracie gekreischt.

»Tut mir leid«, lacht sie. »Rechtes Ohr, linkes Auge. Ich dachte, damit würde ich die Symmetrie wieder herstellen.«

»Tut mir leid, ich kann Sie nicht hören«, erwidere ich trocken. »Offenbar bin ich auf diesem Ohr taub.«

Sie verdreht die Augen und lächelt mich an. »Ich bin froh, dass wir uns noch mal begegnet sind. Es hat Spaß bemacht.«

»Finde ich auch.«

»Und keine Angst. Ich werde Sie nicht mehr wegen der Sache mit Delilah und Levyl behelligen oder jemand anderem davon erzählen. Glauben Sie mir, ich weiß genau, wie es ist, im Internet verrissen zu werden. Zwar in wesentlich kleinerem Umfang, aber trotzdem.«

»Ach, wirklich? Wieso?«

Selbstverständlich kenne ich die Antwort. Doch da ich nicht wissen darf, dass sie ein Model mit einer recht großen Fangemeinde in den sozialen Medien ist, muss ich den Unwissenden spielen.

Sie zieht die Nase kraus. »Wissen Sie was? Ich habe *viel* zu viel getrunken und hätte gar nichts sagen sollen. Können wir einfach noch mal auf Anfang gehen und so tun, als wäre mir das nicht rausgerutscht?«

»Kommt darauf an. Wenn Sie sich auf einen Deal einlassen?«

Sie zieht die Augenbrauen hoch. »Einen Deal?«

»Trinken Sie noch was mit mir, dann vergesse ich alles, was Sie wollen.« Ich umfasse ihr Kinn und schaue ihr tief in die Augen. Augen, so blau wie das Meer. Ich könnte darin versinken. Und ja, auch ich bin leicht angetrunken.

Ich befehle mir, mich zusammenzureißen, und löse mich aus diesem hypnotisch sinnlichen Blickkontakt. »Wenn Sie wollen«, fahre ich fort, »können wir sogar den ganzen Abend vergessen. Wir schieben ihn einfach in einen kleinen, dunklen Winkel, wo alles möglich ist, weil es weder Erinnerungen noch Reue oder Bedauern gibt. Nur den heutigen Abend und danach Feenstaub, der im Winde verweht.«

Unwillkürlich teilen sich ihre Lippen, und ich sehe sie schlucken. Ich halte immer noch ihr Kinn umfasst und spüre, wie ihr Puls sich beschleunigt. Und noch etwas spüre ich: Verlangen. Ich will, dass sie Ja sagt, will diese Lippen schmecken, und gleichzeitig flehe ich sie im Stillen an, Nein zu sagen.

Als sie sich zurücklehnt, lasse ich widerstrebend ihr Kinn los. »Ich... ich glaube, ich habe etwas zu viel getrunken«, bemerkt sie. »Wie Sie es beschreiben, klingt es... wirklich verlockend.«

»Ein Geheimnis ist doch per se verlockend«, erwidere ich, weil das zu meiner Rolle gehört und ich im Endeffekt nur meinen Job erledige, selbst wenn mir die Ergebnisse manchmal ganz und gar nicht gefallen. »Etwas nur zwischen Ihnen und mir? Etwas, von dem niemand sonst je erfahren wird?«

Sie zupft am Etikett ihrer Bierflasche. »Man kann nicht auf Befehl vergessen.«

»Wer spricht denn von Befehl?«, entgegne ich und bemühe mich um einen neckenden Tonfall. Ich nehme ihr die Flasche aus der Hand und halte sie hoch. »Diese Schätzchen hier übernehmen für uns das Vergessen.«

Sie lacht, und das ist Musik in meinen Ohren. »Da könnten Sie tatsächlich recht haben. Und ... tja, es ist wirklich verlockend. Aber trotzdem sollte ich gehen. Ich bin für morgen gebucht und brauche meinen Schönheitsschlaf.«

»Das bezweifle ich«, sage ich. »Ich glaube, Sie sind auch nach einer schlaflosen Nacht wunderschön.« Das soll natürlich nur ein weiterer Köder sein, aber ehrlich gesagt würde ich das nur zu gerne verifizieren: sehen, wie sie ungeschminkt und mit vom Schlaf zerzausten Haaren aussieht. Oder von einer schlaflosen Nacht.

»Sie sind zu nett«, sagt sie, in völliger Verkennung der Lage. »Aber dieses Mal heißt es wirklich ›Gute Nacht‹.«

»Ein Schlag gegen Ihr Ego, wie?« Ich krümme mich innerlich, als Petermans tiefe Stimme durch den Lautsprecher dröhnt. Ich liege auf der Bürocouch und drücke mir das Kühlpäckchen aus dem Erste-Hilfe-Koffer gegen die Stirn, denn ich habe den heftigsten aller Kater. Offenbar sind Bourbon, Bier und Rum keine günstige Kombination. Am liebsten würde ich meinen Klienten anflehen, nur im Flüsterton mit mir zu sprechen.

»Als ich sagte, dass ich glaube, sie betrügt mich«, hämmert er weiter mit seiner Stimme auf mein Hirn ein, »dachten Sie wohl, sie würde direkt mit Ihnen in die Kiste springen. Pech gehabt, Mann. Ein bisschen vertrauen müssen Sie meinem Mädchen schon.«

Ich zucke zusammen. Es ist gerade mal acht Uhr morgens, und ich bin nur deshalb schon im Büro, weil wir um neun ein Statusmeeting haben und Peterman unbedingt noch auf den neuesten Stand gebracht werden wollte, bevor er zur Arbeit muss. Natürlich ist es nicht seine Schuld, aber ich bin schlecht gelaunt, weil ich viel zu wenig geschlafen und mich viel zu sehr auf das Mädchen eingelassen habe, dem ich angeblich nicht genug vertraue.

»Hören Sie«, sage ich. »Ich vertraue ihr so weit, dass sie nicht jeden Interessierten aus einer Bar abschleppt. Dies ist noch nicht der Abschlussbericht. Und mein Ego hat damit gar nichts zu tun. Ich hab sie gestern Abend ernsthaft angegraben«, erkläre ich. »Hab sie sogar bis zu ihrem Zimmer gebracht und ihr mehr als deutlich zu verstehen gegeben, dass ich ihr in jeglicher Form zu Diensten sein würde. Aber das Ergebnis war gleich null.«

Er schnaubt ungläubig. Zwar habe ich den Mann noch nicht persönlich getroffen, mich aber im Internet über ihn schlaugemacht. Er ist ein großer Kerl und war in der Highschool offenbar Ringer. Jetzt arbeitet er als Anwalt in einer der angesehensten Kanzleien der Stadt. Mit einer kleinen Armee austauschbarer Assistenten, von denen einige tatsächlich an Gerechtigkeit interessiert sind und der nächste Generalbundesanwalt werden wollen, von denen die meisten aber ausschließlich an den Honoraren interessiert sind.

Aufgrund der spärlichen Informationen, die ich bei meiner kurzen Recherche erhielt, glaube ich, dass Peterman zur zweiten Gruppe gehört. So weit ich sehen kann, ist er einer der Anwälte, die unzählige abrechenbare Stunden mit der Prüfung von Dokumenten und eidesstattlichen Erklärungen verbringen, bei einem Fall aber nie aufs Ganze gehen.

Normalerweise nehme ich ohne Empfehlungen keine Kunden an, die ich noch nie gesehen habe, aber als er anrief, war er ziemlich aufgebracht. Behauptete, er wäre auf dem Weg zum Flughafen, weil er in Dallas eidesstattliche Aussagen abnehmen müsse. Vorher musste er noch in die Kanzlei, und da sah er Gracie mit einem anderen Mann. Das war vor zwei Tagen, und es setzte ihm ziemlich zu. Vor allem, als er von einer gemeinsamen Freundin erfuhr, dass sie sich ein Zimmer im Driskill genommen hatte.

Was soll ich sagen? Ich hatte Mitgefühl mit dem Typen. Und da er nicht sofort mit der Rundumbeschattung anfangen wollte, erklärte ich mich zu Plan B bereit – dem Verführungsversuch –, um danach alles persönlich durchzusprechen, wenn er wieder in der Stadt wäre. Was, wie sich herausstellt, morgen der Fall sein wird. Da haben wir einen Termin um zehn Uhr.

Bis dahin hat er eine Vorschussvereinbarung unterschrieben, den Betrag über einen Geschenkgutschein per Visakarte gezahlt – was viele Kunden machen, um verräterische Aufzeichnungen zu umgehen –, und alle sachdienlichen Informationen zu Gracie über sein privates Gmail-Account geschickt: sein Name und eine Zahlenfolge, die für ihn wohl von Bedeutung ist. Vielleicht die Hausnummer seines Elternhauses.

Wie die meisten Klienten will er nicht, dass ich ihn an seiner Arbeitsstelle kontaktiere, womit ich kein Problem habe. Allerdings ließ ich Kerrie dort anrufen und nach ihm fragen, nur so als Rückversicherung. Seine Sekretärin erklärte, er sei wegen eidesstattlicher Erklärungen in Dallas, Kerrie könne aber eine Nachricht hinterlassen. Kerrie wiegelte ab und berichtete mir, Petermans Geschichte stimme.

»Hören Sie«, sage ich jetzt. »Sie wohnt im Hotel, weil in ihrem Haus irgendetwas gemacht werden muss. Und der Mann, mit dem Sie sie gesehen haben, könnte doch einfach nur ein Freund oder Kollege sein. Sie scheint wirklich ein nettes Mädchen zu sein und hat meinen Köder nicht geschluckt.

Vielleicht brauchen Sie mich gar nicht. Vielleicht müssen Sie einfach mal schön mit ihr ausgehen und sich ernsthaft unterhalten.«

Ich fasse es nicht, dass ich das sage. Ich, der jeglichen Verdacht auf Untreue unbesehen glaubt. Aber in diesem Fall eben nicht.

»Nein. Auf gar keinen Fall. Ich weiß, was ich gesehen habe, und das war mein Mädchen bei einem Date.«

Wer bin ich, dass ich einem betrogenen Mann widerspreche? »Na gut. Dann fangen wir mit der Überwachung an. Bei unserem Treffen morgen können wir alle Einzelheiten besprechen.«

»Halt, gehen wir noch mal einen Schritt zurück. Sie hat Ihnen doch Hoffnung gemacht, oder? Darauf, dass Sie eventuell bei ihr landen könnten, nicht wahr?«

Das kann ich nicht leugnen.

»Na bitte«, sagt er. »Und ich wette, sie hat kein Wort von einem Freund gesagt, geschweige denn von einem Verlobten.«

Auch das muss ich zugeben. »Sie hat auch keinen Ring getragen.«

»Das ist meine Schuld. Ich wollte ihr den Ring meiner Großmutter geben, aber der ist noch zur Anpassung und Reinigung beim Juwelier.«

»Na gut. Dann wissen wir wenigstens, dass sie ihn nicht jedes Mal, wenn sie in eine Bar geht, abnimmt und in ihrer Brieftasche versteckt.«

»Hören Sie«, sagt er. »Zwar habe ich gesagt, ich glaube, meine Gracie betrügt mich, aber nicht, dass sie ein Flittchen ist. Sie hat mit Ihnen in einer Bar geflirtet, mehr nicht. Mein Mädchen hat Klasse.«

Wenn er so sicher ist, dass Gracie sich mit anderen Männern trifft, während er auf Geschäftsreise ist, dann frage ich mich, was diese Spitzfindigkeiten sollen. Andererseits kann ich seinen inneren Zwiespalt nachvollziehen.

Offen gestanden wäre es wahrscheinlich leichter für mich gewesen, wenn Vivien in einem Anfall von Leidenschaft mit irgendeinem Unbekannten aus einer Bar ins Bett gegangen wäre. Aber so war es nicht. Ich hab sie mit ihrem Hilfsdozenten erwischt. Einem Kerl, mit dem sie über die Leitmotive in den Romanen von Dumas diskutiert hat, während sie Rotwein tranken und die Seminare der nächsten Woche durchgingen. Später erklärte sie mir, zwischen ihnen »wäre was«. Eine Verbindung.

Da hatte sie verdammt recht, aber es war nicht die Art Verbindung, die ich bei Ted und Mona gesehen habe. Nein, sie verband sich mit ihrem Doktoranden in absolut nicht jugendfreier Art und Weise. Und diese Art von Verbindung musste ich zu meinem größten Bedauern mit eigenen Augen sehen.

»Also gut«, sage ich. »Irgendwann muss sie das Hotel verlassen. Dann begegne ich ihr zufällig in einem Restaurant oder Buchladen. Vielleicht auch in einem Trödelladen.«

»Genau«, bestätigt er. »Sie liebt diesen Vintage-Mist.«

Ich runzle die Stirn, schiebe meine Irritation aber beiseite. »Was ich sagen will, ist, dass ich heute irgendwie mit ihr ins Gespräch komme und sie anflirte.«

»Alles klar. Also gut, sie hat heute ein Fotoshooting«, sagt er. »Den ganzen Tag. Für sogenannte Stockfotos.«

»Wissen Sie, wo?«

»Selbstverständlich. Bei ihrer Agentur. Moreno-Franklin. In Ost-Austin. In einem dieser gentrifizierten Künstlerviertel.«

»Das finde ich«, versichere ich. »Und entweder mogele

ich mich da rein, oder ich überleg mir was anderes. In jedem Fall bekommen Sie morgen einen vollständigen Bericht.« Ich hole mein Handy hervor und checke meinen Terminkalender. »Zehn Uhr in meinem Büro. Bleibt es dabei?«

»Ich werde da sein«, sagt er und seufzt. »Es ist eine Scheißsituation. Einerseits will ich, dass sie auf Sie anspringt, weil ich dann weiß, dass ich richtiglag. Andererseits ist sie meine süße Gracie, und nichts würde mich mehr freuen, als mich geirrt zu haben.«

Ich nicke nur, obwohl er mich nicht sehen kann. Denn die Wahrheit lautet, dass ich genau wie er empfinde, obwohl ich Gracie erst seit wenigen Stunden kenne.

5 »Also, damit sind die alten Fälle abgehakt«, sage ich vom Kopf des Konferenztisches aus und blicke zuerst zu meinen Geschäftspartnern und dann zu Kerrie. Sie ist zwar unsere Büroleiterin, aber ich habe den Vorsitz bei unseren Meetings am Freitagmorgen, da ich das meiste für die Entwicklung unserer Firma erledige.

In der Geschäftswelt ist eine Sicherheitsfirma wie ein Paradiesvogel. Die meisten Unternehmen hätten Bedenken, einen Kerl mit Augenklappe zu ihrem Repräsentanten zu machen. Aber wie Kerrie sagt, sehe ich damit aus wie ein harter Hund, jemand mit Ecken und Kanten, der den Kunden den Eindruck vermittelt, dass ich etwas von der Welt und ihren Gefahren verstehe. Dass ich – und damit auch meine Leute – alles zu tun bereit bin, was für einen Job notwendig ist.

Ich bin also das wandelnde Werbeplakat für Blackwell-Lyon Security, einer erstklassigen, exklusiven Sicherheitsfirma, die Connor, Pierce und ich vor knapp zwei Jahren gegründet haben. Seitdem haben wir uns alle 24/7 den Arsch aufgerissen, um uns einen soliden Ruf als Unternehmen mit Rundumschutz aufzubauen. Wir bieten alles von der Installation von Alarmanlagen und Überwachungskameras bis hin zum Personenschutz für Politiker, Filmstars und Manager. Im Grunde für jeden, der um seine Sicherheit fürchtet. Oder für jeden, der zumindest so tut, als würde er um seine Sicherheit fürchten.

Ich will nicht zynisch erscheinen, aber ich hab schon mehr als einmal die Umfragewerte eines Politikers steigen sehen, nachdem er bei ein paar öffentlichen Auftritten von Bodyguards begleitet wurde. Das Gleiche gilt für aufstrebende Rapper und Möchtegern-Teenie-Idole.

Neuerdings arbeiten wir samstags nur noch halbtags und sonntags gar nicht, es sei denn, wir haben einen dringenden Auftrag. Und nun, da Pierce Nägel mit Köpfen gemacht hat, möchte er gerne abends um sechs heim zu Jez, wann immer es möglich ist.

Seine Frau Jezebel ist schon was ganz Besonderes, und ich freue mich für sie. Bei ihr habe ich keinerlei Befürchtungen, er könnte bei seiner Heimkehr mal einen anderen Mann im Bett vorfinden. Aber ich gestehe, dass ich anfangs etwas misstrauisch war, sowohl was Pierces Privatleben als auch was die Zukunft unserer Firma betraf. Doch Jez versteht, wie viel ihm – und uns allen – das Unternehmen bedeutet. Wenn nötig, arbeitet er von zu Hause aus, und ich habe den Eindruck, dass er tagsüber noch mehr reinhaut, um abends ohne schlechtes Gewissen heimfahren zu können. Deswegen lungert er weniger im Pausenraum herum, aber das kann man ihm ja nicht vorwerfen.

Ich stehe auf und fülle meinen Becher erneut mit Kaffee. So geht das schon den ganzen Morgen, und damit ist mein Kater so weit gedämpft, dass er sich auf ein sanftes Pochen im Kopf zum Takt meines Herzschlags beschränkt. Ich rede mir ein, dass ich mich noch glücklich schätzen kann. Auch wenn mir der Schädel dröhnt, weiß ich zumindest, dass ich noch lebe.

»Neue Aufträge?«, frage ich und werfe einen Blick zu Pierce.

»Ich hab gerade den Job unter Dach und Fach gebracht, der letzte Woche Thema war. Das Konzert im Park. Zwei Wochen von jetzt an. Donnerstag bis Samstag.«

»Welches Team?« Wir haben eine Gruppe von geprüften Freelancern, von denen wir die meisten aus unserer Militärzeit kennen.

»Die üblichen Verdächtigen«, antwortet Pierce und fährt sich durch die dunkelblonden Haare. »Nächsten Mittwoch mach ich mit ihnen einen Probedurchlauf. Alles unter Kontrolle.«

»Und die Anzahlung wurde auch schon geleistet«, fügt Kerrie hinzu. »Unser Bankkonto ist sehr glücklich.«

»Promis: Man muss sie lieben«, nickt Connor. »Und Politiker.«

»Was hast du zu berichten?«, frage ich meinen Bruder, worauf er erzählt, dass eine Senatorin aus Texas eine neue Sicherheitsfirma sucht. »Wegen des Vorfalls in Temple«, erklärt er. »Jenson Security hat es echt vermasselt. Nächste Woche kommt ihr Team zu einem Meeting.«

»Gute Arbeit«, sage ich, da quiekt Kerrie begeistert und neigt sich vor, als wollte sie ihn umarmen. Allerdings hält sie dann abrupt inne, lehnt sich wieder zurück und starrt auf ihre Hände, während ihr Gesicht knallrot wird.

Ich räuspere mich. »Kerrie, was gibt's zu den Werbeanzeigen? Neue Anfragen?«

Seit Neuestem schalten wir regelmäßig zwei Anzeigen. Die erste in einem Wirtschaftsmagazin. Die soll einerseits Klienten anziehen – wir hoffen, hochrangige Manager sehen die Anzeige und denken an uns, wenn sie Schutz für ihre Geschäftspartner, Lobbyisten oder prominenten Kunden suchen – und andererseits unseren Namen in den richtigen Kreisen bekannt machen.

Die zweite Anzeige wird in einer wöchentlich erscheinenden Lokalzeitung geschaltet. Dort werben wir für unsere weniger kostspieligen Dienstleistungen wie die Installation von Alarmanlagen oder die Kurzzeitbegleitung zum Beispiel bei strittigen Sorgerechtsfällen.

Und laut Kerrie haben beide Anzeigen positive Resonanz nach sich gezogen. Sie erläutert die Einzelheiten, und als sie fertig ist, schaue ich auf die Uhr. »Alles klar, Leute. Ich glaube, das reicht für heute. Kerrie, ich bräuchte dich mal für ...«

»Äh, nicht so schnell«, sagt sie unschuldig. »Hast du nicht auch einen neuen Auftrag?«

Mist.

»Aber den müssen wir jetzt nicht besprechen.«

Pierce und Connor wechseln einen Blick. »Raus mit der Sprache«, sagt mein Bruder.

»Cayden spielt wieder Detektiv«, verrät Kerrie und wirft mir grinsend einen Blick zu.

»Was? Du *verpetzt* mich? Sind wir hier in der Highschool?«

Daraufhin starrt sie mich von oben herab an.

»Na gut.« Kapitulierend hebe ich die Hände. »Es ist nur für diesen einen Fall.«

»Im Ernst, Cayden?«, fragt Pierce. »Wir waren uns doch alle einig. Oder hast du das vergessen?«

»Nur eine kurze Ermittlung. Über eine untreue Verlobte.«

»Überraschung!«, bemerkt Connor.

Ich werfe ihm einen scharfen Blick zu. »Ich kann den Mann nicht hängen lassen. Außerdem hat er sich auf unsere Anzeige hin bei uns gemeldet. Was soll die Werbung, wenn wir dann Kunden abweisen?«

Als wir unser Unternehmen gründeten, einigten wir uns auf den Namen Blackwell-Lyon Security – und nicht Blackwell-Lyon Security & Investigations. Hauptsächlich, weil wir uns auf unsere Stärken konzentrieren wollten. Zwar habe ich eine angestaubte Lizenz als Privatermittler, die uns bei Sicherheitsaufträgen manchmal nützlich ist, aber eigentlich unterhalten wir enge Geschäftsbeziehungen zu hiesigen Detektiven, mit denen wir uns Aufträge zuschanzen.

Anfangs, als das Geld noch knapp war, nahmen wir tatsächlich ein paar Ermittlungsfälle an, aber als die Geschäfte immer besser liefen, beschlossen wir, uns auf unsere Stärken zu konzentrieren, die eindeutig im Sicherheitsbereich liegen.

So weit, so gut. Auch wenn unser Name in der Anzeige nur auf diesen Bereich hindeutet, werden im Text auch Ermittlungsarbeiten erwähnt. Eigentlich stehen die in Zusammenhang mit Sicherheitsdienstleistungen – zum Beispiel bei der Untersuchung, wer der Schütze war –, aber kann ich was dafür, wie der normale Leser eine Anzeige interpretiert?

»Gut möglich, dass die Frau ihn hinhält«, erkläre ich. »Er ist überzeugt, dass sie nebenher was laufen hat. Heute schnüffele ich noch ein bisschen rum, dann treffe ich mich morgen mit ihm. Ich hab Zeit, weil ich sonst keine Aufträge habe. Und dieser Mann braucht jemanden auf seiner Seite, der ihn versteht.«

»Außerdem, wenn sie wirklich untreu ist, wird Caydens verzerrte Wahrnehmung von Beziehungen und der Welt allgemein bestätigt«, fügt Kerrie sarkastisch lächelnd hinzu.

»Ich mach mir einfach keine Illusionen über die Welt«, kontere ich. »Die Welt, in der *ich* lebe, ist die Welt, die ich sehe. Nicht irgendeine Weichspülersicht auf ein Kuscheluniversum, in dem alle *Kumbaya* singen.«

»Na schön«, sagt Connor nach einem Blick auf Pierce. »Dann sagt bloß Ja, bevor er in Fahrt kommt und wir einen ganzen Arbeitstag verlieren.«

»Na schön«, wiederholt Pierce. »Aber das ist das letzte Mal.«

»Klar«, sage ich und weise nickend auf Kerrie. »Aber sie muss ich mir heute mal ausleihen...«

6 »Als Model?«, fragt Kerrie, als wir die Springdale Road hinunter zur Agentur fahren. »Du willst, dass ich mich als Model ausgebe?«

»Wieso denn nicht?« Ich halte an einer roten Ampel, wende mich zu Kerrie und mustere sie. Sie ist schlank und kurvig. Mit Schmollmund und honigblonden Haaren. »Ich sag's nur ungern, Kleine, aber du bist ein echter Hingucker.«

»Und du bist verrückt. Auf Fotos sehe ich grässlich aus, und ich hasse die Vorstellung, von anderen angestarrt zu werden.«

»Dann ist es ja gut, dass du nur so tust, als wärst du ein Model. Ein Möchtegern. Du brauchst nicht mal irgendwelche Erfahrungen vorzugeben.«

Sie öffnet schon den Mund zum Sprechen, schnaubt dann aber nur und lehnt sich wieder auf ihrem Sitz zurück. »Nur mal zur Klarstellung möchte ich wiederholen, dass du vollkommen verrückt bist.«

»Verrückt. Alles klar. Verstanden.«

Sie verdreht die Augen, verschränkt die Arme und sagt erst nach einer ganzen Weile: »Wenn du unbedingt mit einem Mädchen ausgehen willst, warum fragst du sie nicht einfach?«

Ich werfe ihr einen Blick von der Seite zu. »Wir sollten dich nicht als Model ausgeben, sondern als Komikerin.«

»Ich sag's nur, wie ich es sehe. Schließlich ist es schon fünf Jahre her. Fünf Jahre ohne Verabredung.«

»Achtzehn Monate davon war ich im Nahen Osten, nachdem ich Viv ertappt hatte beim ...«

»Ich weiß schon. Hab ich oft genug gehört. Red weiter.«

»Danach musste ich mich drei Monate erholen und mich daran gewöhnen, dass ich keinerlei Tiefenwahrnehmung mehr habe.«

»Zugegeben, aber...«

»Dann hab ich bei Secure Tech geschuftet, für einen Job, der nirgendwohin führte – und zwar Tag und Nacht. Danach haben wir Blackwell-Lyon gegründet. Und falls du es noch nicht bemerkt hast: Ein Unternehmen zu gründen ist harte Arbeit.«

»Und doch hat Pierce die Zeit gefunden, zu heiraten.«

Ich verziehe das Gesicht. Mir war klar, dass sie mir damit kommen würde.

»Du gehst ja nicht mal aus«, fügt sie hinzu, als wäre das ein Charakterfehler. Dabei stimmt es nicht mal.

»Doch, im letzten Jahr hatte ich ein halbes Dutzend Verabredungen.«

»Drinks mit Frauen, die du nie zurückrufst, sind doch keine Verabredungen. Und der Drink mit Gracie gestern Abend zählt nicht.«

»Das – dieser Abend – gehörte zu meinem Auftrag.«

»Aber ja doch. Weil du Frauen nur im Zuge deiner Arbeit siehst. Weil es sicherer ist«, sagt sie mit leicht verächtlichem Kopfschütteln.

»Da hast du verdammt recht«, sage ich. »Schließlich hab ich gesehen, wo alles enden kann, schon vergessen?«

»Ein einziges Mal, und du musst das direkt verallgemeinern. Das ist dumm und feige.«

»Glaub mir, ich habe mehr als dieses eine Mal gesehen. Vivien war kein Einzelfall.«

»Das liegt an deinem Beruf. Wärst du Gefängniswärter, würdest du wahrscheinlich überall nur Kriminelle sehen.«

Darauf starre ich finster geradeaus.

»Das ist einfach nur Bullshit«, fährt Kerrie fort. »Ehrlich. Hältst du so wenig von Jez?«

»Nein, natürlich nicht!«

»Oder von mir?«

»Von dir?« Wieder werfe ich ihr einen Blick von der Seite zu. »Mit wem bist du denn zusammen?«

Sie verzieht das Gesicht. »Mit niemandem. Aber damals, als ich es war. Hast du Connor vor mir gewarnt? Ihm gesagt, ich wäre eine Schlampe?«

»Connor hat sich selbst gewarnt«, murmele ich. »Aber nicht, weil er dachte, du würdest ihn betrügen. Und nur fürs Protokoll: Mein Bruder war ein Idiot, dich ziehen zu lassen.«

Sie hebt ihre Augenbrauen. »Flirtest du etwa mit mir?«

»Aber nein! Trotzdem ist Connor ein Idiot.«

Sie grinst. »Da kann ich dir nicht widersprechen. Aber verstehst du, was ich sagen will? Ist die Botschaft bei dir angekommen?«

»Ich brauch keine Intervention, Kerrie.«

»Da bin ich anderer Ansicht. Ich meine, selbst dein Kunde, dieser Peterman, versucht zumindest, eine Beziehung zu führen. Du hingegen rennst einfach nur weg. Nein, streich das. Du beteiligst dich ja nicht mal am Rennen.«

»Ich bin schon einen Marathon gelaufen.«

»Bullshit. Du hast bei einem Sprint teilgenommen und bist über einen Schnürsenkel gestolpert.«

Ich biege auf den Parkplatz vor dem Gebäude aus Stahl und Holz, in dem die Zentrale der Talentagentur Moreno-Franklin untergebracht ist. »Das ist der schlechteste Vergleich, den ich je gehört habe.«

»Tja, ich musste improvisieren.« Als ich in eine Parkbucht

biege, stöhnt sie auf: »Ehrlich, Cay. Du hast in Afghanistan gekämpft und überlebt. Du hast ein Auge verloren und überlebt. Aber du bist nicht in der Lage, dich zusammenzureißen und eine Beziehung anzufangen? Ich wusste ja gar nicht, dass du so ein Angsthase bist.«

»Weißt du eigentlich, dass ich es nur mit dir aushalte, weil du Pierces kleine Schwester bist?«

Darauf neigt sie den Kopf zur Seite und sieht mich von oben herab an. »Wenigstens hast du einen Grund. Ich hingegen habe keine Ahnung, wieso ich mich mit dir abgebe.«

Ich schalte den Motor aus und drehe mich auf dem Sitz zu ihr. »Wir sind da.«

»Jippie«, sagt sie in einem Ton, als müsste sie gleich einen Abfluss reinigen.

»Waffenstillstand?«

»Glaubst du wirklich, sie betrügt ihn?«

Ich brauche eine Sekunde, um zu erkennen, dass sie Gracie meint. »Weiß ich nicht. Ich hoffe es nicht, weil ich sie mag. Aber da er sie heiraten will, hat er wohl ein Recht darauf, es zu erfahren, und er bezahlt mich dafür, dass ich es herausfinde.«

Kerrie atmet geräuschvoll aus und öffnet die Wagentür. »Na gut. Dann auf zu unserer Undercoveraktion. Ist wenigstens unterhaltsamer, als das Telefon zu hüten.«

Als wir über den von Bambus und Sukkulenten gesäumten Weg zum Eingang gehen, hält Kerrie kurz inne und fragt: »Aber dir ist schon klar, dass die Chancen, Gracie zu sehen, ziemlich gering sind, oder? Wenn sie ein Fotoshooting hat, bleibt ihr bestimmt keine Zeit.«

»Vertrau mir. Mir ist alles klar.«

»Tja, jetzt bin ich doch nervös«, gesteht sie, zieht grinsend die Tür auf und tritt vor mir ins Gebäude. Die Innenräume sind ultramodern mit einer Empfangstheke aus Kunststoff, wahrscheinlich ein lächerlich teures Designerstück, das ich aber einfach nur hässlich finde. Das Mädchen dahinter allerdings ist hübsch, wie es sich für eine Modelagentur gehört.

»Cayden Lyon und Kerrie Blackwell. Wir haben einen Termin bei Cecilia Moreno.«

»Selbstverständlich. Sie ist im Studio. Ich sag ihr nur kurz Bescheid, dass Sie da sind.«

»Danke«, erwidere ich und führe Kerrie in den Wartebereich.

»Wir haben einen Termin bei einer der Inhaberinnen?«

»Du willst alles sehen, um ganz an die Spitze zu kommen. Ich dachte, wenn wir nicht herumgeführt würden, könnte ich Gracie vielleicht nicht sehen.«

»Aber ...«

»Die Freundin einer Freundin«, erkläre ich. »Eine der Frauen, mit der ich was trinken war. Ich servier die nicht einfach nur ab. Wir sind immer noch Freunde. Und es sind doch vor allem die Beziehungen, die zählen, oder nicht?«

»Angeber.«

Lachend will ich gerade Platz nehmen, als eine atemberaubende Frau Anfang sechzig erscheint und Glamour und Charme verströmt. »Sie müssen Cayden sein«, sagt sie. »Und Sie sind die junge Frau, die sich fürs Modeln interessiert?«

»Ja, Ma'am«, erwidert Kerrie und steht auf.

»Nennen Sie mich doch Cecilia. Kommen Sie bitte mit in mein Büro. Da beantworte ich Ihnen gerne all Ihre Fragen.«

»Äh, ja klar«, nickt Kerrie.

Ich trete einen Schritt vor. »Wir haben gehört, hier findet heute ein Fotoshooting statt. Ich dachte, das könnte für Kerrie interessant sein.«

Cecilia hebt ihre perfekt gezupften Augenbrauen. »Ach wirklich? Oder ist es nicht eher für Sie interessant, Mädchen in Unterwäsche und Badeanzügen zu sehen?«

»Tja, das auch«, räume ich ein, worauf sie glücklicherweise lacht.

»Natürlich. Dann gehen wir mal rüber, damit Sie beide sich das anschauen können, und während ich mit Kerrie das Geschäftliche bespreche, können Sie da bleiben und sich amüsieren.«

»Klingt gut«, erwidere ich, folge ihnen und gratuliere mir selbst dazu, wie glatt alles läuft. Cecilia Moreno führt uns in ein großes, separat liegendes Fotostudio, in dem es gut ausgeleuchtete Bereiche, Umkleiden und jede Menge schöner Mädchen in allen Größen und Formen gibt.

Mir klappt der Mund auf. Ich halte Ausschau nach Gracie, da höre ich eine vertraute Stimme. »*Sie hier?*«

Als ich mich umdrehe, steht sie vor mir, hat einen schäbigen blauen Frotteebademantel eng um sich geschlungen und starrt mich ungläubig an. Ihre Hand umklammert so verkrampft den Kragen des Bademantels, dass ihre Fingerknöchel weiß werden. »Gracie?«, frage ich und versuche, überrascht zu wirken.

»Was zum Teufel tun Sie hier? Verfolgen Sie mich etwa? Denn dann, das schwöre ich bei Gott...«

»Gibt es hier ein Problem?« Ich spüre Cecilias Hand fest auf meiner Schulter und sehe, wie Gracie die Augen aufreißt. »Gracie, meine Liebe, was ist denn los?«

»Miss Moreno. Es tut mir leid. Ich – ich dachte...« Sie schüttelt den Kopf. »Ist nicht wichtig.«

»Mhmh.« Cecilia lächelt freundlich, dann erklärt sie, sie würde Kerrie herumführen. Ob ich sie begleiten wolle.

Ich werfe Kerrie einen Blick zu, sehe, dass sie sehr gut allein zurechtzukommen scheint, und schüttele den Kopf. »Nein, nein, ist schon gut. Gehen Sie nur. Ich weiß, Sie wollen über das Geschäftliche reden.«

Cecilia blickt zwischen mir und Gracie hin und her, befindet, dass wir uns wahrscheinlich nicht an die Gurgel gehen werden, und verschwindet mit Kerrie.

»Es tut mir leid«, sagt Gracie, kaum dass sie außer Hörweite sind. »Als ich Sie hier sah, dachte ich, Sie wären ...«

»Wer?«

Sie schüttelt so heftig den Kopf, als wollte sie einen Gedanken loswerden. »Ach niemand. Unwichtig.«

»Nein«, beharre ich. »Als Sie *Sie hier* sagten, dachten Sie offensichtlich nicht *Oh, Sie, der unglaublich scharfe Typ aus dem Driskill und dem Fix.*«

Sie lacht. »Nein, das dachte ich tatsächlich nicht.«

»Sehen Sie. Und deshalb frage ich nach. Was dachten Sie? Oder an wen dachten Sie?«

Ihre Finger klammern sich fester an den Kragen ihres Bademantels. »Was machen Sie eigentlich hier?«

»Meine, äh, Nichte interessiert sich fürs Modeln, und Cecilia ist die Freundin einer Freundin. Als Kerrie von dem Fotoshooting hörte, wollte sie mal einen Blick hinter die Kulissen werfen, also habe ich das arrangiert.«

»Oh. Das war aber nett von Ihnen.« Sie lächelt, kurz nur, aber aufrichtig erfreut. »Aber diese überraschenden Begegnungen müssen aufhören.«

»Ich weiß. Es ist echt peinlich, wie Sie mich verfolgen.«

Sie lacht. »Ich kann eine richtige Plage sein.«

»Ich schätze, Sie sind Model. Oder Sie gehören zum Team und haben heute vergessen, sich anzuziehen.«

»Nein, ich bin Model«, bestätigt sie.

»Und das, was Sie gestern zum Verriss im Internet gesagt haben...«

»Oh. Ja, genau. Ich poste Bilder. Über die sozialen Medien, meine ich. Nichts Persönliches, das auf gar keinen Fall. Aber zum Modeln gehört eben, dass man für sich wirbt. Die meisten Follower sind nett. Ein paar können auch ziemlich gemein sein. Und ganz wenige sind einfach nur gruselig.«

»Aha, und ich? Was haben Sie gedacht? Dass ich einer der Gruseligen wäre?«

»Ehrlich gesagt, ja.«

Ich nicke und denke darüber nach. »Das muss echt schlimm sein. Tut mir leid, dass ich Ihnen einen Schrecken eingejagt habe.«

»Nein, mir tut's leid, dass ich voreilige Schlüsse gezogen habe.«

»Was vollkommen verständlich ist.« Mich überkommen Schuldgefühle, weil ihre Schlüsse nicht allzu weit von der Wahrheit entfernt sind. Zwar belästige ich sie nicht im Internet, aber ich verfolge sie. »Kann ich das wiedergutmachen?«

»Sie wirken wie ein ziemlich intelligenter Mann mit einem Mindestmaß an Fantasie. Also wage ich es mal und sage Ja.«

»Nun, besonders fantasievoll ist das zwar nicht, aber darf ich Sie zum Essen einladen?«

»Oh.« Sie sieht mich mit leicht zusammengekniffenen Augen an. »Da haben Sie recht. Besonders fantasievoll ist das nicht.«

»Ich kann ja nicht gleich all meine Tricks preisgeben. Sie müssen erst Ja sagen, um zu sehen, was ich auf Lager habe.«

Ihr Lächeln strahlt wie die Sonne. »Scheint mir nur fair zu sein. Also: ja.«

»Wie wär's um sieben?«

»Heute Abend?«, fragt sie und reißt die Augen auf.

»Wollen Sie heute Abend nichts essen?«

»Nein. Ich meine, doch. Ja, ich esse etwas.« Verwirrt kneift sie die Augen leicht zusammen, dann fasst sie sich. »Ja, ich esse heute Abend. Und wissen Sie was? Sagen wir sieben Uhr. Wo sollen wir uns treffen?«

»Wohnen Sie immer noch im Driskill? Dann komm ich vorbei und hole Sie ab.«

»Was für ein Service! Toll!«

Wir grinsen uns an wie die Honigkuchenpferde, und es fühlt sich ziemlich gut an.

»Hey, Gracie! Du bist dran.«

»Oh!« Sie zuckt zusammen und verzieht entschuldigend das Gesicht. »Bis heute Abend«, sagt sie und rennt durch den Raum.

Ich schaue ihr nach und sehe mit wachsender Aufmerksamkeit zu, wie sie den Bademantel auszieht und ihn über einen Regiestuhl wirft. Dann steht sie da, hinreißend kurvig, in einer roten Korsage mit passenden Strapsen und durchsichtigen schwarzen Strümpfen.

Sie sieht zum Anbeißen aus.

Und was soll ich sagen? Ich bin der Kerl, der sie zum Essen ausführt.

7 »Der Abend verläuft gut – magisch sogar. Ohne die Lügen und Täuschungen, die uns unterirdisch umstrudeln, würde ich behaupten, dass dies einer der besten Abende meines Lebens ist, und zwar mit der anziehendsten, witzigsten und charmantesten Frau, die sich je in meine Welt geschlichen hat.

Denn genau das hat sie getan.

Obwohl ich weiß, dass sie jemand anderem gehört – dass sie eine Vivien und keine Mona zu sein scheint –, ist jede Sekunde mit Gracie wie ein Biss von einem warmen Cookie. Süß, köstlich und ein klein wenig schlecht für mich.

Aber wissen Sie was? Im Moment ist mir das vollkommen egal.

Heute Abend improvisiere ich einfach. Ich kenne sie kaum. Sie kennt mich kaum. Sie ist Gracie. Ich bin Cayden. Und wir zwei gehen zusammen aus, haben unser erstes Date mit all den knisternden, verlockenden Möglichkeiten, die dazugehören.

Meinen Job kann ich morgen hassen. Heute Abend will ich nur meine Zeit mit dieser Frau auskosten.

Einer Frau, die mich in genau diesem Augenblick mit einem ironischen Grinsen anblickt, das ihre hinreißenden Grübchen zum Vorschein bringt. »Du bist ganz weit weg«, bemerkt sie. »Willst du mich mitnehmen?«

»Habe ich schon«, versichere ich und umfasse ihre Hand. »Ich musste nur gerade an die metaphysischen Dimensionen von *Esther's Follies* denken.« Wir kommen gerade von der Acht-Uhr-Vorstellung, wo wir wie der Rest des Publikums vor Lachen gebrüllt haben über die stets ausverkaufte Austiner Antwort auf *Saturday Night Life*.

»Wow«, erwidert sie. »Da bist du wesentlich philosophischer als ich. Ich dachte nur an das Essen, das du mir versprochen hast.«

»Ja, habe ich, oder?«

»Mhmh«, nickt sie. »Glaubst du vielleicht, ich hätte nur Ja gesagt wegen der witzigen Dialoge, der ausgezeichneten Unterhaltung und deiner wunderbaren Begleitung? Ich meine, schließlich braucht ein Mädchen was zu essen.«

»Ein gutes Argument«, erwidere ich und biete ihr meinen Arm. »Ich versichere dir, die Ritterlichkeit ist noch nicht ausgestorben, und das Essen gibt es gleich um die Ecke – im wahrsten Sinne des Wortes.«

Wir sind in eine Seitenstraße eingebogen, um den Menschenmassen auf der Sixth Street an einem Freitagabend auszuweichen. Aber jetzt führe ich sie auf die beliebte Straße zurück, die nur zu dieser Zeit des Abends zugunsten der Fußgänger abgeriegelt ist. Trotzdem drängen sich hier dicht an dicht Touristen, Einheimische und Schwärme von Studenten. Wir mäandern durch die Masse und halten schließlich vor einer Pizzeria, die aus einem Schaufenster heraus ihre Waren verkauft.

»Isst du auch Peperoni?«, frage ich.

»Immer«, antwortet sie, worauf ich bei dem Mädchen, das mit dem teilweise rasierten Schädel, den Gesichts-Tattoos und den vielen Piercings gut in die Umgebung passt, zwei Stücke Peperonipizza bestelle.

Kurz darauf hocken wir auf einer Metalltreppe um die

Ecke, die wahrscheinlich früher zu einer Feuertreppe gehörte, heute aber nur noch wie ein architektonisches Relikt wirkt.

»Lecker, oder?« frage ich, bereue es aber sofort darauf, ein so großes Stück abgebissen zu haben, da mir der Käse auf der Zunge brennt. »Die hole ich mir manchmal in der Mittagspause.«

»Es ist köstlich. Und dazu noch ohne das lästige Geschirr und die Stoffservietten, die man erwartet, wenn man zum Essen eingeladen wird.«

Ich zucke zusammen. »War die Pizza keine gute Idee?«

Als sie ein Stück davon abbeißt, zieht sich ein langer Käsefaden von ihren Lippen bis zum Pizzadreieck. Lachend versucht sie, den Käse zu essen, und wickelt ihn sich am Ende um den Finger. »Doch«, sagt sie mit so strahlendem Lächeln und heiterer Stimme, dass mir alle Zweifel genommen werden. »Das hier ist perfekt. Einfach perfekt.«

Erleichterung durchströmt mich. »Du hast gesagt, ich sollte meine Fantasie bemühen. Und so hab ich dich in meiner Fantasie gesehen.«

»Im Kampf mit dem Käse? Wie ich Peperoni von der Pizza zupfe?«

Ich schüttele den Kopf, als sie sich ein Stück Peperoni in den Mund steckt. »Im Mondlicht«, erkläre ich und blicke hinauf zu dem riesigen Vollmond, der tief am Himmel hängt und trotz der Lichter der Großstadt hell leuchtet. »Natürlich habe ich mir auch vorgestellt, wie wir Hand in Hand am Fluss spazieren gehen, aber jetzt denke ich, die sechs Blocks bis dahin sind zu weit, also können wir über Granitstein schlendern.«

»Wahrscheinlich«, nickt sie. »Aber was hältst du von drei bis vier Blocks? Ich hab keine Ahnung, wo wir sind, aber wir könnten über einen vollen Bürgersteig zu meinem Hotel spazieren? Und«, fügt sie mit sanfterer Stimme hinzu, »du kannst mich dabei gerne an die Hand nehmen.«

»Ja«, sage ich. »Davon halte ich viel.« Ich greife nach ihrer Pizza, führe sie zum Mund und beiße ein Stück davon ab.

»He, willst du Ärger?« Sie lacht, stößt mich mit der Schulter an, beißt selbst ein Stück davon ab und bietet mir dann den Rest von ihrem Pizzadreieck an.

Ich nehme es, esse es auf und erhebe mich. »Darf ich Sie zu Ihrer Tür geleiten, my Lady?« frage ich und strecke ihr meine Hand entgegen.

Als sie sie nimmt und ihre Finger mit meinen verschränkt, beschleicht mich das seltsame Gefühl einer, wenn auch fragilen, Verbindung. Als würde ein Puzzle, das jahrelang auf einem Beistelltisch auf das letzte Teilchen gewartet hat, jetzt vollendet. Aber es wird nie verklebt, und wenn der Tisch umkippt, wird das Bild für immer verschwinden.

»Alles in Ordnung?«

»Was? Oh, ja. Tut mir leid. Ich hab nur versucht, mich zu orientieren.« Ich blicke die Straße hinauf und hinunter, als wäre ich leicht verwirrt. Dann zeige ich, als hätte ich gerade erkannt, wo wir sind – dabei bin ich in dieser Stadt aufgewachsen –, nach rechts, Richtung Congress Avenue, wo mein Büro und das Driskill-Hotel liegen. »Da entlang«, sage ich. »Wollen wir?«

Sie drückt meine Hand. »Wir wollen.«

Eine Weile gehen wir schweigend, während in meinem Kopf Schneegestöber herrscht. Am liebsten würde ich sie in eine Nische ziehen und küssen, fürchte mich aber genauso vor einer Abweisung wie vor einer Erwiderung meines Kusses. Davor, dass sie keinerlei Gedanken an den Mann verschwendet, den sie heiraten wird. So widerstreitende Gefühle habe ich noch nie bei einer Verabredung gehabt, und diese Erfahrung macht mich vollkommen wehrlos. Ist Gracie von Natur aus untreu? Oder ist sie nur unglücklich mit dem Mann, den sie angeblich liebt? Und könnte sie mit mir glücklich werden?

Wäre dies ein richtiges Date, würde ich allen Mut zusammennehmen und sie fragen. Wie Kerrie schon sagte, habe ich im Nahen Osten gekämpft und überlebt. Kann ein solches Gespräch schlimmer sein?

Aber es ist kein Date, sondern ein Auftrag. Und auch die Tatsache, dass ich das ständig vergesse, macht mir zu schaffen.

Ich bin ein nervöses Wrack, was umso unangenehmer ist, weil ich das von mir eigentlich nicht kenne.

»Du hast mir gar nicht erzählt, was du so machst«, sagt sie, und diese Bemerkung ist derart gefährlich, dass ich abrupt aus meiner sentimentalen Trance in die Realität zurückgerissen werde. »Ich meine, außer, deine Nichte mitten am Tag zu einem Fotoshooting zu begleiten.«

»Ich arbeite in der Sicherheitsbranche«, erwidere ich und freue mich, einmal ehrlich sein zu dürfen. »Installation von Alarmanlagen, Personenschutz und so weiter.«

»Im Ernst?« Ihr aufblitzendes Interesse überrascht mich nicht. Die meisten Menschen finden diese Arbeit faszinierender, als sie eigentlich ist. Zwar gibt es durchaus spannende Momente, aber es ist nicht gerade so, als lebte ich in einem Actionfilm. »Das ist komisch. Denn ich wollte gerade ...«

»Was?«

Sie hustet. »Tut mir leid. Staub in der Kehle. Äh, ich dachte nur, das ist echt ein cooler Job.«

Es ist offensichtlich, dass sie das ursprünglich nicht sagen wollte, aber ich hake nicht weiter nach. Schließlich kann ich ihr kaum vorwerfen, dass sie Ausflüchte sucht, wenn ich selbst einiges für mich behalte. In der Hoffnung, auf ungefährlicheres Terrain zu kommen, wechsele ich das Thema. »Und was ist mit dir? Wie bist du zum Modeln gekommen?«

»Ach, da bin ich so hineingeraten. Es war eher ein Unfall.« Sie lacht, als sie meine ungläubige Miene sieht. »Nein, war nicht so schlimm. Als ich in der vierten Klasse war, fiel ich auf dem Heimweg mit meiner besten Freundin hin und schlug mir das Knie auf. Zum Weitergehen tat es viel zu weh, und meine Eltern waren auch nicht zu Hause – ich war ein Schlüsselkind. Also rief meine Freundin ihre Mutter an, damit sie uns abholen kam. Ihre Mom war leitende Angestellte in einer Agentur, aber ich hatte sie bis dato noch nicht kennengelernt. Als sie mich sah, fragte sie mich sofort, ob ich mich für eine Werbekampagne bewerben wollte.« Gracie zuckt die Achseln. »Da wurde ich angenommen.«

»Und der Rest ist Geschichte.«

»Wenn du ein langes Drama voller Blut und Tränen meinst, dann hast du absolut recht.«

»Ach wirklich? Klar, ich kann mir vorstellen, dass es ziemlich stressig ist.«

Gracie zieht eine Schulter hoch. »Damals war ich noch dünn. Aber Kleidergröße 32 – was lächerlich mager ist, aber das wird nun mal erwartet – konnte ich ab dem Teenageralter nur noch dann tragen, wenn ich so gut wie nichts aß und ständig Sport trieb. Ich war immer erschöpft, meine Noten gingen in den Keller, und es ging mir hundeelend, obwohl ich die Arbeit liebte.«

Wir haben die Kreuzung von Sixth und Brazos Street erreicht und befinden uns direkt gegenüber vom Driskill. Aber ich will noch nicht mit ihr hineingehen, sondern mir erst an-

hören, was sie zu erzählen hat. Daher bleibe ich neben einem der Bäume stehen, die den Bürgersteig säumen, lehne mich gegen eine Steinmauer und halte ihre Hand fest in meiner.
»Was hast du gemacht?«

»Im letzten Schuljahr gab ich es auf, weil man mir sagte, ich würde sonst durchfallen. Und dann fing ich an, wie ein normaler Mensch zu essen. Ich begann am Strand Rad zu fahren – das war in Orange County, ich bin in Südkalifornien aufgewachsen – und ging mit meinen Freunden in ein Fitnessstudio. Als ich aufs College kam, war ich super in Form und hatte Größe 42, was sich bis jetzt gehalten hat.«

»In diesem Fall ist Größe 42 einfach perfekt, weil du wunderschön bist.« Ich kann sie mir nicht in Größe 32 vorstellen. Zwar habe ich keine Ahnung von Kleidergrößen, aber ich kann zählen. Sie muss damals wie ein mageres Kind ausgesehen haben und nicht wie eine Frau.

»Beim Modeln aber ist es nicht perfekt. Was komisch ist, denn die Durchschnittsfrau in der echten Welt trägt 42. Wie auch immer, ich hörte mit dem Modeln auf, bis ich zufällig wieder der Mutter meiner Freundin begegnete. Und die war total gemein, meinte, ich hätte gedankenlos meine Karriere weggeworfen, ich verstünde nicht, welche Opfer man für Schönheit bringen müsste. Ich wäre faul und wollte mich nicht anstrengen und so weiter und so fort.«

Gracie grinst, ein bisschen wie ein Kobold. »Sie hat meinen Trotz geweckt. Ehrlich, ich wurde so wütend, dass ich eine ganze Woche nicht zu den Vorlesungen ging – damals war ich an der UCLA –, sondern zu jeder Modelagentur, die mich vielleicht nehmen würde. Es stellte sich heraus, dass die nationale Durchschnittsgröße 42 in der Modewelt eine Übergröße ist. Was idiotisch ist, aber mittlerweile kümmert mich

das nicht mehr. Denn dadurch kam ich wieder ins Geschäft.«
Sie hält inne und runzelt die Stirn.

»Was ist?«

»Nichts. Ich fasse es nur nicht, dass ich dir das alles erzähle. Normalerweise behalte ich das für mich. Meine Standardantwort lautet, dass ich meine Arbeit liebe und stolz bin, mir selbst einen Namen gemacht zu haben.«

»Hast du das?«

Sie nickt. »Ja. Ich bekomme regelmäßig Aufträge, bin das Gesicht – oder besser gesagt, der Körper – einer Bademodenmarke, und ich habe eine Fangemeinde. Was meistens gut ist, manchmal aber auch komisch.«

»Komisch?«

Sie schüttelt den Kopf. »Ständig auf dem Präsentierteller zu stehen. Den Teil des Jobs mag ich eigentlich gar nicht.«

»Das verstehe ich nicht. Steht man als Model nicht immer auf dem Präsentierteller?«

»Klar. Weil man ja tatsächlich etwas repräsentiert. Aber heutzutage muss man auch in den sozialen Medien sein, und deswegen ist die Grenze zwischen Berufs- und Privatleben ziemlich verschwommen. Aus diesem Grund wollte ich ja auch – ach, weißt du was? Ist unwichtig. Dieses Gespräch ist schon viel zu ernst geworden.«

Ich würde gerne hören, was sie eigentlich sagen wollte, möchte sie aber auch nicht bedrängen. »Also gut.« Ich weise nickend zum Hotel auf der gegenüberliegenden Straßenseite. »Darf ich dich auf einen Drink einladen?«

Sie lächelt und zeigt wieder ihre Grübchen. »Kommt drauf an. Willst du mich betrunken machen und daraus einen Vorteil ziehen?«

Mein Mund wird trocken. Die Vorstellung ist einfach zu

verlockend. Ich zwinge mich, strikt an meinen Job zu denken. Meinen Auftrag. »Und wenn? Wäre das in Ordnung?«

Fast schüchtern legt sie den Kopf schräg und weicht meinem Blick aus. Sehr süß. Aber ich weiß nicht, ob ich bezaubert oder frustriert sein soll. Schließlich kenne ich die Wahrheit.

Oder?

Eigentlich bin ich mir nicht mehr sicher. Denn alles, was ich über diese Frau weiß, widerspricht dem, was ich persönlich mit ihr erlebt habe.

Liegt Peterman falsch? Ist sie vollkommen unschuldig?

Oder ist sie eine Vivien, die mich in ihren Bann zieht, aber Geheimnisse hat? Die mir nur eine Version ihrer selbst zeigt und alles andere für sich behält?

Ich hole tief Luft, denke an die Frau vor mir und gleichzeitig an den Job. »Was den Drink betrifft«, sage ich. »Was hältst du von Zimmerservice?«

Als sie sich auf die Unterlippe beißt, würde ich mich am liebsten zu ihr neigen und sie küssen. »Ich ... also, ich mach so was eigentlich nie.«

»Was trinken?«

Sie lacht. »Einen Mann auf mein Zimmer bitten.«

»Genau genommen hast du das ja auch nicht.«

»Gutes Argument.« Sie zieht mich zum Zebrastreifen. »In diesem Fall ist es dann wohl okay.«

»Bist du sicher?«, frage ich, als wir das Hotel betreten.

Sie führt mich zum Aufzug. Und dann, als die Türen sich schließen und der Lift sich in Bewegung setzt, nickt sie und sagt: »Ich bin sicher.«

Bis zu ihrem Zimmer sagen wir nichts mehr, und ich bin verdammt nervös, genau wie ein Teenager bei seinem ersten

Date. Ich will, dass sie mich abweist, dass sie mir sagt, sie hätte es sich anders überlegt.

Gleichzeitig will ich, dass sie mich an sich zieht. Dass sie ihre Hände um meinen Nacken schlingt und ich den Druck ihrer Brüste fühle, wenn ich ihren Po umfasse und sie enger an mich presse. Ich will mich in ihr verlieren und hasse mich, weil ich etwas will, das ich nicht haben kann.

Noch mehr hasse ich es, dass sie nie den Grund dafür erfahren wird.

An der Tür wirft sie mir nervöses Lächeln zu. »Jetzt siehst du, wie ich wohne«, sagt sie und schiebt das *Bitte nicht stören*-Schild beiseite, um die Schlüsselkarte in den Schlitz zu stecken. Ich höre das Schloss klicken, dann drückt sie die Tür auf. »*Home sweet home.* Ist aber ziemlich unordentlich.«

Überall liegen Bücher und Zeitschriften verstreut. Ein Nachthemd hängt über der Sofalehne und ein BH an einem Stuhl.

Das wirkt seltsam verführerisch, und mein ganzer Körper spannt sich an, als mich eine Welle des Verlangens überkommt – und spannt sich noch mehr an, als Gracie zu mir tritt, mir direkt in die Augen blickt und mich küsst.

Es ist weich und süß, und sie schmeckt nach Pizza und Paradies, und es ist viel, viel besser als in meiner Fantasie – und viel schlimmer. Weil es real ist und ich es will – *sie* will. Aber ich kann sie nicht haben, nicht ganz und gar, und doch kann ich sie auch nicht wegschieben, während ich sie doch immer nur noch enger an mich drücken und nie mehr loslassen will.

Aber dann löst sie sich keuchend und mit weit aufgerissenen Augen von mir, und die Realität trifft mich wie ein Schock. »Tut mir leid«, sagt sie und legt die Hand auf ihren

Mund. »Normalerweise bin ich nicht so forsch. Nur ... ich, ich mag dich. Bei dir fühle ich mich sicher.«

Dies schwebt irgendwie seltsam zwischen uns.

»Sollen wir etwas zu trinken bestellen?« Ihr Lächeln ist gleichzeitig schüchtern und vielversprechend. Ich kann ganz genau sehen, wohin das Ganze führt – in eine Richtung, die mich lockt und gleichzeitig abschreckt.

»Gracie – es tut mir leid.«

Sie runzelt die Stirn und errötet leicht. »Hab ich ...?«

»Nein, nein. Es ist nur ...« *Mist!* »Ich mag dich wirklich gern. Aber ich muss gehen.« Nicht wegen des Jobs – und auch nicht, weil sie jemanden geküsst hat, der nicht ihr Freund ist, und damit meinen Verdacht und Petermans Befürchtungen bestätigt hat. Sondern weil ich Gracie nicht dermaßen täuschen kann. Ich kann das nicht noch weiter treiben, ohne ihr zu zeigen, wer ich wirklich bin.

»Ich verstehe nicht ...«

»Ich weiß«, sage ich. »Es tut mir leid. Unendlich leid.«

Es zerreißt mir das Herz, als ich aus ihrem Zimmer in den Gang des schönen, alten Hotels trete. Denn ich weiß, wie sehr ich diese Frau auch begehren mag, so werde ich sie doch nie wiedersehen.

8 »Wenigstens wird der Kunde zufrieden sein«, bemerkt Connor, verzieht dann aber das Gesicht, als er kurz darüber nachdenkt. »Oder vielleicht nicht zufrieden, sondern eher erleichtert, die Wahrheit erfahren zu haben, bevor er ihr ewige Treue schwört.«

Ich nicke zustimmend und doch widerstrebend. Es besteht kein Zweifel daran, dass Gracie so weit gegangen ist, wie ich sie gelockt habe; und das heißt, sie ist in den verbotenen Pool getaucht, in dem sie laut Petermans Befürchtungen längst umherschwamm.

Also kann ich mir zu meinem erledigten Auftrag gratulieren – nur ist mir überhaupt nicht nach Feiern zumute. In Wahrheit fühle ich mich dumpf und benommen.

»Na, irgendwie war das ja zu erwarten«, sagt Kerrie und taucht ihren Löffel in einen Joghurtbecher. »Beim Shooting hat sie ziemlich geflirtet.« Stirnrunzelnd werfe ich ihr einen Blick zu, aber sie zuckt nur die Achseln. »Stimmt doch. Du aber auch.«

Dem kann ich nicht widersprechen. Selbstverständlich habe ich nur meinen Job getan. Gracie jedoch... ehrlich, ich hab es satt, darüber nachzudenken. Davon kriege ich nur Kopfschmerzen.

Wir sitzen im Pausenraum, und ich warte darauf, dass Peterman zu unserem Zehnuhrtermin auftaucht. Da er bereits eine Viertelstunde zu spät ist, werde ich unruhig. Ich will den Scheiß endlich hinter mich bringen.

Deshalb seufze ich erleichtert auf, als die Sprechanlage summt und Pierce – der sich bereit erklärt hat, den Empfang zu hüten, damit Kerrie kurz was essen kann – verkündet, dass ein Kunde für mich angekommen ist.

Ich eile aus dem Pausenraum, biege nach links in den Flur, bringe die kurze Distanz zum Empfang hinter mich und bleibe abrupt stehen.

Denn es ist nicht Thomas Peterman, der auf mich wartet.
Sondern Gracie.

»Gracie«, sage ich und schaue mich albernerweise um, als würde Peterman sich irgendwo verstecken. »Was machst du hier?«

»Ich will dich anheuern«, antwortet sie, als hätte ich gerade die dümmste Frage der Welt gestellt. »Weil ich eure Werbeanzeige gesehen habe. Ein Stalker verfolgt mich.«

Ein Stalker?

Noch bevor ich die unerwartete Wendung verdauen kann, höre ich Kerries Stimme im Flur. »Ich kann wieder den Empfang übernehmen. Danke, Pierce, dass du – *Gracie?*«

»Ach, hi.« Verwirrt blickt Gracie zwischen uns hin und her. »Deine Nichte arbeitet auch hier?«

»Nichte?«, wiederholt Pierce und zeigt von mir zu Gracie und wieder zurück. »Ihr beiden kennt euch?«

»Wir besprechen das im Konferenzraum«, erwidere ich, zu ihm gewandt. »Gracie, hier entlang. Und, äh, sagt mir Bescheid, wenn mein Zehnuhrtermin kommt, okay?«

Kerrie starrt mich mit weit aufgerissenen Augen an. Sie weiß nicht, wie sie mit der Situation umgehen soll, obwohl Pierce nicht mal klar ist, wer Gracie ist. Ich führe sie durch den Flur in den kleinen Konferenzraum mit den großen Fenstern und schließe die Tür. Einerseits, um die Vertraulichkeit zu wahren, andererseits, weil ich auf keinen Fall die verworrene Geschichte hören will, die Kerrie jetzt bestimmt Pierce und Connor erzählt.

Als ich auf einen Stuhl weise, setzt Gracie sich. Ich allerdings kann mich nicht dazu durchringen, bleibe daher am Fenster stehen und muss mich zwingen, nicht unruhig hin und her zu tigern.

»Hätte ich nicht kommen sollen?« Gracie ringt die Hände in ihrem Schoß. »Ich war schon unten in der Lobby, als mir aufging, dass du das bist. Fast wäre ich nicht raufgekommen. Du weißt schon, weil du gestern so schnell verschwunden bist. Ich wusste nicht, ob das nur für den Abend galt oder für immer.«

»Halt. Warte, noch mal von vorn. Was meinst du mit *Ich war in der Lobby, als mir aufging, dass du das bist?*«

Als sie sich mit den Fingern durchs Haar fährt, schimmern ihre goldenen Locken. Sie trägt ein altmodisch wirkendes Blümchenkleid und streicht sich nervös mit den Händen über die Schenkel.

»Als du gestern Abend erwähntest, du würdest in der Securitybranche arbeiten, hätte ich dir fast erzählt, dass ich geplant habe, mir bei einer Sicherheitsfirma Hilfe zu suchen. Ich hatte eine Werbeanzeige von einem Unternehmen gesehen, das direkt gegenüber dem Hotel liegt, und beschlossen, es aufzusuchen. Ich wollte endlich Schritte einleiten, dieses Arschloch loszuwerden.«

»Davon hast du kein Wort gesagt.«

Sie schüttelt den Kopf. »Unser Date war so schön, da wollte ich es nicht mit der Geschichte von einem gruseligen Typen verderben, der mich belästigt, verstehst du? Und ich wollte auch nicht, dass du mir deine Hilfe anbietest.« Sie lächelt wehmütig. »Du bist ein echt netter Kerl, Cayden. Ich war mir sicher, du würdest mir deine Hilfe anbieten, aber du solltest dich nicht verpflichtet fühlen. Also habe ich nichts gesagt. Und dann gingen wir ins Hotel und, na, den Rest kennst du ja.«

»Und heute Morgen?«

»Kam ich nach dem Frühstück hierher und sah mir in der Lobby euer Schild an. Darauf stand dein Name: Cayden Lyon. Erst da erkannte ich, dass die Anzeige für dein Unternehmen warb. Also wäre ich fast wieder gegangen.«

»Ich bin froh, dass du es nicht getan hast«, gestehe ich, obwohl ich unter den gegebenen Umständen wahrscheinlich besser den Mund gehalten hätte.

Sie seufzt erleichtert auf. »Gott sei Dank.«

»Also, was ist los? Du hast einen Stalker?«

Sie nickt. »Der hinterlässt gruselige Geschenke vor meiner Tür. Ruft ständig an. Schickt mir wütende Briefe, wenn ich mal mit jemandem Kaffee trinken war. Er beobachtet mich.« Sie verschränkt die Hände und sieht mich direkt an. »Also, kannst du mir helfen?«

Ich sollte ablehnen.

Auf den ersten Blick kommt mir das Ganze wie ein massiver Interessenkonflikt vor. Allerdings habe ich auch den unterschwelligen Verdacht, dass viel mehr dahinterstecken könnte. Also wage ich den Sprung ins kalte Wasser und sage: »Ja. Selbstverständlich.«

Vor lauter Erleichterung strahlt sie. »Danke!«

»Ich hole mal kurz meine Partner, und dann erzählst du mir die ganze Geschichte.«

Sie nickt, und fünf Minuten später haben Connor und Pierce sich zu uns gesellt, und wir sitzen alle am Konferenztisch. Gracie holt tief Luft und wirft mir einen Blick zu. Das Vertrauen in ihren Augen beschämt mich und weckt erneut mein schlechtes Gewissen.

»Fang einfach an«, sage ich und konzentriere mich auf sie. »Erzähl die Geschichte, wie es für dich am einfachsten ist.«

»Das geht schon ein paar Jahre so«, setzt sie an. »Oder besser gesagt: Es begann vor ein paar Jahren. Ich dachte, es wäre vorbei. Aber jetzt ist er wieder da.«

»Wer?«

Sie schüttelt den Kopf. »Ich weiß nur, dass er groß und dünn ist und dunkle Haare hat. Ich – manchmal ertappe ich ihn, wie er mich beobachtet. Und in L.A., wo das Ganze anfing, hatten wir ihn tatsächlich in der Überwachungskamera von meinem Apartmentgebäude. Allerdings nicht sein Gesicht. Nur seine Rückenansicht. Er...« Sie leckt sich nervös über die Lippen. »Er hat durch mein Fenster gestarrt, während ich schlief.«

Sie erschauert, was ich nur zu gut verstehen kann.

»Wenn er mir Sachen schickt – Blumen, Pralinen –, unterschreibt er die Karte immer mit *Your True Love*. Deine wahre Liebe. Und auf meinem Instagramaccount erschien er mit demselben Usernamen. Seitdem ich ihn geblockt habe, taucht er unter verschiedenen Namen auf, aber er benutzt immer ein Hashtag – YTL –, daher weiß ich, dass er es ist, obwohl ich es nicht beweisen kann.«

»Haben Sie Ihr Handy dabei?«, fragt Connor. »Um uns das zu zeigen?«

Sie nickt, öffnet die App auf ihrem Handy und gibt es ihm. Mit gerunzelter Stirn scrollt er durch die App. »Viele Posts von Männern – und viele von ihm. Anzüglich«, bemerkt er und blickt zu Pierce und mir. »Und besitzergreifend.«

Als Gracie nickt, scrollt er weiter.

»Aber nichts von Ihnen. Sie antworten nicht?«

»Nein. Früher habe ich noch auf Kommentare reagiert. Aber jetzt nicht mehr. Ich bin in den sozialen Medien, weil es nötig ist, aber mittlerweile bin ich meistens offline.«

»Was ist mit privaten Nachrichten?«, fragt Pierce.

»Da gibt es viele«, antwortet sie. »Und neunzig Prozent sind von ihm. Ich kann ihn nicht blockieren, weil er ständig neue Accounts hat.«

»Er ist obsessiv«, bemerke ich. »Und Obsession kann gefährlich sein. Hast du deshalb L. A. verlassen?«

Sie nickt. »Die Polizei hatte Verständnis, aber bei den Ermittlungen kam nichts heraus. Und als er in meine Wohnung einbrach – zumindest glaube ich, dass er es war –, beschloss ich umzuziehen.«

»Wieso glaubst du, dass er es war?«, frage ich. »War das nur so ein Gefühl, oder hat er einen Beweis hinterlassen?«

»Er hat nur meine Unterwäsche gestohlen. Jeden einzelnen Slip, den ich besaß.« Wieder erschauert sie und schlingt die Arme um sich.

»Also bin ich hierher gezogen. Meine Tante lebte hier bis zu ihrem Tod, und ich besuchte sie oft im Sommer. Da mir Austin schon immer gefallen hat und ich L. A. satthatte – zumindest hatte er es mir gründlich verdorben –, hab ich dort meine Zelte abgebrochen und bin hierher gekommen.«

»Aber Sie blieben in den sozialen Medien«, sagt Connor.

»Das wird von einem erwartet, wenn man Model ist. Aber ich poste nichts mehr mit Ortsangaben. Es sei denn, es handelt sich um einen Auftrag außerhalb der Stadt. Dann ist es doch egal, oder? Es könnte ihn sogar auf die falsche Spur locken.« Sie runzelt die Stirn. »Das funktionierte etwa ein Jahr lang. Aber irgendetwas muss mir durchgerutscht sein, denn er ist wieder da. Ich bin mir ganz sicher.«

»Ja«, sage ich mit einem sehr unguten Gefühl im Magen, weil ich weiß, jetzt muss ich alles offenlegen. »Das ist er.«

9 »Was soll das heißen?«, fragt Gracie. »Woher willst du das wissen?«

»Ich hab da so eine Ahnung«, erwidere ich. »Und will dir was zeigen.« Ich gehe zur Tür, drehe mich dort um und sage, an alle gerichtet: »Kleiner Ausflug. Folgt mir.«

Zwar wirken alle drei verdutzt, aber ich bin nicht in Stimmung, das Ganze zu erklären. Als ich gehe, folgen sie mir, und ich führe sie wie eine Gans ihre Küken hinunter in den Keller. Ich sehe, wie Connor und Pierce Blicke wechseln, aber Gracie runzelt nur die Stirn und verschränkt die Arme über der Brust.

Als wir vor der Tür zum Kontrollraum stehen, klopfe ich zweimal und trete ein. Einer der Vorteile, in der Securitybranche zu arbeiten, ist, dass man sich sicherheitshalber mit dem Personal anfreundet. Momentan sitzt Leroy vor den Monitoren, die abwechselnd die Lobby, die Aufzugtüren auf jedem Stockwerk und die Treppe zeigen.

»Cayden, Jungs – und meine Dame – was ist los?«

»Ich muss dich um einen Gefallen bitten. Könntest du uns die Bilder von der Lobby so gegen zehn Uhr aufrufen?«

»Na klar. Was suchen wir denn?«

»Wenn er da ist, werden wir es wissen.«

Gracie tritt von hinten an mich heran. »Glaubst du wirklich, er ist…«

»Das werden wir gleich herausfinden.«

Wir beobachten, wie Leroy das betreffende Video zurückspult. Dabei sehen wir in Weitwinkelperspektive den Eingang zur Lobby und die Firmenschilder an der Wand. Leute kommen und gehen, und dann tritt Gracie ein und steuert das Firmenverzeichnis an.

»Da«, sage ich und zeige auf den dünnen Mann, der durch die Glastür kommt und mit Blick auf Gracie abrupt stehen bleibt. Eine Sekunde lang glaube ich schon, er wird sich umdrehen und sofort wieder verschwinden, aber dann bleibt er dort stehen, ohne den Blick von Gracie zu lösen.

Sie bemerkt es nicht, sondern geht weiter zum Aufzug und verlässt somit das Sichtfeld der Kamera.

»Soll ich ihr folgen?«, fragt Leroy.

»Nein. Kannst du das Gesicht des Mannes heranzoomen?«

Leroy neigt den Kopf zur Seite. »Hast du etwa mit dem Vermieter gesprochen? Wir können uns glücklich schätzen, dass die Kamera überhaupt etwas aufzeichnet.«

Ich runzele die Stirn, denn selbst wenn ich das Bild downloaden ließe, würde man das Gesicht des Stalkers wahrscheinlich nur unscharf sehen. Und vollkommen verpixelt, wenn man es vergrößern würde.

Während wir auf den Bildschirm starren, dreht der Stalker sich um und eilt zur Tür. »Frier das ein«, sage ich und wende mich zu Gracie. »Kannst du sehen, ob das derselbe Typ ist wie in L.A.?«

»Nicht mit Sicherheit. Aber ich glaube schon. Doch woher wusstest du ...«

»Er hat dich hier gesehen und sich gedacht, dass ich es rausgefunden habe. Also hat er die Flucht ergriffen. Zumindest gehe ich davon aus.«

»Er?«, wiederholt sie misstrauisch und weicht einen Schritt zurück. »Wer: Er?«

»Er nennt sich Thomas Peterman. Und hat mich angeheuert«, erkläre ich mit ausdrucksloser Stimme. »Ich sollte Beweise dafür finden, dass seine Verlobte ihn betrügt.«

»O Gott«, haucht sie kaum hörbar und umklammert ihren Bauch. »Deshalb hast du...« Als sie sich abwendet, sehe ich, wie Connor und Pierce schockiert und mitfühlend zwischen uns hin und her blicken.

»Warum begeben wir uns nicht erst einmal wieder nach oben«, setzt Pierce an, aber Gracie schüttelt nur den Kopf.

»Nein. Nein, ich glaube, ich gehe jetzt einfach.« Sie sieht mich an. »Ich muss – einfach gehen. Ich muss hier wirklich raus.«

Und dann eilt sie zur Tür. Ich will ihr nachlaufen, aber die anderen halten mich auf. »Lass ihr Zeit«, sagt Pierce. »Und dann rede ich mal mit ihr. Ich glaube, sie hat momentan keine Lust, dein hübsches Gesicht zu sehen.«

Ich reiße mich von ihm los. »Ich muss es erklären. Ich muss ihr sagen...«

»Was?«, unterbricht mich Connor, und da wird mir klar, was ich sagen wollte: *was ich empfinde*. Und diese Erkenntnis schockiert mich so, dass ich verstumme. Denn die Wahrheit ist, dass ich im Moment nicht an Peterman denke, sondern an mich. Und Gracie. Eine schreckliche Angst steigt in mir auf, dass ich sie für immer verloren habe – dabei habe ich sie doch gerade erst gefunden. Doch wo zur Hölle kommt jetzt diese Vorstellung her?

»Ist gut«, sage ich, nun ruhiger. »Gehen wir rauf.«

»Okay. Dann los.«

Doch kaum öffnen sie die Tür, sprinte ich an ihnen vorbei die Treppe zur Lobby hinauf. Der Eingang des Gebäudes geht zur Congress Avenue hinaus. Ich stürze aus der Glastür, biege nach rechts und sofort wieder nach links auf die Sixth Street. Dann halte ich inne und suche den Bürgersteig nach ihr ab. Das Driskill liegt einen Block weiter auf der anderen Straßenseite, und ich bin sicher, dass sie dorthin will. Aber ich muss unbedingt mit ihr reden. Zwar sehe ich sie nicht, doch kenne ich zumindest ihre Zimmernummer. Daher setze ich mich in Bewegung.

In diesem Augenblick bemerke ich ihn. Er rennt aus einem Hauseingang auf eine Gruppe Fußgänger zu, die an einer Ampel warten. Als ich ihr blondes Haar aufblitzen sehe, erkenne ich im Bruchteil einer Sekunde, dass er sie auf die Straße stoßen will.

»Gracie!«, brülle ich, und sowohl Peterman als auch Gracie drehen sich zu mir um. Sie reißt die Augen auf und flüchtet sich seitwärts in Sicherheit. Selbst wenn er sie noch schubsen wollte, würde sie nicht auf der Straße landen, sondern nur gegen einen Lieferwagen prallen, der in der Ladezone parkt.

Aber Peterman hat es nicht mehr auf sie abgesehen, sondern rast Richtung Osten, schlängelt sich zwischen Fußgängern und dann zwischen den fahrenden Wagen hindurch, als er unter Missachtung der quietschenden Bremsen die Sixth Street überquert. Er rennt eine Seitenstraße hinauf, biegt in eine Gasse, und als ich die erreiche, ist er verschwunden.

Fluchend gehe ich zu der Ecke zurück, wo ich Gracie zurückgelassen habe, aber sie ist auch nicht mehr da.

Dieses Mal fluche ich noch lauter, denn ich will auf gar keinen Fall, dass sie jetzt allein ist, verdammt noch mal! Dann höre ich meinen Namen, und als ich mich umdrehe, sehe ich, dass sie an der Fassade des Littlefield Buildings lehnt und ihr Make-up vollkommen von Tränen verschmiert ist.

»Wollte er mich umbringen?«

»Auf jeden Fall verletzen. Vielleicht sogar umbringen.«
Sie nickt.

Als ich einen Schritt auf sie zu mache, presst sie sich gegen die Steinfassade. Ich erstarre und komme mir vor wie der letzte Dreck. »Ich kenne eine Menge Leute in der Securitybranche. Kompetente, engagierte Männer. Jeder von denen kann dich beschützen und dir helfen, diesen Kerl aufzuspüren. Und wenn du möchtest, kann auch ich dir helfen.«

Wieder nickt sie und lässt sich meine Worte offenbar durch den Kopf gehen.

»Willst du mit zurück ins Büro kommen? Wir könnten ein paar Anrufe tätigen. Oder wir gehen auf dein Zimmer. Aber ich werde dich nicht allein lassen, also hast du mich am Hals, bis wir jemand anderen gefunden haben.«

»Und wenn ich niemand anderen will?«

Ihre Frage ist so leise, dass ich sicher bin, mich verhört zu haben.

»Oder wäre das nicht okay?«

»Ist das dein Ernst?«, frage ich. »Ich dachte, du wolltest mich nicht in deiner Nähe haben.«

Sie zieht die Schulter hoch und tritt einen Schritt auf mich zu. »Da bin ich noch unschlüssig. Aber vielleicht doch. Ich weiß es nicht. Erzähl mir erst mal alles, dann sehen wir weiter.«

»Mach ich«, erwidere ich. »Ich glaube, das meiste ist schon auf dem Weg erzählt.«

»Dem Weg?«

»Auf dem Weg zur Kanzlei Kleinman, Camp und Richman.«

»Was wollen wir denn da?«

»Wir werden einem gewissen Thomas Peterman einen Besuch abstatten.«

Kleinman, Camp & Richman nehmen sieben Etagen des Frost Bank Towers ein, der auf der Congress Avenue zwischen der Fourth und der Fifth Street steht. Es ist nur ein kurzes Stück von der Kreuzung entfernt, wo Gracie Petermans Anschlag knapp entgangen ist, aber wir werden nicht direkt dorthin gehen.

Zuerst springen wir bei Starbucks vorbei.

»Ich brauche jetzt einen Schuss Koffein«, verkünde ich, als sie protestiert. In Wahrheit aber will ich ihr Zeit geben, sich zu sammeln, bevor wir – hoffentlich – den Mann zur Rede stellen, der sie verfolgt.

Und ich brauche Zeit, damit mein Freund Landon zu uns kommen kann. Landon Ware ist ein tüchtiger Detective mit ausgesuchten Manieren beim Police Department von Austin. Wenn irgendjemand von der Polizei Gracie das Gefühl vermitteln kann, in Sicherheit zu sein, dann er. Und er soll uns begleiten, wenn wir den Wichser bei Kleinman aufsuchen.

Außerdem warte ich auf ein Standbild von der Überwachungskamera in der Lobby, das Leroy mir sofort besorgen will. Er wird es übers Handy schicken, sobald er das beste herausgesucht hat.

Doch vor allem will ich ihr erzählen, wie Peterman bei mir als Kunde gelandet ist, und das möglichst im Sitzen und nicht im Gehen. Weil ich Gracies Gesicht sehen möchte, wenn ich ihr die Einzelheiten darlege, und ihr in die Augen blicken will, wenn ich die Dinge bespreche, die sie betreffen.

»Deshalb warst du an dem ersten Abend also in der Bar«, sagt sie, nachdem ich ihr alles erzählt habe. »Du hast mir nachspioniert.«

Ich nicke. »Zuerst dachte ich, du hättest was mit dem Barkeeper.«

Sie lacht, was ich als gutes Zeichen betrachte.

»Und als du mich zu meinem Zimmer gebracht hast, war das alles nur Teil des Auftrags?«

»Nein«, sage ich, »nicht alles.«

»Und die Sache mit dem The Fix?«

»Nein!« Das kommt schärfer heraus als beabsichtigt. »Das war reiner Zufall. Völlig außerplanmäßig.«

»Keinerlei Hintergedanken wegen deines Auftrags?«

Ich reibe mir über die Schläfen. »Es war nicht geplant. Ich hatte Spaß mit dir. Herrgott, Gracie, ich wollte…«

»Was?«

»Dich«, sage ich unverblümt, obwohl ich das gar nicht beabsichtigt hatte. Andererseits: Wer nicht wagt, der nicht gewinnt, oder?

»Oh. Ich – tja, also gut.«

Ich weiß nicht, wie ich das deuten soll, frage aber nicht nach. Ich will mich an die Vorstellung klammern, dass wir meinen Riesenfehler einfach hinter uns lassen und in eine Welt zurückkehren können, in der sie mich auch wollte.

Als sie die Stirn runzelt, frage ich mich kurz, ob auch das zum Scheitern verurteilt ist. Dann sieht sie mich an und sagt: »Und das Shooting?«

»Davon hat mir Peterman erzählt.«

»Das dachte ich mir schon. Aber woher wusste er das?«

»Damals dachte ich, er hätte es von dir erfahren. Aber vielleicht hast du es in den sozialen Medien gepostet?« Doch noch während ich das ausspreche, ist mir schon klar, dass sie dazu viel zu vorsichtig ist. »Dann fragen wir ihn mal, wenn wir ihn sehen.«

In diesem Moment gibt mein Handy ein Signal von sich, und als ich aufs Display schaue, sehe ich, dass Leroy das Standbild geschickt hat. Noch mehr Munition gegen Peterman. »Und da kommt ja auch Landon«, bemerke ich und winke ihm von unserem Tisch am Fenster aus zu. Landon ist ein großer, farbiger Detective, der mit seinen kurz rasierten Haaren und dem Bartschatten aussieht wie ein ziemlich harter Kerl. Aber seine Augen sind freundlich, und als ich ihn Gracie vorstelle, merke ich, dass sein Auftreten und seine Zuversicht sie beruhigen.

»Also, wenn er da ist, verhaften Sie ihn?«

»Wenn wir ihn verhaften, fängt die Uhr an zu ticken und wir müssen versuchen, ihn ganz schnell dingfest zu machen. Sind Sie bereit, gegen ihn auszusagen?«

»Aber ja«, versichert sie.

»Und du?«, fragt er mich.

»Kann er überhaupt gegen ihn aussagen?«, erkundigt sich Gracie. »Schließlich hat Peterman ihn engagiert. Hat er da keine Schweigepflicht oder so?«

»Ich wurde von ihm unwissentlich in seine kriminellen Machenschaften verwickelt«, erkläre ich ihr. »Also kann ich gegen ihn aussagen. Und es wird mir ein Vergnügen sein.«

»Oh.« Sie setzt sich ein bisschen gerader hin und strahlt uns beide an. »Das ist ja großartig.« Sie blickt zur Tür. »Sollen wir los?« Dann sieht sie Landon an. »Und Sie können ihn jetzt gleich verhaften?«

Lächelnd wirft mir Landon einen Blick zu, wendet sich dann aber wieder zu ihr. »Gehen wir«, sagt er, und wir setzen uns in Bewegung.

Als wir den holzgetäfelten Empfangsbereich der Kanzlei betreten haben, geht Landon direkt zu dem hübschen Mädchen am Empfangstisch, zeigt seine Dienstmarke und verlangt – während sie die Augen aufreißt –, Mr. Thomas Peterman zu sehen.

»Oh. Aber – oh. Warten Sie bitte kurz.«

Sie greift zum Telefon, flüstert etwas in den Hörer und sagt lächelnd zu Landon: »Miss Clairmont wird gleich da sein.«

Gracie und ich stehen ein paar Schritte entfernt. Am liebsten würde ich einwenden, dass wir nicht mit Miss Clairmont sprechen wollen. Außerdem: Sollte nicht jemand die Treppe blockieren? Aber Landon wirkt ganz entspannt, daher versuche ich es auch zu sein und lege meine Hand beschützend auf Gracies Rücken.

Doch sie blickt auf und tritt einen Schritt zur Seite, sodass meine Hand von ihr abgleitet.

Offenbar haben wir nur einen Waffenstillstand erreicht, nicht mehr und nicht weniger. Diese Erkenntnis sinkt wie ein schwerer Stein in mein Inneres, doch kurz darauf werde ich abgelenkt, denn es erscheint eine Frau, die so alt aussieht, als hätte sie noch Steno gelernt. »Ich bin Miss Clairmont. Wie kann ich Ihnen helfen?«

»Arbeiten Sie für Mr. Peterman?«, fragt Landon. »Wir müssen ihn sprechen.« Wieder lässt er seine Dienstmarke aufblitzen. »Ich fürchte, es ist dringend.«

»Tja«, sagt sie und schnalzt leise mit der Zunge. »Ich kann ihn zwar anrufen, aber er ist beruflich in Dallas. Wenn es nötig ist, könnte er allerdings zurückkommen.«

Ich trete einen Schritt näher zu ihr. »Wie lang ist er schon in Dallas?«

»Mehrere Tage. Verzeihung, aber worum geht es?«

Landon sieht mich fragend an. Ich hole mein Handy hervor, rufe das Standbild von der Überwachungskamera auf und zeige es ihr. »Ist das Mr. Peterman?«

»Wie? Nein. Verzeihung, aber das verwirrt mich jetzt. Ich glaube, das ist einer der Angestellten aus der Registratur.«

»Ach ja?«, sagt Landon. »Könnten Sie ihn wohl herbitten?«

»Nun, ich ...« Sie verstummt kurz und zeigt der Empfangsdame das Bild. »Ich weiß seinen Namen nicht mehr. Sie?«

Die Empfangsdame schüttelt den Kopf. Darauf einigen wir uns, ihr das Standbild per E-Mail zu schicken, sodass sie es in die Registratur weiterleiten kann. Knapp fünf Minuten später bekommen wir eine Antwort. *Daniel Powder.* Und er war seit über einer Woche schon nicht mehr auf der Arbeit.

Genauso wenig wie in seiner Wohnung, einem schäbigen kleinen Apartment in der Nähe des Flughafens.

»Daniel Powder war ohnehin ein erfundener Name«, erklärt uns Landon ein paar Stunden später beim Abendessen. »Tut mir leid, aber euer Kerl ist abgetaucht.«

10

»Danke«, sagt Gracie, als wir vor ihrem Zimmer im Driskill angekommen sind. »Ich schließe die Tür, lasse alle Lichter angeschaltet und hoffe, ein bisschen schlafen zu können.«

Wir sind allein, da Landon nach dem Essen gegangen ist. Ich nehme ihr die Schlüsselkarte aus der Hand, neige mich an ihr vorbei zum Schloss, öffne die Tür und schiebe Gracie ins Zimmer.

»Du kannst hier ja noch alles gründlich überprüfen, bevor ich ins Bett gehe«, bemerkt sie.

»Das werde ich auf jeden Fall. Aber du musst eine Entscheidung treffen.«

»Ach, muss ich das?« Sie hat eine kleine Suite gemietet. Jetzt setzt sie sich auf das Sofa im Wohnbereich und drückt ein Kissen an ihre Brust.

»Entweder schlafe ich hier auf der Couch, oder ich rufe Pierce oder Connor an, dann übernachtet einer von denen hier. Auf keinen Fall bleibst du allein.«

»Wir sind hier in einem Hotel. Außerdem wird er wohl kaum meine Zimmernummer wissen.«

»Du hast keinen Balkon, also keinen Fluchtweg, falls er ins Zimmer eindringt. Und er weiß definitiv, dass du hier wohnst. Wir könnten dich in ein anderes Hotel bringen, aber selbst da solltest du nicht allein bleiben. Er hat dich angegriffen. Er hat versucht, dich zu töten. In seinem Wahn glaubt er, du hättest ihn abgewiesen. Er ist gefährlich, Gracie.«

»Ich weiß, ich weiß. Aber – was ist, wenn wir ihn niemals schnappen können? Ich habe ein Haus. Ein Leben. Ich kann nicht ständig umziehen. Ich will nicht ...«

Ich setze mich, nehme ihre Hände und bin dankbar, dass sie sie mir nicht entreißt, sondern sie im Gegenteil sogar fest umklammert. »Wir werden ihn finden«, versichere ich. »Wir schnappen ihn. Wir legen ihm das Handwerk.«

Als sie aufschaut, sind ihre Augen vor Angst ganz dunkel. »Versprochen?«

Schon will ich mich zu ihr neigen, um meine Worte mit einem Kuss zu besiegeln, doch dann beherrsche ich mich und nicke nur, als wäre alles normal und vollkommen in Ordnung. »Versprochen.«

»Tja, dann bleibst du hier?«

Ich versuche, mir nicht anmerken zu lassen, dass ich innerlich juble. »Bist du sicher?«

Sie nickt. »Ich mochte dich.«

Ich bemühe mich, nicht zusammenzuzucken, weil sie die Vergangenheitsform benutzt.

»Ich mag dich immer noch«, fügt sie hinzu, und jetzt ist mein Lächeln aufrichtig.

»Gut«, nicke ich. »Denn ich mag dich auch.«

»Trotzdem war das eine ganz miese Nummer.«

»Mag sein. Ich dachte eben, er wäre der Gute. Aber als ich dich dann kennenlernte und du so gar nicht in mein Bild von einer verlogenen, betrügerischen Frau ...«

»So ein Frauenbild ist in deinem Kopf gespeichert?«

»Unauslöschlich«, gestehe ich. »Und zwar schon seit einer ganzen Weile.«

Sie sieht mich forschend an. »Willst du mir erzählen, warum?«

Ich zögere kurz, dann schüttele ich den Kopf. »Nein. Ich glaube, wir sollten uns besser Brownie-Eis vom Zimmerservice bestellen, Wein trinken und uns einen Film ansehen.«
»Ach ja?«
»Ja. Wieso, was ist?«
Sie schüttelt den Kopf und wirkt leicht verwirrt, aber glücklicher als den ganzen Tag über. »Weil das momentan so ziemlich meine Vorstellung vom Paradies ist.«
Und da ich alles tun würde, um sie glücklich zu machen – und die letzten Tage wiedergutzumachen –, gebe ich beim Zimmerservice die Bestellung auf, suche ein paar Filme aus und bereite alles vor.
Eine Stunde später sitzen wir beide auf dem Sofa, haben die Reste eines riesigen Brownie-Eisbechers vor uns auf dem Couchtisch und schauen uns *Arsen und Spitzenhäubchen* an, den wir aus dem Klassikerkanal des Bezahlsenders ausgesucht haben. Und da ich ein Klassikerfan bin – Connor und ich sind praktisch mit Cary Grant aufgewachsen –, war ich geradezu entzückt zu erfahren, dass dies auch einer von Gracies Lieblingsfilmen ist.
Als Grant irgendwann besonders albern ist, schaue ich zu Gracie, um zu sehen, ob sie sich amüsiert, und ertappe sie dabei, dass sie mich ebenfalls anstarrt.
»Was…?«, setze ich an, verstumme dann aber.
»Du hast da was«, sagt sie und zeigt auf meinen Mund. »Wahrscheinlich Browniekrümel.«
Ich wische mir über den Mundwinkel, aber offenbar ist es die falsche Seite, denn sie lacht und streicht mir mit dem Daumen über den anderen.
Es ist nur ihr Daumen an meinen Lippen, aber ich zucke zusammen, als hätte ich einen Stromschlag bekommen, und

bin mir ziemlich sicher, dass es ihr ebenso geht, denn sie starrt mich so schockiert und gleichzeitig sehnsüchtig an, dass es schon witzig wäre, wenn ich sie nicht unbedingt küssen wollte. Doch ich bin hier, um sie zu beschützen, und selbst das ist ein Zugeständnis von ihr. Ich will weder meinen Vorteil daraus ziehen, noch sie bedrängen oder...

Zur Hölle damit.

»Gracie«, sage ich mit vor Verlangen brüchiger Stimme, hebe die Hand und umfasse die ihre, sodass ihr Daumen auf meinen Lippen bleibt. Sie sieht mir direkt in die Augen. Ich suche nach einem Anzeichen von Unschlüssigkeit und wende leicht den Kopf zur Seite. Nur so viel, dass ich die Kuppe ihres Daumes küssen kann.

Als sie geräuschvoll ausatmet, ist das wie ein Signal, das meine Sinne zum Leben erweckt.

Ohne den Blick von ihren Augen zu lösen, immer noch in der Erwartung, dass sie mich aufhält, nehme ich ihren Daumen in meinen Mund, ganz langsam und tief, und sauge daran. Liebkose ihn.

Und als sie den Kopf in den Nacken legt, als ich sehe, wie ihre Nippel unter ihrem Kleid, unter dem Stoff ihres BHs hart werden, und dann höre, wie sie genüsslich aufstöhnt – ein Laut, der mir direkt in den Schwanz schießt –, da weiß ich, dass sie mich nicht aufhalten wird.

Dann flüstert sie: »Oh, Gott, ja«, und ich umfasse ihren Nacken, während ich weiterhin ihren Daumen mit meiner Zunge liebkose.

»Gracie«, murmele ich, als ich es nicht länger aushalte, weil ich unbedingt ihre Lippen spüren will.

Ich verlagere mein Gewicht und neige mich über sie, umfasse mit der anderen Hand ihre Taille. Ihr Kleid hat vorne eine Knopfleiste, die vom Dekolleté bis zum Saum geht, und einen breiten Gürtel an der Taille, direkt unter meiner Hand. Mit der anderen Hand umfasse ich ihren Nacken, vergrabe die Finger in ihren Haaren und halte sie gestützt, während ich mich gerade genug aufrichte, um sie zu betrachten. Sie atmet keuchend und erwidert meinen Blick.

»Du bist so verdammt hübsch«, sage ich und sehe, wie ihr ganzes Gesicht aufleuchtet und die Grübchen auf ihren Wangen wie durch Zauberei erscheinen.

Auch sie hat meinen Nacken umfasst und streichelt mit ihrem Daumen meine Haut. Ich nehme die Berührung überdeutlich wahr. Die Verbindung.

Langsam schiebe ich meine Finger in ihren Ausschnitt, öffne den ersten Knopf und warte, um ihr die Chance zu geben, mich zu stoppen. Aber sie beißt sich nur auf die Unterlippe und schließt die Augen. Ich öffne die nächsten vier Knöpfe, sodass das Oberteil ihres Kleides sich öffnet und perfekte Brüste frei gibt, die über den Rand eines rosafarbenen Baumwoll-BHs quellen. Mit Interesse bemerke ich, dass dieser sich vorne öffnen lässt.

Ich streiche mit der Fingerspitze über den Saum des Stoffs, der sich wie ein V zwischen ihre Brüste presst, ziehe eine Linie über ihre erhitzte Haut, bis hinunter zu dem Verschluss, um dann wieder den Hügel ihrer anderen Brust hinaufzufahren. Der Stoff ihres BHs ist so dünn, dass ich ihre harten Nippel sehe, die sich gegen die rosa Baumwolle drücken.

Ihre Haut ist gerötet, ihr Mund ist leicht geöffnet, ihr Kopf in den Nacken gelegt, sodass ich ihren glatten, hellen Hals sehen kann. »Gracie«, flüstere ich. »Schau mich an.«

Als sie gehorcht, sehe ich die Leidenschaft in ihren ozeanblauen Augen. »Ich werde dich jetzt küssen.«

Sie nickt erwartungsvoll, und ihre Lippen teilen sich noch mehr. Aber ich bin ein böser Junge, und um sie ein bisschen zu necken, senke ich meinen Mund zu ihrem Busen und ziehe eine Spur aus Küssen am Rand ihres BHs entlang. Als sie aufwimmert, frage ich mich, wie lange ich noch so weitermachen kann, denn damit spanne ich mich selbst ebenso auf die Folter wie sie.

Kühn drehe ich meinen Kopf, umschließe mit meinen Lippen ihre Brustwarze, sauge an dem Stoff und spüre, wie die kleine Knospe unter meinen sanften Bewegungen noch härter wird.

Dann halte ich es nicht länger aus und streife den BH auf der einen Seite herunter. Gracie wölbt sich mir entgegen. *Bitte!*, höre ich sie erstickt ausstoßen, und dann stöhnt sie gedehnt auf, als ich ihre nackte Brust mit den Lippen umschließe und an ihr sauge, als wollte ich sie ganz und gar in mir aufnehmen und verschlingen.

O ja, genau das ist es, was ich will.

Mit meiner freien Hand liebkose ich ihre andere Brust, und als ich es nicht mehr aushalte, lasse ich den Verschluss aufschnappen und befreie sie ganz. Widerstrebend löse ich meine Lippen von ihr, um ein Stück von ihr abzurücken und sie anzusehen: nackt bis zur Taille, mit erröteter Haut und rot geschwollenen Lippen. Ihre Haare sind zerzaust und ihre Augen dunkel vor Verlangen.

»Cayden«, sagt sie. Nur meinen Namen, aber es ist eine Aufforderung. Ein Befehl, dem ich nur zu gern folge. Ich umfasse ihre Brust und drücke meine Lippen auf ihre. Unsere Lippen ringen miteinander, meine Finger necken ihre Brustwarze, während unsere Zungen einander liebkosen und schmecken. Ich verliere mich in einem Nebel der Sinnlichkeit und verschlinge ihren Mund, während meine Hand sich von ihrem Busen löst und tiefer und tiefer, immer tiefer, fährt, bis ich mit den Fingern ihr Kleid hochziehen und ihre glatten Schenkel freilegen kann.

Ihr leises, dunkles Stöhnen ermutigt mich, mit den Fingern von dort aus hochzuwandern, an der Innenseite entlang, bis ich den Saum ihres Höschens erreiche, wo sie aufkeucht und mir einladend ihr Becken entgegenschiebt. Sanft streiche ich am Saum entlang und liebkose mit der Fingerspitze ihre zarte Haut.

Als sie meinen Namen murmelt, bringe ich sie erneut mit einem Kuss zum Schweigen und sauge an ihrer Unterlippe, während ich provozierend langsam meinen Finger unter den Saum ihres Höschens schiebe, weil ich unbedingt spüren will, wie feucht sie ist.

Gracie wimmert auf, und auf einmal kommt ihre Hand aus dem Nichts und legt sich über meine. Sie hält meine Finger fest, dicht vor dem Himmel auf Erden, und dann sagt sie etwas, was ich wirklich nicht erwartet hätte. »Nein.« Sie zieht meine Hand weg und drückt die Schenkel zusammen. »Tut mir leid.«

Sie wendet sich ab, eindeutig peinlich berührt, und ich sehe verblüfft zu, wie sie sich aufrichtet und anfängt, ihr Kleid wieder zuzuknöpfen. »Es tut mir aufrichtig leid«, sagt sie erneut, weicht meinem Blick aus und rutscht weiter zur Ecke des Sofas.

Ich zögere, immer noch verblüfft, doch dann wird mir klar, dass sie befürchtet, ich könnte sauer sein.

Tja, verdammt aber auch.

»Gracie«, sage ich sanft. »Das ist okay.«

»Ehrlich? Du bist nicht wütend?«

Ich schüttele den Kopf. »Enttäuscht, das schon, aber Nein heißt Nein, und das zu Recht. Ich will nichts, womit du dich nicht wohlfühlst. Es ist nur gut, wenn es gut für uns beide ist.«

Da lächelt sie wieder, und ihre Miene aus Scham und Angst ist wie weggewischt. »Danke«, sagt sie und senkt den Blick auf ihre Hände. »Es, äh, liegt nicht an dir.« Sie hebt den Kopf, schaut mir direkt in die Augen und sagt errötend: »Es hat mir gefallen, was du gemacht hast. Alles, äh, was wir gemacht haben. Und ich will ehrlich ... mehr.«

»Das freut mich zu hören.« Und dann, weil ich ein kleiner Teufel sein kann, frage ich: »Wovon genau mehr? Nur, damit ich das richtig verstehe.«

Ein Lächeln zupft an ihrem Mundwinkel. »Von allem«, sagt sie, und es freut mich, dass jegliches Zögern aus ihrer Stimme gewichen ist. »Aber heute Abend ... ist es einfach zu früh. Ich kenne dich ja kaum.«

Nun, da hat sie natürlich recht. Doch als sie von der Couch aufsteht und in das angrenzende Schlafzimmer geht, steigt in mir mit einem Mal das Gefühl auf, dass ich sie schon seit einer Ewigkeit kenne.

Ich hänge noch dieser Empfindung einer Verbindung nach, da lehnt sie sich an den Türrahmen. »Möchtest du vor mir ins Bad?«

Ich schüttele den Kopf. Das ist der einzig erkennbare Makel an diesem Hotel: Um ins Bad zu kommen, muss jeder Gast aus dem Wohnbereich durchs Schlafzimmer.

Sie nickt, schließt die Schlafzimmertür und lässt mich mit meinen Erinnerungen an das Gefühl ihrer Haut unter meinen Fingern und dem Geschmack ihres Mundes zurück. *Zu früh.*

Für mich hat es sich eigentlich nicht angefühlt, als wäre es zu früh.

Ein paar Minuten später öffnet sie die Schlafzimmertür und bleibt auf der Schwelle stehen. Sie trägt über einem knielangen Nachthemd einen hoteleigenen Bademantel. »Im Bad ist noch ein Bademantel und eine Ersatzdecke. Bedien dich. Ich lasse diese Tür auf, damit du immer ins Bad kannst, wenn du willst.«

»Gehst du jetzt schlafen?«

Sie nickt. »Es war ein langer Tag. Äh, gute Nacht, Cayden.«

»Gute Nacht, Gracie.«

Ich warte, bis sie das Licht gelöscht hat, dann gehe ich durch das Schlafzimmer ins Bad und nehme mir den Bademantel. Auf dem Weg halte ich kurz inne, um sie zu betrachten. Sie scheint bereits zu schlafen, und ein Lichtstrahl, der durch den Spalt der Vorhänge dringt, erhellt ihre Gestalt.

Ein paar Minuten später hänge ich den Bademantel über einen Stuhl, lege mich in Boxershorts auf die Couch, ziehe die Decke über mich und lehne mich gegen eines der Kissen. Gerade habe ich meine Augen geschlossen, da höre ich ihre Stimme.

»Cayden?«

Als ich aufblicke, steht sie wieder im Türrahmen. »Alles in Ordnung?«

»Ich will nicht allein sein.«

»Bist du doch nicht. Ich bleibe hier.«

»Nein, ich meinte…«

»Soll ich bei dir im Bett schlafen?«, frage ich sanft. »Ich bin auch ganz brav, versprochen.«

»Nein. Aber darf ich mich ein Weilchen zu dir setzen? Vielleicht können wir uns noch einen Film anschauen?«

»Klar«, sage ich, setze mich auf und biete ihr die andere Hälfte der Couch an. Sie kommt und lässt sich so auf dem Sofa nieder, dass sie ihre Füße in meinen Schoß legen kann. Und irgendwo in der Mitte von *Leoparden küsst man nicht* schlafen wir beide ein.

11 *Ich bin wieder in der Wüste, um mich herum Geschützfeuer, und jetzt sind meine Beine so nutzlos wie mein Auge, und zu Hause liegt Gracie mit einem Doktoranden im Bett, und ich will sie anschreien, dass sie das nicht tun soll. Dass sie nicht all das kaputt machen soll, was wir haben könnten, und ich ...*

Keuchend schrecke ich aus dem Schlaf hoch und erkenne, dass ich mich in der luxuriösen Hotelsuite des Driskill befinde. Nirgendwo Rauch, Blut, Sand und sengende Sonne. Und meine Beine sind unversehrt, liegen unter Gracies, so wie wir in der Nacht zuvor eingeschlafen sind.

Sie liegt ziemlich verdreht auf der Couch, und als ich mein Gewicht verlagere und versuche, meine tauben Gliedmaßen wieder zum Leben zu erwecken, öffnet sie blinzelnd die Augen.

»Tut mir leid«, flüstere ich. »Ich wollte dich nicht wecken.«

»Schon in Ordnung.« Sie reckt sich gähnend und fährt sich mit den Fingern durch die Haare. Sie sieht absolut unwiderstehlich aus, und ich bin mehr als versucht, diese süßen Lippen zu küssen und genau dort weiterzumachen, wo wir aufgehört haben.

»Oh, Mist«, sagt sie. »Es ist schon nach acht. Und um elf muss ich in Nord-Austin sein.«

So viel zu meinem Plan.

Sie setzt sich auf und dehnt vorsichtig ihren Nacken, hält aber inne, als ich die Hände ausstrecke und anfange, ihre verspannten Muskeln zu massieren. »Gott sei Dank kein Fotoshooting. Sonst würden sie nur Bilder von einer menschlichen Brezel bekommen.«

»Kein Shooting?« Ich konzentriere mich auf ihren Nacken, während sie genüsslich aufstöhnt, Geräusche von sich gibt, die ich liebend gern hören würde, während wir beide nackt sind, aber jetzt muss mir das wohl reichen. Zumindest bis auf Weiteres. »Was für einen Termin hast du denn?«

»Ich arbeite bei einem Förderprogramm – oder so was in der Art«, fügt sie hinzu, obwohl ich nicht weiß, ob sie damit ihre Arbeit oder das Förderprogramm meint. »O ja, genau da. Perfekt.« Sie seufzt. »Und sogleich geht's mir besser. Bis um elf werden alle Verspannungen weg sein. Die meisten habt Ihr schon vertrieben, werter Herr.«

»Wenn nicht, kann ich dir jederzeit eine Massage angedeihen lassen. Versprochen.«

Sie runzelt die Stirn und sieht mich an. »Begleitest du mich heute?«

»Gehört zum Service, schon vergessen? Du kannst mich als deinen überaus ergebenen Beschützer betrachten.«

»Also bleibst du wirklich. Gestern Abend dachte ich...«

»Du dachtest, das wäre eine einmalige Sache?«

»Tja, irgendwie schon.«

Ich verlagere mein Gewicht etwas, um ihr Kinn umfassen zu können. »Ich lass dich nicht mehr allein«, sage ich sanft. »Bis wir das alles geklärt haben, bin ich dein ganz persönlicher Bodyguard und Masseur.«

Sie lacht. »Ich bin so durch den Wind, dass ich dir nicht widersprechen werde. Aber heute Nacht schlafe ich im Bett, glaube ich. Mehr solcher Nächte verkraftet mein Nacken nicht.«

Meiner auch nicht, aber darüber verliere ich kein Wort, da mir bereits ihr warmer Körper an meinem fehlt. Zum Teufel mit schmerzenden Muskeln!

»Du bist heute Morgen wahrscheinlich auch ganz steif.« Unwillkürlich huscht ihr Blick zu meinem Schoß. Ich lache auf, und sie wird knallrot. »O mein Gott. Das war wirklich keine Absicht.«

»Tja, aber es ist wahr«, erwidere ich mit bemüht sachlicher Miene. »Ich könnte tatsächlich etwas, äh, Entspannung brauchen.«

Jetzt muss sie lachen. »Okay, damit hast du's vermasselt. Eigentlich wollte ich dir vorschlagen, auf einer richtigen Matratze zu schlafen, aber jetzt heißt es ›Ab auf die Couch, Mister.‹«

»Du wolltest mich in dein Bett einladen?«

»Ja, das wollte ich. Aber vergiss es. Jetzt denke ich an ein Handtuch auf dem Fußboden...«

»Gerne«, sage ich. »Das Bett. Nicht das Handtuch.«

»Zu spät. Dieses Angebot habe ich zurückgezogen.«

Ich sehe ihr in die Augen. »Danke«, sage ich und gebe ihr einen sanften Kuss.

»Oh, Mann«, klagt sie, als ich mich von ihr löse.

»Gibt es ein Problem?«

»Nur, dass ich bedaure, anderweitige Verpflichtungen zu haben«, erwidert sie.

»Und wir müssen uns beeilen«, nicke ich. »Weil wir vor deinem Elf-Uhr-Termin noch zu einem anderen Termin südlich vom Fluss müssen. Dazu müssen wir quer durch die Stadt, aber wir schaffen das schon.«

»Haben wir noch Zeit, schnell zu frühstücken? Der Lunch wird heute nämlich ausfallen.«

»Das wird knapp. Aber wir könnten Zeit und Wasser sparen und gemeinsam duschen...«

»Ich bin ganz schnell«, erwidert sie grinsend, eilt ins Bad und lässt mich mit der Fantasie von ihrem nackten, eingeseiften Körper zurück. Und mit der Hoffnung, dass diese Fantasie heute Abend oder morgen Wirklichkeit wird.

»Noch Kaffee?«, fragt der Kellner unten im Restaurant und gibt mir den Kreditkartenbeleg. Aber seine Frage ist an Gracie gerichtet, und die Kanne in seiner Hand zittert leicht. »Ich könnte Ihnen auch einen Becher zum Mitnehmen bringen.«

»Nein, danke. Ich hatte schon genug. Aber es ist sehr nett von Ihnen, mir das anzubieten.«

»Oh, kein Problem, Miss Harmon.«

Er ist Anfang zwanzig und wie gebannt von ihr.

»Das Frühstück war großartig«, sage ich und gebe ihm den unterschriebenen Beleg zurück. »Ich glaube, wir sind fertig.«

»Gut. Ist gut. Ich weiß, ich sollte nicht fragen, aber ich bin schon seit Ihren Anfängen in L.A. ein Fan von Ihnen und finde es unheimlich cool, dass Sie hier im Hotel wohnen. Haben Sie in Austin ein Fotoshooting?«

»Nur ein kurzes«, sage ich, bevor Gracie antworten kann. »Dann fährt sie wieder nach Hause.«

»Und wo ist das?«, erkundigt sich der Kellner.

Diesmal kommt mir Gracie zuvor und sagt mit herzlichem Lächeln: »Wenn Sie mir online folgen, wissen Sie doch, dass dies mein bestgehütetes Geheimnis ist. Aber ich darf sagen, dass ich mich in Ihrem Hotel sehr wohlfühle.«

»Dürfte ich Sie vielleicht um ein Autogramm bitten? Ich weiß, das sollte ich nicht, aber...« Er zuckt die Achseln und verstummt.

»Aber ja.« Gracie wühlt in ihrer Tasche und holt ein Set von Autogrammkarten hervor, die auf der einen Seite leer sind und auf der anderen ein Bild von ihr zeigen. Darauf trägt sie ein Blümchenkleid wie das, das sie neulich anhatte.

»Ich heiße Joseph. Joe.«

»Es freut mich, Sie kennenzulernen.« Sie unterschreibt und schiebt dann mit strahlendem Lächeln ihren Stuhl zurück. »Ich wünsche Ihnen noch einen schönen Tag.«

Er grinst verzückt, als wir gehen und uns einen Weg durch das voll besetzte Restaurant bahnen. Dabei ziehen wir die Blicke von etlichen Männern auf uns, von denen einige mit ihren Frauen am Tisch sitzen. Manche sogar mit ihren Kindern. Als wir das Restaurant hinter uns gelassen haben und auf der anderen Seite der Lobby am Parkservice angekommen sind, starre ich mit finsterer Miene vor mich hin, weil mir ein Stein auf der Brust liegt.

»Was ist los?«

Da ich das selbst nicht genau weiß, sage ich abwehrend: »Wir sind spät dran. Außerdem stört es mich, dass du nicht mal in Ruhe essen kannst.«

Sie wirft mir einen forschenden Blick zu. »Das gehört zu meinem Beruf. Und da ich so selten online bin, meine ich, ich könnte in der Öffentlichkeit zumindest freundlich zu meinen Fans sein.«

Das lasse ich kommentarlos stehen, zumal das Gewicht auf meiner Brust Bilder von Vivien heraufbeschwört. Wie ihre Doktoranden sie umschwärmten. Wie sie mir beteuerte, das wäre keine große Sache.

Aber das war es doch. Wie sich herausstellte, war es eine sehr große Sache.

Die Ankunft des Hotelangestellten mit meinem Grand

Cherokee reißt mich aus meinen düsteren Grübeleien, und kaum sind wir losgefahren, dreht sich Gracie mit strahlendem Lächeln zu mir, als hätte sie meine schlechte Laune entweder nicht bemerkt oder wieder vergessen.

»Bist du immer so fröhlich?«, frage ich scherzend.

»Wieso nicht? Mit einem Lächeln lebt es sich doch viel leichter.«

»Dem kann ich nicht widersprechen.«

»Verrätst du mir jetzt, wohin wir fahren?«

Das habe ich ihr bislang vorenthalten, und daran wird sich auch nichts ändern. »Ich glaube, du kommst schon gleich selbst darauf.«

Sie verzieht das Gesicht, doch das Lächeln in ihren Augen bleibt. Kaum haben wir den Fluss überquert, fängt sie an zu raten: Long Center. Botanischer Garten. Barton Springs. Zachary Scott Theater.

»Peter-Pan-Minigolfanlage«, sagt sie schließlich, worauf ich erneut den Kopf schüttle.

Erst als wir im Labyrinth der malerischen – und ziemlich teuren – Wohngegend Travis Heights mit den liebevoll restaurierten Häusern landen, lehnt sie sich auf ihrem Sitz zurück und schüttelt den Kopf. »Im Ernst?«

»Was?«

»Du bringst mich *nach Hause?* Soll ich wieder zurückziehen? Das Hotel verlassen?«

»Noch nicht. Ich will dir nur was zeigen.«

»Was denn?«

»Wart's ab.«

Sie sinkt auf ihrem Sitz zusammen, eindeutig nicht begeistert darüber, warten zu müssen. Aber als wir in die Einfahrt vor ihrem hübschen kleinen Bungalow aus den Zwanzigerjahren einbiegen, richtet sie sich interessiert wieder auf. Er ist eines der kleineren Häuser in diesem beliebten historischen Viertel, hat zwei Schlafzimmer und wurde komplett renoviert, bevor sie ihn kaufte. Das weiß ich, weil Connor alle offiziellen Einträge zum Haus überprüft hat, bevor wir mit unserem kleinen Überraschungsprojekt begannen.

Jetzt runzelt Gracie die Stirn, als sie die Lieferwagen vor ihrem Haus und die Techniker mit den T-Shirts von Blackwell-Lyon sieht, die sich an ihrem Vorgarten und auf dem Dach zu schaffen machen. »Das verstehe ich nicht«, sagt sie. »Wer ist das denn?«

»Die installieren dein Sicherheitssystem. Das Neueste vom Neuesten. Alles, was es gibt.«

»Oh, *wow*! Aber dazu hatte ich euch doch gar nicht angeheuert. Außerdem kann ich mir das nicht leisten. Ich bin zwar ein Model, aber *so* bekannt nun auch wieder nicht.«

»Ich hab dich mit dem Kellner gesehen – wenn du willst, kannst du ein Topmodel werden.«

Darauf verdreht sie nur die Augen.

»Außerdem ist es billiger, zu Hause zu wohnen als im Driskill. Es ist zwar ein tolles Hotel, aber nicht gerade günstig.«

»Cecilia hat einen Firmenrabatt. Ich bekomme gute Konditionen.«

»Vertrau mir. Unsere sind besser.«

»Wie denn genau?«

Ich öffne die Wagentür und steige aus. »Alles gratis.«

Offenbar ist sie geschockt, denn sie rührt sich nicht vom Sitz. Daher umrunde ich den Wagen, öffne ihre Tür und strecke ihr die Hand entgegen, um ihr hinauszuhelfen.

»Gratis?«, wiederholt sie, als wir zu ihrer Haustür gehen. »Du schenkst mir einfach so eine Alarmanlage?«

»Aber nein. Keine Alarmanlage, sondern ein Sicherheitssystem.«

»Aber ...«

»Es ist ein Prototyp, den du gratis bekommst, weil du für uns die Upgrades testest.«

»Ein Prototyp? Aber er funktioniert doch, oder?«

»O ja. Das heißt, nachdem wir mit der Installation fertig sind. Es ist ein System, das wir zusammen mit einer hiesigen Firma entworfen haben – besser gesagt, mit der hiesigen Niederlassung eines internationalen Unternehmens. Wir arbeiten mit einem Technikgenie namens Noah von Stark Applied Technology zusammen. Hast du schon von der Firma gehört?«

Sie nickt.

»Dann kennst du ja ihren Ruf. Der ist ausgezeichnet, genau wie unserer. Komm jetzt.«

Ich führe sie rasch herum, erkläre ihr die Geräte und bringe mich beim Leiter des Installationsteams auf den neuesten Stand. Dabei sehe ich, dass Gracie beeindruckt ist. »Aber du bist sicher, dass ich dir keine Kosten verursache?«, fragt sie.

»Habe ich dir doch gesagt. Du gehörst zu unserem Beta-Team. Genau gesagt, tust du uns einen Gefallen. In meinem Haus habe ich dasselbe«, erkläre ich. »Wir testen alle neuen Anlagen in meinem Haus. Das ist so klein, dass man leicht Veränderungen anbringen kann.«

»Kleiner als dieses hier?«

»Ein ganz winziges Einzimmerapartment im Süden von Austin«, erkläre ich, was sie sichtlich überrascht. »Meine Ex und ich hatten es gekauft, um es zu vermieten. Aber nach der Scheidung zog sie nach Indiana, und ich hielt es nicht länger in unserem gemeinsamen Haus aus. Also habe ich es verkauft.

Und da ich nie dazu kam, mir ein neues zu suchen und die Wohnung gerade leer stand, zog ich dort ein. Sie hat knapp unter fünfzig Quadratmeter.«

»Wirklich winzig. Da kannst du ja kaum eine Party schmeißen.«

»Nur selten«, nicke ich grinsend, weil ich mich freue, dass das ihr einziger Kommentar ist. Ich war schon mit ein paar Frauen aus, die meinten, die Größe meiner Wohnung hätte was mit der Größe von meinem Schwanz zu tun. Oder von meinem Ego. Aber bislang habe ich den Eindruck, dass Gracie an mir und nicht an meinen Accessoires interessiert ist.

Nachdem wir alles im Außenbereich des Hauses geprüft haben, gehen wir hinein. Sie schlendert durch die Räume und unterhält sich mit meinem Team, während ich mich zu Pierce begebe, der alles überwacht.

»Sieht gut aus«, sage ich zu ihm.

»Genau wie du«, entgegnet er trocken. »Auch Gracie sieht heute Morgen frisch und munter aus.«

Ich verdrehe die Augen, leicht angenervt, einen besten Freund zu haben, dem auch nichts entgeht. »Ich hab nicht mit ihr geschlafen.«

»Noch nicht«, kontert er. »Also ... willst du mich ins Bild setzen?«

»Wieso?«, erwidere ich und sehe ihn direkt an. »Das machst du doch schon ganz gut allein.«

Er gluckst. »Stimmt. Ich mag sie. Gebe dir grünes Licht. Willst du darüber reden?«

»Nein, ehrlich nicht«, sage ich kopfschüttelnd. Dann füge ich hinzu: »Sie erinnert mich an Viv.«

»Im Ernst?«

»Ja, aber nur weil ...« Ich verstumme, hole dann tief Luft

und erzähle ihm vom morgendlichen Drama mit dem Kellner.

»Dich stört also die Tatsache, dass sie Fans hat?«

Das will ich zwar leugnen, aber eigentlich ist es wahr, und Pierce würde mich sowieso durchschauen. »Ich weiß, es ist unfair, die beiden miteinander zu vergleichen, aber mir gehen Vivs Doktoranden einfach nicht aus dem Kopf. Sie haben sie angebetet. Und sie hat das ausgenutzt und sie einfach wie reife Früchte vom Baum gepflückt.«

Ich schiebe die Hände in die Taschen. »Es gab mehr als den einen, mit dem ich sie auf frischer Tat ertappte.«

»Weißt du das sicher?«

»Sie hat es mir erzählt. Entweder, weil sie ein schlechtes Gewissen hatte, oder weil sie mir nach der Scheidung noch einen reinwürgen wollte. Aber sie hat es mir erzählt. Obwohl ich das gar nicht wissen wollte. Denn danach konnte ich nur noch daran denken. An all die reifen Früchte. Die Männer, die sie einen nach dem anderen mit in ihr Bett nahm.«

»Das tut mir leid. Ich hatte ja keine Ahnung. Aber solltest du es noch nicht bemerkt haben: Gracie ist nicht Vivien.«

»Das weiß ich, glaub mir.«

»Gut. Dann vermassele es nicht, klar?«

Unwillkürlich muss ich lachen. »Ich gebe mein Bestes.«

Das Gespräch hängt mir noch nach, als Gracie und ich Richtung Norden aufbrechen. Ich folge ihren Anweisungen, bis wir im wohlhabenden Viertel Northwest Hills vor einem Geschäft in einer Einkaufsmeile beim Mesa Drive landen. »Hier ist es«, sagt sie und zeigt zu einem Schild, auf dem *Off the Grid* steht. Autark. »Komm«, fügt sie hinzu, kaum dass ich den Motor ausgestellt habe.

Sie strahlt förmlich, und ich folge ihr, begierig, den Grund für ihre Aufregung zu erfahren. Aber auch als wir eintreten, kann ich es mir nicht erklären.

Der Laden ist wie eine riesige Höhle. In einer Ecke sieht man Bücherstapel und Sitzsäcke. Dort sitzen ein paar Teenager, die zwar kurz aufblicken, sich dann aber wieder in ihre Lektüre vertiefen. Auf der anderen Seite stehen mehrere große Tische. Auf einem ist ein Risikospiel ausgebreitet. Auf einem zweiten ein halb fertiges Puzzle. Weiter hinten entdecke ich Arbeitstische mit einer recht dürftigen Chemielabor-Ausstattung. Auf der gegenüberliegenden Seite befinden sich ein Tisch mit einer Nähmaschine und eine Küche, die aus den Fünfzigerjahren zu stammen scheint.

»Ich geb's auf«, sage ich. »Wo sind wir, und was machen wir hier?«

»Zombie-Apokalypse«, erwidert Gracie nur, was eigentlich keine Antwort ist. »Komm«, fügt sie hinzu. »Die anderen sind im Garten.« Sie ruft den Kindern auf den Sitzsäcken zu: »Laura, Craig? Kommt ihr mit?«

»Noch ein Kapitel«, antwortet Laura, während Craig nur grunzt.

»Aha«, gibt Gracie in zweifelndem Tonfall zurück. »Eigentlich kann ich mich nicht beklagen«, sagt sie, zu mir gewandt. »Anfangs hatten die beiden massive Handy-Entzugserscheinungen, als sie hierher kamen. Und jetzt können wir sie nicht mehr von ihren Büchern loseisen.«

»Ach.« Mehr fällt mir dazu nicht ein. Hauptsächlich, weil ich ziemlich auf dem Schlauch stehe.

Da fliegt eine bunt lackierte Hintertür auf, Licht flutet in das höhlenartige Innere, und ein großer, gestresst wirkender Mann kommt herein. »Da bist du ja, du Prachtweib«, sagt er und zieht sie in seine Arme, was mir wieder einen Stich der

Eifersucht versetzt. Darauf bin ich nicht stolz, aber ich kann es nicht leugnen. »Wir wollten gerade anfangen.«

»Großartig, Frank. Das hier ist Cayden. Ich wollte ihm zeigen, was wir so machen.«

»Tja, dann mal los«, nickt Frank. »Ich glaube, du wirst beeindruckt sein.«

Als er seinen Arm um Gracies Taille legt, flammt erneut Eifersucht in mir auf. Zumindest bis wir draußen sind und ein rothaariger Mann zu Frank kommt, ihm einen Kuss gibt und dann Gracie umarmt. »Anson, das ist Cayden. Cayden, Anson ist Franks Freund. Die beiden werden nächsten Monat heiraten.«

»Gratuliere«, sage ich und fasse Gracie bei der Hand, obwohl meine Eifersucht sich gerade in Luft aufgelöst hat.

Ich sehe, dass ein Bereich vom ursprünglichen Parkplatz des Ladens vom Betonboden befreit und in einen Garten umgewandelt wurde. In der Nähe steht etwa ein Dutzend Jugendlicher mit Kompassen in der Hand herum. Sie sehen aus, als wären sie dreizehn, vierzehn Jahre alt, und eines der Mädchen hebt die Hand und ruft nach Gracie. »Wir warten schon eine *Ewigkeit*«, sagt sie, obwohl Gracie mir versichert, dass wir pünktlich sind. »Sie können es nur nicht erwarten«, fügt sie hinzu, als sie zur Gruppe eilt.

»Was denn?«, frage ich Frank.

»Also hat sie es dir nicht erzählt?«

Als ich den Kopf schüttele, verdreht er die Augen. »Wenn sie hier ist, bekommt sie nichts anderes mehr mit. Wahrscheinlich hat sie in ihrem Kopf schon alles erklärt.«

»Dann übernimm das doch bitte jetzt für sie. Ich bin leicht desorientiert.«

»Das Ganze hier ist Gracies Idee«, setzt er an. »Witzigerweise haben sie und ich uns online kennengelernt. Ich bin Fotograf und Follower von einigen Frauen, die Fotos von Gracie gemacht haben.«

»Was ist daran witzig?«

»Weil dieser ganze Bereich hier eine internetfreie Zone ist. Gracie sagt immer, sie hat das Gefühl satt, den ganzen Tag online zu sein und ständig sofort jedem zu antworten, der ihr irgendwas mailt oder textet. Ich glaube auch, dass sie übers Internet belästigt wurde, obwohl sie kaum darüber redet. Aber manche ihrer Follower können schon echte Schweine sein.«

»Das habe ich auch schon bemerkt.«

»Jedenfalls las sie irgendwann ein Buch – einen Zeitreiseroman –, und dachte, wenn sie in die schottischen Highlands zurückkatapultiert würde, wäre sie echt schlecht vorbereitet.«

Ich muss lachen. »Da hat sie wohl recht.«

»Allerdings. Und man muss immer auf alles vorbereitet sein, oder?« Er nickt zu seiner eigenen Weisheit. »Und dann hat sie *The Walking Dead* geguckt.«

»Die Zombie-Apokalypse«, sage ich. »Langsam kapier ich's.«

»Sie und ich kamen darüber ins Gespräch, dass unsere Großeltern noch wussten, wie man Gemüse haltbar macht. Dass sie Gedichte und ganze Reden von großen Männern auswendig lernten. Dass sie noch wussten, wie man ein vernünftiges Gespräch führt.« Er zuckt die Achseln. »Das Tollste daran ist, dass sie diesen Ort nicht nur erschaffen, sondern auch profitabel gemacht hat. Die Eltern lieben die Idee, und die Kinder lieben die Aktivitäten. Natürlich nehmen wir auch Kinder, die nicht bezahlen können. Als Fördermaßnahme. Im Moment geht es hier fast zu wie bei einer außerschulischen Betreuung. Die Eltern zahlen einen monatlichen Beitrag, und die Kinder können hier ihre Nachmittage verbringen.

Aber natürlich veranstalten wir auch Aktionen am Wochenende.«

»Und worum geht es da drüben?«, frage ich und zeige auf Gracie und die Jugendlichen, die über den Parkplatz schwärmen.

»Da geht es um Orientierung mit dem Kompass. Wir haben auf dem ganzen Gelände kleine Preise versteckt. Da drüben siehst du den Gemüsegarten. Die Jugendlichen bestellen ihn und kochen auch das Gemüse ein.«

»Wie lang gibt es das Ganze hier?«

»Ungefähr ein Jahr. Da ich von Anfang an dabei war, empfinde ich schon Besitzerstolz, aber eigentlich ist es Gracies Projekt. Sie ist die meiste Zeit hier, wenn sie kein Shooting hat. Allerdings kommt sie neuerdings seltener«, fügt er stirnrunzelnd hinzu.

»Du weißt, warum?«

Er kneift leicht die Augen zusammen. »Du auch?«

Daraufhin reiche ich ihm meine Karte. »Ich arbeite in der Securitybranche und werde ihr nicht mehr von der Seite weichen, bis wir den Stalker geschnappt haben.«

»Na, dann beeil dich mal«, erwidert er. »Denn wir alle wollen sie zurück.«

12

»Ziemlich schwer, eine Zombie-Apokalypse zu überleben, wenn man sich nicht selbst verteidigen kann«, bemerke ich und werfe Gracie einen Blick zu, als wir den MoPac verlassen, den Expressway, der durch Austin führt. Wir sind schon fast wieder beim Driskill, und ich habe die meiste Zeit der Fahrt über *Off the Grid* nachgedacht.

Gracie rutscht auf ihrem Sitz hin und her. »Das kannst du laut sagen. Zombies sind unheimlich gute Kämpfer.«

»Du hast da ziemlich nette Kinder um dich herum. Ich würde nur ungern mit ansehen, wie ihre Hirne gefressen werden. Oder auch deins.«

»Allerdings. Wenn ich eins nicht will, dann, dass mein Hirn von jemandem zum Lunch verspeist wird.«

»Wäre vielleicht nicht schlecht, wenn ich regelmäßiger vorbeikäme. Um einen Trainingsplan zu erstellen. Euch zu helfen.« Ich grinse sie an. »Natürlich nur, um die menschliche Rasse in einer postapokalyptischen Welt zu retten.«

»Sie wollen also Ihren Beitrag leisten, Mr. Lyon?«

»Immer.«

Darauf presst sie nur die Lippen zusammen, streckt aber die Hand aus und umfasst meine rechte. Ich fahre einhändig, bis ich meine rechte wieder brauche, dann löse ich mich widerstrebend von Gracie. »Danke«, sagt sie.

»Immer gerne. Ich war wirklich beeindruckt.«

»In diesem Fall danke ich dir noch mal. Damit habe ich meinen Traum verwirklicht.«

»Das merkt man.«

Ihr Lächeln bringt den ganzen Wagen zum Leuchten.

Da wir den Nachmittag bei *Off the Grid* verbracht haben, wollen wir einen faulen Abend im Hotel verbringen, ein bisschen Papierkram erledigen und den Zimmerservice kommen lassen. Wir parken vor meinem Büro, damit ich meinen Laptop und ein paar Akten holen kann, dann gehen wir über die Straße zum Hotel. Gerade wollen wir in den Aufzug steigen, da bemerkt eine der Angestellten vom Empfang Gracie und kommt zu uns geeilt.

»Ich wollte schon jemanden zu Ihrem Zimmer schicken, um dies hier unter Ihrer Tür hindurchzuschieben«, erklärt sie und gibt Gracie einen schlichten braunen Umschlag mit ihrem Namen darauf.

»Was ist das?«, frage ich. »Hotelquittungen oder so was?«

»Nein, Sir. Dies hier wurde für Miss Harmon am Empfang abgegeben.«

»Oh.« Gracie lässt den Umschlag fallen, als hätte sie sich daran verbrannt.

»Ich kümmere mich darum«, sage ich, als die Angestellte ihn wieder aufheben will. »Danke, dass Sie ihn persönlich überreicht haben.«

Sie lächelt uns freundlich zu und geht zum Empfang zurück. Ich hingegen fasse Gracie am Ellbogen und führe sie in den Aufzug. Dass der Umschlag vielleicht von dem Stalker stammt, muss ich gar nicht erst sagen. Das wissen wir beide.

»Soll ich ihn öffnen?«, erkundige ich mich, als wir in ihrem Zimmer sind.

Sie zögert, verzieht dann das Gesicht und schüttelt den Kopf. »Mein Stalker. Meine Verantwortung.«

Zwar will ich protestieren, weiß aber, dass sie nicht nachgeben wird. Also stelle ich mich neben sie, damit ich alles sehen kann, wenn sie den Umschlag öffnet.

Wie sich herausstellt, ist *alles* nur eine Sache, aber das macht es nicht weniger wirkungsvoll. Oder schrecklich. Kaum hat Gracie das Foto herausgezogen, da holt sie keuchend Luft, lässt es fallen und drückt ihren Kopf an meine Brust.

»Bitte«, sagt sie. »Bitte.«

Ich weiß, was sie auslässt: *Bitte finde ihn. Bitte stoppe ihn.*

Ich blicke auf das Foto, das mit dem Bild nach oben auf dem Tisch gelandet ist. Wir zwei vor dem *Off the Grid*, Gracie in meinen Armen, meine Finger in ihren Haaren und ihr Gesicht zu mir gereckt, damit ich sie küssen kann. Quer darüber verläuft in bedrohlich roter Farbe ein riesiges X.

Kochend vor Zorn betrachte ich es. Und kann nichts anderes denken als: *Ja, zum Teufel, das werde ich.*

Ich bestelle Wein gegen die Nervosität, damit wir den Abend verbringen können, ohne einen Gedanken an Peterman, Fotos oder sonst was in dieser Richtung zu verschwenden. Ich lege wieder einen Film ein, aber Gracie sieht nur halbherzig zu und interessiert sich mehr für ein Buch. Ich schaue ebenfalls nur sporadisch hin, weil ich mich auf meinem Laptop verschiedenen noch zu planenden Projekten widme.

Gerade versuche ich, einen Job in San Antonio in unseren Zeitplan zu pressen, da reißt mich Gracies leise Stimme aus meinen Überlegungen.

»Bist du beschäftigt?«

»Das kann auch warten. Was ist los?« Sie hat den Kopf zur Seite geneigt und wirkt leicht verlegen. Ich runzele die Stirn. »Gracie?«

»Ach, es ist nichts. Ich bin durch das Foto abgelenkt worden. Aber eigentlich wollte ich dir etwas sagen, als wir hier ankamen.«

»Aha«, erwidere ich leicht misstrauisch. »Dann sag es mir jetzt.«

»Ich wollte dir nur für heute danken. Weil du das Sicherheitssystem in meinem Haus installiert hast. Und mir bei *Off the Grid* so geholfen hast.« Sie hebt ihr Glas. »Weil du Wein bestellt hast. Du kümmerst dich wirklich sehr gut um mich.«

»Das ist mein Job.«

»Nur ein Job?«

Jetzt lege ich den Kopf schräg und betrachte sie. »Du weißt, dass es mehr ist als ein Job.«

Sie nickt und wickelt sich eine Haarsträhne um den Finger. »Also habe ich mich gefragt... wegen gestern Abend...«

Sie verstummt, aber ich schweige ebenfalls. Wenn sie sagen will, was ich vermute, dann muss sie das tun, ohne dass ich nachhelfe. Sonst wird es nicht funktionieren.

Einen Augenblick herrscht Stille. Dann räuspert sie sich und sagt: »Ich dachte, wir könnten das wiederholen.«

»Ach ja? Was denn genau?«

Ich bemerke, dass ihr Röte in die Wangen steigt. »Was denkst du denn?«

Ich fahre ihr mit dem Zeigefinger über die Unterlippe. »Ich denke, dass ich das gerne von dir hören möchte. Ich denke, ich würde gerne hören, was genau du meinst.«

»Kann ich dir nicht verübeln. Schließlich – hab ich es abgebrochen.«

»Und wenn wir weitergemacht hätten? Sag mir, was dir gefallen hat.«

»Wie du mich geküsst hast.«

Ich tippe sanft auf ihre Lippen. »Hier?«

»Ja... genau. Aber das meinte ich nicht.«

»Verstehe.« Ich lehne mich ein bisschen zurück. Sie hat sich ein Nachthemd angezogen, über dem sie den Hotelbademantel trägt. Als ich die Hände ausstrecke, den Gürtel löse und ihr den Bademantel von den Schultern streife, gibt sie ein leises Wimmern von sich, das ich mittlerweile schon von ihr kenne.

Das Nachthemd ist aus weicher Baumwolle mit einem weiten, elastischen Ausschnitt, den ich mit beiden Händen herunterschiebe, sodass es jetzt wie ein schulterfreies Sommerkleid aussieht. Dann ziehe ich eine Seite noch weiter herunter, bis eine Brust zu sehen ist.

Ich lege ihr erneut meinen Finger auf die Lippen, bitte sie flüsternd, daran zu saugen, ziehe ihn ihr wieder aus dem Mund, spüre, wie mein Schwanz darauf reagiert, und umkreise dann mit der nassen Fingerspitze ihre Brustwarze, worauf sie sich mir entgegenwölbt und schneller atmet.

»Hier? Willst du hier geküsst werden?«

»Ja. O ja, bitte.«

Als ich aufstehe, blickt sie mich verwirrt an. Dann strecke ich meine Hand nach ihr aus. »Komm mit, wenn du richtig geküsst werden willst.«

Mit zuckenden Mundwinkeln nimmt sie meine Hand. Ich ziehe sie hoch, führe sie ins Schlafzimmer und weise nickend aufs Bett. »Zieh den Bademantel aus«, sage ich. »Und steig aufs Bett.«

»Nur den Bademantel?«

»Oh, Baby.«

Ohne den Blick von mir zu lösen, umfasst sie den Saum ihres Nachthemds, zieht es sich über den Kopf und lässt es neben den Bademantel auf den Boden fallen.

»Du bist perfekt.« Mühsam hole ich Luft und weide mich an ihrer glatten Haut und ihren wunderbaren Kurven. Sie trägt einen hellrosa Schlüpfer, der sich um ihre Hüften schmiegt, und als sie aufs Bett klettert, fahre ich mit der Hand über ihren fabelhaft runden Po.

»Aber, aber«, neckt sie mich. »Nicht so schnell. Beende erst das, was du angefangen hast.«

Ich folge ihr aufs Bett, setze mich rittlings auf ihren Schoß und spüre, wie mein Schwanz gegen die Jogginghose drückt, die ich angezogen habe, als wir es uns gemütlich machten. Als ich mich vorbeuge, presse ich mich gegen sie, umschließe mit dem Mund ihre Brustwarze, umfasse mit der einen Hand ihre Brust und fahre mit der anderen ihren Körper herunter und an der Innenseite ihres Schenkels wieder hoch.

Wie am Abend zuvor lande ich am Saum ihres Schlüpfers und streiche daran entlang, löse meinen Mund von ihrer Brust und blicke ihr tief in die Augen. Langsam gleite ich mit dem Finger unter den Schlüpfer, während sie ihre Hände unter mein T-Shirt schiebt und mir die Nägel in den Rücken bohrt.

Sie wölbt sich mir entgegen und holt zittrig Luft, als ich mit dem Finger über ihre feuchten Schamlippen streichele.

»Baby«, sage ich und gleite mit dem Finger in ihre süße Muschi, »genau da will ich dich küssen.«

»Ja. Oh, ja, bitte.«

Mit meinen Lippen ziehe ich eine Spur über ihren Körper, schwelge in ihrem Geschmack, während sie sich vor Lust unter mir windet und ihre Finger in meine Haare krallt.

Ich schiebe meine ganze Hand unter ihren Schlüpfer, ziehe ihn herunter. Sie hebt ihr Becken und spreizt kühn die Beine. Ihr offensichtliches Verlangen macht mich nur noch härter. Ich will mich in ihr vergraben – ich will ihr in die Augen sehen, während ich sie zuerst wild ficke, dann langsamer werde und sie die ganze Nacht liebe.

Aber zuerst will ich sie schmecken, und ihre Hand auf meinem Kopf führt mich, als ich mit dem Mund von ihrem Becken bis zu ihrem Landestreifen wandere, der den Weg zu ihrer nackten, feuchten Muschi weist. Mit der Zunge fahre ich über ihren Bauch bis zu ihrer Klitoris und schiebe meine Hände unter ihre Pobacken, um sie anzuheben. Ihre Hüften bewegen sich, als ich sie mit meinem Mund bedecke und verschlinge, während ich gleichzeitig zwei Finger in sie hineinstoße.

Fast komme ich, als sie sich um meine Finger herum zusammenzieht, weil ihr Orgasmus sie heftig, schnell und unerwartet überfällt.

»Baby«, sage ich, lecke sie, sauge an ihr, schmecke alles von ihr, während ihr Körper im Nachbeben erzittert.

Dann richte ich mich auf, küsse sie leidenschaftlich auf den Mund und sage ihr, wie gut sie schmeckt. Und wie sehr ich mir wünsche, in ihr zu sein.

»Ja. Bitte...« Sie spreizt die Knie und öffnet sich für mich. Ich könnte mich ohrfeigen, dass ich kein Kondom aus dem Nebenzimmer mitgebracht habe. Eilig suche ich meine Brieftasche, ziehe mich aus und streife es mir über. »So?«, frage ich und knie mich zwischen ihre einladend geöffneten Knie. »Oder willst du mich reiten?«

»Wie du willst.«

»Dann so«, sage ich. Denn jetzt gehört sie mir und bietet sich mir dar.

Ich neige mich zu ihr und küsse sie, während sie meinen Hintern umfasst und mich zu sich drängt, aber ich warte, meinen Schwanz auf ihr Zentrum gezielt. »Sag mir, dass du mich willst«, fordere ich sie auf.

»Das tue ich. Bitte, Cayden. Ich will dich in mir spüren. Bitte. Bitte, nimm mich.«

Und da das genau das ist, was ich will, gehorche ich und stoße tief in ihren heißen, feuchten, engen Schlitz. Wir bewegen uns so heftig miteinander, dass die Sprungfedern quietschen und das Kopfteil des Bettes gegen die Wand schlägt. Sicher kann man uns im Nebenzimmer hören, aber das ist mir egal. Sollen sie uns doch hören, verdammt noch mal! Ich will Gracie zum Schreien bringen. Ich will sie besitzen. Ich will meinen Anspruch auf sie erheben.

Ich will mit ihr zusammen kommen.

Und als sie unter mir erschauert, während ich explodiere, weiß ich nur noch, dass sie mir genau das gegeben hat, was ich wollte... und alles, was ich brauchte.

Danach liegen wir eng beieinander, ich habe ihre Brust umfasst und mein Gesicht in ihren Haaren vergraben. Zutiefst zufrieden. So zufrieden, dass ich gar nicht weiß, wieso ich jetzt darauf zu sprechen komme. Aber bevor ich mich versehe, sage ich: »Ich hab sie mit einem anderen im Bett erwischt. Meine Frau. Du hast mich gestern Abend gefragt, warum ich eher angenommen habe, dass du eine Betrügerin bist, als dass Peterman ein Stalker ist.«

»Das tut mir leid.«

»Sie war Professorin an der Uni, und ich war in Übersee gewesen und auf Heimaturlaub zu Hause. Ich dachte, zwischen uns wäre alles gut. Aber als ich eines Tages früher als gedacht heimkam, ertappte ich die beiden im Bett. Später erfuhr ich, dass das keine einmalige Sache war.«

»Schrecklich«, sagt sie. »Aber danke, dass du es mir erzählst.«

»Es hat mich völlig fertiggemacht«, gestehe ich. »Ich dachte, das solltest du wissen.«

Als sie sich enger an mich schmiegt, halte ich sie ganz fest. Gerade döse ich ein, da sagt sie unvermittelt: »Cayden?«

»Mmmh?«

»Deine Frau. War eine verdammte Idiotin.«

Lächelnd grabe ich meinen Mund in ihre Schulter und schlafe fest umschlungen mit ihr ein.

13 Glücklicherweise muss Gracie momentan nicht so viel arbeiten. Sie hat Freitagabend eine Modenschau in einer Boutique auf der South Congress Avenue, doch davon abgesehen ist sie ständig im *Off the Grid*.

Da auch ich wenig zu arbeiten habe – dafür habe ich gesorgt, direkt nachdem Gracie meinen Weg gekreuzt hat –, teilen wir uns unsere Zeit zwischen Blackwell-Lyon in der Innenstadt und *Off the Grid* in Nord-Austin auf.

Mittwoch aber fluche ich noch mehr als sonst auf den Verkehr, als wir Richtung Süden zum Hotel fahren.

»Ich würde ja sagen, dass wir in mein Haus können«, sagt Gracie, »aber es ist noch nicht fertig. Außerdem ist es noch weiter von *Off the Grid* entfernt als das Hotel.«

»Und meine Wohnung ist am Ende der Welt«, erwidere ich und widerstehe dem Drang, den Arsch vor mir anzuhupen, der in einer Siebzigerzone nur vierzig fährt. »Ist schon okay. Ich liebe den Verkehr. Ist mein Ort der Ruhe.«

»Lügner«, entgegnet sie und legt eine CD von Lyle Lovett ein. Wir hören eine Weile Musik, dann dreht sie die Lautstärke herunter. »Wie geht es jetzt weiter?«

Ich muss sie erst gar nicht fragen, was sie meint. So sehr wir die Zeit miteinander genießen, so haben wir doch beide Jobs, die eigentlich unsere ganze Aufmerksamkeit fordern. Wichtiger aber ist, dass Gracie sich wieder sicher fühlen muss.

Was heißt, ich muss Peterman schnappen.

»Ich arbeite dran«, sage ich. »Versprochen.«

»Ich weiß. Nur...« Sie verstummt und blickt aus dem Fenster. »Ich finde die Vorstellung schrecklich, dass er mich beobachtet.«

»Ich weiß, Baby.«

Als sie wegen des Kosenamens lächelt, umfasse ich ihre Hand.

»Ist irgendetwas auf den Kameras?«

»Nein.« Nachdem wir das Foto von *Off the Grid* bekommen hatten, ließ ich Überwachungskameras anbringen, die die Front, den Parkplatz und die rückwärtige Gasse abdecken. Aber bislang gab es keinerlei Spuren von Peterman. Vermutlich hat er die Installation gesehen und hält sich jetzt fern.

»Wenn wir nur eine Möglichkeit hätten, ihn zu einer bestimmten Zeit an einen bestimmten Ort zu locken...«

»Was ist mit der Modenschau am Freitag?«

»Wir sind dahingehend vorbereitet, aber ich glaube eher, dass er nicht auftaucht.« Zur Modenschau wurden nur Kunden der Boutique und einige Modelfans eingeladen. Zwar ist es möglich, dass Peterman sich unter die Menge mischen will, aber ich glaube eher, dass für ihn zu viele Leute zu viele Risiken bedeuten. Mag sein, dass er langsam durchdreht, aber dumm ist er nicht.

Ich habe die Hoffnung, dass wir zufällig auf Peterman stoßen, während wir irgendwo unterwegs sind. Dann könnte ich ihn in einer dunklen Gasse erledigen und in einem Container verrotten lassen. Aber natürlich passiert das nicht. Stattdessen verbringen wir die Woche mit unseren verschiedenen Pflichten und machen zwischendurch Pausen zum Einkaufen, für Sex, um etwas trinken zu gehen, für Sex, um Freunde zu sehen und danach für noch mehr Sex.

Trotz der ständigen Bedrohung kann ich mich wirklich nicht beklagen.

Mittwochabend sind wir bei Pierce und Jezebel eingeladen und essen in dem wunderschönen Garten, den Jezebel entworfen hat, an einem großen Steintisch.

»Sie ist hinreißend«, sagt Jezebel in der Küche zu mir, als ich einen Kühler mit frischem Eis fülle. »Ist es was Ernstes?«

»Ach, du weißt schon. Hängt noch in der Schwebe.« Das rutscht mir so heraus, und meine Stimme klingt dabei ganz fremd. Ich habe den merkwürdigen Drang, mir selbst in den Hintern zu treten. Es sollte was Ernstes sein. Teufel noch mal: Wahrscheinlich *ist* es was Ernstes. Gracie ist unglaublich. Klug und witzig und wunderschön, und zwischen uns gibt es diese Verbindung. Wie bei Mona und Ted. Ich spüre es; ich bin mir ganz sicher.

Und doch kann ich es nicht laut aussprechen. Kann nicht zugeben, wie ernst es mir ist. Dass ich Gracie will.

Kann nicht gestehen, dass ich etwas Verbindliches möchte. Denn was ist, wenn ich mich irre? Was ist, wenn ich mir wieder die Finger verbrenne?

Ich wende meinen Blick von Jez ab, die mich forschend betrachtet. »Es ist schwer, mit jemandem zusammen zu sein, der so in der Öffentlichkeit steht«, bemerkt sie. Zwar ist Jez selbst nicht berühmt, aber ihre kleine Schwester Delilah schon.

»Gracie ist sehr bodenständig«, erwidere ich, was zwar stimmt, aber vollkommen irrelevant ist.

Jez seufzt. »Nun ja, falls du mal jemanden zum Reden brauchst...«

Eine Antwort bleibt mir erspart, weil Kerrie mit Gracie im Schlepptau in die Küche geplatzt kommt.

»Instagram«, verkündet Kerrie. »Das ist die Lösung.«

Ratlos sehe ich abwechselnd sie und Gracie an, dann blicke ich zu Jez, die nur die Achseln zuckt.

»Okay«, sage ich, als Connor und Pierce sich auch noch in die kleine, mittlerweile überfüllte Küche quetschen. »Was ist los?«

»Wie er sie findet und wir ihn dann schnappen.«

Kerrie legt ihren Arm um Gracies Schulter und zieht sie an sich. »Wir sind brillant.«

»Dem will ich nicht widersprechen«, erwidere ich. »Aber wieso?«

»Pierce hat am Anfang des Abends ein Foto von mir, Jez und Kerrie geschossen. Und ich sagte zu Kerrie, wenn ich nicht so vorsichtig wäre, würde ich es auf Instagram posten.«

»Aber sie ist vorsichtig«, ergänzte Kerrie. »Und zwar warum?« Sie reicht mir Gracies Handy, worauf ich durch die Kommentare zu den Bildern scrolle, die sie in den letzten Monaten gepostet hat. Viele positive Bemerkungen von Frauen. Auch ein paar nette und nicht allzu anzügliche Kommentare von Männern, darunter Fragen nach einem Date oder einem privaten Chat. Und mehr als nur ein paar schmierige, beleidigende Posts, die eindeutig nicht jugendfrei sind.

Wieder verkrampft sich alles in meinem Inneren. Von der Vorstellung, dass da draußen diese Männer sind. Die sie beobachten. Die sie *begehren*.

Als ich einen Blick zu Gracie werfe, sehe ich, dass sie mich forschend mustert. Ihr Gesicht ist ein einziges Fragezeichen. Ich zwinge mich zu einem Lächeln, das aber sofort wieder verblasst, als Kerrie fortfährt:

»Und dann kamen wir darauf zu sprechen, dass viele andere Models ganz und gar nicht vorsichtig sind. Wir fingen an, danach zu suchen, wer etwas gepostet und dabei Gracie getaggt hat, und ...«

»Sheila«, wirft Gracie ein. »Meine guten Freunde wissen,

dass sie mich nicht erwähnen dürfen. Sheila allerdings kenne ich kaum. Sie ist süß, aber wir haben nicht viel miteinander geredet.«

Mir schwirrt der Kopf, doch höre ich weiterhin zu, weil ich davon ausgehe, dass das Ganze zu etwas Wichtigem führen wird.

»*Sie* ist diejenige, die etwas über das Fotoshooting in Cecilias Studio gepostet hat«, erklärt Gracie. »Daher konnte Peterman dir sagen, dass du mich dort treffen kannst.«

»Und wir wissen doch alle, dass der Kerl nicht mehr ganz richtig im Kopf ist, oder?«, stellt Kerrie das Offensichtliche fest. »Ich meine, der lebt doch nur noch in seiner Fantasiewelt.«

»Kerrie…«, sagt Connor mit leiser, fester Stimme und sieht dabei Gracie an. »Fahr einfach mit der Geschichte fort.«

»Tut mir leid«, sagt sie, aber natürlich hat sie recht. Und die Tatsache, dass Peterman die Realität längst hinter sich gelassen hat, macht ihn nur noch gefährlicher.

»Los jetzt«, fordere ich sie auf. »Worauf läuft das Ganze hinaus?«

»Sheila erwähnte auch, dass ich im Driskill Hotel wohne. Nur nebenbei, so was wie *Meine Freundin ist gerade in meinem Lieblingshotel*. Aber das wusste Peterman auch. Er hat dir verraten, wo ich mich versteckt hielt.«

»Und sie hat etwas von der Modenschau am Freitagabend gepostet«, rate ich, aber Gracie schüttelt den Kopf.

»Kein Wort. Weil sie nicht dabei ist. Also wette ich, dass Peterman auch nicht dort sein wird. Ich hab's auch meinen Fans nicht verraten. Nicht in der derzeitigen Lage.«

»Darauf können wir uns nicht verlassen«, schaltet sich Pierce ein. »Für Freitag bleibt alles unverändert. Wir haben Sicherheitsmaßnahmen getroffen, und daran halten wir fest.«

»Schon klar«, nickt Gracie. »Aber was ist mit Samstag?«

Sie und Kerrie grinsen breit, daher weiß ich, sie haben etwas ausgeheckt. »Was soll Samstag denn sein?«

»Unsere Verlobungsparty natürlich«, erwidert Gracie, sieht mich an und klimpert mit den Wimpern, während Kerrie losprustet.

Eine Sekunde lang bin ich wie vor den Kopf geschlagen. Dann dämmert es mir, und ich sehe beide Frauen abwechselnd an. »Du hast recht«, nicke ich. »Ihr seid wirklich brillant.«

»Tja, ich aber nicht«, meldet sich Jez. »Ich bitte um eine Erklärung.«

»Sie meinen, Sheila sollte etwas über Gracie posten. Dass sie schon ganz aufgeregt ist wegen der stürmischen Romanze ihrer Freundin und der Verlobungsparty im kleinsten Kreis. Peterman – Verzeihung, Daniel – wird das lesen, er wird sich auf die Party schleichen, und dann schnappen wir ihn.«

»Klingt riskant«, sagt Jez und sieht uns alle an. »Klingt aber auch wie eine großartige Idee.«

»Beides stimmt«, bestätige ich und fasse Gracies Hand. »Aber ich beschütze dich. Versprochen.«

Der Laden heißt Bliss, in meinen Augen ein treffend gewählter Name, da während der Show kostenlos Whiskey von einer hiesigen Brennerei ausgeschenkt wird. Wir haben ein zehnköpfiges Team von Blackwell-Lyon abgestellt, darunter fünf Frauen, von denen drei undercover als Verkäuferinnen arbeiten, während zwei sich im hinteren Teil des Ladens aufhalten, der vorübergehend als Umkleide für die Models genutzt wird.

Der Laden ist recht groß, und alle Regale wurden an die Wände gerückt, um genug Platz für den Laufsteg zu schaffen.

Als die Modenschau beginnt, nehme ich direkt davor Platz und sehe mit dem hauptsächlich weiblichen Publikum zu, wie Gracie und ein halbes Dutzend anderer Frauen in allen Formen und Größen von Kostümen fürs Büro bis hin zu Unterwäsche alles Mögliche vorführen.

Der Besitzer war so zuvorkommend, uns Überwachungskameras aufstellen zu lassen, und wann immer Gracie nicht auf dem Laufsteg ist, starre ich auf meinen Bildschirm und prüfe die Aufnahmen. Bislang keine Spur von unserem Zielobjekt. Das war zu erwarten, enttäuscht mich aber doch. Ich will ihn endlich schnappen. Und unsere letzte Hoffnung soll nicht unsere vorgetäuschte Verlobungsparty am morgigen Tag sein.

Nicht die letzte. Die nächste. *Die nächste Hoffnung.*

Denn was auch geschieht: Ich werde dafür sorgen, dass Gracie in Sicherheit ist und bleibt.

Die Modenschau endet mit Unterwäsche, und jetzt mischen sich Gracie und die anderen unter das Whiskey trinkende Publikum und tragen dabei Smart-Vixen-Wäsche, eine Marke, die der Laden verkauft und die das ganze Event gesponsert hat.

Ich halte mich im Hintergrund und beobachte. Doch dabei spüre ich wieder, wie mir eng um die Brust wird, denn ein Dutzend Kellnerklone wimmelt um sie herum. Ich prüfe jedes Gesicht nach Anzeichen, es könnte sich um einen verkleideten Peterman handeln. Aber der Stalker ist nirgendwo zu sehen. Ich sehe nur Männer, die von Gracie fasziniert sind. Die sie anhimmeln.

Männer, die sie wollen.

Ganz im Ernst: Gleich fangen sie an zu schielen!

»Du wirkst eifersüchtig«, ertönt plötzlich Kerries Stimme. Als ich mich umdrehe, steht sie mit Pierce vor mir.

»Irgendwelche Anzeichen von ihm?«, frage ich ihn und ignoriere Kerrie.

»Nein«, erwidert Pierce. »Ich glaube, wir lagen mit unserer Vermutung richtig. Er spürt ihr mithilfe von Sheilas Postings nach.«

»Zumindest gehen wir davon aus«, sage ich.

»Und morgen schnappen wir ihn«, versichert Kerrie beruhigend, als Gracie sich zu uns gesellt.

»Nichts?«, fragt sie, worauf wir alle den Kopf schütteln.

»Du warst super«, sagt Kerrie zu ihr. »Sowohl auf dem Laufsteg als auch nachher, wie du mit den Männern gesprochen hast.«

»Wieso sprichst du überhaupt mit denen?«, frage ich.

Darauf wenden sich beide Frauen verblüfft zu mir.

»Weil es ihre Fans sind«, erklärt Kerrie.

»Und sie unter anderem meinetwegen hier sind«, fügt Gracie hinzu.

»Das stört dich nicht? Online hast du doch auch keinen Kontakt zu ihnen. Wieso dann hier?«

Kerrie sieht mich strafend an. »Welche Laus ist denn dir über die Leber gelaufen?«

Gracie ignoriert sie. Mich allerdings nicht. Ihre Antwort ist ganz ruhig und überaus vernünftig. Als würde sie mit einem Kind reden. »Ich kommuniziere nicht über die sozialen Medien, weil ich das so entschieden habe. Dennoch habe ich eine Fangemeinde, und diese Männer sind nicht wie Peterman. Vielleicht kommen sie wegen der Unterwäsche, vielleicht aber auch, um etwas Glamour in ihr Leben zu bringen. Vielleicht ist dies hier eine kleine Flucht aus ihrem Alltag. Diese Männer stören mich nicht: Jeder einzelne hier war höflich und aufmerksam, genau wie der Kellner, der dich so irritiert hat.«

Ich zucke zusammen. Mir war gar nicht klar gewesen, dass sie das bemerkt hat.

»Außerdem«, fügt sie hinzu, »werde ich mich nicht vollkommen aus allem zurückziehen, bloß weil Peterman von mir besessen ist. Denn sonst hätte er gewonnen.«

Ich reibe mir über die Schläfen, um meine miese Laune zu vertreiben. »Du hast recht. Tut mir leid. Ich versteh's nur nicht. Wieso werden die überhaupt eingeladen? Die kaufen doch sowieso keine Frauenkleider.«

»Sag das nicht«, bemerkt Pierce. »Ich hatte schon überlegt, Jezebel das kleine Ensemble zu kaufen, das Gracie ganz am Anfang getragen hat.«

»Und der Besitzer hat was mit der Brennerei zu tun. Ich wette, diese Männer werden ein, zwei Flaschen Whiskey kaufen.«

»Schön. Ihr habt alle so recht.«

Kerrie sieht mich mit zusammengekniffenen Augen an, aber ich ignoriere sie. Ich weiß, ich bin mürrisch und gereizt. Daran muss sie mich nicht mit ihrem bohrenden Blick erinnern.

»Ich hab dich mit Cecilia reden sehen«, sage ich zu ihr, um das Thema zu wechseln.

»Ja, ich wusste gar nicht, dass die Models alle von ihr sind. Sie meinte, wenn ich es je versuchen wollte, sollte ich ihr Bescheid sagen.«

»Ehrlich?«, fragt Gracie lächelnd. »Das ist ja großartig.«

»Kann sein. Eigentlich dachte ich, das liegt mir nicht, aber vielleicht irre ich mich ja auch.«

Ich unterdrücke ein Grinsen, weil ich mich unwillkürlich frage, wie Connor wohl darauf reagieren würde. Er behauptet zwar, zwischen ihnen sei nichts mehr, aber wäre er wirklich bereit, so wie ich hier zu sitzen und zuzusehen, wie sie in Unterwäsche vor all diesen Männern vorbeistolziert?

»Ich zieh mich nur um, dann können wir gehen«, reißt mich Gracie aus meinen Gedanken.

»Ist gut«, nicke ich und folge ihr, als sie sich auf die Menge zu bewegt. Es dauert eine Ewigkeit, denn die meisten ihrer Fans sind noch da, und sie bleibt alle paar Schritte bei einem weiteren Mann stehen, der ein Autogramm von ihr will oder ihr erzählt, dass er ihr online folgt und ein Foto von ihr als Bildschirmschoner hat. Zwar geht niemand so weit, ihr zu gestehen, dass er ihre Bilder als Wichsvorlage nutzt, aber ich glaube, das versteht sich von selbst.

Und natürlich ist Gracie nett zu jedem Einzelnen. Sie lächelt und plaudert und sagt allen, wie nett es von ihnen war, sich die Zeit zu nehmen und zur Show zu kommen.

Als wir endlich an der Garderobe landen, würde ich am liebsten meine Faust gegen eine Wand rammen.

»Alles in Ordnung? Du wirkst angespannt.«

»Bin ich auch. Ein bisschen«, gebe ich zu.

»Ich habe eine Idee«, sagt sie daraufhin. »Morgen, nachdem alles vorbei ist – und ganz gleich, ob wir Peterman schnappen oder nicht –, fahren wir nach Fredericksburg und bleiben da bis Sonntag. Nur du und ich, ganz ohne Drama.«

Wie gerne würde ich Ja sagen. Verdammt, am liebsten würde ich ihre Hand nehmen und mit ihr weglaufen. Ich will in meinen Jeep springen und so lange fahren, bis wir nicht mehr können, und dann unter dem Sternenhimmel mit ihr schlafen.

Aber wir leben in der realen Welt. In einer Welt, in der Ehefrauen ihre Männer betrügen. Wo es Tag und Nacht Verlockungen gibt. Wo Ehemänner eifersüchtig werden.

Wo Männer zugeben müssen, dass sie nicht mit der Vorstellung umgehen können, dass andere Männer ihre Freundin begrapschen oder Fantasien mit ihr haben.

Und wo man manchmal wissen muss, wann es Zeit ist, zu gehen.

»Nein, lieber nicht«, sage ich leise und sehe, wie sie erstarrt.

»Wegen heute, oder? Wegen der Fans. Der Kommentare unter meinen Postings. Der Anzüglichkeiten. Du kannst nicht damit umgehen. Der große, zähe Kerl, der im Nahen Osten gekämpft hat, erträgt es nicht, wenn ein paar einsame Kerle sein Mädchen anstarren. Stimmt's?«

Es stimmt. Natürlich stimmt es. Aber ich sage nur: »Du hast was Besseres verdient, Gracie.«

Darauf mustert sie mich verletzt und wütend von oben bis unten. »Ja«, antwortet sie leise. »Das habe ich.«

14

Für unsere gespielte Verlobungsparty haben wir die Dufresne Mansion in der Nähe des Kapitols mieten können, was wegen des kurzfristigen Termins ein Glück war. Da das prächtige Herrenhaus im Stil der Südstaaten oft für Hochzeiten und Geburtstage genutzt wird, ist es die perfekte Umgebung für unseren Schwindel. Wenn wir mehr Zeit gehabt hätten, wäre mir allerdings etwas Kleineres lieber gewesen, weil man dann Räumlichkeiten und Gäste besser im Blick hätte behalten können. Wir gaben das Event in den sozialen Medien bekannt, weil es notwendig war, und zwar nicht nur über Sheila. Da es für Gracie aber zu ungewöhnlich gewesen wäre, explizit Zeit und Ort zu nennen, ließen wir sie ein Foto von sich posten, wie sie ein neues Kleid hochhält, und in ihrem Kommentar stand, es wäre für »ihren ganz besonderen Tag morgen«.

Sheila erwähnte über ihren Account, es würden jede Menge Leute zur Party kommen, sodass unser durchgeknallter Stalker keine Bedenken haben würde, sich einzuschleichen.

In Wahrheit jedoch ist es gar nicht so voll hier, und die meisten Gäste sind Kollegen von anderen Sicherheitsunternehmen, dazu von Landon aufgetriebene Cops, die nicht im Dienst sind, und ein paar handverlesene Freunde.

Ich habe in letzter Minute sogar für ein Catering gesorgt. Einerseits, weil es möglichst echt wirken sollte, andererseits, um etwas zu tun zu haben. Denn die letzte Nacht war die erste seit über einer Woche, die ich allein verbracht habe.

Ich übernachtete in meiner stillen, leeren Wohnung. Connor blieb dafür bei Gracie. Und das war echt übel.

Selbstverständlich trafen wir zusammen ein, um das glückliche Pärchen zu spielen, doch nach ein paar Runden durch die Menge der Gäste gab Gracie mir einen keuschen Kuss und verkündete laut, sie würde ein bisschen mit ihren Freundinnen plaudern. Dann hakte sie sich bei Kerrie ein und verschwand in der Gästeschar, worauf Pierce mir sofort simste, er hätte sie im Blick.

Jetzt schnappe ich mir ein Glas Cidre, wünschte, ich wäre nicht im Dienst und könnte mir ein paar Gläser Champagner hinter die Binde kippen, und mache mich auf den Weg nach draußen. Aber Kerrie fängt mich ab; sie kommt mit derart strenger Miene auf mich zu, dass ich weiß, jetzt kann ich mir eine Standpauke anhören.

»Ich bin nicht in der Stimmung«, sage ich und will gehen.

»Schön. Ist mir egal. Ich wollte bloß sagen, dass ich mich geirrt habe.«

Ich halte inne und blicke sie über die Schulter hinweg an.

»Ich dachte, Connor wäre ein Idiot, weil er mich abserviert hat. Aber der wahre Idiot bist du.«

»Vielen Dank für dein Verständnis und deine Hilfe«, erwidere ich und wende mich erneut zum Gehen.

»Oh, ich verstehe dich tatsächlich. Ich verstehe, dass du ein Feigling bist.«

Ihre Worte verfolgen mich, dennoch drehe ich mich nicht um. Stattdessen gehe ich weiter, bis ich den gepflasterten Innenhof erreicht habe. Zwar habe ich etwas Bestimmtes vor, trotzdem sehe ich mir jedes Gesicht, jedes Augenpaar genau an. Ich werde ihn erkennen, wenn ich ihn sehe – aber er ist noch nicht hier.

Dann sehe ich sie.
Gracie.

Vielleicht ist es ein Fehler; vielleicht muss ich warten, bis alle Wunden verheilt sind und wir nicht mehr riskieren, eine Szene hinzulegen. Aber das kann ich nicht. Ich muss mit ihr reden. Muss Vergebung – oder zumindest Verständnis – in ihren schönen blauen Augen finden.

Sie unterhält sich gerade mit einer ihrer Kolleginnen. Ich trete zu ihr und erkläre dem Mädchen, ich hätte gern einen Moment allein mit meiner Verlobten.

»Ist er hier?«, fragt sie, kaum dass ich sie in einen für die Öffentlichkeit abgeriegelten Raum geführt habe, weil ich unter den Umständen eigentlich keinen anderen Grund habe, mit ihr zu reden. »Hast du Peterman gesehen?«

»Wir müssen uns unterhalten.«

Ich sehe, wie sie unter der Fassade in sich zusammenfällt. »Nein«, sagt sie. «Bitte, Cayden. Nicht.«

Ich sollte wieder gehen, will aber diese Chance nicht verspielen. Gleichzeitig weiß ich nicht, ob ich eine Chance will, alles wieder in Ordnung zu bringen oder ihr Verständnis zu erringen.

Hauptsächlich will ich mich entschuldigen. Alles richtig machen. Aber ehrlich gesagt weiß ich nicht, wie.

»Ich wollte dir nicht wehtun«, setze ich an. Aber sie lacht nur. Ich zucke zusammen.

»Hast du geglaubt, ich wäre glücklich darüber?«

»Nein, natürlich nicht. Ich ...«

»Dabei geht es im Grunde gar nicht um mich. Oder doch: Weil du eifersüchtig bist und ich davon betroffen bin.«

»Das stimmt«, gestehe ich, und es erleichtert mich mehr als erwartet, das offen auszusprechen. »Ich bin eifersüchtig auf alle Männer, die dich wollen.«

»Aber wieso?«, will sie wissen. »Sag mir, warum dir das dermaßen zusetzt. Weshalb?«

Die Frage hängt im Raum, und ich kann ihr die Antwort darauf geben. Sie steht vor meinem inneren Auge, als wäre es erst gestern gewesen. Meine Frau mit einem anderen Mann. Ein Mann, der von ihr fasziniert war. Der sie begehrte. Und dessen Begehren sie wollte.

Als Gracie traurig den Kopf schüttelt, wird mir klar, dass sie schon die ganze Zeit wusste, was ich erst jetzt erkenne. »Vielleicht wollte *sie* das, aber ich nicht. Die Männer, die mich ansehen, die mich begehren, sind mir egal. Begreif das doch endlich, Cayden! Ich will nur dich. Aber ich werde nicht die Frau sein, die du mit diesem Blick bedenkst. Es ist weder Liebe noch Vertrauen, wenn du nur darauf wartest, dass wieder etwas passiert. Und ich...« Ihre Stimme bricht, und sie verstummt. »Ich kann so nicht leben.«

Ich will protestieren. Ihr sagen, dass ich so nicht empfinde.

Aber sie hat recht. Natürlich hat sie das. Mir ist vollkommen egal, was diese Männer wollen.

Nur sie ist mir wichtig.

Ich habe schlichtweg Angst, dass mir wieder das Herz gebrochen wird.

Ohne zu wissen, was ich sagen soll, trete ich einen Schritt näher zu ihr, da werden wir von Jez gestört, die uns mitteilt, dass es Zeit für die Glückwünsche ist.

Ich will schon erwidern, dass wir gleich kommen, da nickt Gracie nur und folgt ihr. Und mir bleibt nichts anderes übrig, als ihr nachzueilen und ihre Hand zu nehmen, damit wir als glückliches Pärchen auftreten können.

Ich wäre mit den Nerven am Ende, wenn ich keinen Job zu erledigen hätte. Also konzentriere ich mich nicht auf Gracie und mein geschundenes Herz, sondern auf die Gesichter vor mir – wenn auch mühsam. Und während die Gäste applaudieren und Connor verkündet, nun sollten alle die Gläser auf uns heben, mustere ich jeden Einzelnen, der uns anblickt.

Aber ich sehe ihn nicht.

Gracie neben mir strahlt die Menge an. »Wir haben entschieden, keine Rede zu halten, damit unsere Freunde sich weitaus Wichtigerem zuwenden und sich amüsieren können«, sagt sie, wie geplant. Doch als sie überraschend weiterspricht, wende ich mich verblüfft zu ihr. »Dennoch möchte ich ein paar Worte sagen. Nur ganz wenige. Um auszudrücken, wie ich mich gerade fühle.«

Sie holte tief Luft und sieht mir in die Augen. »Als ich Cayden Lyon zum ersten Mal sah, dachte ich: Wow! In den könnte ich mich verlieben.« Ihr Lächeln ist leicht verschwommen, und in ihren Augen glitzern Tränen. »Und hier sind wir nun.«

Sie stellt sich auf die Zehenspitzen und gibt mir einen sanften Kuss, der sich anfühlt wie ein Abschiedskuss. Dann hebt sie ihr Glas zu den applaudierenden Gästen, die doch fast alle wissen, dass unsere Verlobung nur gespielt ist.

Ich bin der Einzige, der weiß, dass ihre Worte der Wahrheit entsprechen. Ja: *Hier sind wir nun.*

Kaum hat sich der Applaus gelegt, mischen wir uns wieder unter die Gäste. Als der Kuchen serviert wird, verliere ich Gracie aus den Augen. »Wo ist sie?«, frage ich Sheila, die mit ihrem magischen Instagramaccount all dies möglich gemacht hat.

Sie zeigt vage zur Treppe. »Im Umkleideraum. Sie sagte, ihr würden die Füße wehtun.«

Doch wohl eher ihr Herz. Obwohl ich sicher bin, dass sie allein sein will, folge ich ihr die Treppe hinauf. Wenigstens kann ich ihr mitteilen, dass wir die ganze Sache abblasen werden. Es sind schon zwei Stunden vergangen, aber immer noch keine Spur von Peterman.

Zumindest gab es leckeren Kuchen.

Am oberen Ende der Treppe befindet sich ein Gang mit drei Türen. Die am hinteren Ende führt in einen riesigen Raum, der bei Hochzeiten auch als Garderobe genutzt werden kann. Gerade als ich den Flur betrete, sehe ich, wie eine magere Frau mit weitem Blümchenkleid, praktischen Schuhen und roten Locken in diesem Raum verschwindet.

Ganz kurz denke ich nur, dass sie auf die Toilette möchte. Aber andererseits gibt es unten auch mehrere.

Noch bevor ich weiter darüber nachdenken kann, renne ich schon los. Vielleicht bin ich paranoid, vielleicht beschere ich einer alten Dame jetzt einen Herzanfall, aber ich werde kein Risiko eingehen.

Ich werfe mich gegen die Tür, und tatsächlich ist sie von innen verriegelt. Aber durch meinen Aufprall splittert das Holz, und als ich in den Raum platze, blickt Peterman hoch – mit verrutschter Perücke, an der Gracie wohl gezerrt hat.

Sie schubst ihn so heftig, dass sie selbst rückwärts kippt und er ein Messer fallen lässt. Auf Händen und Knien krabbelt Gracie von ihm weg, als ich die Waffe ziehe, die ich im Hosenbund getragen habe, und auf die Brust des Arschlochs richte. »Versuch's nur«, drohe ich. »Ein einziger Versuch, dann erledige ich dich.«

Er steht wie festgefroren da: ein gefährlicher Mann mit lächerlicher Perücke und Blümchenkleid.

»Ruf Landon«, sage ich zu Gracie, aber sie hat schon ihr Handy gezückt und bittet ihn mit zitternder, aber entschiedener Stimme, zu uns hochzukommen.

Innerhalb einer Minute sind sie da: Landon, Connor und Pierce. Und während ich meine Waffe einstecke, mich auf den Boden hocke und Gracie an mich ziehe, macht sich Landon daran, den Wichser aus unseren Augen zu entfernen.

Es scheint eine Ewigkeit zu dauern. Gleichzeitig habe ich das Gefühl, erst Sekunden in diesem Raum zu sein.

»Ist er weg?«, fragt Gracie Landon, als er zurückkehrt. Wir haben uns auf ein kleines Samtsofa gesetzt, aber ich halte immer noch ihre Hand, die durchscheinend blass ist.

»In Handschellen, mit vier unserer besten Männer«, versichert Landon ihr. »Er wird psychiatrisch untersucht, und der Staatsanwalt wird natürlich ebenfalls eingeschaltet. Ganz gleich, was sich ergibt: Der bleibt erst mal für lange, lange Zeit weggesperrt.«

»Danke.« Sie lässt mich los, um ihn zu umarmen, und sofort will ich die unterbrochene Verbindung wiederherstellen. Aber das geschieht nicht. Denn sie verabschiedet sich erst von Landon, dann von Pierce und meinem Bruder.

Die drei verschwinden, weil sie wissen, wir brauchen einen Augenblick allein.

»Tja«, sagt sie schließlich. »Ich schätze, nun heißt es Abschied nehmen.«

Das ist wie ein Schlag in die Magengrube. »Gracie, bitte. Ich wollte dir nie wehtun. Hast du eine Ahnung, wie viel du mir bedeutest?«

Ich glaube, das ist das Offenherzigste, was ich je gesagt habe. Und das Sinnloseste. Denn die Frau, die da vor mir steht, schüttelt nur den Kopf. Nicht, weil sie meine Worte nicht glaubt, sondern weil sie *mir* nicht glaubt.

»Nicht«, wehrt sie ab, und ich sehe Tränen in ihren Augen glitzern. »Du hast mir das Leben gerettet, und dafür bin ich dir ewig dankbar. Doch jetzt versuch bitte nicht, mich umzustimmen. Nicht du, Cayden. Du hast mir bereits gesagt, warum es nicht funktionieren kann. Und ich habe dir gesagt, warum du recht hast. Ich werde nicht tatenlos abwarten, bis du meinst, ich würde dich betrügen. Ich will mein Leben nicht damit verbringen, deine Eifersucht zu nähren. Das kann und will ich nicht. Und jetzt muss ich gehen, weil die Vorstellung, was wir verloren haben, einfach zu schmerzhaft ist.«

Tatsächlich tut mir alles weh, als ich sie gehen sehe. Während sie die Treppe hinunter verschwindet, ist mein einziger Gedanke, dass ich es gründlich vermasselt habe. Und ich habe keine Ahnung, wie ich das wieder in Ordnung bringen soll.

15 Es ist ein schreckliches Gefühl, durch eine graue Welt zu irren und zu wissen, dass man sie selbst erschaffen hat. Schlimmer noch, obwohl man weiß, dass man dafür verantwortlich ist, kann man es nicht wieder in Ordnung bringen. Denn alles läuft auf Vertrauen hinaus.

Darauf, dass ich ihr vertraue.

Und dass sie mir vertraut, dass ich endlich diese miese Eifersucht überwinden kann, in der ich mich jahrelang gesuhlt habe.

Da gibt es keinen Schalter, den man umlegen, keinen Kampf, den man gewinnen kann.

Kein Schlag, kein Winseln.

Es gibt schlichtweg keine Lösung.

Das sage ich seit der Verlobungsparty immer wieder zu mir selbst. Ich weiß, dass es wahr ist. Das geht schon seit zwei Wochen so, und obwohl ich es *weiß*, kann ich es immer noch nicht *glauben*.

Es muss eine Lösung geben. Es muss einen Weg geben, Gracie zurückzugewinnen.

»Ich weiß es doch auch nicht«, sagt Connor, als ich das Team in den Pausenraum rufe.

»Aber ich würde es gern herausfinden«, ergänzt Pierce. »Denn du kannst ja gar nicht mehr klar denken.«

Ich starre ihn finster an, weil er recht hat – allerdings nur, was meine Freizeit betrifft. Auf der Arbeit bin ich voll dabei. Es bringt mich um, aber ich bin dabei.

»Na schön«, sagt er, als ich darauf poche. »Aber ehrlich gesagt, musst du dir wirklich was überlegen. Nicht nur, weil du ohne sie ein Trauerkloß bist, sondern weil ihr beide ein tolles Paar wart.«

»Was sagt Jez denn dazu?«, fragt Kerrie. Abrupt drehe ich mich zu ihr.

»Was hat Jez damit zu tun?«

»Die beiden verstehen sich gut«, erklärt Kerrie. »Und Jez hat mir erzählt, dass es Gracie auch nicht viel besser geht als dir.«

Zwar freut mich das nicht – schließlich will ich nicht, dass Gracie unglücklich ist –, aber es gibt mir seltsamerweise Hoffnung.

»Ich hab sie angerufen. Mehrfach. Aber sie geht nicht dran.« Länger kann ich nicht mehr anrufen, schließlich ist sie gerade erst einen Stalker losgeworden. Diese Rolle werde ich keinesfalls übernehmen. Wenn sie mich wirklich loswerden will, dann gehe ich. Allerdings erst, wenn ich vollkommen sicher bin, alles in meiner Macht Stehende getan zu haben, um sie umzustimmen.

Später, als Kerrie Feierabend macht und in den Aufzug steigen will, geselle ich mich zu ihr und fahre mit ihr hinunter.

»Ich habe Jez angerufen«, sage ich zu ihr.

»Und?«

»Anrufbeantworter.«

Kerrie kommt zu mir, legt die Arme um mich und drückt mich an sich.

»Wofür war das denn?«, frage ich, als sie wieder zur Wand des Aufzugs zurücktritt.

Sie zuckt die Achseln. »Du sahst aus, als könntest du eine Umarmung brauchen. Hör mal, ruf sie einfach an. Nicht Jez,

Gracie. Sag, du wolltest dich auf neutralem Boden mit ihr treffen und ganz vernünftig mit ihr unterhalten. Und wenn du dann dabei bist, sag ihr, dass es dir leidtut. Vielleicht sogar, dass du sie liebst. Obwohl ich nicht sicher bin. Weil sie das vielleicht abschreckt.«

»Würde es dich abschrecken?«

»Liebe? Aber hallo!«, nickt Kerrie breit grinsend. »Liebe ist ziemlich furchteinflößend.«

Ich muss lachen, aber natürlich hat sie recht, und als ich später in die Einfahrt meiner Wohnung einbiege, denke ich immer noch darüber nach. Die Wohnung ist mittlerweile zum Verkauf ausgeschrieben, denn ich habe es satt, in einem Provisorium zu leben. Ich will ein Zuhause.

Am liebsten mit Gracie, aber wenn das nicht geht, suche ich mir trotzdem ein Haus. Mit genug Platz, um sich auszudehnen und eine Familie zu gründen. Um das Leben zu haben, das ich mir wünsche, und nicht nur das zu betrauern, das ich verloren habe. Allerdings ist die Wahrheit, dass ich es nicht verloren habe. Weil ich es nie hatte. Denn Vivien hat mich nie richtig geliebt. Wir hatten nie eine echte Verbindung.

Sie war nie meine Mona, ich nie ihr Ted.

Ich muss lächeln, als ich an das Pärchen – und diesen Abend – denke, und grinse noch, als ich den Schlüssel ins Schloss stecke. Dann betrete ich den langweiligen kastenförmigen Wohnbereich und sehe sie. *Gracie*. Auf meiner Couch.

»Hi.«

»Äh, hi.« Ganz vorsichtig gehe ich auf sie zu, um die Möglichkeit, die sich vor mir auftut, nicht im Keim zu ersticken. »Wie bist du reingekommen?«

»Jez meinte, du hättest angerufen. Und sie findet mich dumm. Und sie hat mir deinen Ersatzschlüssel gegeben.«

»Dumm?«

»So hat sie es nicht ausgedrückt, aber gemeint.«

Ganz langsam lasse ich mich vor ihr auf dem Couchtisch nieder. »Aha. Meinte sie damit deine mangelnden Rechenkenntnisse?«

»Eher meine mangelnden Fähigkeiten in Beziehungsangelegenheiten.«

»Das musst du falsch verstanden haben. Denn ich versichere dir, in der Hinsicht bin ich der Dumme.«

»Ich werde das Modeln aufgeben«, sagt sie genau in dem Moment, als ich erkläre: »Ich habe überall nur Viviens gesehen und darüber vergessen, dass die meisten Frauen Monas sind.«

Sie zieht die Augenbrauen in die Höhe. »Wer zum Teufel ist Mona?«

Ich erzähle ihr von dem Pärchen, das ich an unserem ersten Abend in der Bar gesehen habe.

»Hast du sie nach ihren Namen gefragt?«

»Nein, die habe ich mir ausgedacht. Aber die Gefühle, das Vertrauen...« Achselzuckend verstumme ich. »Sie hatten eine Verbindung zueinander. Das konnte man sehen, ja, fast schon spüren. Genau wie Jez und Pierce. Und obwohl ich das nie meinem Bruder sagen werde, glaube ich, er und Kerrie haben sie auch.«

»Oh. Verstehe.«

»Aber mit Vivien hatte ich eine solche Verbindung nie.«

Gracie nickt und sieht mich dann an. »Aber mit mir hattest du sie«, flüstert sie. *Hattest*. Dieses Wort ist wie ein Stich ins Herz.

Ich sinke vor ihr auf die Knie und umfasse ihre Hände. »Kann ich die zurückhaben?«

»Ich will dich nicht verlieren«, erwidert sie. »Aber ich kann auch nicht so leben, das habe ich dir schon gesagt. Und wenn das bedeutet, dass ich mit dem Modeln aufhören muss, dann ...«

»Nein.«

»Lass mich ausreden. *Off the Grid* läuft gut. Ich habe dort jede Menge Arbeit. Dafür wollte ich ohnehin weniger modeln.«

»Nein«, wiederhole ich und umfasse ihr Kinn, damit sie mich anschaut. »Du kannst nicht tatenlos abwarten, bis ich mir einbilde, du würdest mich betrügen. Und ich kann nicht damit leben, dass ich dir das Modeln nehme. Weil du gut bist und es dir gefällt.«

»Aber wenn es dich verrückt macht...«, wendet sie ein, worauf ich lachen muss.

»Hat es, nicht wahr?«

»Hat?« Sie hebt die Augenbrauen.

»Wird es mir jemals gefallen, dass Männer mein Mädchen anstarren? Wahrscheinlich nicht. Aber es ist mir ein Trost, dass du *mein* Mädchen bist und nicht ihres. Und noch mehr Trost ist es mir, dass es dir nichts bedeutet.« Ich ziehe eine Schulter hoch. »Du bist eine Mona.«

»Nein«, sagt sie und rutscht von der Couch in meine Arme. »Ich bin eine Gracie.«

»Doch die eigentliche Frage ist: Bist du mein?«

»Ja«, sagt sie nickend. »Das bin ich, ganz und gar.«

Da küsse ich sie, obwohl noch längst nicht alles gesagt ist. Aber ich weiß, dass wir noch viel Zeit zum Reden haben.

Alle Zeit der Welt.

Epilog

»Hey, Laura«, grüße ich das Mädchen auf dem Sitzsack, als ich das *Off the Grid* betrete.

Das Mädchen hebt die Hand, ohne die Augen vom Buch zu lösen. Ich muss schmunzeln. Obwohl ich mittlerweile ein knappes halbes Jahr täglich hierher komme, kann ich mich nicht erinnern, sie jemals ohne Buch gesehen zu haben.

»Frank«, sage ich, woraufhin der große Mann von der Lampe, die er gerade mit seinem Mann neu verkabelt, zu mir rüberschaut. »Ist Gracie da?«

Er weist unbestimmt nach hinten. »Im Büro. Papierkram. Wir haben die Chance auf Zuschüsse, also macht sie sich Notizen.«

Ich finde sie an ihrem Schreibtisch, wo sie stirnrunzelnd auf ihre Unterlagen starrt, doch die finstere Miene verschwindet, als sie aufblickt und mich entdeckt. »Hallo, Fremder.«

»Probleme?«

»Nur selbst gemachte. All diese Formulare gibt es auch online. Aber ich habe Computer auf dem Gelände verboten.« Sie seufzt. »Rate mal, wer heute Abend tonnenweise Akten mit nach Hause nimmt?«

»Frank?«

»Ha! Schön wär's.«

»Nach Hause also? Durch den tollen Verkehr?«

»Sadist.«

Meine Wohnung war innerhalb eines Monats verkauft, und

seitdem leben wir in ihrem Haus in Travis Heights. Allerdings will sie es vermieten, und dann ziehen wir in die Nähe vom *Off the Grid*, auch, damit Gracie schnell heimfahren kann, wenn etwas am Computer erledigt werden muss. Zwar pendele ich immer noch täglich in die Innenstadt, aber das ist es mir wert.

»Ganz und gar nicht. Im Gegenteil: Ich glaube, ich habe das perfekte Haus für uns gefunden.«

»Ehrlich?« Sie schiebt den Stuhl zurück und springt auf. »Können wir es uns ansehen?«

Ich lasse die Schlüssel vor ihrer Nase baumeln. »Ich bin mit dem Makler befreundet. Los geht's.«

Das Haus liegt nur ein paar Meilen entfernt, und wir müssen nicht mal über den Highway. Es hat vier Schlafzimmer, zwei Wohnbereiche, einen riesigen Garten und einen Pool. Und als wir in die Auffahrt einbiegen, ruft Gracie: »Ich liebe dieses Haus. Habe ich schon immer!«

»Ich weiß. Es kam letzte Woche auf den Markt.«

»Und wir können wirklich einziehen?«

»Können wir.«

Als ich sie hineinführe, gibt sie diesen Laut von sich, den ich sonst nur beim Sex von ihr höre. Das zeigt mir, wie sehr es ihr gefällt.

»Spektakulär«, haucht sie.

»Warte erst mal, bis du das Schlafzimmer siehst.«

Eine schwebende Treppe führt vom Empfangsbereich zu einer breiten Galerie, auf der das Elternschlafzimmer mit Bad, ein kleiner Raum, der als Kinderzimmer genutzt werden kann, und eine helle Leseecke untergebracht sind.

Die Türen zum Schlafzimmer sind geschlossen. Gracie stößt sie auf und holt entzückt Luft.

Ich trete von hinten an sie heran, weiß aber schon, was mich erwartet. Schließlich habe ich das alles selbst arrangiert. Ein riesiges Bett mit einem Bücherregal als Kopfteil. Doch anstelle der Bücher stehen dort Dutzende von LED-Kerzen, die flackern, leuchten und alles in goldenes Licht hüllen.

Aus einem Bluetooth-Lautsprecher dringt leise ein Song von Billie Holiday, und als Gracie sich staunend zu mir umdreht, knie ich vor ihr und halte einen Ring in die Höhe.

Sie reißt die Augen auf und schlägt sich die Hand vor den Mund.

»Gracie Harmon«, sage ich, »ich liebe dich wahnsinnig. Erweist du mir die Ehre, für immer meine Frau, die Mutter meiner Kinder und meine beste Freundin zu sein?«

Sie sagt nicht sofort Ja, aber das ist in Ordnung. Denn ich sehe, dass ihr vor Freudentränen ein Kloß im Hals steckt. Dann nickt sie, sagt Ja, erklärt mir, dass sie mich liebt, und zieht mich schließlich hoch, damit ich ihr den Ring überstreife, worauf sie mich fest in ihre Arme schließt.

»Wenn du das Haus willst«, sage ich lachend, »dann machen wir Montag den Vertrag. Andernfalls...«

»Ich will es«, unterbricht sie mich eifrig und begeistert. »Und weißt du, was ich noch will?«

»Sag's mir«, erwidere ich.

Da zieht sie mich schon ins Zimmer und zerrt mich aufs Bett.

»Dich«, flüstert sie, setzt sich rittlings auf meinen Schoß und fängt an, mein Hemd aufzuknöpfen.

Und dort, in dem Haus, das unser neues Zuhause werden wird, liebe ich dieses Mädchen, das mein ganzes Herz ist und schon bald meine Ehefrau sein wird.

Sexy Little Sinner

Verführerische Sünden

(Blackwell Lyon 3)

Es war falsch zusammenzubleiben... aber wir konnten uns nicht voneinander lösen.

Ich war schon mit vielen Frauen zusammen, aber keine berührte mein Herz und entfachte meine Leidenschaft so wie sie.
    Ihr Lächeln verzauberte mich. Ihre Zärtlichkeiten berührten mich. Ihr Körper erregte mich.
    Und doch konnte es nicht von Dauer sein. Der Altersunterschied war einfach zu groß: eine Kluft, die nicht zu überbrücken war. Daher trennten wir uns. Nein. Ich trennte mich. Und seitdem bereue ich es.

Jetzt ist sie in Gefahr, und ich traue nur mir zu, sie zu beschützen. Aber je mehr Zeit wir miteinander verbringen, desto sehnlicher will ich sie zurück. Dabei geht es momentan nur darum, für ihre Sicherheit zu sorgen. Doch obwohl wir beide es besser wissen müssten, wird sie irgendwie und irgendwann wieder mein sein.

1 ICH BIN KOMPLETT GELIEFERT.

Dieser Gedanke schrillt in meinem Kopf, obwohl ich ihn zum Schweigen bringen will. Verdrängen. Vergessen. Denn so ein Gedanke ist nicht gerade förderlich, wenn die eigene Zunge im Mund einer Frau steckt. Oder wenn ihr heißer, kleiner Körper sich an einen presst. Oder wenn man schärfer ist, als man es je für möglich hielt, und nichts lieber will, als ihr mit den Händen unter den Rock zu greifen, sie die Schenkel hinauf zu schieben, ihren Slip herunterzureißen und sich dann von ihr reiten zu lassen, bis beide nur noch Sternchen sehen.

Aber verdammt, der Gedanke will nicht weichen: Ich bin geliefert. Ganz und gar und zu einhundert Prozent geliefert.

Denn diese Frau ist für mich tabu. Mehr als das: Sperrgebiet. Mit Warnschildern: Finger weg!

Zwar sieht es im Moment nicht so aus, da ich meine Hand an ihrer Brust habe, mit Daumen und Zeigefinger ihren Nippel stimuliere und sie sich mir entgegenwölbt, sich auf die Unterlippe beißt und dieses leise Wimmern von sich gibt, das mich früher immer in den Wahnsinn trieb.

Woran sich eindeutig nichts geändert hat.

Erwähnte ich schon, dass ich geliefert bin?

Ich unterbreche unseren Kuss, weil wir beide unbedingt Luft holen müssen; sonst vögele ich sie noch hier und jetzt auf der Waschmaschine, und dann wird sich der Geruch des Weichspülers mit dem von Sex und Verlangen vermischen, während ich sie hart und schnell nehme, genau wie ich es will. Genau wie sie es mag.

»Connor, bitte.«

Mein Name aus ihrem Mund ist wie ein Befehl, den ich, Gott steh mir bei, befolge. Ich küsse sie erneut; ich tue alles, um noch ein paar Sekunden verbotener Köstlichkeit zu erschleichen.

»O ja, verdammt, ja!«, murmelt sie und gräbt ihre Finger in meine Haare. Dann klettert sie praktisch an mir hoch und löst ihren Griff nur kurz, um sich auf die Waschmaschine zu setzen und dann ihre Beine um meinen Rumpf zu schlingen.

Mit einer Hand umfasse ich ihren Nacken, doch mit der anderen berühre ich die weiche Haut ihres Schenkels, und als ich ganz kurz die Augen öffne, sehe ich, dass ihr Rock hochgerutscht und ihr rosa Slip zu sehen ist, mit einem dunklen Fleck, der verrät, wie feucht sie ist.

Ich stöhne auf – dieser Anblick ist reinste Folter – und zwinge mich, nicht meinen Finger darunter zu schieben, obwohl ich mich mehr als deutlich daran erinnere, wie es sich anfühlt, wenn sie nackt unter mir liegt, mit ihrer heißen, nassen, engen Muschi, in die ich hineinstoße.

Ich weiß noch, wie sie sich auf die Unterlippe beißt, wenn sie kurz vor dem Höhepunkt steht. Wie ihr ganzer Körper sich um mich herum zusammenzieht, als könnte sie mich wie eine reife Kirsche pflücken.

Ich weiß noch, wie es sich anfühlt, in ihr zu explodieren und sie dann an mich zu ziehen und den frischen, sauberen Geruch ihrer Haare zu riechen, ihre warme, weiche Haut an meiner zu spüren, während wir beide wegdösen.

Ach du heilige Scheiße!

Ich bin nicht nur geliefert. Ich bin am Arsch. Vollkommen und rettungslos am Arsch.

Denn diese Frau ist die kleine Schwester meines besten Freundes.

Noch dazu ist sie die Büroleiterin des Unternehmens, das ich mit Pierce und meinem Bruder zusammen aufgebaut habe. Allein das würde doch schon reichen, oder?

Aber das Sahnehäubchen auf meinem verbotenen Kuchen ist die Tatsache, dass sie meine Ex ist. Die Frau, mit der ich Schluss gemacht habe. Das Mädchen, das ich aus einer Reihe sehr guter Gründe hab sausen lassen, darunter der nicht unbeträchtliche Altersunterschied von vierzehn Jahren, welcher nicht einfach durch Wahnsinns-Sex überbrückt werden kann.

Zwar räumten wir beide ein, dass noch eine gewisse Anziehung zwischen uns herrscht, waren uns aber einig, dass es vorbei war. Seitdem hatten wir uns ziemlich vernünftig benommen, was die ganze Sache betraf.

Und dann hatten zwei Martini, ein bisschen Champagner zum Feiern und ein großzügiges Glas Bourbon on the Rocks mich geradewegs in diesen Hauswirtschaftsraum und meine ganz persönliche Hölle geführt, die umso schlimmer ist, als dass sie sich wie das reinste Paradies anfühlt.

Ich schätze, genau das ist die Krux mit der verbotenen Frucht.

»Kerrie...« Sanft schiebe ich sie von mir, doch trifft mich sofort eine weitere Woge des Verlangens, als ich ihre vom Küssen geschwollenen Lippen und ihre erhitzten, roten Wangen sehe.

»Nur dieses eine Mal«, flüstert sie. »Dann gehen wir getrennte Wege und sprechen nie mehr davon.« Sie nimmt meine Hand und führt sie unter ihren Rock, bis meine Fingerspitzen ihre Muschi berühren. »Bitte, Connor«, haucht sie. »Um der alten Zeiten willen? Ich bin so verdammt scharf.«

»Wir haben doch gesagt ...«

Mehr kriege ich nicht mehr heraus, denn jetzt legt sie ihre Hand über meine und schiebt ihren Slip beiseite, sodass meine Finger ihre Klitoris berühren und spüren, wie geschwollen und empfindsam sie ist. »Sieh uns nicht als Paar. Betrachte es als Performance. Und ich bin dein hingerissenes Publikum.«

»Sie werden es mitkriegen«, sage ich, weil ich verdammt genau weiß, dass sie schreit, wenn sie kommt, und unsere Freunde sind im Wohnzimmer nebenan, um die Verlobung meines Bruders Cayden zu feiern.

Aber mein Protest ist nur vorgeschoben. Zum Teufel noch mal, ich bin schließlich auch nur ein Mann. Ein Mann, der trotz der vom Alkohol weggespülten Bedenken hätte standhalten können, aber nicht, wenn er so eine heiße, kleine Rakete vor sich hat.

Was sie verdammt gut weiß.

Mein Daumen stimuliert schon ganz von selbst ihre Klitoris, während ich mit meinen Fingern rhythmisch in sie hineinstoße. Wenn sie schreit, muss sie das ganz allein unterdrücken, denn, o Himmel, ich muss sie unbedingt schmecken. Muss mich vergewissern, dass sie noch so süß ist wie in meiner Erinnerung, obwohl ich das eigentlich genau weiß. Wie sollte es anders sein? Schließlich ist sie die gottverdammte verbotene Frucht, und als ich langsam auf die Knie sinke, kann ich nur noch daran denken, dass ich unbedingt noch einmal von diesem Apfel kosten muss.

»Wir sollten das nicht tun«, murmele ich. Ein letzter, sinnloser Protest.

»Ich weiß«, sagt sie gepresst. Drängend. »Ich weiß«, wiederholt sie. »Betrachten wir es als erneuten Schlusspunkt. Als letzten Sargnagel. Ich weiß, du hast gesagt, es ist aus, und ich habe das akzeptiert. Aber jetzt im Moment könnten wir das doch kurz vergessen.«

Ich weiß nicht, ob ich mich über diese Worte freuen oder einfach flüchten sollte. In meinem Kopf ist nur noch Kerrie. Und meine tiefe, schmerzhafte Sehnsucht nach ihr.

Während also mein Zwillingsbruder und seine Verlobte ihre engsten Freunde bewirten, fahre ich mit den Händen an Kerries Schenkeln hoch und schiebe sie auseinander. Und dann, zum absolut allerletzten Mal, vergrabe ich meinen Kopf zwischen den Beinen der Frau, die mir einmal mit Haut und Haaren gehörte.

2 *Einen Monat später*

»Leo hat angerufen«, sagt mein Bruder Cayden. Er spricht von einem Kumpel aus der Army, den wir als neuesten Angestellten bei Blackwell-Lyon Security gewinnen wollen. Cayden und ich stehen für Lyon, während unser Freund Pierce der Blackwell ist. »Er kommt eine Viertelstunde später.«

»Kein Problem. Ich habe gerade die Kundenliste und den Terminkalender auf den neuesten Stand gebracht. Jetzt bleibt noch Zeit, vor dem Meeting Kopien davon zu machen.«

»Hmm«, nickt er, während ich zum Aktenraum gehe, wo ein Monstrum von Kopierer steht, der alles macht außer Espresso und heiße Croissants.

Ich halte inne und werfe einen Blick zurück auf meinen merkwürdig finster wirkenden Bruder, dessen finstere Ausstrahlung noch betont wird durch die piratenhafte Augenklappe, die er trägt, seit er in Afghanistan verletzt wurde. »Gibt es ein Problem?«, frage ich, obwohl ich es besser wissen müsste. Denn durch diese eine Frage werde ich zweifellos die Büchse der Pandora öffnen, um die ich seit vier Wochen einen großen Bogen mache.

»Ich hab nichts gesagt«, erwidert er.

»Nein, hast du nicht. Aber verdammt laut gedacht.«

Er zuckt lässig die Schultern. »Ich hab ein Superhirn, Bruder. Kann ich was dafür, wenn meine Gedanken Berge versetzen können?«

Ich zeige ihm kurz den Mittelfinger und bin erleichtert, dass mir eine Unterhaltung erspart bleibt, auf die ich ganz und gar nicht scharf bin. Dann setze ich mich wieder Richtung Aktenraum in Bewegung.

»Ich hab mich nur gefragt, warum du nicht Kerrie bittest, die Kopien für das Meeting zu machen«, folgt mir seine Stimme. »Schließlich ist sie die Büroleiterin, und du kannst deine kostbare Zeit darauf verwenden, den Bericht über die Überwachung letzte Nacht zu schreiben.«

Ich ignoriere ihn – genau wie seine Unterstellung, dass ich Kerrie aus dem Weg gehe. Das tue ich nämlich nicht.

Na gut, das ist gelogen.

Ich gehe ihr aus dem Weg, aber aus gutem Grund. Denn wenn man einen über den Durst trinkt und dann während der Verlobungsfeier des eigenen Bruders mit seiner Ex-Freundin/Mitarbeiterin/Schwester des besten Freundes in einem Hauswirtschaftsraum herummacht, kann das schon mal ein bisschen problematisch werden. Hat man mir zumindest gesagt.

Aber es ist nicht nur das. Es geht auch um Effizienz. Als ich vor knapp zwei Minuten an der offenen Tür von Kerries Büro vorbeikam, saß sie nicht an ihrem Platz. Was heißt, es ist schlichtweg einfacher, selbst die Kopien zu machen, bevor ich in mein Büro zurückkehre, um den Bericht zu schreiben.

Ich gehe nichts und niemandem aus dem Weg. Ganz gleich, was vielleicht in der *Psychologie heute* stehen mag, Cayden ist mein Zwillingsbruder, aber meine Gedanken kann er nicht lesen.

Das rede ich mir gerade ein, als ich die Tür zum Aktenraum öffne, eintrete und sofort zwei Auffälligkeiten registriere. Erstens das mechanische Surren des Kopierers. Und zweitens, dass Kerrie davor steht.

Sie hat mir den Rücken zugewandt und sich vorgebeugt, um ein paar Unterlagen zu stapeln – ein Anblick, den ich momentan ganz und gar nicht gebrauchen kann. Nichts, was nicht jugendfrei wäre. Durchaus familientauglich. Aber es reicht schon, um mein Blut in Wallung zu bringen. Die erotische Linie ihrer Fußfesseln und Waden, die durch ihre ziemlich hohen Schuhe noch betont wird. Die weiche Haut an ihren Kniekehlen – die, wie ich zufällig weiß, eine ihrer erogensten Zonen ist. Ihre schlanken, straffen Schenkel, die sie ihrer täglichen Runde Yoga, Radeln oder Schwimmen verdankt. Und natürlich die Rundung ihres perfekten, herzförmigen Pos.

Wie oft habe ich den Sonnenaufgang mit meiner Morgenlatte an diesem vollkommenen Hinterteil begrüßt? Wie oft habe ich diese Rundungen auf einer Tanzfläche umfasst oder mich daran festgehalten, während sie auf meinem Schwanz saß und mich geradewegs in den Himmel ritt?

Gottverdammt noch mal!

Allein von der Erinnerung werde ich hart, und da meine Gedanken jetzt definitiv nicht diese Richtung einschlagen sollen, trete ich einen Schritt zurück, um durch die immer noch offene Tür hinauszuschlüpfen, bevor sie mich bemerkt.

»Connor. Oh. Hey.«

Zu spät.

Ich erstarre und zeige dann dümmlich auf den Kopierer. »Den brauche ich mal. Aber das kann warten.«

»Ist schon gut, ich bin fast ...«

Aber den Rest des Satzes höre ich nicht, weil ich bereits den Raum verlassen habe. Ich bin schon fünf Schritte durch den Flur, da spüre ich ihre Hand an meinem Rücken. Ich bin ein großer Kerl, war früher bei den Special Forces, gehe jeden Morgen ins Fitnessstudio, laufe täglich mindestens zwei Meilen und fahre an den meisten Wochenenden mit meinem Rennrad zwischen vierzig und fünfzig Meilen durch das Hill Country. Und doch reicht ein schneller, fester Schubs von ihr, um mich in eines unserer drei leeren Büros zu katapultieren. Sie folgt mir, knallt die Tür hinter sich zu und starrt mich durchdringend an.

»Was zum Teufel soll das, Kerrie?«

Sie verschränkt die Arme über der Brust, sagt aber nichts. Kerrie ist hinreißend – und das sage ich nicht nur, weil ich früher mit ihr zusammen war. Sie ist ein echter Hingucker und hat vor nicht allzu langer Zeit undercover als Model für uns gearbeitet. Jetzt starrt sie mich mit ihren riesigen braunen Augen an, und verdammt noch mal: Ich habe das Gefühl dahinzuschmelzen.

Ohne ein Wort begebe ich mich zum Schreibtisch und lehne mich daran. Vielleicht gibt's jetzt Streit, vielleicht auch nicht. Aber ich werde nicht derjenige sein, der den Startknopf drückt.

Es herrscht eine aufgeladene Atmosphäre, die mich gleichzeitig stört und erregt. Erregt, weil das immer so zwischen uns ist. Und stets so war. Und das ist natürlich das Störende daran. Denn wie zum Teufel sollen wir über einander hinwegkommen und wieder nur Freunde sein, wenn es knistert, sobald wir nur wenige Schritte von einander entfernt sind?

»Es tut mir leid«, sagt sie schließlich.

Das ist das Letzte, was ich erwartet hätte.

»Moment mal. Was?«

»Du hast mich schon verstanden. Ich hab Mist gebaut.« Sie fährt sich mit den Fingern durch die honigblonden Haare und seufzt. Kerrie hat einen großartigen Schmollmund mit vollen Lippen, und ich weiß noch allzu gut, wie köstlich er schmeckt. Aber momentan sind ihre Lippen zu einer dünnen Linie zusammengepresst und an den Mundwinkeln nach unten gezogen.

Ich trete einen Schritt näher zu ihr. Am liebsten würde ich die Hand ausstrecken und sie berühren. Doch bei dieser aufgeladenen Atmosphäre würde ich eine Explosion riskieren.

»Ist schon gut«, versichere ich und frage mich dabei, ob sie einem Kunden eine falsche Information gegeben oder irgendetwas mit den Akten verbrochen hat. Sie arbeitet Vollzeit, studiert gleichzeitig Betriebswirtschaft und hat kaum Zeit zum Schlafen. Daher würde es mich nicht wundern, wenn sie viel häufiger Fehler machen würde. »Was auch immer es ist, das bringen wir schon wieder in Ordnung.«

»Wirklich? Denn ganz ehrlich, wenn ich gewusst hätte, dass du so sein würdest, wäre ich durch die Garage von der Party geflüchtet. Nie hätte ich dich geküsst, geschweige denn – du weißt schon. Ganz gleich, wie sehr ich es wollte oder wie großartig es sich anfühlte.«

Als ich das höre, sinkt mir das Herz. »Kerrie, du weißt doch, wir können nicht...«

»Ja, verdammt, das weiß ich.« Als sie auf mich zukommt, sind wir kaum noch eine Armeslänge voneinander entfernt. »Ich weiß, wir können nicht zusammen sein. Glaub mir, Connor, das hast du mir mehr als deutlich gemacht. Wir hatten ein knappes Jahr und gingen dann getrennte Wege. Keine Bindungen, kein Drama. Als du Schluss gemacht hast, war das der Deal, nicht wahr? Wir schworen uns, Freunde zu bleiben.«

»Das war der Deal«, sage ich angespannt und versuche gar nicht daran zu denken, worauf sie hinauswill.

»Genau. Das war der Deal. Dem wir beide zugestimmt haben. Obwohl ich es vollkommen blöd und hirnrissig von dir fand, mit mir Schluss zu machen, habe ich weder einen Tobsuchtsanfall bekommen noch geheult, noch dir Gemeinheiten an den Kopf geschleudert.«

Unwillkürlich muss ich lächeln. »Nein, all das hast du nicht getan.«

»Unsere Trennung war zivilisiert und vernünftig. Ein Schnitt, wie er sauberer nicht sein kann. Und danach waren wir immer noch Freunde. Kollegen. Und alles war cool, oder?«

»Ja, das war es.«

»Genau«, nickt sie. »War es.«

Sie überrascht mich mit einem weiteren Schubs gegen meine Brust. »Hallo? Vergangenheitsform. Denn jetzt hat sich alles verändert. Warum in aller Welt also verhältst du dich seit Caydens und Gracies Verlobungsparty wie ein totales Arschloch?«

»Moment mal«, protestiere ich. »Wieso wie ein Arschloch?«

»Du weichst mir aus«, sagt sie und kommt damit wie immer sofort auf den Punkt. Ich wusste, dass sie mich zur Rede stellen würde. Und genau deshalb habe ich mir noch mehr Mühe gegeben, ihr aus dem Weg zu gehen.

»Selbst nachdem wir unsere Affäre beendet hatten – wie du die Sache zwischen uns nanntest«, fährt sie fort, »bist du mir nie ausgewichen. Aber kaum trinken wir einmal ein bisschen zu viel und nutzen diesen Hauswirtschaftsraum, da plötzlich ...«

»Das bildest du dir nur ein«, erwidere ich, weil ich ein totales Arschloch bin. Denn natürlich bildet sie sich gar nichts ein.

»Wag es nicht!«

»Na gut, es ist nicht nur Einbildung. Aber der Grund ist, dass ich eben ein Arsch bin. Genau wie du sagtest.«

»Dem kann ich nicht widersprechen. Aber woher kommt dieser plötzliche Ausbruch von Arschigkeit? Und wichtiger noch: Brauchst du Pillen oder eine Salbe, um dich von deiner Krankheit zu heilen?«

»Kerrie ...«

»Jetzt komm mir nicht mit Kerrie. Du bist ein Idiot. Zugegeben, ich hab dich jahrelang angeschmachtet, aber als wir wirklich zusammenkamen, wurde alles anders. Dann war es keine Schulmädchenschwärmerei mehr, ich war keine Dreizehnjährige mehr, die einen Soldaten anhimmelte, der mit dem großen Bruder auf Heimaturlaub kam. Ich war bereits dreiundzwanzig und arbeitete als Anwaltsgehilfin, als wir anfingen, miteinander auszugehen. Und als wir uns trennten, war ich vierundzwanzig, schon vergessen?«

»Glaubst du wirklich, das könnte ich vergessen?«

»Möglich. Jetzt bin ich fünfundzwanzig. Oder hast du das vergessen? Ich bin erwachsen. Es ist über ein Jahr her, seit du – du – auf die Bremse getreten hast. Und habe ich dich in all der Zeit jemals belästigt, weil ich mehr von dir wollte? Habe ich gejammert, weil ich was wollte, was du mir nicht zu geben bereit warst? Habe ich mich beschwert, du wärst ein verblendeter Spinner, der nichts Gutes zu schätzen weiß?«

»Nein. Nicht bis ...«

»Ganz genau. Die ganze Zeit waren wir Freunde – und zwar gute! Freunde, die sich ziemlich genau kannten, und das war okay. Und wir waren Kollegen. Was nie ein Problem war, bis ...«

»Genau. Bis.«

»Bis«, fährt sie fort und imitiert dabei meinen Tonfall, »bis wir uns auf der Party ein bisschen zu nahe kamen. Und ich dir danach gestand, dass du mir fehlst. Dass mir das zwischen uns fehlt.«

»Du hast gesagt, du wolltest wieder mit mir zusammen sein«, erinnere ich sie. Denn genau das hatte sie später gesagt, als wir uns für den Heimweg ein Taxi teilten.

»Ja. Und das habe ich auch so gemeint. Aber du warst dagegen. Und da habe ich dich nicht bedrängt, oder? Nicht ein einziges Mal, Connor. Und zwar deshalb nicht, weil mir unsere Freundschaft wichtig ist, obwohl ich mich manchmal derart heftig nach dir sehne, dass ich fast wahnsinnig werde.«

Ich würde ja gerne auch etwas sagen, mir fällt nur nichts ein. Außerdem redet sie so schnell, dass ich wahrscheinlich nicht mal eine Silbe einwerfen könnte, geschweige denn einen ganzen zusammenhängenden Satz.

»Kapierst du das eigentlich nicht? Selbst wenn ich dich nicht in meinem Bett haben kann, will ich dich immer noch in meinem Leben haben.« Sie blinzelt heftig, und ich kenne sie gut genug, um zu wissen, dass sie gegen ihre Tränen kämpft. Es zerreißt mir das Herz, als sie sagt: »Aber du tust so, als machte eine einzige heiße Nacht in einem Hauswirtschaftsraum unmöglich, dass wir noch Freunde sind.«

»So ist es vielleicht auch«, sage ich, bereue es aber sofort. Ich will ihr nicht wehtun – das ist das Letzte, was ich will –, aber ich habe viel über all das nachgedacht. Über sie. Wir können keine Beziehung haben, aus all den Gründen, die es gab, als wir uns trennten. Vierzehn gute, vernünftige Gründe. Und noch ein paar mehr. Aber nach der Sache mit dem Mehrzweckraum habe ich Zweifel, was unsere Freundschaft angeht. »Vielleicht können wir einfach nicht nur Freunde sein. Weil wir nicht nur Freunde waren. Denn sonst hättest du nicht sofort gesagt, du wolltest wieder mit mir zusammen sein.«

»Das heißt also, ich hab's vermasselt. Bloß weil ich den Mund aufgemacht und die Wahrheit gesagt habe, ist das mit uns für immer aus? Tja, dann fick dich doch, Connor.«

Ich presse mir die Finger gegen die Schläfen. Das läuft nicht gut, ganz und gar nicht. »Ich wollte doch nur sagen, dass ...«

»Weißt du was?«, unterbricht sie mich, wofür ich dankbar bin. Denn ich habe keine Ahnung, was ich eigentlich sagen wollte. »Du hast recht. Wir machen es auf deine Art.«

»Meine Art? Was soll das denn heißen?« Mir war nicht mal klar, dass ich eine Art habe.

»Du sagst, wir könnten keine Freunde sein?« Als sie noch näher an mich herantritt, weiche ich instinktiv zurück, stoße aber gegen den Schreibtisch. »Schön. Dann sind wir eben keine.«

»Was soll das denn ...«

Ich kann die Frage nicht beenden, denn mit einem Mal presst sie sich an mich. »Vergiss unsere Freundschaft. Wenn wir wirklich ins Land der peinlichen Begegnungen taumeln, dann will ich aber mehr als nur eine Viertelstunde im Hauswirtschaftsraum. Ich kann dich weder als festen noch als platonischen Freund haben? Dann finde ich, dass ich einen Kumpel zum Ficken verdiene. Wenigstens bin ich dann befriedigt und nicht sauer, wenn du mich im Konferenzraum nicht mal ansehen kannst.«

Ich weiß, sie macht Witze. Kerrie versucht immer, peinliche Situationen etwas aufzulockern. Doch noch bevor ich grinsen kann, versetzt sie mir einen Schock und umfasst meine Kronjuwelen.

Ich zucke zusammen, weil mich ein Stromstoß von zehntausend Volt durchfährt, dann schiebe ich sie weg und hebe wie zur Selbstverteidigung die Hände.

»Halt, Weib. Lass ein bisschen Raum für den Heiligen Geist.«

Wie erhofft lacht sie über den Lieblingsausdruck meiner Großmutter aus East Texas, wo Cayden und ich aufgewachsen sind. Für Gran war das mehr als ein abgedroschenes Sprichwort: Es war die Grundregel des Lebens, der wir und alle anderen Jungen im Ort bei jeder Schulfeier folgen mussten. Und in jeder Minute des Tages, bis wir im Eheglück landeten.

Selbstverständlich verlor jeder Junge im Umkreis noch vor dem College seine Unschuld. Da uns ständig die Möhre vor die Nase gehalten wurde, mussten wir doch prüfen, ob sich der Aufwand lohnte.

»Ich mein's ernst«, sagt sie, und als ich ihr in die Augen sehe, wird mir klar, dass sie das auch so meint. Was ich für einen Aufheiterungsversuch hielt, war ein echter und ernst gemeinter Vorschlag.

»Fickkumpel?« Ich höre selbst, wie ungläubig meine Stimme klingt. »Schätzchen, du bist ja verrückt.«

»Nein, bin ich nicht. Und nenn mich nicht so. Nicht, bis du zustimmst, und auch dann nur im Bett. Du hast dich vom Acker gemacht. Also kannst du mich auch bitte schön Kerrie nennen. Oder Miss Blackwell.«

»Falls es deiner Aufmerksamkeit entgangen ist, Miss Blackwell, haben wir uns getrennt, weil es keinen Sinn hatte zusammenzubleiben. Wir hatten keine Zukunft.«

»Das hast du gesagt.«

»Verdammt richtig. Denn einer muss ja der Realität ins Auge blicken. Ich bin fünfzehn Jahre älter als du. Das sind anderthalb Dekaden. Ich werde schon Rente beziehen, noch bevor du in die Wechseljahre kommst.«

»Seit wann lässt du von solchen Klischees dein Leben bestimmen? Und es sind vierzehn Jahre. Nicht fünfzehn.«

»Ich bin vierzig. Du bist fünfundzwanzig. Rechne selbst nach.«

Sie verdreht die Augen. Wir wissen beide, dass unser Altersunterschied einen Großteil des Jahres vierzehn Jahre beträgt. Aber bis zu ihrem Geburtstag habe ich recht. Dieser Sieg verschafft mir leichte Befriedigung.

»Wir müssen das nicht von vorne durchkauen.« Sie rauft sich die Haare und sieht völlig zerzaust aus, was ihr wirklich außerordentlich gut steht. »Ich finde deine Gründe bescheuert, werde aber nicht mehr widersprechen. Ich bitte dich nicht, wieder mit mir zusammenzukommen. Du bist schließlich nicht der einzige Mann.«

Obwohl das genau der Grund für unsere Trennung war, durchbohrt dieser Satz wie ein Speer mein Herz. »Ich wusste gar nicht, dass du mit jemandem ausgehst.« Innerlich gratuliere ich mir, dass meine Stimme ganz ruhig und nüchtern klingt.

»Wieso auch? Schließlich geht dich das nichts mehr an.«

»Aber wenn du dich mit jemandem triffst, wieso sollen wir beide...«

»Verdammt, Connor. Ich treff mich mit niemandem, klar? Aber ich bitte dich auch nicht, mich zu heiraten, sondern sage nur, dass wir etwas Gutes hatten, das wir in eine Schachtel gestopft und unters Bett geschoben haben. Aber dort blieb es nicht, und als wir es auf der Party rausließen, haben wir etwas kaputt gemacht. Das möchte ich wieder in Ordnung bringen. Können wir das nicht einfach tun? Können wir nicht noch mal von vorn anfangen, nur dass wir jetzt beide wissen, dass eine Beziehung zu nichts führen würde? Aber dass wir beide diese ungeheure Anziehung zwischen uns genießen können – hier und jetzt? Denn ich weiß, du spürst sie auch.«

Jede Faser meines Körpers will jubilieren und triumphieren. Ich will Kerrie auf den Schreibtisch legen und das Ganze mit einem heißen, schnellen, dreckigen Fick besiegeln. Aber das geht nicht.

Denn obwohl allein schon bei der Vorstellung, sie könnte einen anderen haben, ein Monster mit tausend grünen Augen an meiner Niere nagt, weiß ich doch, es ist nur Eifersucht und kein rationaler Grund, zusammen zu sein. Sie muss ihr Leben leben. Sie braucht jemanden in ihrem Alter. Was zwischen uns ist, mag zwar Spaß machen, ist aber nicht von Dauer. Und ich darf sie nicht ablenken, während sie sich eigentlich nach dem Richtigen umschauen sollte.

Sie verdient mehr.

Und ich werde dafür sorgen, dass sie das auch bekommt, und wenn es uns beide umbringt.

»Connor«, beharrt sie. »Du musst mir wenigstens eine Antwort geben.«

»Ich will es. Herrgott, Kerrie, du musst doch wissen, wie sehr ich es will.«

Ich sehe, wie sie sich über die Lippen leckt und dann schluckt. »Da kommt doch noch ein Aber.«

»Aber wir können es nicht.«

»Doch, wir können es. Wir müssen nur...«

»Nein! Verdammt, Kay«, sage ich und nenne sie bei meinem ganz persönlichen Spitznamen für sie. »Hast du eine Ahnung, wie schwer es ist, jemanden zu finden, mit dem man eine echte Verbindung eingehen kann? Momentan lernst du über die Arbeit und das Studium alle möglichen Menschen kennen. Genau jetzt ist der Zeitpunkt, den Mann zu treffen, mit dem du dein restliches Leben verbringen wirst. Und das ist auch gut so, denn je älter man wird, desto schwieriger ist es. Aber wenn wir vögeln wie die Karnickel, ist deine Aufmerksamkeit woanders.« Ich spüre einen Stich im Herzen, ignoriere ihn aber und fahre fort: »Wenn du mit mir zusammen bist, wirst du den Richtigen nicht finden.«

»Nicht?«, erwidert sie und sieht mich mit schräg gelegtem Kopf an. Und das so lange, dass ich nervös werde.

»Was ist?«, frage ich, als ich es nicht mehr aushalte.

»Nichts.« Mit resigniertem, melancholischem Lächeln steht sie auf und geht zur Tür. »Ich versuche nur zu begreifen, wie ein so schlauer Mann so unglaublich dämlich sein kann.«

Während ich mich noch frage, was zum Teufel das schon wieder heißen soll, öffnet sie die Tür, schlüpft hinaus auf den Flur und zieht die Tür fest hinter sich zu.

3 Instinktiv will ich ihr folgen. Ich will ihr sämtliche Hindernisse aus dem Weg räumen und ihr alles leichter machen. Verdammt, wenn ich ehrlich zu mir bin – und was Kerrie betrifft, habe ich uns beide auf dem Altar meiner Ehrlichkeit geopfert –, dann muss ich zugeben, dass ich sie eigentlich in den Arm nehmen und trösten will.

Aber das wäre höchst kontraproduktiv.

Dennoch werde ich mich nicht der Wahrheit verschließen, dass ich sie will. Dies ist die Quintessenz meiner schrägen Geschichte, die umso vertrackter ist, da sie mich auch will.

Es ist, als würden wir in unserem ganz persönlichen O.Henry-Roman leben, komplett mit schrecklich danebengegangenem, tragischem Ende. Nicht besonders weit hergeholt, da der berühmte Schriftsteller – der eigentlich William Sydney Porter hieß – früher nur ein paar Blocks von diesem Büro entfernt wohnte. In einem kleinen Haus, in dem er seine ironischen Wendungen zu Papier brachte.

Ich weiß nicht, ob er je eine Geschichte mit Charakteren wie mir und Kerrie schrieb, aber wenn nicht, dann hätte er das tun sollen. Zwei Menschen, sehr zueinander hingezogen, die jedoch nicht zusammen sein können. Die, wenn sie der Anziehungskraft nachgeben sollten, die Freuden der Gegenwart unvermeidlich und schmerzlich in der Zukunft bezahlen werden.

Das könnte zwar für eine klassische Short Story reichen, aber eine solche Zukunft will ich nicht. Nicht für Kerrie.

Mag sein, dass es zuerst Spaß machen könnte, mit mir zusammen zu sein, aber ich weiß seit meiner Kindheit, dass eine Beziehung einen derartigen Altersunterschied nicht überleben kann. Mit zunehmendem Alter würde diese Beziehung ein Gefängnis werden, und ich möchte nicht, dass Kerrie wie meine Großmutter endet, eine energiegeladene Fünfundsechzigjährige, die unter dem Joch der Verpflichtung eine Dekade ihres aktiven Lebens verlor.

Meine Großmutter war in unserer Familie eine Naturgewalt, die vieles ausglich, nachdem meine Mutter verschwand und mein Vater immer mehr in Depression und Alkohol versank. Sie machte uns den Haushalt, arbeitete überall in der Stadt ehrenamtlich und reiste mit ihren Freunden und meinem Großvater durch die Welt.

Aber all das endete abrupt, als mein Großvater durch einen Herzinfarkt dauerhaft ans Bett gefesselt wurde. Die nächsten zehn Jahre verbrachte sie in einem Schattendasein und verlor ihre ganze Energie in den endlosen Stunden am Bett eines Mannes, dessen langes Siechtum ihr das Leben stahl.

Zwar versicherte sie Cayden und mir immer, dass es ihr nichts ausmache, bei ihm zu Hause zu bleiben, aber was hätte sie auch sonst sagen sollen? Nachdem sie einmal ihre Entscheidung getroffen hatte, musste sie sich zwingen, daran zu glauben. Sie musste sogar ihn zwingen, daran zu glauben.

Und selbst wenn dies wirklich ihren Gefühlen entsprach, kann ich mit Kerrie dennoch nicht in dem Wissen weitermachen, dass ihr dasselbe Schicksal blühen könnte. Mag sein, dass ich jetzt in Bestform bin, aber Kämpfe setzen einem Mann zu, und obwohl ich noch alle vier Gliedmaßen habe, musste ich schon zahlreiche Schläge einstecken, wovon ebenso zahlreiche Narben zeugen. Vielleicht wird es mir bis ans Ende meiner Tage gut gehen. Aber wahrscheinlicher ist es, dass sich irgendeine Verletzung wieder meldet oder irgendein Gift in meinen Zellen aktiv wird, und dann ende ich wie mein Großvater, gefangen im Bett unter einer Decke aus Schuldgefühlen, weil die Frau, die ich liebe, an mein Bett gefesselt ist – durch die Verpflichtung einer Liebe, die wir nie hätten ausleben dürfen.

Wie kann ich es riskieren, Kerrie eine solche Bürde aufzuerlegen?

Und wenn es genau umgekehrt verläuft? Wenn sie sich nicht wie meine Großmutter von der Liebe fesseln lässt, sondern dem Beispiel meiner Mutter folgt und den Altersunterschied nicht mehr aushält? Wenn sie aus Sehnsucht nach Jugend und Freiheit einfach den Mann verlässt, der fast zwanzig Jahre älter ist als sie? Einen Mann, der vor lauter Einsamkeit und Verbitterung zur Flasche griff, seine achtjährigen Söhne der Obhut ihrer Tante und ihrer Großmutter überließ und die nächsten Jahre nur noch ein Schatten seiner selbst war, bis er schließlich nach einem seiner Besäufnisse das Bewusstsein verlor und nie wieder aufwachte.

So oder so kann es bei Kerrie und mir nur übel enden.

Ich weiß das, doch sie will das nicht einsehen.

Allerdings lasse ich ihr keine Wahl. Ich liebe sie zu sehr, um zu riskieren, dass ihr Leben zerstört wird.

Also ja: Ich muss ihren Vorschlag, Fickkumpel zu sein, ablehnen. Mit Bedauern, selbstverständlich.

Ich unterdrücke einen frustrierten Seufzer und stoße mich vom Schreibtisch ab. Mittlerweile ist Leo wohl schon da, was heißt, ich muss zum Meeting, Kerrie am Konferenztisch gegenübersitzen und so tun, als wäre das alles nicht passiert.

Sollte nicht so schwer sein, denke ich, bin aber schon geliefert, als ich die Tür öffne, da mein älterer Bruder an der gegenüberliegenden Wand lehnt, mich mit schräg gelegtem Kopf mustert und die Braue seines sichtbaren Auges hochgezogen hat – entweder amüsiert oder konsterniert. Oder beides.

»Was zum Teufel ist los?«, fragt er.

Nein, offenbar doch konsterniert.

»Gibt's ein Problem?« Ich biege nach rechts und steuere den Konferenzraum an. »Sind Pierce und Leo schon da drin?«

»Leo hat eine Nachricht geschickt, er parkt gerade und wird in fünf Minuten da sein.« Mit seiner großen Hand – die meiner so ähnelt – hält er mich am Oberarm fest. »Meinst du nicht, es wird langsam Zeit, mir offiziell mitzuteilen, was da zwischen Kerrie und dir läuft?«

»Läuft?«

Daraufhin bedenkt er mich nur mit dem Blick. Weil er Bescheid weiß. Natürlich weiß er Bescheid. Nicht nur, weil wir Zwillinge sind, sondern auch weil er in der Security-Branche arbeitet. Er bemerkt es, wenn Leute zusammen verschwinden. Und wieder auftauchen. Und er bemerkt, wie sie sich zueinander verhalten.

Dennoch gebe ich nicht das Geringste preis.

Cayden räuspert sich. »Ich frage noch mal«, setzt er an, »meinst du nicht, es wäre Zeit, mir zu sagen, was zum Teufel du und Kerrie auf meiner Verlobungsparty gemacht habt? Denn wenn Gracie, Pierce, Jez und ich nicht vollkommen auf dem Holzweg sind, benimmst du dich genau seitdem so, als wäre sie dein persönliches Kryptonit.«

»Gracie und Jez?« Gracie ist Caydens Verlobte und Jezebel Pierces Frau. Und ich habe im Laufe des letzten Monats absichtlich so viel gearbeitet, dass ich wahrscheinlich mit keiner von beiden mehr als zehn Minuten verbracht habe.

»Du kannst zwar versuchen, uns aus dem Weg zu gehen«, sagt Cayden und beweist damit wieder einmal, dass er die Gedanken seines Zwillingsbruders lesen kann, »aber es ist verdammt offensichtlich. Was das betrifft, muss ich nicht mal wissen, was auf der Party los war, weil auch das ziemlich offensichtlich ist. Daher möchte ich nur sagen, dass es ein schwerer Verstoß gegen die guten Manieren ist, jemanden auf einer fremden Waschmaschine zu vögeln. Für den Fall, dass du diese Lektion in der Schule verpasst hast.«

»Nett. Aber ich hab sie nicht gevögelt. Genau betrachtet«, füge ich hinzu, als er erneut die Augenbraue hochzieht. Cayden hat im Nahen Osten ein Auge verloren, und obwohl er mir persönlich nie Angst gemacht hat, sieht er mit seiner Augenklappe aus wie ein ganz harter Hund. Was ganz praktisch für den Job ist.

»Tja, verdammt noch mal. Vielleicht ist genau dies das Problem. Vielleicht müssen wir euch einfach mal ins Penthouse im Driskill Hotel sperren und wie die Karnickel vögeln lassen, bis ihr es endlich überwunden habt. Denn ganz ehrlich, Con, du kannst ihr nicht ewig aus dem Weg gehen. Falls du es vergessen hast: Sie arbeitet ebenfalls hier.«

»Ich gehe ihr nicht aus dem Weg«, lüge ich und zeige auf das Büro hinter mir. »Wir haben geredet. Gerade eben. Du hast doch gesehen, wie sie da rausgekommen ist.«

Als er mir direkt in die Augen blickt, ist mir trotz seiner Augenklappe, als würde ich in den Spiegel sehen. Nur ist das Spiegelbild ruhig, gelassen und zum ersten Mal seit einer langen Zeit vollkommen zufrieden. Ich freue mich für ihn und Gracie, ehrlich.

Dennoch kann ich nicht leugnen, dass sich die grüne Schlange namens Neid in meiner Magengrube windet.

»Findet eine Lösung«, sagt er. »Und zwar schnell. Wenn wir Leo überzeugen wollen, bei uns und nicht bei der Konkurrenz zu unterschreiben, müssen wir dafür sorgen, dass er uns als spitzenmäßiges Sicherheitsunternehmen mit super Ruf und wachsendem, erstklassigem Kundenstamm sieht. Er ist nicht auf der Suche nach einer melodramatischen Seifenoper, klar?«

Kapitulierend hebe ich die Hände und habe zum ersten Mal seit langer Zeit wieder das Gefühl, der kleine Junge zu sein, der von seinem älteren Bruder ausgeschimpft wird.

Auch wenn wir nur neun Minuten auseinander sind.

4 Kaum betrete ich den großen Konferenzraum, sehe ich Leonardo Vincent Palermo am Fenster stehen, und ein strahlendes Lächeln lässt sein Gesicht aufleuchten, als wir uns alle fest die Hände schütteln und auf den Rücken klopfen. Leo hat mit Pierce gedient, und wenn wir alle Heimaturlaub hatten, gingen wir ein paar Mal mit ihm was trinken. Von seiner italienischen, Kunst liebenden Mutter wurde er nach da Vinci und van Gogh benannt. »Malen kann ich trotzdem nicht«, versicherte er uns. »Ich glaube, das hat mir meine Mutter nie verziehen.«

In all der Zeit, seit ich ihn kenne, habe ich keinen Gedanken an sein Aussehen verschwendet. Aber jetzt, als Kerrie abrupt stehen bleibt, nachdem sie mit einem Arm voller Kopien das Zimmer betreten hat, wird es mir mehr als bewusst. Er ist ein dunkler Typ, wie Cayden und ich, aber während wir aussehen, als wären wir auf einer Ranch aufgewachsen, wirkt Leo wie eine Kreuzung aus klassischem Filmstar und europäischem Adligen.

»Leo!« Ich sehe zu, wie Kerrie quer durch den Raum in Leos ausgestreckte Arme hüpft, und weiß nicht, ob ich amüsiert, wütend oder eifersüchtig bin.

Eifersüchtig.

Doch. Definitiv eifersüchtig.

Zur Hölle, oder etwa nicht? Ich kann's auch gleich zugeben. Im Moment gibt es einfach keinen anderen Begriff für den dunkelgrünen Mahlstrom der Gefühle, der in mir tobt.

»Es ist so schön, dich wiederzusehen«, quiekt sie. »Wie lang ist das jetzt her? Mindestens zwei Jahre, oder?« Sie grinst geradezu albern, und ich will verdammt sein, wenn es nicht mein erster Impuls ist, mich neben sie zu stellen, ihr den Arm um die Schultern zu legen und meinen Besitzanspruch klarzumachen.

Mein zweiter Impuls ist es, meine Faust in Leos selbstgefälliges, junges Gesicht zu rammen. Denn der Mann ist über zehn Jahre jünger als Pierce, Cayden und ich. Was heißt, er gehört genau zu Kerries Zielgruppe. Zumindest zu der, die ich für sie bestimmt habe.

Ich bin so damit beschäftigt, meine Gefühle nicht nach außen dringen zu lassen, dass mir völlig entgeht, wie er reagiert. Aber wenn sein Gesichtsausdruck ein Indiz ist, dann freut er sich einfach nur, sie zu sehen.

Zum Teufel mit mir!

»Spann uns nicht auf die Folter«, sagt Pierce, als wir alle unsere Plätze eingenommen haben. »Akzeptierst du unser Angebot? Oder bist du nur den langen Weg nach Austin gekommen, um bei einem nichtswürdigen Konkurrenten zu unterschreiben?«

Leo lacht leise. »Wenn du es so ausdrückst, habe ich wohl kaum eine Wahl. Wann kann ich anfangen?«

Die Reaktion ist ein Chor von Freudenbekundungen, unter anderem von mir. Auch wenn der Anblick von ihm und Kerrie Eifersucht in mir weckt, muss ich zugeben, dass Leo ein verlässlicher Kerl mit schnellem Verstand ist. Er ist kompetent, engagiert und einer der nettesten Menschen, die ich je kennengelernt habe. Er wird für das Team ein Riesengewinn sein.

Und wenn sich etwas zwischen Kerrie und ihm anbahnen

sollte, ist er zumindest im richtigen Alter. Und sagte ich nicht gerade zu Kerrie, einer der Gründe, warum wir nicht zusammen sein dürfen, sei der, dass sie sonst nicht mit geeigneten Kandidaten ausgehen könne? Leo ist nicht nur geeignet, sondern von mir, Cayden und Pierce geprüft.

Ist doch was Gutes, oder?

Ich lehne mich auf meinem Stuhl zurück und rede mir ein, wie gut das ist, während ich eigentlich nur eine schnelle, gerade Rechte in Leos Solarplexus landen will. Aber das ist ein Drang, der sich legen wird, sobald ich zur Vernunft komme und auch gefühlsmäßig kapiere, was ich vom Kopf her längst weiß: dass Kerrie in den Armen eines anderen Mannes besser dran ist.

Ich unterdrücke ein Seufzen. Warum zum Teufel muss es nur so verdammt wehtun, vernünftig zu sein und das Richtige zu tun? »... aber Connor hat schon mit dem Senator gearbeitet«, sagt Pierce, worauf ich meine Aufmerksamkeit wieder auf das Meeting richte und erkläre, welche Klienten von der Liste von mir sind. Dann beantworte ich weitere Fragen von Leo zu unserer Vorgehensweise und erzähle allgemein von unserer Planung, das Geschäft auszubauen.

»Du hast erwähnt, dass du mit einem aktuellen Auftrag zu uns kommst?«, sage ich, weil mir unser Telefonat von letzter Woche wieder einfällt. Zu dem Zeitpunkt überlegte Leo noch, ob er unser Angebot oder das eines Konkurrenten in Austin annehmen sollte. Allerdings wollte er in jedem Fall einen langjährigen Kunden mitbringen.

Leo nickt. »Carrington-Kohl Energy«, erklärt er. »Brody Carrington und ich sind seit der Highschool befreundet. Als sein Vater sich vor ein paar Jahren zur Ruhe setzte, wurde er Geschäftsführer der Firma. Vor etwa vier Monaten bemerkte er, dass irgendjemand im Unternehmen Firmengeheimnisse verkaufte. Wir wissen, wer diese Geheimnisse preisgegeben hat«, fährt Leo fort, holt eine Akte aus seiner Tasche und reicht jedem von uns einen dicken Stapel Kopien. »Leider ist er tot.«

»Ermordet?«, frage ich.

Leo schüttelt den Kopf. »Selbstmord. Offenbar hatte er Krebs, im Endstadium. Da er wusste, dass er sterben würde, beschloss er, Firmengeheimnisse zu verkaufen, damit seine Familie nach seinem Tod abgesichert wäre. Ich persönlich finde, eine konventionelle Lebensversicherung wäre die bessere Wahl gewesen. Denn jetzt hat die Familie gar nichts.«

»Also habt ihr das Loch gestopft«, sagt Cayden. »Aber ihr wisst noch nicht, ob er die Informationen auch an einen Käufer weitergegeben hat. Oder wer der Käufer war.«

»Wir haben einen Verdacht«, erwidert Leo. »Und sind ziemlich sicher, dass er die Informationen unter Verschluss hält und auf das Höchstgebot wartet.« Er sieht uns nacheinander an, um dem Nachdruck zu verleihen, was er als Nächstes sagen will. »Michael Rollins.«

Pierce stößt einen Pfiff aus, und Cayden murmelt einen Fluch.

»Rollins.« Wieder lehne ich mich auf meinem Stuhl zurück. »Es wäre ein verdammt großer Coup, den Mann auf frischer Tat zu ertappen.« Rollins, eine feste Größe in der Welt der Hochfinanz, operiert vom zweihundert Meilen entfernten Dallas aus. Man sagt ihm nach, dass er einen Pakt mit dem Teufel geschlossen haben muss, da er allen immer zwei Schritte voraus ist. Was von unglaublichem Talent zeugt, sollte es mit rechten Dingen zugehen. Und strafbar ist, sollte er Spione oder andere kriminelle Mittel nutzen, um wichtige

Daten über Konkurrenten und verschiedene Großkonzerne wie Carrington-Kohl zu sammeln.

»Bislang hat niemand Rollins etwas Illegales nachweisen können, doch das liegt zum Teil daran, dass keiner aus seiner Firma zu Auskünften bereit ist«, erklärt Leo. »Ich habe ein paar Freunde bei der Justizbehörde, die darauf brennen, ihn bei einem Fehltritt zu ertappen. Zwar gibt es bislang keinerlei Beweise, aber sie sind sich alle sicher, dass er nicht nur Dreck am Stecken hat, sondern auch gefährlich ist – ein Mann, der über Leichen geht, wenn es ihm dient.«

»Es wäre schon ein echter Triumph für Blackwell-Lyon, wenn wir Rollins mit der Hand in der Keksdose erwischen könnten«, bemerkt Cayden.

»Und kein schlechter Start für meine Karriere bei euch«, nickt Leo.

Pierce lacht leise. »Das klingt, als hättest du einen Plan.«

»Habe ich auch. Ich brauche nur ein kleines bisschen Hilfe.« Sein Blick wandert zu Kerrie. »Von weiblicher Seite.«

Ich erstarre, weil mein Beschützerinstinkt aufflammt. »Was soll das heißen?«, will ich wissen und kann meinen Besitzanspruch nicht verbergen.

»Meine Schwester ist mit Rollins' Freundin Amy zur Schule gegangen. Eigentlich will sie sich schon seit einiger Zeit von ihm loseisen, aber Rollins ist ein besitzergreifender und rachsüchtiger Mistkerl, und das Mädchen hat Angst, ihn zu verlassen. Ich will euch nicht mit Details langweilen, aber nach einigem Hin und Her haben wir einen Plan geschmiedet. Rollins gibt jede Menge Partys, und die am nächsten Wochenende wird wohl ein ganz besonderes Spektakel. Ich korrespondiere seit etwa einem Monat in der Rolle eines reichen Auswanderers in Dubai mit ihm, der immer für risikofreie Investitionen zu haben ist. Er will mir irgendeinen Scheißdeal andrehen, und als er hörte, dass ich mit meiner Freundin hier bin, hat er uns zur Party eingeladen.«

Ich werfe Cayden einen kurzen Blick zu und sehe, dass er ebenso beeindruckt ist wie ich. Genau das ist die Art von Einfallsreichtum, für die Blackwell-Lyon langsam bekannt wird.

»Eigentlich lautete der Plan, ich würde mit einer Bekannten hingehen. Und während Rollins fleißig mit meiner Begleiterin flirten würde, wollte ich mit Amy in seine Datenbanken eindringen und genug Beweise sammeln, um ihn zur Strecke zu bringen. Aber dabei gibt's Schwierigkeiten.«

»Welcher Art?«, erkundigt sich Kerrie.

»Die Frau, mit der ich bei solchen Projekten normalerweise zusammenarbeite, hat sich beim Skifahren ein Bein gebrochen. Eigentlich wollten wir bei der Party ganz schnell rein und wieder raus – Amy hat Zugang zu Rollins' Computer, und ich weiß, dass ihr die nötigen Spezialisten zur Analyse der Daten aufbringen könnt –, aber ich kann's einfach nicht riskieren, eine Partnerin mitzunehmen, die bewegungseingeschränkt ist.«

»Verstehe«, nickt Pierce. »Dann willst du Kerrie wahrscheinlich als Ersatz?«

»Ja, genau.« Wieder wirft er einen Blick zu Kerrie. »Du bist in alles eingeweiht, du kennst dich ein bisschen mit Computerzeugs aus, und du bist definitiv Rollins' Typ. Ich bin sicher, wenn du mit ihm was trinken würdest, hätten Amy und ich genug Zeit, die Informationen zu besorgen.«

»Ich dachte, der Typ sei gefährlich«, bemerke ich und spüre, wie sich ein eiserner Ring um meine Brust legt.

»Wie ich schon sagte, ist geplant, dass wir schnell rein- und wieder rausgehen.«

»Das krieg ich hin«, sagt Kerrie und wirft mir einen scharfen Blick zu.

Ich ziehe eine Grimasse, nicke aber. Zwar bin ich nicht begeistert darüber, weiß jedoch nur zu gut, dass ich da nicht mitzureden habe.

»Gut. Alles klar.« Als Leo an seinem Kragen zupft, sehe ich, wie ihm leichte Röte den Hals hinaufsteigt.

»Was verschweigst du uns?«, frage ich.

»Äh, ja.« Er schluckt. »Die Sache ist die, dass Rollins berühmt ist für seine Partys. Nicht weil sie extravagant sind – und das sind sie zweifellos –, sondern weil sie gewagt sind. Und das ist noch ein höflicher Ausdruck dafür. Ich will damit nicht sagen, dass wir geradewegs aufs Filmset von Eyes Wide Shut geraten, aber meine, äh, Partnerin und ich müssen überzeugend sein. Und mitspielen.«

Seine Worte dröhnen wie eine Glocke in meinem Kopf. »Moment mal«, sage ich und bemerke Caydens amüsierte Miene, während ich versuche, das zu verdauen. »Willst du damit sagen, dass es eine Sexparty ist?«

»Ja«, bestätigt Leo und sieht Kerrie entschuldigend an. »Genau das ist es.«

»Kommt nicht infrage«, sage ich in genau dem Moment, als Kerrie lächelt, die Haare zurückwirft und ausruft: »Ich bin dabei. Verdammt, endlich mal ein Abenteuer!«

5 Ein Abenteuer!

Noch vierundzwanzig Stunden später hallen Kerries Worte in meinem Kopf nach... ebenso wie das darauf folgende Gespräch zwischen ihr und Leo.

»Ist das wirklich eine Sexparty?«

»Bist du fasziniert oder abgeschreckt?«

Sie wurde rot und kicherte sogar. »Du kennst mich doch. Ich bin immer für neue Abenteuer zu haben. Wenigstens sind wir seit Jahren befreundet. Das macht es uns leichter.«

»Aber es muss aussehen, als wären wir mehr als nur Freunde.« Leos Lächeln war freundlich und nicht mehrdeutig oder gar anzüglich. Dennoch hätte ich ihm am liebsten geradewegs ins Gesicht geschlagen. »Sollen wir demnächst mal zusammen essen gehen? Dann können wir unsere Geheimnisse austauschen und üben, wie ein Pärchen zu wirken.«

Genau da schoss sie mir ein knappes Lächeln zu. »Klingt perfekt.«

Perfekt? Zur Hölle!

Nur kann ich nichts sagen, schließlich habe ich auf die Bremse getreten und Schluss gemacht. Außerdem sagt mir die Vernunft, dass sie und Leo ein gutes Paar abgeben würden.

Leider wünscht der Rest von mir – mein Herz und vor allem ein Körperteil weiter südlich – jegliche Vernunft zum Teufel.

Das ist schon in Ordnung. Ich weiß, ich tue das Richtige. Das Rationale. Mit Kerrie zusammen zu sein mag zwar eine

Weile schön sein, aber je länger wir es dauern lassen würden, desto mehr hätte sie zu verlieren. Also besser jetzt einen schmerzhaften Schnitt machen und getrennte Wege gehen. Selbst wenn dieser Schnitt höllisch wehtut.

Ich weiß es. Ich bin davon fest überzeugt.

Und doch parke ich jetzt vor ihrem winzigen Haus in Süd-Austin. Wieso bloß? Tja, das ist wirklich die Frage. Die ehrliche Antwort lautet, dass mein Wagen quasi von selbst hierher gefahren ist. Was heißt, ich sollte jetzt den Rückwärtsgang einlegen, wieder losfahren und sie in Ruhe lassen.

Stattdessen schalte ich den Motor aus, steige aus dem Auto und bastele mir eine Rechtfertigung, indem ich mir einrede, es läge in meiner Verantwortung, mich zu vergewissern, dass sie wirklich einverstanden ist, undercover zu arbeiten. Es ist eine Sache, einen Nachmittag lang als Möchtegernmodel zu fungieren, wenn keinerlei Gefahr droht. Aber es ist etwas vollkommen anderes, unter fingierten Angaben bei einer Party von Michael Rollins aufzutauchen. Ich möchte sichergehen, dass ihr die potenzielle Gefahr bewusst ist. Dass sie auf alles, was fehlschlagen könnte, vorbereitet ist.

Als ich den Weg zu ihrer Frontveranda entlanggehe, greife ich automatisch nach meinen Schlüsseln. Nicht weil es für mich normal ist, unaufgefordert bei Kerrie aufzutauchen – dieses Privileg habe ich schon vor langer Zeit eingebüßt –, sondern weil ich dieses Haus irgendwie immer noch als Caydens betrachte. Nach der Scheidung und vor seiner Beziehung mit Gracie wohnte er hier. Es ist winzig – mit nur einem Schlafzimmer und knapp fünfzig Quadratmetern –, aber als Cayden es vermieten wollte, griff Kerrie sofort zu.

Ich ziehe meine Hand ohne Schlüssel aus der Tasche und klopfe an die Tür. Nichts.

Ich klopfe erneut.

Immer noch nichts.

Stirnrunzelnd blicke ich zur Einfahrt zurück. Doch, ihr Wagen steht da. Natürlich könnte sie auch den Block hinunter zum nächsten Laden auf der Brodie Lane gelaufen sein. Oder mit dem Taxi zu einer Bar auf der Rainey Street gefahren, um sich mit ihren Freundinnen zu treffen. Schließlich ist es Freitagabend, und da ich den größten Teil des Tages in Waco verbracht habe, um mit unserem Freelancer-Team im McLennan County einen bevorstehenden Personenschutz-Auftrag durchzugehen, habe ich Kerrie seit gestern nicht mehr gesehen. Also kein kurzer Austausch im Pausenraum über ihre Pläne. Kein Lachen über einen albernen Witz, während wir darauf warten, dass der Kaffee durchläuft.

Kein innerliches Krümmen, während sie mir erzählt, wie Leo und sie überzeugend das Pärchen spielen werden, wenn es am nächsten Wochenende zum Auftrag in Dallas geht.

Mist.

Ich sollte wirklich kehrtmachen und nach Hause fahren. Denn Cayden hat recht. Diese Frau ist einfach Kryptonit für mich, und unter den gegebenen Umständen sollte ich mich von ihr fernhalten, bis ich sie aus meinem System gespült habe.

Doch als ich mich tatsächlich umdrehen will, klickt das Schloss, die Tür geht auf, und Kerrie erscheint: mit einem Handtuchturban und feuchter Haut von einer heißen Dusche. Sie trägt Frotteeshorts, die ihre straffen Beine betont, und ein weißes Tanktop, das sich an ihren Busen schmiegt und so dünn ist, dass man ihre dunkelbraunen Nippel sieht.

Mir wird der Mund trocken, und mein ganzer Körper zieht sich zusammen.

O Mann, wahrscheinlich hätte ich doch wegfahren sollen. Ganz schnell und ganz weit weg.

Und doch ...

»Connor?« Ihre Stimme klingt eindeutig überrascht. »Ich dachte, du wärst ...« Sie verstummt mit einer wegwerfenden Geste und winkt mich hinein.

»Tut mir leid«, erwidere ich. »Ich bin gerade erst aus Waco zurück und wollte dir ein paar Vorschläge wegen nächster Woche machen, während ihr noch in den Vorbereitungen seid.«

Sie sieht mich forschend an, um zu prüfen, ob das nur ein Vorwand ist. Was es ist – zumindest zum Teil –, aber das kann ich ganz gut verbergen. »Da hast du dir einen schlechten Zeitpunkt ausgesucht. Könntest du mich nicht am Montag im Büro darauf ansprechen? Oder mir eine E-Mail schicken?«

Autsch.

»Ich dachte ...«

»... du könntest hier einfach auftauchen, als hätte sich nichts geändert? Als wären wir nur Freunde, und alles wäre Friede, Freude, Eierkuchen?« Sie senkt stirnrunzelnd den Blick und verschränkt die Arme. »Tja, Fehlanzeige.«

»Ich weiß schon. Aber das nächste Wochenende bringt für dich eine ganz neue Situation mit sich.«

»Leo ist dabei und wird mir helfen. Auch wenn er neu bei Blackwell-Lyon ist, arbeitet er schon seit Jahren in der Branche. Oder willst du etwa sagen, dass wir jemanden angeheuert haben, der sein Geschäft nicht versteht?«

»Komm schon, Kerrie. Jetzt tu' nicht so. Du weißt genau, dass ich das nicht sagen wollte.«

Ganz kurz denke ich, sie will widersprechen. Dann macht sie auf dem Absatz kehrt und verschwindet im Schlafzimmer.

Kurz darauf taucht sie wieder auf. Jetzt hängen ihre nassen Haare schlaff um ihr Gesicht, und sie trägt einen flauschigen, rosa Morgenmantel, der mir nur allzu vertraut ist. Ich reibe meine Finger aneinander, weil die Erinnerung an den weichen Stoff reinste Folter für mich ist.

»Na gut«, sagt sie. »Du hast recht.« Sie lehnt sich lässig an die Rückseite ihrer Couch, worauf der Morgenmantel den Saum ihrer Shorts und ihren Schenkel enthüllt. Davor war es nur Haut. Kerries Haut natürlich und damit schon etwas Besonderes. Aber jetzt, nachdem sie sich die Mühe gemacht hat, sie zu verbergen, wirkt dieser unbeabsichtigte Einblick noch provozierender, vor allem, weil ich mir ohne Weiteres vorstellen kann, wie sich ihre Haut unter meinen Fingerspitzen anfühlt.

Wahrscheinlich hat sie diese Reaktion eher nicht beabsichtigt.

Ein Augenblick vergeht, bis sie schließlich seufzt und sich eine Strähne aus der Stirn streicht. »Hör mal, ich weiß, du machst dir Sorgen um mich. Weil dir etwas an mir liegt. Ich weiß auch, dass du meinst, es wäre richtig gewesen, mit mir Schluss zu machen. Ich hab's verstanden. Ehrlich. Und eine Zeit lang konnte ich auch gut damit umgehen. Aber auf der Party hat sich alles geändert, das wissen wir doch beide, nicht wahr? Ich meine, warst du nicht derjenige, der bezweifelt hat, dass wir noch Freunde sein können? Also, was machst du hier an einem Freitagabend, Connor? Willst du es mir noch schwerer machen?«

Ihre Stimme klingt gepresst, und zum ersten Mal in meinem Leben bin ich nicht der ritterliche Kerl, der versucht, bei einer Frau alles richtig zu machen. Verdammt, da hat mich meine Grandma doch besser erzogen. »Ach, Mist, Kerrie, du hast recht. Es tut mir leid. Ich schwöre, ich wollte wirklich nur dafür sorgen, dass du gut vorbereitet bist.«

»Das ist nicht deine Aufgabe. Und es ist auch nicht der richtige Zeitpunkt.«

»Wir reden hier über Michael Rollins.« Schon als ich das ausspreche, hasse ich mich dafür. Denn obwohl das alles vollkommen vernünftig, begründet und aufrichtig klingt, mache ich mir nicht um den potenziell gefährlichen Bad Boy der Finanzwelt Sorgen, sondern um den heißblütigen Ex-Marine mit den italienischen Wurzeln, der meine Ex-Freundin zu einer Sexparty begleiten wird.

Wenn man es so betrachtet...

»Du musst vorsichtig sein«, sage ich ernst.

Sie neigt den Kopf zur Seite, lächelt wissend und fragt: »Bezogen auf Rollins, die Situation oder Leo?«

Ich will irgendwas kontern, doch da sie den Nagel auf den Kopf getroffen hat, fällt mir nichts mehr ein.

Kerrie jedoch offenbar schon. »Ich war nicht diejenige, die Schluss machen wollte. Aber jetzt kommen mir langsam Zweifel, ob du nicht doch vielleicht recht hattest. Schließlich bist du wirklich viel zu alt für mich. Du hörst dich ja schon an wie mein Vater und nicht wie mein Freund!«

»Ich bin auch nicht dein Freund!«

An ihrer Wange zuckt ein Muskel. »Nein, das hast du mehr als deutlich gemacht. Aber du benimmst dich auch nicht wie ein Kollege. Ein Kollege nämlich würde eine E-Mail schicken oder bis Montag warten.«

»Ist es ein Verbrechen, wenn du mir immer noch am Herzen liegst?«

»Ja! Nein. Verdammt, ich weiß es nicht.« Als sie mir direkt in die Augen sieht, erkenne ich so etwas wie Mitleid in ihrem

Blick. »Hör mal, Connor, ich weiß, du machst dir Sorgen, aber es wird alles vollkommen sicher sein. Ich bin nur eine Requisite, nur das Mädchen, das Leo begleiten soll. Das weißt du genauso gut wie ich. Leo ist derjenige, der sich in Gefahr begibt, und wir wissen, dass er der Sache gewachsen ist. Ehrlich«, fügt sie leise hinzu, »ich komm schon klar.«

Allein vom Ton ihrer Stimme zerreißt es mir das Herz, und schon wieder fühle ich mich wie ein Schuft. Ich bin nicht hierher gekommen, um ihr bewusst zu machen, dass ihr etwas an mir liegt, oder um es ihr schwerer zu machen.

Was die Frage aufwirft, warum genau ich denn gekommen bin. Denn sie hat recht. Alles, was ich ihr sagen wollte, hätte auch bis Montag warten können.

Ich bin unschlüssig, ob ich ihr gestehen soll, dass ich mich geirrt habe. Dass wir doch noch Freunde sein können. Dass ich es mir wünsche. Gestern im Büro schien mir dieser Weg versperrt, aber trotzdem: Ich habe sie zwar von der Bettkante geschubst, möchte sie aber weiterhin in meinem Leben haben.

Das möchte ich ihr sagen. Aber ich kriege die Worte nicht heraus, denn noch während ich sie mir im Kopf herumgehen lasse, räuspert sie sich und sagt mit völlig anderer Stimme: »Hör mal, können wir Montag darüber reden? Oder später dieses Wochenende, wenn du meinst, dass es nötig ist? Denn ich muss mich jetzt fertig machen, also ...«

Sie verstummt und weist nickend zur Tür.

Ich werfe einen Blick auf meine Uhr: fast sieben. Normalerweise verbringt Kerrie ihre Abende in Schlafanzug und Bademantel. »Gehst du noch aus?«

»Tja, also, ja. Ja. Es ist Freitag, und ich habe ein Date.« Sie leckt sich nervös über die Lippen. »Also wäre es großartig, wenn du jetzt gehen könntest. Sonst könnte es für euch beide peinlich werden, meinst du nicht auch?«

»Wer ist es?« Ich rede mir ein, ich wäre froh, dass sie wieder ausgeht. Ich zwinge mich zu glauben, dass ich nur deshalb nachfrage, um ein paar Hintergrundrecherchen zu diesem Mistkerl zu starten. Um Kerrie zu schützen, natürlich.

An ihrem Gesichtsausdruck sehe ich, dass sie sich darüber vollkommen im Klaren ist.

»Du hältst dich da raus«, sagt sie mit einer Stimme, die keinen Widerspruch duldet.

»Na klar. Ich weiß. Tut mir leid.« Ich gehe zur Haustür und umfasse die Türklinke. »Ich haue jetzt ab.« Zwar möchte ich ihr sagen, dass sie großartig aussieht, doch in Anbetracht dessen, wohin diese Beziehung führen soll – vorzugsweise ins Nirgendwo –, halte ich den Mund und öffne die Tür.

Und dort steht, mit zum Klopfen erhobener Hand, Leo.

6

»Connor! Hey, Kumpel, schön, dich zu sehen!«

Leo klopft mir freundlich auf die Schulter und tritt an mir vorbei ins Haus. Entweder weiß er nicht oder es ist ihm egal, dass der Ex-Freund seiner Verabredung direkt vor ihm steht.

Ich frage mich, ob dies ein echtes Date ist. Oder machen sie nur, was sie sich vorgenommen haben, und werden warm miteinander, damit sie sich als Paar ausgeben können?

Als ich ihnen einen Blick zuwerfe, bekomme ich gerade noch mit, wie Leo ihr ohne das geringste Störgefühl einen leichten Kuss auf die Lippen drückt.

Das, denke ich, ist Hinweis Nummer Eins.

»Tut mir leid, dass ich noch nicht fertig bin«, sagt Kerrie. »Connor und ich haben uns verquatscht.«

»Keine Sorge. Bis zur Reservierung ist noch Zeit.«

Reservierung. Klingt für mich nach mehr als nur einem Probedurchlauf. Nennen wir es also Hinweis Nummer Zwei.

Verdammter Scheißhinweis Nummer Zwei.

Um diese störenden Gedanken loszuwerden, schüttele ich wie ein Hund den Kopf.

»Alles in Ordnung?«, fragt Leo und sieht mich mit leicht zusammengekniffenen Augen an.

»Ja. Alles gut. Hab nur viel im Kopf.« Ich weise mit dem Daumen über die Schulter, Richtung Tür. »Ich sollte jetzt mal los. Ich weiß ja, ihr beide braucht Zeit für, äh, den Probedurchlauf.«

»Oh«, erwidert Leo. Er sieht Kerrie in ihr strahlendes Gesicht und murmelt: »Probedurchlauf. Ja.« Er nimmt ihre Hand. »Gutes Wort dafür.«

Mein Magen krampft sich zusammen, aber ich rufe mir in Erinnerung, dass das gut ist. Leo ist ein verlässlicher Typ. Genau, wie es sein soll.

Mein Kopf weiß das. Der Rest von mir hat sich noch nicht damit abgefunden.

Deshalb muss ich gehen, bevor ich den kleinen Mistkerl umbringe. »Alles klar«, sage ich mit bemüht forscher, fröhlicher Stimme. »Ich bin weg.«

Als ich bereits an der Tür bin, ruft Leo: »Ach, könntest du nicht vielleicht doch noch ein bisschen bleiben? Wir müssen was besprechen. Wegen des Rollins-Falls, meine ich.«

Ich runzele die Stirn und blicke zu Kerrie, aber die zuckt nur die Achseln. Offenbar weiß sie genauso wenig wie ich.

Ich folge den beiden in den Wohnbereich, was in dem winzigen Apartment keine lange Strecke ist. Als Kerrie sich mit dem Rücken zum Sofa auf den Boden setzt, hocke ich mich auf die Armlehne. Leo bleibt mit tief in die Taschen geschobenen Händen vor uns stehen. Seine Miene ist unergründlich.

»Spuck's einfach aus«, sage ich, mittlerweile neugierig geworden.

Er holt tief Luft, und ich sehe einen Anflug von Betroffenheit in seiner Miene. »So gut ich diesen Auftrag finde, so muss es doch eine Planänderung geben.«

Als ich mich zu Kerrie neige, schaut sie zu mir hoch und wirkt genauso verwirrt wie ich.

»Wovon redest du?«, frage ich.

»Erinnert ihr euch noch, dass ich sagte, meine Schwester wäre mit Amy, der Freundin von Rollins, zur Schule gegangen? Die, die uns helfen wird? Tja, wie sich herausgestellt hat, gibt es in Rollins' Büro ein Bild von mir.«

»Wie das?«, erkundige ich mich. »Laut den Unterlagen sind Amy und Rollins erst lange nach ihrem Abschluss zusammengekommen.«

»Das stimmt«, nickt Leo. »Deshalb ist mir auch nie in den Sinn gekommen, dass es da ein Problem geben könnte. Doch offenbar hat Amy vor etlichen Monaten eine Fotocollage für Rollins gemacht. Um den Jahrestag ihres ersten Dates zu feiern. Damals wusste sie noch nicht, dass Rollins ein direkter Abkömmling der Hölle ist.«

»Ich verstehe immer noch nicht, wo das Problem sein soll«, bemerkt Kerrie.

»Wahrscheinlich gibt es auf der Collage auch ein Bild von Leo«, sage ich und sehe ihn an. »Oder?«

»Leider ja.« Er hat die Hände immer noch in den Taschen vergraben, hebt aber frustriert die Schultern und lässt sie wieder sinken. »Mae und ich sind mit Amy zu einem Konzert im Zilker Park gegangen. Wir haben herumgealbert, und jemand hat von uns dreien ein Foto geschossen. Ich stehe groß und deutlich in der Mitte und habe meine Arme um die Schultern der Mädchen gelegt.«

»Was bedeutet, Rollins könnte dich wiedererkennen«, sagt Kerrie.

»Würde er wahrscheinlich nicht, aber das Risiko können wir nicht eingehen. Wenn wir das gewusst hätten, hätte ich meine Coverstory entsprechend angleichen können und Amy als alte Freundin ausgegeben. Aber eine solche Änderung wäre nun zu verdächtig.«

Kerrie runzelt die Stirn. »Und was machen wir jetzt?«

»Der Plan bleibt gleich, aber die Spieler werden ausgetauscht«, antwortet Leo. »Ich hab gerade mit Cayden und Pierce telefoniert. Und dann dich angerufen«, fügt er hinzu und sieht mich an. »Aber es meldete sich nur die Voicemail.«

Ich hole mein Handy heraus. Tatsächlich, ein verpasster Anruf.

»Wir waren uns alle einig, dass du unser Mann bist, als einziger männlicher Single, den Rollins nicht auf dem Radar hat. Aber Kerrie ist natürlich noch unser Mädchen. Außerdem seid ihr doch schon eine Ewigkeit befreundet, oder? Dann dürfte die Sache mit der Beziehung ja kein Problem sein.«

»Nein«, sage ich, aber mir wird schon wieder eng um die Brust, ob aus Furcht oder Vorfreude, weiß ich nicht. »Ganz und gar kein Problem.«

»Halt, warte«, schaltet Kerrie sich ein. »Wird Rollins nicht merken, dass Connors Stimme anders klingt?«

Leo schüttelt den Kopf. »Glaube ich nicht. Unsere Stimmen sind von der Tonlage ziemlich ähnlich. Und Rollins und ich haben uns meistens per E-Mail verständigt. War bei der Zeitverschiebung einfacher. Wir haben nur ein einziges Mal miteinander telefoniert, und da war der Lautsprecher angestellt und dazu noch ein leichtes Rauschen unterlegt. Wir konnten uns kaum hören.« Er grinst selbstzufrieden. »Ich plane gerne für alle Eventualitäten. Das kommt dieses Mal wohl sehr gelegen.«

»Allerdings«, bestätige ich.

»Das ist also die Planänderung«, sagt Leo und blickt zwischen mir und Kerrie hin und her. »In Ordnung?«

Ich weiß, ich sollte Einspruch erheben. Momentan ist wirklich nicht der rechte Zeitpunkt für Kerrie und mich, undercover zu einer Sexparty zu gehen. Aber ich sage nur: »Ja, klar.«

Schließlich bin ich Profi.

Außerdem könnte es gefährlich werden. Und in diesem Fall traue ich eigentlich nur mir selbst wirklich zu, Kerrie zu beschützen.

»Ausgezeichnet«, sagt Leo. »Also, bis zur Party ist noch etwa eine Woche. Morgen können wir mit den Vorbereitungen anfangen, und ihr kriegt Zugang zu meinem gefälschten E-Mail-Account aus Dubai mit der bisherigen Korrespondenz und allem Drum und Dran.«

Ich nicke, weil es für mich kein Problem ist, neue Identitäten zu übernehmen. Da hatte ich schon kompliziertere Undercover-Aufträge. Nein, mein einziges Problem sitzt neben mir. Aber – noch einmal – ich bin Profi.

Und das wird natürlich mein Schlagwort für die gesamte Operation sein.

Leo streckt die Hand aus, umfasst Kerries und hilft ihr auf. »Können wir das Date verschieben?«, fragt er, ohne ihre Hand loszulassen. »Ich möchte sichergehen, dass ich in meinem Bericht für Connor keine meiner bereits gesammelten Informationen vergesse.«

»Selbstverständlich. Wir können ja ein anderes Mal essen gehen.«

»Aber ihr beide solltet miteinander ausgehen«, sagt er nickend, zu mir gewandt. »Um das Pärchen spielen zu üben. Ihr wollt doch überzeugend wirken.«

»Stimmt schon«, erwidere ich, während mir dämmert, dass ich mir zwar alle Mühe gegeben habe, mich von dieser Frau fernzuhalten, damit sie weiterziehen kann, Leo Palermo uns jedoch gerade beide ins Kaninchenloch geschubst hat.

7

Obwohl mir während der nächsten Tage das Bild nicht aus dem Kopf gehen will, wie Kerrie und Leo Händchen halten, bekomme ich keine weiteren Hinweise darauf, ob zwischen den beiden was läuft. Vielleicht war es nur eine unschuldige, nette Geste. Vielleicht aber auch liefern die beiden im Büro eine schauspielerische Glanzleistung, während sie nach Feierabend rammeln wie die Kaninchen.

Ich rede mir ein, dass auch das in Ordnung wäre. Besser gesagt: großartig. Die beiden gäben ein hübsches Paar ab.

Aber natürlich lüge ich mir damit nur selber in die Tasche.

Glücklicherweise bleibt mir zum Grübeln kaum Zeit. Denn ich muss mich auf die Rolle konzentrieren, die ich spielen werde: John London. Ein reicher Emigrant auf der Suche nach Investitionsmöglichkeiten. Spontan auf Urlaub in der Heimat, um Freunde und Geschäftsberater zu treffen. In Begleitung seiner jungen Vorzeigefreundin Lydia.

Nein, die Ironie des Ganzen entgeht mir nicht. Für diesen speziellen Auftrag sind die fünfzehn Jahre Altersunterschied nur von Vorteil.

Eine Woche ist ziemlich kurz für die Vorbereitung eines Undercover-Auftrages, der sich über das ganze verlängerte Wochenende hinziehen wird. Aber Leo ist durch und durch Profi, arbeitet die ganze Zeit eng mit uns zusammen und drillt Kerrie und mich, damit wir unsere Legenden mit sämtlichen Details draufhaben: wie ich mein Vermögen gemacht habe, wie mein Büro in Dubai aussieht, wieso ich in jenem Teil der

Welt lebe und arbeite, wie ich Kerrie – sorry, Lydia – kennengelernt habe und so weiter und so fort.

Seit Tagen schon kleben wir drei aneinander wie siamesische Drillinge. Dazu wohnen wir praktisch in dem größeren der beiden Konferenzräume. Der Nachteil dabei ist, dass ich nicht eine Sekunde für mich habe, da wir ständig pauken, proben und in unserer Rolle bleiben. Der Vorteil ist, dass mir jeder unbewusste Drang, Kerrie aus dem Weg zu gehen, gründlich ausgetrieben wird.

»Ich schätze, mein raffinierter Plan hat funktioniert«, bemerkt sie während einer kurzen Pause, in der wir ein schnelles Mittagessen verschlingen und Leo sich kurz verabschiedet hat, um einen Anruf entgegenzunehmen.

Ich grinse. »Ich wusste schon immer, dass auch du böse sein kannst. Wegen deiner raffinierten Spielchen.«

»Nicht böse«, erwidert sie mit diesem schnurrenden Tonfall, den ich so gut an ihr kenne. »Unartig.« Einen Augenblick lang bin ich von ihrem lüsternen Blick gefesselt. Dann grinst sie breit, lacht und sagt: »Ist es so nicht viel besser?«

Ich brauche einen Moment zum Umschalten und noch etwas länger, meinen Körper wieder auf Normaltemperatur runterzufahren. Doch gebe ich nichts davon preis, als ich frage: »Besser?«

»Als sich aus dem Weg zu gehen. Ich finde es schön, wieder Seite an Seite mit dir zu arbeiten. Das habe ich vermisst.«

Mein Magen verkrampft sich. »Kerrie ...«

»Nein, nein. Ist schon in Ordnung.« Sie legt ihre Hand auf meine. »Genau das meinte ich doch. Mit meinem raffinierten Plan. Natürlich hatte ich nicht wirklich einen Plan. Aber ich glaube, dieser Auftrag wird uns guttun. Ich habe jetzt schon das Gefühl, es kittet unsere Freundschaft. Du nicht?«

Ich blicke auf ihre Hand, die immer noch auf meiner liegt. Natürlich hat sie recht. Bevor wir ein Paar wurden, waren wir jahrelang Freunde, und ich habe stets einen höllischen Respekt vor ihr gehabt. Kerrie ist klug, loyal, freundlich und witzig. Sie ist mit jedem sofort gut Freund und verfolgt beharrlich ihre Ziele. Das sollte ich wissen – schließlich war sie auch bei mir ziemlich beharrlich, nicht wahr?

Nicht dass ich mich besonders gewehrt hätte. Verdammt, ich wollte sie, sobald mir klar wurde, dass sie kein dreizehnjähriges Schulmädchen mehr war, wie bei unserer ersten Begegnung, sondern eine Frau. Was das betrifft, hat sich nichts geändert. Nur übe ich mich jetzt in Selbstbeherrschung, die ich damals nicht aufbringen konnte.

Und ja, ich bedaure, dass ich ihr einen Monat lang aus dem Weg gegangen bin. Wahrscheinlich war das Ganze ein Rückfall in die Pubertät, hervorgerufen durch eine unerwartete Sexgelegenheit. Genauer gesagt, bot sich mir im Hauswirtschaftsraum ein Szenario, mit dem ich genauso wenig umgehen konnte wie ein dreizehnjähriger Junge, und daher schützte ich Souveränität und Coolness vor, die ich nicht lange aufrechterhalten konnte.

Die besondere Ironie des Ganzen ist, dass ich Schluss gemacht habe, weil ich so viel älter bin als sie. Aber offenbar ist Alter kein Garant für Reife. Wer weiß?

»Connor?«

Als ich ihren besorgten Ton höre und aufblicke, wird mir klar, dass ich immer noch auf unsere Hände gestarrt habe.

»Das findest du doch auch, oder? Dass dieser Auftrag gut für uns ist.«

»Ja. Ja, tut mir leid. Ich war mit den Gedanken woanders, aber ich finde das auch. Absolut.«

»Gut.« Als sie kurz meine Hand drückt, wünschte ich, ich würde ihre Berührungen nicht so intensiv empfinden. Aber so ist es, und ich hasse mich selbst für die Fantasien, die mir durch den Kopf schwirren. Und jede einzelne davon auf schuldbelasteten Flügeln. Denn welches Recht habe ich zu solchen Fantasien? Schließlich war ich es, der Schluss gemacht hat.

Allerdings scheint Kerrie nichts von meinem Stimmungsumschwung zu merken. Als Leo zurückkehrt, entzieht sie mir schnell ihre Hand, wirft ihm ein breites Grinsen zu und bietet ihm von ihren Kartoffelchips an.

Eifersucht, dein Name ist Connor.

Ich zwinge das grüne Monster zurück in seinen Pferch, knie mich in die Arbeit und versuche, meinen wachsenden Verdacht zu ignorieren. Und das wird im Laufe der folgenden Stunden und Tage immer leichter. Denn Leo ist ein erbarmungsloser Zuchtmeister, der uns keine Zeit lässt, an etwas anderes als die verdeckte Operation zu denken.

Bleibt zu hoffen, dass die intensive Vorbereitung gar nicht nötig ist. Andererseits wird auf der Party der Alkohol in Strömen fließen, und der löst die Zunge. Wir können zwar versuchen, uns zurückzuhalten, dürfen dabei aber keinen Verdacht erregen.

Was den Charakter der Party betrifft, gibt es noch andere Dinge, bei denen wir uns kaum zurückhalten können, ohne Verdacht zu erregen. Zu meiner Schande muss ich gestehen, dass in dieser Hinsicht ungebetene Vorfreude in mir aufkommt.

Was natürlich ein Fehler ist. Ich sollte Kerrie sagen, dass wir das Ganze unter allen Umständen nur vortäuschen dürfen.

Aber nur so tun als ob, könnte uns beide in Gefahr bringen. Und verdammt, zumindest mir gegenüber sollte ich doch zugeben, dass ich es will. Ich will sie. Obwohl ich weiß, ich tue das Richtige und habe vernünftige Gründe, sie nie mehr anzurühren, kommt mir der Auftrag vor wie ein Geschenk. Dies ist die letzte unverbindliche Möglichkeit, mit Kerrie zusammen zu sein.

Und das macht unseren Auftrag wirklich gefährlich.

Tagelang habe ich mit einer Bemerkung von Kerrie gerechnet: mit einem Scherz, dass das Schicksal uns dazu bestimmt hat, zusammen zu sein, dass ich ihr nicht entkommen kann, weil das Universum uns wieder zusammenführen wird oder so etwas in der Art. Aber Fehlanzeige.

Ich rede mir ein, dass das doch gut ist. Dass sie über mich hinwegkommt. Weil ich möchte, dass sie ihr Leben lebt.

Zugegebenermaßen spüre ich immer noch ein leichtes Ziehen in der Herzgegend, eine Art Phantomschmerz. Aber das ist schon okay. Ich hab mehrere Jahre im Nahen Osten überlebt. Da wird mich ein bisschen Liebeskummer nicht umbringen.

Ja, verdammt, ich schaffe das!

Da die Party von Freitag bis Sonntag dauern soll, arbeite ich Donnerstag noch bis spät abends, um all meine anderen Pflichten zu erledigen. Kerrie und ich haben Wegwerfhandys – von denen nur Pierce, Cayden und Leo die Nummer besitzen –, aber sonst nichts, was unsere Tarnung auffliegen lassen könnte. Wenn wir auf frischer Tat ertappt werden, will ich nicht, dass man uns identifizieren kann. Einem Mann wie Rollins würde ich sogar zutrauen, dass er die Sachen seiner Gäste durchsuchen lässt, um Stoff für Erpressungen zu bekommen.

Als ich mit der Arbeit fertig bin, ist es fast sieben. Leo hat das Büro schon mittags verlassen, um sich mit einem Kunden zum Geschäftsessen zu treffen, der gerade wegen eines anderen Auftrags in der Stadt ist. Davor sind wir noch mal alle technischen Geräte durchgegangen – für diesen Job haben wir ein paar echt coole neue Spielzeuge von Noah Carter bekommen, unserem innovativen Zulieferer von Stark Applied Technology. Dann hat Leo mir Glück gewünscht und mich angewiesen, auf Kerrie aufzupassen. Und Rollins festzunageln.

Ich versicherte ihm, dass ich genau das vorhätte.

Nach einer letzten, kurzen Einsatzbesprechung machten auch Cayden und Pierce etwas später Feierabend. Zwar halten sich beide im Hintergrund, nur zur Sicherheit, sind aber genauso im Bilde wie Kerrie und ich.

Jetzt fahre ich nach Hause, um noch kurz Sport zu machen und dann früh ins Bett zu gehen. Nach dem zu urteilen, was ich über Rollins' Partys gehört habe, werde ich wohl bis Sonntagabend kaum ein Auge zu tun können.

Kerrie ist zwar unsere Büroleiterin, arbeitet in letzter Zeit aber öfter in unserem kleinen Empfangsbereich als von ihrem Büro aus. Im Laufe der letzten sechs Monate hatten wir vier Empfangsdamen, und mittlerweile sind wir alle überzeugt, dass dieser Posten verflucht ist.

Ich rechne damit, sie dort zu sehen, tief vergraben entweder in Unterlagen für die Operation oder in Geschäftstabellen fürs Unternehmen. Aber der Computer ist heruntergefahren und der Schreibtisch leer.

Was heißt, dass Kerrie Feierabend gemacht hat, ohne sich auch nur kurz zu verabschieden.

Zwar rede ich mir ein, dass sie mich wahrscheinlich nur

nicht stören wollte, aber in Wahrheit stört mich ihr wortloser Abgang mehr als jede Unterbrechung bei meiner Arbeit. Das sieht ihr einfach nicht ähnlich.

Andererseits will ich nicht zu viel in ihr Verschwinden hineindeuten. Bestimmt muss sie noch packen. Und ganz sicher will sie auch noch genug Schlaf kriegen.

Als ich das Büro abschließe und mit dem Aufzug nach unten fahre, fühle ich mich ein bisschen leer und merkwürdig einsam.

Geplant ist, dass ich Kerrie am nächsten Morgen um zehn Uhr abhole. Bis zu Rollins' Ranch im Norden von Dallas sind es drei Stunden Fahrt, und wenn wir unterwegs zu Mittag essen, sollten wir genau rechtzeitig um zwei Uhr da sein, wie es verabredet war. Dann bleibt noch Zeit, uns einzurichten, vielleicht Amy zu treffen und uns mit der Lage der Räume vertraut zu machen, bevor es Begrüßungscocktails um fünf gibt.

Natürlich haben wir die Baupläne und Amys Beschreibung des Hauses. Aber allein darauf werde ich mich nicht verlassen. Vor allem, da Kerrie dabei ist. Obwohl die Parole »Rein und wieder raus« lautet, steht ihre Sicherheit auf dem Spiel, schon allein deswegen, weil sie vor Ort ist. Und das werde ich auf keinen Fall auf die leichte Schulter nehmen.

Ich durchquere die Eingangshalle und trete auf den Bürgersteig, der vor unserem Bürogebäude an der Ecke Sixth und Congress verläuft. Es herrscht Hochbetrieb, und ich schließe mich den Massen an, um schnell nach Hause zu kommen.

Genau wie Kerrie bin ich vor nicht allzu langer Zeit umgezogen. Als ich nach Austin kam, wohnte ich zuerst in einer kleinen Wohnung in der Stadtmitte, kaufte aber mithilfe meines Treuhandfonds eines von Austins historischen Häuschen, um es zu vermieten. Unser Dad war Investmentbanker und ging immer vorausschauend mit Geld um, auch wenn er nach dem Verschwinden unserer Mom in eine persönliche Abwärtsspirale geriet. Nach seinem Tod verwaltete unsere Großmutter die Treuhandfonds, bis Cayden und ich alt genug waren. Keine Reichtümer, aber genug, um eine Wohnung anzuzahlen, die ich vor ein paar Monaten mit Gewinn verkaufte, um sofort in eine größere, in einem schöneren Gebäude zu investieren.

Jetzt fröne ich dem Stadtleben in einer prächtigen Eckwohnung auf zwei Etagen und Aussicht auf den Fluss. Meine ehemalige Bleibe, der Bungalow in Crestview, bringt mir jeden Monat ein hübsches Sümmchen als Mieteinnahme.

Mit Liebeskummer mag Dad nicht zurechtgekommen sein, aber er hat seinen Söhnen ein ansehnliches Vermögen hinterlassen. Oder auch seinen Enkeln, denn ich bin absolut sicher, dass Cayden seinen Treuhandfonds erst anrührt, wenn er Kinder hat.

Im Gegensatz zu meinem Bruder, der ein großes Haus mit Garten besitzt, um das man sich ständig kümmern muss, bevorzuge ich eine Wohnung in der Innenstadt. Meine Aussicht ist spektakulär und erfordert keinerlei Aufwand. Die Eingangshalle ist immer sauber, und wenn mal nichts zum Essen im Kühlschrank sein sollte, muss ich nur aus dem Haus, nach links biegen und alles in einem nahe gelegenen Lebensmittelladen einkaufen. Biege ich nach rechts, muss ich mich gar nicht mehr ums Kochen kümmern, sondern kann mir ein Sandwich aus meinem Lieblingsdeli holen. Ganz zu schweigen von den vielen Möglichkeiten in der näheren Umgebung.

Nach der Arbeit schlendere ich normalerweise die Congress Avenue hinunter und trinke im Brew einen Kaffee, bevor ich heimwärts steuere. Man kennt mich dort, und ich mache ein halbes Stündchen Pause und informiere mich mit meiner Lieblingsnachrichtenapp über das, was jenseits meines Tellerrands stattfindet.

Dann gehe ich nach Hause, ziehe mich um und jogge eine kurze Runde um den Fluss. Danach ist alles offen. Früher war ich abends bei Kerrie. Wir kochten zusammen, guckten gelegentlich einen Film oder lasen auch was. Oft machten wir einen Abendspaziergang am Fluss. Und landeten danach unfehlbar im Bett. Manchmal wild und drängend. Manchmal langsam und müßig. Manchmal hielten wir sogar nur Händchen und redeten.

Jetzt hingegen gucke ich mir jede Menge Schrottfernsehen an. Was soll ich sagen? Diese glücklichen Abende habe ich Kerries Zukunft geopfert und bereue es nicht. Allerdings muss ich ehrlich gestehen, dass es mir nicht sonderlich gefällt.

In solche düsteren Gedanken versunken überquere ich die Straße und steuere Richtung Brew. Nicht gerade hilfreich, wo ich doch einen sauberen Schnitt machen wollte. Vor allem, weil dieser Schnitt durch den neuen Auftrag gar nicht so sauber ist. Denn selbst wenn wir hinter verschlossenen Türen nur so tun können als ob, dürfen wir Körperkontakt in der Öffentlichkeit nicht ausweichen.

Zum Teufel mit Leo, seiner Schwester und Amy.

Gleichzeitig bin ich froh, dass Kerrie und ich den Auftrag übernommen haben und nicht sie und Leo. Sonst würde ich verrückt vor Eifersucht in Austin abwarten müssen, bis alles erledigt ist. So habe ich wenigstens etwas mehr Zeit mit ihr. Und ein paar Berührungen und Küsse mehr. Ein paar Erinnerungen.

Nur ein bisschen mehr, an dem ich mich festhalten kann,

wenn wir hierher zurückkehren und die letzten intimen Bande zwischen uns kappen.

Offenbar bin ich zur falschen Zeit am Brew gelandet, denn die Schlange reicht bis auf den Bürgersteig. Ich nutze die Wartezeit, um die Nachrichten auf meinem Handy zu überprüfen. Als ich das Lokal endlich betreten kann, schaue ich mich wie üblich kurz um. Berufskrankheit: Ich checke immer meine Umgebung.

In diesem Fall entdecke ich Kerrie. Und sie sitzt mit Leo an einem Tisch und unterhält sich angeregt, verdammt noch mal!

Offensichtlich bereiten sie sich auf den Auftrag vor, und der grüne Dämon in meinen Eingeweiden muss einfach mal runterkommen. Ich versuche noch, das eifersüchtige Ungeheuer zu zähmen, da streicht sich Kerrie eine Strähne aus der Stirn und schaut dabei in meine Richtung. Sie sieht mich direkt an, aber ihr Blick geht durch mich hindurch, und als ich die Hand zum Gruß hebe, wendet sie sich ab, als wäre ich nur eine optische Täuschung, nimmt Leos Hand und lacht über etwas, das er gesagt hat.

Darauf zieht sich für einen kurzen Moment mein Magen zusammen, und mir dämmert, was ich wirklich empfinden werde, wenn ein neuer Mann in ihr Leben tritt. Es gefällt mir nicht, aber ändern kann ich es auch nicht.

Denn ich weiß, meine Entscheidung ist richtig.

Ich hab nur nie damit gerechnet, dass es höllisch wehtun würde, das Richtige zu tun.

8 »Wir machen doch im George Mittagspause, oder?«, fragt Kerrie, während im Hintergrund der Soundtrack von Die Hexen von Oz über die Anlage des S-Klasse-Mercedes, den ich für den Auftrag gemietet habe, läuft.

Besser gesagt: des Mercedes, den John London gestern Abend bei seiner Ankunft in Austin gemietet hat.

Ich beuge mich zur Anlage und drehe die Lautstärke herunter. Kerries Musikgeschmack reicht von Broadway-Musicals und klassischem Country bis zu Hip-Hop. Mein Mädchen ist ziemlich vielseitig.

Die letzte Dreiviertelstunde sind wir auf der Interstate 35 Richtung Norden gefahren und haben die halbe Strecke nach Waco zurückgelegt. Dabei haben wir bereits Into the Woods gehört, und Kerrie hat eine halbe Tüte Jellybeans geleert.

Als ich einen Blick zur Tüte auf ihrem Schoß werfe, grinst sie kurz, nimmt eine Handvoll Geleebohnen heraus und bietet sie mir an. »Willst du auch?«

»Wenn du so weitermachst, hast du gleich keinen Appetit mehr.« Das Lokal in Waco ist berühmt für sein Bier und seine Burger. Und das mit Recht.

»Ich will keinen Burger«, sagt sie. »Ich will ein Big O.«
»Kerrie…«
Sie lacht. »Für dich Lydia, Kumpel. Und unter diesen Umständen darf ich doch auch mal ein bisschen anzüglich werden. Gehört schließlich zur Rolle, oder? Außerdem meinte ich jetzt ein Bier.«

»Ach so.« Im George bedeutet Big O. ein Bier. Ein sehr großes Glas Bier, das im Laufe der Jahre unzählige Studenten der christlichen Baylor University bei Laune gehalten hat.

Kerrie verdreht die Augen. »Du musst natürlich schon wieder an Sex denken.«

»Na schön. Zum Mittagessen ins George. Und da kannst du so viele Big O.s haben, wie du willst.«

Sie streckt die Hand aus und drückt sanft meinen Oberschenkel. »Das hör ich gern.«

»Kerrie...«

»Ich nehm dich doch nur auf den Arm«, sagt sie, zieht aber ihre Hand zurück. »Schließlich sind wir doch noch Freunde, oder nicht?«

»Natürlich.« Das fällt mir zwar schwer, aber im Gegensatz zu dem, was ich ein paar Tage zuvor vor lauter Verzweiflung von mir gegeben habe, kann ich mir nicht vorstellen, nicht mehr ihr Freund zu sein.

»Na also. Denn ich bin auch mit Cayden befreundet, und wir flirten ebenfalls miteinander.«

»Mag sein, aber mit ihm hast du auch nie geschlafen. Oder?«

Darauf verdreht sie die Augen. »Ich sage doch nur, dass ich dich nicht als Freund verlieren will. Fühle ich mich von dir angezogen? Aber hallo! Würde ich mich sofort auf dich stürzen, wenn du bereit wärst, mein Fickkumpel zu sein? Na klar! Aber werde ich dich deswegen bedrängen? Nein.«

Sie setzt sich so, dass sie mich direkt ansehen kann. »Ich bin erwachsen, Con, und mittlerweile über dich hinweggekommen. Und ich bin reif genug, ganz vernünftig über all das zu sprechen.«

Sie redet weiter, aber ich hänge noch bei dem *über dich hinweggekommen* fest. Stimmt das wirklich?

Unwillkürlich kommt mir das Bild in den Kopf, wie Leo und sie im Café miteinander geplaudert und gelacht haben. Und ich da stand, aber völlig außen vor war.

Das gefällt mir nicht. Doch was zum Teufel soll ich machen? Schließlich war ich derjenige, der ihr gesagt hat, sie müsste sich von mir lösen und ihren eigenen Weg gehen.

Als ich aus meinen Gedanken auftauche, wird mir klar, dass ich den Faden verloren habe. »Tut mir leid. Was?«

»Ich sagte, du sollst weiter Teil meines Lebens sein. Du warst nicht nur mein Geliebter, sondern auch mein Freund. Wahrscheinlich sogar mein bester Freund. Das werden wir doch nicht wegwerfen, bloß weil wir gerade mal eine schwierigere Phase haben, oder? Wir können das überwinden. Und wenn ich in ein paar Jahren Kinder habe, dann sollen die ihren Onkel Connor so lieben, wie ich dich liebe.«

Ich zucke innerlich zusammen. Trotz der Tatsache, dass Letzteres wirklich wehtut, kann ich nicht leugnen, dass ihre Worte Sinn ergeben. Und das sage ich ihr auch.

Allerdings verschweige ich ihr, dass es mir nur einmal mehr vor Augen führt, warum ich sie liebe. Kerrie ist einer der Menschen, die die Welt vollkommen klar sehen. Und das ist verdammt erfrischend, wenn man in einer Welt arbeitet, in der jeder vorgibt, etwas zu sein, was er nicht ist.

»Tut mir leid«, sage ich, als wir weiter nordwärts rasen und Belton und Temple hinter uns lassen.

»Was denn?«

»Dass ich immer gewusst habe, dass das, was du gerade gesagt hast, wahr ist. Schon seit unserer Trennung. Und mich trotzdem benehme wie ein Arsch und dir ausweiche.«

»Oh.« Sie strahlt und wirkt glücklicher als seit Tagen. »Ich verzeihe dir«, sagt sie. »Unter einer Bedingung.«

»Dass ich dir ein Bier spendiere?«
»Nein, zwei.«

Ich weiß nicht, wie es Kerrie geht, aber als wir zum Abzweig Richtung Michael Rollins' Ranch im Norden von Dallas kommen, also hundert Meilen nach dem George in Waco, bin ich immer noch mehr als satt.

Kerrie hat während der Fahrt gedöst – sie kann ohnehin nicht viel Alkohol vertragen, und zwei Bier haben sie müde gemacht –, und ich bin stocknüchtern weitergefahren und konnte mich nur mit meinen wirren Gedanken beschäftigen. Die reichten von Erinnerungen an vergangene Fahrten mit Kerrie bis hin zu Sorgen darüber, wie wir uns ein Zimmer teilen sollen, ohne am Ende miteinander im Bett zu landen.

Beherrsch dich, Connor.

Das ist ja alles gut und schön. Aber heute Abend bin ich John. Und nur Gott weiß, wie viel Willensstärke dieser Mann aufbringen kann.

Ich biege von der Asphaltstraße auf einen Schotterweg ein, der zu dem riesigen Gebäude inmitten der etwa hundertsechzigtausend Hektar großen Ranch führt. Das Land ist flach, wild und wunderschön: sattgrün von den häufigen Sommergewittern und voller bunter Wildblumen. Man sieht Pferde, Rinder, Ziegen und ein paar Tiere, die ich aus der Ferne nicht identifizieren kann.

Ich fahre ganz langsam, damit ich alles in mich aufnehmen kann und Kerrie Zeit hat, wach zu werden.

»Sehr hübsch«, bemerkt sie. »Und dieses Haus...«

»Ich weiß nicht, ob man so was noch Haus nennt. Sieht eher aus wie ein Botschaftsgebäude.«

Sie lacht, aber es stimmt. Das einstöckige Ranchhaus besteht aus roten Backsteinen, hat weiße Säulen und ist so riesig und imposant, dass ohne Weiteres der Herrscher eines kleinen Landes darin wohnen könnte. Ganz eindeutig hat Michael Rollins ein Vermögen, das sich normale Tagelöhner wie ich kaum vorstellen können. John London hingegen... nun, der kennt so etwas zur Genüge.

Ich bemühe mich um eine ausdruckslose Miene, als ich den Mercedes vor dem Eingang halte. Ein junger Angestellter in Jeans, Cowboystiefeln und gestärktem weißem Buttondown-Hemd eilt zu meiner Tür, während ein zweiter die Tür für Kerrie aufzieht. Beziehungsweise für Lydia.

»Bist du bereit, Lydia?«

»Ich bin bereit, John.«

Ich reiche dem Angestellten die Schlüssel und lasse den Kofferraum aufspringen. Sofort wird unser Gepäck übernommen, vermutlich, um es zu durchsuchen, bevor es in unserem Zimmer landet. Das Gleiche geschieht mit dem Wagen. Aber Sorgen machen wir uns nicht. Wir gehen ganz in unseren Rollen auf.

Da der Wagen für alle offensichtlich gemietet ist, wird man ihn wohl nicht auf Fingerabdrücke untersuchen, doch wenn, wird man nichts finden. Vor unserer Abfahrt haben wir alle Spuren vom Gepäck gewischt und dann beide flüssiges Latex und Puder auf unsere Fingerspitzen aufgetragen, um etwaige Abdrücke während der Fahrt zu vermeiden.

Als wir gemeinsam zum Eingang gehen, nehme ich Kerries Hand – einerseits, weil ich mir vorstellen kann, dass sie etwas Unterstützung zu schätzen weiß, andererseits, um mich zu vergewissern, dass sie den verräterischen Latex entfernt hat. Das hat sie, und ich vermute, er steckt jetzt unkenntlich in ihrer Tasche.

Wahrscheinlich übertrieben, aber besser Vorsicht als Nachsicht.

Als wir die Treppe hinaufschreiten, öffnet sich die Tür, und Michael Rollins kommt heraus: groß und gebieterisch, mit blonden Haaren, durchdringenden blauen Augen und breitem Mund. Er baut sich leicht breitbeinig auf und steckt eine Hand hinter den Rücken, wie ein König, der eine Rede halten will. Ich glaube, so sieht er sich auch. Er hat das Sagen, und uns anderen bleibt nichts, als uns zu fügen.

So jedenfalls lautet für dieses Wochenende der Plan. Reinkommen, mitspielen und keinerlei Verdacht erregen.

»John London«, sagt er und streckt seine Hand aus. »Ich würde Sie überall wiedererkennen.«

Ich verziehe bewusst keine Miene. Leo hat im Netz Informationen über John London gestreut – nur für den Fall, dass man nach ihm suchen sollte. Aber ohne Fotos. Erst letztes Wochenende dann ließen wir unsere Berater für digitale Medien gefälschte Daten und Bilder hochladen, damit Rollins etwas finden kann. Was offenbar der Fall war.

»Und Sie müssen Lydia sein«, fügt er mit charmanter, charismatischer Stimme hinzu.

»Das bin ich«, erwidert Kerrie und lässt ihren texanischen Akzent deutlich heraushängen. »Ich liebe Ihr Anwesen. Zwar war ich schon oft in Dallas, habe aber nicht gewusst, dass es in Stadtnähe so viel Ranchland gibt.«

»Das meiste davon war bebaut, und ich hab's umgestaltet«, sagt Rollins, ohne Kerries Hand loszulassen, und blickt ihr tief in die Augen. »Ich lege viel Wert auf meine Privatsphäre.«

Als sie daraufhin kichert, würde ich ihm am liebsten ins Gesicht boxen. Eine Reaktion, die mich nicht sonderlich stört.

Ich spiele meine Rolle gut, wenn ich das Arschloch mime. Und in dieser Hinsicht werde ich eindeutig überzeugen.

Rollins führt uns in eine elegante Eingangshalle. Sie grenzt ans Protzige – nein, verdammt, sie hat die Grenze überschritten, genau wie der Rest des Hauses, soweit ich das durch den Flur sehen kann, der zu den angrenzenden Räumlichkeiten führt. Aber keiner davon wirkt dekadent oder sinnlich oder weist auch nur im Entferntesten auf eine bevorstehende Sexparty hin.

Offenbar denkt Kerrie dasselbe, denn sie lächelt so strahlend, dass ihr Grübchen zu sehen ist, und bemerkt: »Ein schönes Haus, aber nicht ganz das, was ich erwartet hatte.«

»Nicht?«

Sie zieht eine Schulter hoch. »Ich schätze, ich hab mir wohl Kette und Peitschen vorgestellt. Oder zumindest rote Satinfesseln. Weil ich vorher noch nie auf so einer Party war.«

Sie flirtet mit ihm – ganz wie verabredet. Schließlich soll sie Rollins ablenken, damit Amy und ich genug Zeit haben, seinen Computer zu hacken. Aber selbst diese harmlose kokette Bemerkung klingt in meinen Ohren dermaßen unangenehm, als würde man mit dem Fingernagel über eine Tafel kratzen.

Er hakt ihren Arm in seinen und führt uns ins Wohnzimmer. »Ich fühle mich geehrt, dass ich derjenige bin, der Ihnen die Unschuld raubt«, bemerkt er, worauf ich die Augen verdrehe und Kerrie kichert. »Aber ich versichere Ihnen, dass das Haus an diesem Abend schon wesentlich sinnlicher wirken wird.«

»Ich kann's kaum erwarten.«

Er will ihr schon den Arm um die Schulter legen, doch Kerrie weicht ihm geschickt aus und kehrt an meine Seite zurück. Geradezu lächerlich selbstgefällig schlinge ich meinen Arm um ihre Taille und ziehe sie eng an mich.

»Wie ist denn heute Abend der Dresscode?«, fragt Kerrie. Sie hat sich schon beklagt, dass ich das nicht früher von Amy in Erfahrung gebracht habe. So war sie gezwungen, alles von nuttig bis förmlich, aber verführerisch einzupacken.

»Elegant«, antwortet Rollins, geht zu einer Bar und bietet uns einen Drink an. Wir beide entscheiden uns für Bourbon, und als Rollins Kerrie ihren in die Hand drückt, fügt er hinzu: »Natürlich werden wir im Laufe des Abends weniger förmlich werden. Wenn formelle Kleidung zu einengend wird.«

»Ach so«, sagt Kerrie lächelnd, und ihre Wangen färben sich rosa.

»Meine Lydia ist ein kleines Unschuldslämmchen«, sage ich und streiche ihr mit dem Daumen über die Lippen.

»Was ich besonders reizvoll finde.« Er mustert sie besitzergreifend, worauf sie zwar lächelt, aber ich sehe etwas in ihren Augen aufblitzen. Unter anderen Umständen würde sie ihm eine Ohrfeige verpassen.

»Und, müssen wir Masken tragen?«, fragt sie.

»Aber ganz und gar nicht, es sei denn, Sie möchten es. Betrachten Sie es einfach als Cocktailparty, auf der alle den Austausch von Höflichkeitsfloskeln überspringen, um sich wirklich kennenzulernen. Miteinander vertraut zu werden. Die Idee ist es, sich wohlzufühlen. Zu spielen. Zu erforschen. Oder einfach nur zuzuschauen, wenn einem das mehr liegt.« Er tritt näher zu ihr und fährt ihr mit dem Finger über den Arm. »Aber ich hoffe wirklich, dass Sie mitspielen.«

Kerries strahlendes Lächeln erstarrt fast zu einer Maske, doch Rollins wird glücklicherweise durch das Klackern hochhackiger Schuhe auf dem Marmorboden abgelenkt.

»Amy, Darling. Komm, ich will dir John und Lydia vorstellen.« Er wendet sich wieder zu uns. »Darf ich Sie mit der Gastgeberin und meiner Verlobten bekannt machen?«

Verlobten?

Amy ist eine große, kurvige Blondine mit Augen, die ein bisschen zu groß sind, und einem Mund, der ein bisschen zu schmal ist. Dadurch wirkt sie einen Hauch naiv und schwach, ein Eindruck, der trügen muss, wenn man ihr Manöver mit Leo betrachtet.

Mir fällt auf, dass sie tatsächlich einen Verlobungsring trägt, den sie nervös an ihrem Finger dreht. Das ist eine neue Entwicklung, die möglicherweise die Gefahr vergrößert. Vielleicht hat Rollins sie in die Verlobung gedrängt, um sie noch fester an sich zu binden, während sie sich doch mit unserer Hilfe von ihm lösen will. Nicht ausgeschlossen, dass sie vor lauter Verzweiflung unnötige Risiken eingeht.

Oder sie hat befunden, dass sie Rollins doch liebt und ihn nicht mehr betrügen will. So etwas hab ich schon erlebt: Eine Frau, die alle Skrupel verlor, als ihr klar wurde, dass sie mit ihrem Mann auch ihren Lebensstil loswerden würde.

Ich sehe Amy forschend an, um zu ergründen, auf welcher Seite sie steht, kann es aber einfach nicht erkennen.

In der Zwischenzeit bleibt Kerrie in ihrer Rolle, starrt mit ehrfürchtiger Miene auf den Stein und haucht: »O mein Gott, der ist ja hinreißend. Haben Sie schon einen Termin festgelegt?«

»Bald«, erwidert Amy nur, und ich höre das Zittern in ihrer Stimme – genau wie Amy wohl auch, denn sie reißt die Augen noch weiter auf. Für mich ein eindeutiges Zeichen von Angst.

»Sie müssen unheimlich nervös sein«, übernimmt Kerrie ein weiteres Mal, um einen peinlichen, verdächtigen Moment in klischeehafte Hochzeitsschwärmereien zu verwandeln. »Ich meine, Johnny hat mich zwar nicht gefragt – noch nicht«, fügt sie mit einem Scarlett-O'Hara-Lächeln in meine Richtung hinzu, »aber allein zu wissen, dass man einen so mächtigen Mann heiratet, muss doch ziemlich schwer zu verarbeiten sein.«

Sie sieht Rollins so bewundernd an, als könnte er auf dem Wasser wandeln, und füttert damit sein Ego genau mit dem, was es braucht.

»O ja«, stimmt Amy eindeutig erleichtert zu. »Wie schön, jemanden zu treffen, der das versteht. Sonst sagen alle nur, wie glücklich ich mich schätzen kann, und das tue ich ja auch. Aber sie verstehen einfach nicht, unter welchem Druck man steht, wenn man einen Mann wie Michael heiratet. Er ist unglaublich lieb zu mir, aber ich habe immer Angst, seinen Ansprüchen nicht genügen zu können.«

»Aber nicht doch«, widerspricht Rollins, nimmt ihre Hand und drückt einen Kuss darauf. »Du bist perfekt, meine Süße. Du kannst gar nicht anders, als mich stolz zu machen.«

Wieder wirkt Amys Lächeln zittrig, aber nun habe ich keine Angst mehr, dass Rollins das bemerkt. Denn dieses Mal wirkt es, als würde Amy von ihren Gefühlen überwältigt.

»Darling, ich habe die beiden in der Magnolia-Suite untergebracht. Würde es dir etwas ausmachen, sie dorthin zu geleiten? Es sind weitere Gäste eingetroffen, um die ich mich kümmern muss.«

»Ich würde mich freuen«, nickt Amy. »Die Magnolia ist meine Lieblingssuite«, fügt sie in bester Gastgebermanier hinzu, als wir uns ihr anschließen.

Unterwegs plappert Amy über das Haus, als hätte sie nur Seifenblasen im Kopf. Das wäre möglich, würde mich aber überraschen, da ich meine, Intelligenz in ihren Augen gesehen zu haben.

Kaum betreten wir die Suite, legt Amy den Zeigefinger auf die Lippen. »Der Schrank ist da drüben«, sagt sie, zeigt auf eine Vase und berührt ihr Ohr. »Und durch die Flügeltür geht es zum Bad.« Sie zeigt auf den Fernseher auf der Kommode und tippt sich verstohlen auf die Augen.

Na großartig! Wanzen und Videoüberwachung. Ist das nicht allerliebst? Natürlich haben wir Gegenmaßnahmen mitgebracht, aber eigentlich will ich sie nicht einsetzen, weil das Verdacht erregen könnte.

»Ich zeige Ihnen die Badewanne«, sagt Amy, als wir ihr ins Bad folgen. »Der Wasserhahn ist etwas kompliziert, sehen Sie?«

Dabei dreht sie mühelos das Wasser auf und senkt dann die Stimme. »Hier drinnen wird nichts überwacht. Zwar wollte er es, aber die Linse der Kamera beschlug immer, und das Wasserrauschen übertönte alles, also gab er es schließlich auf.«

Ich nicke. Zwar glaube ich ihr, werde die Suite aber dennoch untersuchen, sobald sie weg ist. Nur für den Fall, dass Rollins weitere Überwachungsmaßnahmen getroffen hat, ohne es ihr zu sagen.

»Eine Kamera im Fernseher und eine Wanze in der Vase? Sonst nichts?«, hake ich sicherheitshalber nach.

»Nein, das war's. Und nehmen Sie es nicht persönlich. Alle Gäste werden überwacht. Michael ist sich für Erpressung nicht zu schade. Ehrlich gesagt glaube ich, die Erpressungsgelder stellen einen hohen Anteil seines jährlichen Einkommens dar.«

»Dieser Wichser«, stößt Kerrie hervor, woraufhin Amy nur achselzuckend nickt.

»Jetzt muss ich genau wissen, was Sie brauchen.«

»Mindestens fünf Minuten an seinem Computer. Fünfzehn ist besser, falls kontrolliert wird, ob jemand dran war.«

»Das dürfte kein Problem sein. Aber seine Passwörter weiß ich nicht.«

Ich schüttle den Kopf. »Darum müssen Sie sich keine Gedanken machen. Die haben wir.«

Sie reißt die Augen auf. »Wie das?«

»Wenn ich das verstünde, würde ich in der Forschung und Entwicklung arbeiten und jemand anderer müsste seinen Hals riskieren.«

Dabei verstehe ich das, ehrlich gesagt. Zumindest im Ansatz. Also, nicht wirklich. Wie Noah es beschrieben hat, stehlen wir – virtuell natürlich – den ganzen Safe, obwohl wir nur an den Goldbarren darin interessiert sind. Wir nehmen ihn mit nach Hause, um ihn dort in Ruhe und Sicherheit zu knacken. In der realen Welt merkt der Böse, dass er nicht mehr da ist. Aber in der digitalen sollte der Diebstahl unentdeckt bleiben.

So zumindest lautet der Plan.

Bleibt zu hoffen, dass es so läuft, wie Noah gesagt hat. Nicht dass ich an ihm zweifle. Der Mann ist ein Genie, und nun, da er dank Damien Starks Unternehmen Milliarden von Dollar in der Forschung und Entwicklung verdient, hat er das nötige Geld, um die Kapriolen umzusetzen, die sein brillantes Hirn ausspuckt.

»Also machen wir es heute Abend?«

Ich höre Kerrie an, dass sie darauf hofft. Ein Großteil ihrer Unruhe ist wohl Spannung. Die sich erst lösen kann, wenn sie den Job hinter sich gebracht hat.

Aber Amy schüttelt den Kopf. »Am ersten Abend ist er

immer ziemlich aufgedreht und sorgt dafür, dass alle ihren Spaß haben und so weiter. Sollten Sie da verschwinden, würde er es bemerken. Aber bei solchen Events trinkt er ununterbrochen. Also könnten Sie morgen zum Shoppen nach Dallas fahren, und er würde nicht mal mit der Wimper zucken.«

»Das ist gut«, nicke ich. »Damit habe ich auch mehr Zeit, seine Verhaltensmuster zu studieren. Werden Sie in der Lage sein, mich zu begleiten?«, frage ich Amy.

»Das dürfte kein Problem werden. Er sagt gern, dass wir monogam mit kleinen Ausnahmen sind.« Sie lächelt Kerrie an. »Und ich bin sicher, er wird morgen überglücklich sein, Ihnen Gesellschaft zu leisten.«

»Na großartig«, bemerkt Kerrie.

Ich denke daran, wie der Kerl sie angeglotzt hat. Und weiß, dass dieser Auftrag auf dem Papier vielleicht ganz simpel aussehen mag, aber wahrscheinlich der schwerste in meiner ganzen Laufbahn werden wird.

9 Ja, ich weiß, der Plan lautete, Kerrie sollte sich mit Rollins anfreunden, damit Amy und ich unbemerkt verschwinden können.

Und ja, ich weiß, was davon abhängt, dass der Plan funktioniert.

Außerdem weiß ich, dass Kerrie vollkommen in der Lage ist, sich gegenüber diesem arroganten Scheißer zu behaupten.

All das weiß ich, wirklich.

Dennoch will ich ihm am liebsten die Eier ausreißen, als ich sehe, wie er hinter sie tritt und über ihren Po streicht. Schließlich ist der Mann gefährlich. Und allein die Vorstellung, dass er sie anfasst, macht mich krank.

Gleichzeitig kann ich es ihm nicht verdenken, dass er zudringlich wird. Kerrie sieht einfach unglaublich aus.

Da wir den Dresscode nicht kannten, habe ich sowohl Jeans und Henleyshirt mitgenommen als auch einen maßgeschneiderten Seidenanzug.

Darauf meinte Kerrie, ich würde nicht nur schummeln, sondern hätte als Mann auch keine Ahnung, wie schwierig es als Frau sei, sich auf eine solche Situation vorzubereiten. Als sie in unserem Zimmer auspackte, verstand ich, was sie meinte. Ohne je ihre Rolle als Lydia zu verlassen, zeigte sie mir, John, was sie mitgenommen hatte. Ein Schlauchkleid, das einer Hure auf der Suche nach Freiern würdig war. Ein Jeansminirock und ein bauchfreies Top, die ihre Vorzüge höchst schmeichelhaft unterstrichen, aber keineswegs zu förmlicheren Anlässen getragen werden konnten. Ein sexy Cocktailkleid, das ich für passend hielt, sie aber für zu »hochtrabend und versnobt«.

»Ich hab zwar noch ein paar andere Sachen mitgebracht«, sagte sie. »Aber nichts, was sich richtig anfühlt.«

Ich stand nur in meinem Anzug da und dankte meinen Eltern für meine ganz spezielle Chromosomenmischung.

Schließlich fiel ihr ein, dass sie noch Kleider im Schrank gesehen hatte. Und da fand sie auch das schimmernde goldene Abendkleid, das sowohl vorn als auch hinten tief ausgeschnitten war und einen so hohen Schlitz am linken Bein hatte, dass sich jegliche Unterwäsche verbot.

Genau das trägt sie jetzt und sieht damit zum Anbeißen aus. Den Blicken nach zu urteilen, die ihr die Männer und auch Frauen im Ballsaal zuwerfen, weiß ich, dass ich nicht als Einziger so empfinde.

Der Stoff spannt sich über der Kurve ihres Pos, wo Rollins' Hand kurz verweilt, bevor er sie ein Stück zur Seite schiebt, sodass er mit den Fingerspitzen die nackte Haut an ihrem Schenkel berühren kann.

Kerrie dreht sich um, vorgeblich, um besser mit ihm sprechen zu können, doch es bewirkt, dass seine Hand von ihrem Schenkel wieder zurück zu ihrem Po rutscht. Unter den gegebenen Umständen betrachte ich das als Verbesserung.

Zumindest, bis er mit der Hand nach oben wandert. Als ich sehe, wie er mit dem Daumen über die nackte Haut an ihrem Poansatz streicht, weiß ich, dass ich dazwischengehen muss. Um ihretwillen, nicht um meinetwillen. Morgen, wenn Amy und ich uns davonstehlen, wird sie ganz allein mit ihm zurechtkommen müssen. Da verdient sie es, heute Abend mit mir zu entspannen.

Ich schnappe mir zwei Gläser Champagner von dem Tablett, das ein Kellner vorbeiträgt, und geselle mich zu ihnen. »Lydia«, sage ich, reiche ihr ein Glas, schlinge meine freie Hand um ihre Taille, nicke Rollins zu und gebe damit meinen Besitzanspruch kund.

Kerrie dreht sich zu mir um. Voller Vertrauen – und Dankbarkeit – sieht sie mich an. Am liebsten würde ich sie an mich ziehen und küssen. Und da Rollins uns beobachtet – und die Party das geradezu fordert –, tue ich das auch.

Sie hat gerade an ihrem Champagner genippt, sodass ich das Prickeln der winzigen Bläschen auf ihren Lippen spüre. Überrascht holt sie Luft, entzieht sich mir aber nicht, sondern intensiviert den Kuss, öffnet die Lippen und schmiegt sich weich an mich. Ich schließe die Augen und wünschte, wir wären weit weit weg, bin jedoch gleichzeitig dankbar, dass wir genau hier sind, denn hätte ich dies unter anderen Umständen auch getan?

Schließlich weiß ich es doch besser. Ich weiß genau, welche Tür ich da aufstoße.

Und außerdem, dass ich sie wieder ganz fest zumachen muss, sobald wir dieses Spielchen mit John und Lydia aufgeben.

Sanft löse ich mich von ihr und unterbreche unseren Kuss. Kerries Lippen sind leicht geöffnet, ihre Wangen rot, und unter dem weichen, eng anliegenden Stoff zeichnen sich ihre harten Nippel ab. Ich trete einen Schritt zurück und hole tief Luft, um selbst die Beherrschung wiederzuerlangen. Denn im Moment denke ich nur daran, ihr das Kleid vom Leib zu reißen und jeden köstlichen Zentimeter ihres süßen, kleinen Körpers zu schmecken.

Als ich zu Rollins blicke, sehe ich, dass er uns beobachtet

und vor Erregung selbst rot im Gesicht ist. »Ich glaube, Lydia und ich haben noch einiges zu erkunden. Hier muss doch irgendwo eine dunkle Ecke sein.«

Als Reaktion darauf zieht er nur einen Mundwinkel in die Höhe. Ich bin ziemlich sicher, dass er uns mit dem Blick folgt. Würde ich sie wirklich in eine dunkle Ecke ziehen und all das mit ihr machen, was ich mir wünsche, würde er uns zweifellos nachschleichen.

»Danke«, flüstert Kerrie, als wir uns in Bewegung setzen.

»Für den Kuss?«

»Ja«, antwortet sie mit provozierendem Lächeln. »Und dafür, dass du mich gerettet hast. Zumindest bis morgen. Morgen ist Rettung wohl nicht erlaubt.« Sie seufzt, und ich seufze ebenfalls. Denn sie hat recht.

Na großartig.

»Andererseits wird es vielleicht nicht so schlimm.« Sie blickt sich um. »Für eine Sexparty ist das hier ziemlich lahm. Vielleicht will er morgen ja nur Schach spielen.«

»Darauf würde ich mich nicht verlassen. Aber was die Party betrifft, hast du recht.«

Auch ich schaue mich um. Überall sieht man Paare und Grüppchen. Amy hat uns erzählt, dass es im Haus zwanzig Schlafzimmer gibt, die alle mit mindestens zwei Gästen belegt sind. Außerdem übernachtet etwa ein Dutzend weiterer Besucher in einem Gästehaus, das sich eine halbe Meile entfernt auf dem Anwesen befindet. Also wimmelt es hier von Leuten. Aber es wirkt nicht so, als befänden wir uns in einem Pornofilm. Verdammt, nicht mal, als wären wir in einem Stripklub in Vegas.

»In meiner Fantasie hab ich mir viel Gewagteres vorgestellt«, fährt sie fort.

»Ach wirklich?« Wir sind im Esszimmer gelandet und stehen in einer Ecke neben dem voll beladenen Buffet.

Kerrie tritt näher zu mir, umfasst mit beiden Händen meinen Hintern und drängt sich an mich. Ich sehe, wie sie sich auf die Unterlippe beißt, und weiß, dass sie ganz genau mitkriegt, welche Wirkung ihre Nähe auf mich hat.

»Lydia...«

Einer ihrer Mundwinkel zuckt. »Hmmm?«

Aber ich sage nichts. Stattdessen fahre ich mit den Fingerspitzen den Wasserfallausschnitt ihres Kleides nach, spüre ihre warme Haut. Ich sehe, wie sie die Augen schließt und immer stockender atmet. Sie zieht die Zähne über ihre Unterlippe, und als sie die Augen öffnet, ist ihr Blick vor lauter Verlangen so weich, dass es mir das Herz zerreißt.

»John.« Sie schluckt. »Bitte.«

»Bitte was?« Ich will es hören. Ich will, dass sie um meine Berührung bettelt. Ich will die Augen schließen und mir all unsere Nächte vorstellen, mich daran erinnern, wie sie sich in meinen Armen anfühlte, wie glücklich ich war, dass diese unglaubliche Frau mir gehörte.

»Bitte fang nichts an, was du nicht zu Ende bringen willst.«

Rumms!

Sofort ist der Bann gebrochen. Denn was zur Hölle tue ich da eigentlich? Wohin soll das führen? Wie kann ich diesen Moment auch nur rechtfertigen – oder das, wohin er führen sollte –, während ich doch genau weiß, dass es nicht sein darf?

Ich trete einen Schritt zurück. »Es tut mir leid.«

Sie befeuchtet sich die Lippen und nickt. »Ja. Mir auch.«

Ich nehme ihre Hand. »Komm.« Dieses Mal führe ich sie ins Freie. Der Garten wirkt wie ein Märchenland mit seinen funkelnden Lichtern, lauschigen Sitzecken, einem dampfenden Whirlpool, einem kristallklaren Schwimmbecken und Gehwegen durch einen Park, den man normalerweise nicht auf einer Ranch in Texas findet. Vermutlich muss Rollins ein Vermögen für Gärtner und Bewässerung zahlen.

»Sollen wir uns wegen Vortäuschung falscher Tatsachen beschweren?«

Ich werfe ihr einen fragenden Blick zu.

»Die Party. Ist nicht so wie erwartet.«

»Enttäuscht?«

Das ist nur ein Scherz, aber sie denkt ernsthaft darüber nach. »Ich gebe zu, dass ich neugierig war. Aber wenn ein paar Leute, die herumstehen und quatschen, während ein paar Pärchen in den Ecken rummachen, schon eine Sexparty ergeben, dann war ich im letzten Jahr auf der Highschool mindestens auf einem halben Dutzend solcher Sexpartys.«

Ich lache leise. »Wenn das die Definition ist, war ich auch schon auf einigen.«

Ich liebe es, wie sie lacht. Ohne den geringsten albernen Versuch, es zu verbergen. Wenn sie etwas amüsant findet, zeigt sie das auch. Bei Kerrie kriegt man, was man sieht, und dafür habe ich sie immer bewundert.

Beiläufig streckt sie die Hand aus und umfasst meine. Ich senke den Blick, um nicht zu zeigen, wie gerührt ich bin.

»Ich will mit dir reden. Das fällt mir leichter, wenn ich deine Hand halte.«

Vor Beklemmung wird es mir eng um die Brust, aber ich nicke nur. »Na gut.«

»Ich wollte dir sagen, dass ich es verstehe. Warum wir uns getrennt haben, meine ich.«

Ich wende leicht den Kopf, um ihr Gesicht zu sehen und mich zu vergewissern, was sie damit sagen will.

»Einverstanden bin ich nicht«, fügt sie mit einem Anflug von Humor hinzu, der mir zeigt, sie ist nicht auf Streit aus, »aber ich verstehe es. Wirklich.«

Sie hält inne, als wollte sie sicher sein, dass ich das verstehe. Also nicke ich und sage: »Das freut mich zu hören.«

»Und ich will wirklich, dass wir Freunde bleiben.«

»Ich auch. Wenn du dir immer noch Gedanken machst über das, was ich im Büro gesagt habe – dass es nicht möglich ist –, also das lag nur...«

»Nein, nein, schon klar. Ich hab dich überrumpelt, und es war komisch, und alles ist gut.« Sie holt tief Luft. »Aber du hast recht, es ist manchmal schon unangenehm zwischen uns. Und das will ich nicht.«

»Oh, Ke–... Lydia.« Ich zucke zusammen und sehe, dass sie sich ein Lachen verkneift. Dabei gehen wir nicht davon aus, wir würden auch hier draußen überwacht. Ich bin mir ziemlich sicher, dass wir unbeobachtet sind, da ich einen Wanzendetektor in meiner Tasche habe, der vibrieren würde. Aber ich möchte nicht zu sehr aus meiner Rolle fallen. »Ich will das auch nicht«, versichere ich ihr.

Sie holt erneut tief Luft. »Deshalb denke ich darüber nach, die Stelle zu wechseln.«

Wir wandern gerade durch ein Labyrinth, dessen Hecken allerdings erst schulterhoch sind. Jetzt bleibe ich abrupt stehen und halte sie fest. »Was soll das heißen? Die Stelle wechseln?«

Sie reibt sich mit dem Daumen übers Kinn, was sie nur tut, wenn sie nervös ist.

»Lydia...«

»Ich erwäge, nach Los Angeles umzuziehen, klar?«

Das trifft mich wie ein Schlag. Benommen weiche ich einen Schritt zurück. »Was? Wieso?«

»Delilah hat mich gebeten, für sie zu arbeiten. Als persönliche Assistentin. Im Wesentlichen würde ich ihr helfen, ihr Leben zu organisieren. Alles, was ein Star so braucht, bis auf das Hollywood-Spezifische, wovon ich nichts verstehe. Aber ihre Finanzen, ihre Termine, ihre Reisen, ihre Sicherheit und so weiter und so fort.«

Geschockt stehe ich nur da. »Weißt Pierce Bescheid?« Delilah ist Pierces Schwägerin. Er und Jezebel haben sich kennengelernt, als Delilah, eine Jungschauspielerin, in der Stadt war und vor ein paar wütenden Fans geschützt werden musste.

»Noch nicht. Ich hab Del von uns erzählt, und dann führte eins zum anderen. Ich denke ernsthaft über ihr Angebot nach. Die Stellenbezeichnung lautet ›Chefassistentin‹, und die Frau, die die Stelle vorher hatte, ist nach Chicago gezogen, weil sie geheiratet hat.«

»Du denkst ernsthaft darüber nach, uns zu verlassen?«

Sie hebt die Schultern und lässt sie wieder fallen. »Du würdest mir fehlen. Aber ehrlich gesagt, fehlst du mir auch jetzt schon, weißt du? Ich bin überzeugt, wir können wieder so sein wie vor der Sache mit dem Haushaltsraum. Aber ich weiß, dass ich mich insgeheim immer fragen würde, ob wir das nicht wiederholen könnten. Und der springende Punkt – warum ich wirklich gehen will – ist, dass ich es mir im Grunde wünsche.«

»Ich weiß nicht, was ich sagen soll«, erkläre ich. Denn ich kann ihr nicht gestehen, dass ich es mir auch wünsche. Die Trennung war meine Entscheidung, und ich weiß, sie war richtig. Also muss ich zumindest so tun, als wäre ich stark.

»Dabei ist das Alter wirklich nur etwas auf dem Papier, weißt du?«

»Darüber haben wir doch schon geredet. Du kennst meine Gründe. Und wir beide wissen, dass ich recht habe.«

Sie schüttelt den Kopf. »Nein, das weiß ich ganz und gar nicht. Im Gegenteil, ich finde, du liegst vollkommen falsch. Deine Großmutter liebte deinen Großvater. Und es war kein Opfer, als er krank wurde. Deine Mutter hingegen war eine Idiotin. Und ich bin keine Idiotin. Bloß weil du älter bist als ich, heißt das noch nicht, dass du vor mir alt und schwach wirst. Und bloß weil du als Soldat gekämpft und ziemlich viel Mist durchgemacht hast, heißt das noch lange nicht, dass du morgen tot umfallen wirst.« Sie holt tief Luft. »Ich hab's kapiert, ehrlich. Aber leg mir nicht irgendwelche Worte in den Mund. Ich finde nicht, dass du recht hast – im Gegenteil, ich glaube, du liegst völlig falsch. Doch das ist egal. Denn Meinungsverschiedenheiten mag es in jeder Beziehung geben, aber nicht darüber, ob man zusammen sein sollte oder nicht. Also respektiere ich deine Entscheidung. Ehrlich. Und ich will mit dir befreundet sein. Wirklich. Aber ich glaube, das wird leichter sein, wenn tausendfünfhundert Meilen zwischen uns liegen.«

Ich schlucke. Und nicke dann. Schiebe die Hände in meine Taschen. »Alles klar.«

»Ehrlich?«

»Wie du gerade selbst sagtest: Es gefällt mir zwar nicht, aber ich hab's kapiert.«

Da bedenkt sie mich mit einem breiten Grinsen. »Siehst du? Wir passen echt gut zusammen.«

Unwillkürlich muss ich lachen.

»Eigentlich wollte ich dir das alles nicht gerade heute Abend erzählen. Ich hätte es gar nicht erwähnt, wenn hier wilde Sexspielchen im Gange wären.«

Darüber müssen wir beide lachen. Außerdem finden wir, dass wir der Party schon ziemlich lang ferngeblieben sind, und begeben uns auf die sexlose Sexparty zurück – nur, um sofort festzustellen, dass wir unser Urteil vorschnell gefällt haben. Denn kaum betreten wir das Haus, wird uns klar, dass sich einiges verändert hat.

Alle Lichter sind gelöscht, und die Räume werden nur noch von Kerzenlicht erhellt, in deren orangefarbenem Schein viel nackte Haut zu sehen ist. So als wäre unser Abgang das Stichwort gewesen, zur Sache zu kommen. Von unserer Position in der Küche aus können wir sehen, dass sich auf den Sofas und dem Boden des vor uns liegenden Raumes Pärchen und Grüppchen zu dritt und zu viert beschäftigen. Und ein paar Schritte von uns entfernt lehnt ein Mann an der Theke, der sich von einer Frau einen blasen lässt. Im Esszimmer links von uns liegt eine Frau nackt und mit ausgestreckten Gliedmaßen auf dem Tisch, während eine andere Frau mit einer Peitsche über ihren Körper fährt und dann leicht zuschlägt, worauf die andere in einer Mischung aus Lust und Schmerz aufschreit.

»Oh«, sagt Kerrie, und zuerst denke ich, das sei ihre Reaktion auf diesen Anblick. Dann erkenne ich, dass sie Rollins entdeckt hat. Er kommt auf uns zu, aber ich glaube, er hat uns noch nicht bemerkt. Das will ich auch nicht, denn Kerrie wird morgen schon mit ihm zusammen sein – in dieser Atmosphäre –, und das ist meiner Meinung nach schon mehr Zeit, als er verdient.

Ich ziehe sie mit mir, bis wir in einer Nische landen, und drücke meinen Finger auf ihre Lippen. Sie nickt. Wir können ihn zwar nicht mehr sehen, doch seine Schritte hören. Ich höre auch die eindeutigen Geräusche um uns herum.

»Macht dich das an?«, frage ich flüsternd, bereue es aber sofort.

Sie sieht mir direkt in die Augen. »Ja und nein.«

Ich schweige, in der Erwartung, dass sie das näher erklärt. Einen Augenblick lang sehen wir uns nur an. Dann tritt sie zu mir, schlingt die Arme um meinen Hals und wispert mir ins Ohr: »Es ist heiß. Wie damals, als wir Pornos geguckt haben. Weißt du noch?« Ich spüre ihren Mund an meinem Ohr.

Ich nicke und finde ihre Lippen und ihren Atem an meiner Haut so erregend wie ihre Worte.

»Aber ich wollte nie in dem Film dabei sein, und hier will ich auch nicht zu sehen sein. Gruppensex in der Öffentlichkeit ist einfach nicht mein Ding. Ich wollte – will – nur mit dir zusammen sein.« Als sie mir mit der Zunge über meine Ohrmuschel streicht, muss ich mich zwingen, nicht aufzustöhnen.

Ich sollte die Reißleine ziehen. Haben wir nicht gerade erst darüber geredet, dass wir nur Freunde bleiben wollen? »Das sollten wir nicht«, stoße ich hervor.

»Wahrscheinlich nicht. Doch ich will ohnehin hier raus. Der Hauswirtschaftsraum hat sich nicht so richtig gut für einen Abschied geeignet. Aber hier haben wir ein Schlafzimmer und eine Dusche mit Spritzdüsen.«

Sie gleitet mit der Hand nach unten, um mich zu streicheln. Dabei bin ich bereits stahlhart. »Was ist mit Leo?«

Ihre Hand verharrt. »Was?«

»Geht ihr nicht miteinander aus?«

Wieder liebkost sie mit der Zunge mein Ohr. »Wäre das ein Problem?«

»Ja, verdammt!«

Ihr Lachen ist wie Glockengeläut. »Wir sind nicht zusammen. Wie bist du denn auf die Idee gekommen?«

Darauf antworte ich erst gar nicht. Natürlich sind sie nur Freunde. Ich hab ihr lediglich eine Beziehung gewünscht, weil sie glücklich sein soll. Weil ich nicht der Arsch sein will, der sie liebte und dann verlassen hat.

Und dennoch...

»Das sollten wir nicht. Das weißt du.«

Aber sie schüttelt nur den Kopf. »Nein, John, da irrst du dich. Wir sind auf einer Sexparty, schon vergessen? Und wir sind nicht Kerrie und Connor«, fügt sie mit so leiser Stimme hinzu, dass ich sie kaum verstehen kann, obwohl ihr Mund dicht vor meinem Ohr ist. »Wir sind Lydia und John. Und zwischen denen geht es heiß her. Also, müssen wir dem nicht entsprechen? Muss man sich nicht ganz in die Rolle einfügen, um undercover nicht nur zu überleben, sondern seine Sache richtig gut zu machen? Man muss sich in die Figur hineinfühlen.«

Sie schmiegt sich an mich, bis ihr ganzer Körper an meinem klebt. »Also, fühlen wir uns hinein.« Sie nimmt meine Hand und legt sie auf ihren Oberschenkel. Dann umfasst sie meine andere und drückt sie auf ihren Busen. Und dort lasse ich sie, trotz der Alarmsirenen in meinem Kopf. Ich muss mich sogar bezwingen, ihr nicht den Rock hochzureißen und sie auf der Stelle zu nehmen. Genügend Intimsphäre haben wir ja.

Doch als sie ihre Hand auf meine legt und sie ihren Schenkel hochschiebt, weiß ich, dass ich auf verlorenem Posten stehe. Ich übernehme die Kontrolle, wandere mit den Fingern weiter hinauf, streichele die zarte Haut zwischen ihrer Leiste und ihrer Muschi und fahre langsam – köstlich langsam – über ihren Schlitz, der schon verdammt feucht ist.

»John?«, fragt sie mit einer Stimme, die vor lauter Verlangen ganz rau ist.
»Ja?«
»Jetzt«, befiehlt sie. »Bitte, fick mich jetzt.«

10 Das ist eine Aufforderung, der ich mich nicht zu entziehen gedenke, und schon gar nicht, als sie aufstöhnt, während ich, zum Bersten hart, meinen Finger in sie hineinschiebe.

»Gott, ja«, murmelt sie und drängt rhythmisch ihr Becken vor, während ich meinen Finger immer wieder schnell und tief in sie hineinstoße. »Mehr«, verlangt sie. »Con... John. Bitte. Bitte. Ich will mehr. Ich will alles. Dich«, stößt sie hervor, und mir schwillt das Herz. »Ich will dich.«

»Oben«, sage ich, aber sie schüttelt den Kopf. »Nein. Hier.« Das ist ein Befehl, und – o Gott –, wie könnte ich mich dem widersetzen? »Gibt es hier Türen?« Ich stecke meinen Kopf aus der Nische und spähe nach links und rechts. »Nein.« Offenbar ist das hier keine Kammer, sondern nur eine Aussparung im Flur. Verdammt, mir ist egal, auf was für einer Party wir sind. Ich kann sie auf keinen Fall hier ficken, wo jeder hereinspazieren oder uns sehen kann. So bin ich einfach nicht.

Andererseits will ich ihren Bedürfnissen nachkommen. Das heißt, dass ich sie vielleicht nicht ficken, aber doch kommen lassen kann. Das will ich gerne tun. Will sie hier im Dunklen in ihrem hautengen goldenen Kleid an mich pressen. Mit meinen Fingern ihre Klitoris necken. Hören, wie ihr Stöhnen und Seufzen sich in die Geräuschkulisse um uns herum einfügt.

Ja, das gefällt mir ausnehmend gut.

»Entspann dich, Baby«, flüstere ich, streichele ihre Klitoris, spiele mit ihr und gleite mit der anderen Hand in den tiefen

Ausschnitt ihres Kleids, um ihren Nippel hart mit Daumen und Zeigefinger zu drücken.

Kerries Körper kenne ich wie meinen eigenen, und ich weiß, dass sie gleich kommen wird. Die Brustwarze zwischen meinen Fingern ist hart und ihr Busen prall und schwer. Ihr Inneres ist heiß und feucht, ihre Klitoris geschwollen und empfindsam.

Normalerweise gerät sie nur langsam in Erregung, sodass ich mir Zeit nehmen, sie stimulieren, mit ihr spielen, sie in aller Ruhe in einen explosionsartigen Höhepunkt locken kann. Aber ich glaube, die leicht bedrohliche Situation gefällt ihr. Die Gefahr, gesehen zu werden. Ich merke, wie erregt sie ist, wie sehr dieses ganze anrüchige Szenario sie antörnt. Was sich auf mich überträgt!

Also: ja. Ich will sie ficken. Ich will mich tief in ihr versenken. Aber nicht hier. Und nicht jetzt.

Erst mal geht es nur um sie.

Die rhythmischen Bewegungen ihres Beckens zeigen mir, dass das, was ich tue, genau das ist, was sie will – und das Ganze ist höllisch erregend: dass ich sie immer weiter stimuliere und einem Höhepunkt entgegentreibe, der wie eine Explosion zu sein verspricht. Dazu die Geräusche der Szenarien um uns herum.

»Genau so, Baby, komm für mich«, befehle ich. »Explodiere für mich, damit ich dich nach oben bringen und noch einmal ficken kann.«

Sie stöhnt auf, packt meine Hand und zwingt mich, ihre Brust noch fester zu kneten, und als sie am ganzen Körper zu zittern anfängt, wölbt sie sich zurück, und ihr Inneres zieht sich so fest um meine Finger zusammen, dass ich sie kaum noch bewegen kann.

Wie von Sinnen schraubt sie sich in meine Hand, während ich immer weiter in sie hineinstoße, weil ich sie so lange wie möglich auf dem Plateau halten will, wo Welle um Welle über sie hereinbricht, was mich selbst fast über die Klippe jagt.

Schließlich erschlafft sie und geht in die Knie, weil ihr kleiner Körper vollkommen geschafft ist. Ich fange sie auf, hebe sie hoch und halte sie ganz fest. Sie schlingt die Arme um meinen Hals und sagt mit einer Stimme, die wie purer Sex klingt: »Das war unglaublich.«

»Das war es«, nicke ich. »Willst du mehr davon?«

Ihr Lachen entzückt mich. »Ich will, dass du mit mir auf unser Zimmer gehst und mich so gründlich durchfickst, dass man meine Schreie bis hier unten hört.«

Angesichts dessen, wie hart mein Schwanz bei dieser Vorstellung wird, ist das durchaus möglich. Vorausgesetzt, wir kommen bis zu unserem Zimmer. Es ist gar nicht so leicht, sie mit derart steifem Schwanz zu tragen. Aber ich war nicht umsonst Soldat, und schon ziemlich kurz darauf erreichen wir unser Zimmer.

Sanft lege ich Kerrie auf dem Bett ab und mache Musik, um die Wanzen zu übertönen. Zwar bin ich versucht, eventuellen Lauschern mal richtig was zu hören zu geben, kann mir aber vorstellen, dass sie das schon zur Genüge kennen. Außerdem könnten uns im Eifer des Gefechts unsere richtigen Namen entschlüpfen, und das wäre fatal.

Was die Kamera am Fernseher betrifft, so bin ich unschlüssig. Ich habe keinerlei Interesse daran, beim Sex aufgenommen zu werden. Zwar gibt es noch das Bad, aber Sex im Whirlpool war noch nie so ganz mein Fall. Das mag altmodisch sein, aber mir ist ein Bett am liebsten.

Ich sehe Kerrie an, dass es ihr ähnlich geht. Nach einem

Augenblick setzt sie sich auf und steigt vom Bett. Dann gibt sie mir zu verstehen, dass ich mich hinsetzen soll.

»Showtime«, sagt sie, nimmt mein Handy von der Kommode und scrollt durch meine Musik-App, bis sie auf eine Playlist mit sexy-schwülstigen Songs stößt.

Fasziniert sehe ich zu, wie sie einen kleinen Striptease vor mir aufführt und den Reißverschluss ihres Kleides aufzieht. Als sie mit den Schultern und Hüften wackelt, gleitet es an ihr herunter, sodass sie splitterfasernackt dasteht.

Wer auch immer am anderen Ende der Überwachungskamera sitzt, wird begeistert sein, doch da ich weiß, dass das auch Kerrie bewusst ist, sage ich kein Wort, sondern sehe nur zu, wie sie sich vorbeugt, das Kleid aufhebt und über den Fernseher wirft, sodass die Kamera vollkommen verdeckt ist. »Das hänge ich später auf«, sagt sie laut, damit unser zweifellos enttäuschtes Publikum es auch ja mitkriegt. »Jetzt kümmere ich mich erst mal um dich.«

Dann dreht sie die Lautstärke hoch, wirft mein Handy auf einen Stuhl und baut sich direkt vor mir auf.

»Gut so?«, fragt sie, stößt mich auf die Kissen und steigt ins Bett. Immer noch vollständig angezogen liege ich, auf die Ellbogen gestützt, da und sehe zu, wie sie sich auf meinen Oberschenkel setzt und eine feuchte Spur auf meiner Seidenhose hinterlässt, während sie sich an meinem Bein reibt.

Das ist einerseits so lächerlich sexy, dass ich am liebsten so bleiben und beobachten möchte, wie sie sich selbst an meinem Körper immer mehr auf Touren bringt. Andererseits reicht mir das nicht, und als ich es nicht mehr aushalte, packe ich sie an der Taille, werfe sie auf den Rücken und drücke meinen Mund auf ihren.

Ich küsse sie lang und intensiv, und sie reagiert mit wilder

Leidenschaft und zieht mich mit Armen und Beinen fest an sich. »Zu viel Stoff«, murmelt sie. »Ich will dich nackt.«

Gesagt, getan: Schon Sekunden später liegen all meine Kleider auf dem Boden, und meine warme Haut drückt gegen ihre. »Bitte«, fleht sie. »Ich will es nicht langsam angehen, sondern dich endlich in mir spüren.«

»Oh, Baby.« Ich schaue ihr tief in die Augen. Das hier ist mehr als das erotisch aufgeladene Ambiente. Mehr als unsere Rollen als Lydia und John. Dies ist die Leidenschaft, die schon immer zwischen uns gelodert hat. Eine Leidenschaft, die mir nur allzu vertraut ist. Die ich mit Freuden nähren würde. Doch wir wissen beide, dass dieses Wochenende ein Abschied ist. Unsere letzte Fanfare.

Und daraus werden wir das Beste machen, verdammt noch mal!

Ich senke meine Lippen auf ihre, um ganz sanft zu beginnen. Aber ich bin zu erregt und verliere mich sofort darin, wie sie riecht und schmeckt. Daher wird der Kuss nicht sinnlich und langsam, sondern hart, wild und leidenschaftlich. Wie eine Eroberung, eine Inbesitznahme.

Wir verschlingen einander, und dann wandere ich mit dem Mund nach unten, über ihren Hals, ihr Schlüsselbein, über ihre empfindsamen Brüste. Als ich an ihnen sauge, wölbt sie sich mir entgegen, windet sich unter mir, packt meine Haare und drängt mich immer weiter nach unten.

Ich gehorche begierig, weil ich sie unbedingt schmecken, mit meiner Zunge zum Höhepunkt jagen will. Sie ist so weich und süß und drängt sich in einer Weise an mich, die mich immer unglaublich antörnt. Es besteht keinerlei Zweifel, dass es Kerrie gefällt, was ich tue. Mit ihr ist Sex die totale Hingabe; etwas, das ich schon immer verdammt erregend fand.

»Ja!«, schreit sie auf, als ich an ihrer geschwollenen Klitoris sauge. Ihr Becken wippt heftig, als ein weiterer Orgasmus sie überkommt. Sie drückt sich gegen meinen Mund, immer fester, bis sie aufkeuchend nach mehr verlangt. Mich anfleht, tief in sie hineinzustoßen.

»Hart«, bettelt sie. »Schnell.«

Also gebe ich ihr genau das. Stoße tief in sie hinein und reite sie. In wilder Raserei prallen unsere Körper gegeneinander, bis sich alles in mir zusammenkrampft und ich für diesen einen, süßen Moment erstarre, bevor ich explodiere, mich in sie ergieße und dann vollkommen erschöpft auf ihr zusammenbreche.

Sie seufzt zufrieden und streicht mir durchs Haar. »Das war wunderbar«, murmelt sie. Und dann, noch bevor ich wieder zu Atem kommen kann, fragt sie unschuldig: »Können wir das noch mal machen?«

Ganz ehrlich: Wie soll ich dazu schon Nein sagen?

11 Ich erwache mit einem vertrauten Gefühl: Kerrie liegt neben mir, eng an mich geschmiegt und mit einem Bein über meiner Hüfte, wie um mich bei sich zu behalten. Sie ist eine besitzergreifende Schläferin, was ich früher genossen habe, weil ich wusste, dass sie mir selbst im Schlaf nahe sein wollte.

Auch jetzt empfinde ich ähnlich und ziehe sie noch näher zu mir, atme den frischen Duft ihrer Haare und den moschusartigen Geruch nach Sex ein, der von unseren Körpern aufsteigt. Der Tag X ist gekommen, und es widerstrebt mir, sie loszulassen. Was ist, wenn etwas schiefgeht oder Rollins uns durchschaut? Wenn Kerrie geschnappt und verletzt wird oder noch Schlimmeres? Wie zum Teufel sollte ich damit leben?

Du kannst auch damit leben, dass du ihr das Herz gebrochen hast.

Diesen Gedanken verdränge ich. Schließlich versteht sie mich. Und kommt sehr gut klar.

Sie zieht fort. Fort von ihrer Familie und ihren Freunden. Wegen dir.

»Del gehört auch zur Familie«, protestiere ich und merke erst, dass ich das wirklich ausgesprochen habe, als Kerrie sich bewegt.

»Hast du was gesagt?«

»Ich sagte ›Guten Morgen‹«, lüge ich, küsse sie und erglühe vor Freude, als sie sich so herumdreht, dass sie ihre Arme um mich legen kann.

»Können wir nicht den ganzen Tag hier bleiben?«

»Nichts würde mir mehr gefallen«, gestehe ich.

»Aber?«

Ich lache. »Aber dann könnte ich dich nicht in der Dusche lieben.«

Sie betrachtet forschend mein Gesicht und stützt sich auf einem Ellbogen auf. »Ich brauch ein bisschen Musik zum Aufwachen.« Sie schnappt sich mein Handy. Dann ruft sie eine Musik-App auf, verbindet mein Handy über Bluetooth mit einem Lautsprecher und spielt die Musik so laut ab, dass wir ungestört reden können.

»Ich dachte, gestern wäre das letzte Mal gewesen«, flüstert sie, aber ich höre einen eifrigen Unterton in ihrer Stimme.

»Willst du das denn?«

Ich sehe, dass sie schluckt. »Du weißt genau, was ich will.« Sie blickt mir direkt in die Augen. »Und das wollte ich schon, seit Pierce das erste Mal auf einem Heimaturlaub deinen erbärmlichen Arsch in diese Stadt zerrte.«

»Aber du weißt, dass ich dir das nicht bieten kann.«

Sie nickt. »Das weiß ich. Wie schon gesagt. Wenn du dich recht erinnerst, war ich diejenige, die zu dir sagte, eine letzte Nacht wäre eine gute Idee. Und ich hatte recht, oder etwa nicht?«

»Die letzte Nacht war unglaublich.«

Sie nickt entschieden. »Okay.«

»Okay was?«

»Die letzte Nacht war kein Abschied, aber auch kein Neuanfang. Es war eine Show als Lydia und John. Die nicht auf Tournee geht, sondern eine einmalige Sache ist. Man könnte es auch als Intermezzo oder Anomalie bezeichnen, ganz egal. Oder sogar als gliriosen Ausstand, denn sobald wir zu Hause sind, werde ich kündigen. Nach dieser Nacht kann ich einfach nicht bleiben. Ich wünschte, ich könnte es – ich dachte sogar, es ginge. Vor der Sache im Hauswirtschaftsraum hielt ich das wirklich für möglich. In deiner Nähe hatte ich zwar ständig dumpfe Herzschmerzen, doch damit kam ich klar. Aber jetzt nicht mehr, glaube ich.«

Ich nicke. Weil ich genau weiß, was sie meint.

»Also John und Lydia?«, fragt sie mit erhobener Stimme.

»Ist das ein Ja?« Das glaube ich zwar, will aber absolut sicher sein, dass wir dasselbe wollen.

Ihr Lächeln ist breit und ein ganz klein wenig verschlagen. »Das ist nicht nur ein Ja, sondern ein ›Ja, zur Hölle!‹ Denn wenn das unser letzter Auftritt ist, John, dann soll er alles toppen. Ich will das ganze Programm. Und das werde ich dann in meinem Gedächtnis verstauen, als süße, versaute Erinnerung, die ich immer dann hervorholen kann, wenn ich es brauche. Abgemacht?«

Ich steige aus dem Bett, richte mich auf und strecke ihr meine Hände entgegen. »Abgemacht«, sage ich. »Und das besiegeln wir jetzt mit einem Quickie in der Dusche.«

Sie lacht, als ich sie hochziehe. »Dazu sage ich nur eins: Du weißt, wie man mit Romantik ein Mädchen verzaubert.«

Konnte man die Atmosphäre am Vorabend als sinnlich und schwül bezeichnen, dann ist sie heute fast schon lasziv.

Dutzende nackter Männer und Frauen fläzen sich auf den Liegen rund um den riesigen, rechteckigen Pool, während die heiße texanische Sonne auf sie niederbrennt.

Ein weiteres Dutzend schwimmt im Wasser oder lässt sich treiben. Ein paar Rebellen tragen sogar Badekleidung.

Ein Pärchen vögelt träge unter einem riesigen Sonnenschirm, und das laute Stöhnen der Frau bildet einen Kontrapunkt zum satten Aufploppen des Volleyballs, den zwei vollbusige Frauen über ein Netz baggern.

Das Ganze ist sehr surreal und ganz und gar nicht mein Fall. Dennoch kann ich nicht leugnen, dass ich es genieße, Kerrie neben mir verstohlene Blicke zuzuwerfen. Sie ist oben ohne, trägt aber ein Bikinihöschen. Eine Entscheidung, die ich voll und ganz billige. Ich teile nicht gern.

Im Gegensatz zu gestern Nacht, in der es offenbar noch wilder zuging, nachdem Kerrie und ich uns auf unser Zimmer zurückzogen, fühlt es sich heute eher an, als wären wir in die Sechzigerjahre zurückgereist und mitten in einer Nudistenkommune gelandet.

Es geht zahmer zu, ist aber trotzdem nicht mein Fall. Zwar muss ich zugeben, dass es ziemlich heiß war, mit Kerrie in dieser Flurnische zu fummeln, aber dieser Job zeigt mir mehr als deutlich, dass Sexpartys oder Sex in der Öffentlichkeit nichts für mich sind.

Im Gegenteil: Ich bin strikt monogam und will meine Frau mit niemandem teilen.

Ganz kurz erlaube ich mir den Gedanken, dass diese Frau Kerrie ist. Aber das ist reines Wunschdenken. Die Frau dieses Tages ist Kerrie. Und genau das muss ich mir immer wieder in Erinnerung rufen.

Die Frau dieses Moments ist Kerrie.

Die Frau dieses Wochenendes ist Kerrie.

Aber in Zukunft? Das ist eine ganz andere Geschichte.

Ich betrachte die Frau neben mir, die sich in der Sonne aalt. Schlank und doch kurvig, einfach hinreißend, und ich bin nicht der Einzige, der das so sieht. Das merke ich an der Aufmerksamkeit, mit der sie jeder bedenkt, der an uns vorbeigeht.

Kerrie bekommt davon natürlich nichts mit, da sie die Augen nicht nur geschlossen, sondern mit Gurkenscheiben belegt hat. So liegt sie bereits seit einer Viertelstunde, und ich habe die strikte Anweisung, nach einer halben Stunde Bescheid zu sagen, damit sie sich umdrehen kann. »Vor allem, da meine Titten nicht an Sonne gewöhnt sind«, hatte sie hinzugefügt.

Als ich sie fragte, wieso sie dann nicht ihr Oberteil anbehielte, wenn sie sich solche Sorgen machte, zuckte sie nur die Achseln. »When in Rome, do as the Romans do. Außerdem, wer will schon Streifen, wenn er sie vermeiden kann? Und was soll's? Sind doch nur Brüste.«

Fast hätte ich protestiert, dass ich sie fast als mein eigen betrachten würde und nicht mit allen Gästen teilen wollte. Aber in Anbetracht der Natur und der Absprachen dieses Wochenendes befand ich, dass ich dazu wohl nicht das Recht hatte.

Während ich sie betrachte, wird mir bewusst, dass sich Rollins uns nähert. »Gestern Nacht habt ihr euch aber rar gemacht«, bemerkt er, als er vor Kerries Liege stehen bleibt.

»Wir hatten eine kleine Privatparty«, räume ich ein, obwohl er das schon wissen muss, da unser Zimmer überwacht wird. »Man könnte sagen, die Atmosphäre unten hat uns inspiriert.«

»In diesem Fall bin ich nicht gekränkt. Aber da ihr das jetzt hinter euch habt, erwarte ich, euch heute Abend auch unten zu sehen.« Sein Blick huscht zu Kerrie. »Ich reserviere jetzt schon mit Lydia einen Tanz. Und alles Weitere, was ich ihr entlocken kann.« Seine Worte sind zu mir gerichtet, aber sein Blick klebt an Kerrie, die sich aufsetzt und die Gurkenscheiben von den Augen nimmt.

Sie lächelt zu ihm auf, nicht im Geringsten verlegen darüber, dass er ihre Brüste anstarrt.

»Da hat sie ein Wörtchen mitzureden«, erwidere ich. »Im Gegensatz zu einigen deiner Gäste habe ich keinen Besitzanspruch auf meine Begleiterin.«

Daraufhin schenkt mir Kerrie ein aufrichtiges, strahlendes Lächeln, bevor sie ihre Aufmerksamkeit wieder Rollins zuwendet. »Tja, du weißt ja, dass mein Herz Johnny gehört. Aber ich wäre wohl bereit, andere Körperteile von mir zu teilen. Wir drei könnten ja einen Deal machen, meinst du nicht, Darling?«

»Aber ja«, sage ich und blicke demonstrativ zu Amy, die an der Bar mit dem Barkeeper plaudert.

Rollins folgt meinem Blick und lacht leise. »Oh, ja. Das kann definitiv arrangiert werden.«

»Das kannst du für sie zusagen?«, fragt Kerrie unschuldig.

»Selbstverständlich«, erwidert er und nickt zum Abschied, bevor er weitergeht, um mit anderen Gästen zu plaudern, die sich am Pool sonnen.

Ich werfe Kerrie einen Blick zu. Wir müssen uns beide das Lachen verkneifen. »Komm«, sage ich, »gehen wir uns duschen und anziehen, bevor es Cocktails gibt.«

»Da habe ich eine bessere Idee«, entgegnet sie, schließt zu mir auf und streift sich ein T-Shirt über. »Gehen wir doch aufs Zimmer und machen was Schweißtreibendes, damit sich das Duschen auch richtig lohnt.«

»Was Schweißtreibendes?«

Als sie grinst, muss ich lachen.

»Du bist doch wirklich ein unartiges kleines Ding.«

»Absolut«, nickt sie. »Und du weißt genau, dass dir das gefällt.«

12

Es gibt wirklich einiges, was für trägen Sex am Nachmittag spricht, daher fühle ich mich entspannt und zuversichtlich, was unseren Auftrag betrifft, als wir endlich aus dem Bett steigen, um uns für die Party und das Abenteuer heute Nacht zu duschen und anzuziehen.

»Es bleibt also dabei, richtig?«, frage ich und drehe die Lautstärke der Musikanlage hoch. »Du bist seine kleine, charmante Ablenkung, während Amy und ich uns in sein Arbeitszimmer schleichen. Ich kann mir zwar nicht vorstellen, dass er dir von der Seite weicht, aber schick mir eine Nachricht, sobald er das doch tun sollte.«

»Natürlich. Und wenn er will, dass ich mitkomme, tue ich so, als würde ich eine SMS von meiner Schwester checken. Ich schicke dir ein Emoji-Herz, sodass ich behaupten kann, ich hätte dir nur zeigen wollen, dass ich dich vermisse, falls er das mitkriegt.«

Ich nicke. »Perfekt.«

Während des Gesprächs hole ich das Datenübertragungsgerät aus seiner winzigen Verpackung. Es ist nur ein wenig größer als eine Visitenkarte und bekommt über Port oder Bluetooth Zugang zum Computer. Wir wollen es über Port versuchen, daher habe ich den Adapter schon eingestöpselt.

Sobald es mit dem Computer verbunden ist, lädt es so etwas wie die gesamte DNA des Computers herunter. Das Gegenstück in Noahs Büro empfängt die Daten und entschlüsselt sie in x-facher Geschwindigkeit, sodass die Informationen lesbar sind. Keine Ahnung, wie das ohne jedes Passwort gehen soll. Aber Noah hat mir versichert, dass es funktioniert.

Das heißt, wenn die Betriebsgeheimnisse von Carrington-Kohl dort drin stecken, wissen wir, dass Rollins sie gestohlen hat, und Brody Carrington kann entscheiden, was er damit anfangen will.

»Kaum zu glauben, dass es so einfach ist«, sagt Kerrie, nachdem wir das noch mal durchgegangen sind.

Dem kann ich nicht widersprechen. Aber da das Gerät von Noah und Stark stammt, bin ich zuversichtlich, dass es klappen wird.

Ich mustere Kerries neues Outfit, das ebenfalls tief ausgeschnitten ist und Po und Busen betont. »Und du? Wie fühlst du dich?«

»Ich komm schon klar«, erwidert sie. »Zwar freue ich mich nicht gerade darauf, von diesem Typen angefasst zu werden, aber für das Team bin ich dazu bereit. Ich hoffe nur, er erwartet nicht...«

Sie verstummt und erschauert, was ich ihr nicht verübeln kann.

»Er kann erwarten, was immer er will«, sage ich. »Das heißt aber noch lange nicht, dass er es auch kriegt. Hast du deine Geheimwaffe?«

Sie nickt grinsend, fasst in ihren Ausschnitt und holt ein winziges Fläschchen heraus. Darin befindet sich Ipecac, ein Emetikum, das sie nehmen kann, falls sie eine Exitstrategie braucht. Sicher vergeht selbst einem sexbesessenen Typen wie Rollins die Lust, wenn seine Partnerin sich übergeben muss.

»Gut«, sage ich. »Aber nutze es auch, wenn er dich zu sehr bedrängt.«

»Das werde ich, glaub mir.«

Ich sehe, wie sie tief Luft holt und dann nickt. »Alles klar«, sagt sie. Daraufhin machen wir uns auf den Weg zur Party.

Heute Abend nähert sich die Stimmung schon früher als sonst dem Siedepunkt. Schließlich ist es die letzte Nacht, da will wohl jeder noch so deutlich wie möglich auf seine Kosten kommen. Mir ist das nur recht. Der Alkohol strömt schon seit Stunden, und alle – Rollins eingeschlossen – haben schon gut getankt. Das kann unserer Mission nur dienlich sein.

Aber als wir Rollins sehen, verknotet sich mein Magen. Er leckt sich praktisch schon die Lippen, während er auf ihren Busen starrt. Und als er mit »Oh, ja, meine Liebe, du bist wirklich heute Abend das Sahnehäubchen auf meinem Kuchen« noch einen draufsetzt, bin ich stark in Versuchung, alles abzubrechen und mit Kerrie das Weite zu suchen.

Kerrie hingegen ist vollkommen professionell. Sie gesellt sich lächelnd zu ihm und sagt: »Nun, wenn du mich hast, wo bleibt dann Amy für John?«

Sofort winkt er sie heran, und sie kommt mit unterwürfiger und gleichzeitig genervter Miene herbeigeeilt, genau, wie wir es abgesprochen hatten. »Du verbringst den Abend mit John, Baby«, befiehlt er und wendet sich von ihr ab, noch bevor sie reagiert hat.

Als ich Amy anschaue und die aufblitzende Wut in ihren Augen sehe, verfliegt sofort jeglicher Zweifel an ihrer Loyalität zu Kerrie und mir. Amy nimmt meine Hand, säuselt: »Ich weiß genau den richtigen Platz für uns« und führt mich Richtung Personalbereich im hinteren Teil des Hauses, wo sich, wie ich zufällig weiß, Rollins' privates Büro in einem Hochsicherheitsraum befindet, zu dem Amy allerdings Zugang hat.

Vielleicht ist das Rollins' einzige positive Eigenschaft: Er vertraut den Frauen, mit denen er ins Bett geht.

Ich werfe einen Blick zurück, um mich zu vergewissern, dass Rollins uns nicht beachtet, dann ziehen wir uns in den Personalbereich zurück. Er bekommt davon nichts mit. Wie auch? Seine gesamte Aufmerksamkeit gilt Kerrie, und seine Hand schiebt sich bereits ihren Oberschenkel hinauf. Ich weiß, wie sehr ihr das zuwider ist, denn sie sitzt stocksteif da. Sie beabsichtigt, ihn zu verführen, und bringt dieses Opfer für unseren Auftrag, aber es ist ihr zuwider.

Mir auch. Denn wie kann ich das der Frau antun, die ich liebe?

Liebe. Ja, jetzt ist es gesagt. Und es stimmt. Ich liebe sie wirklich. Doch weiß ich immer noch nicht, was das für uns zwei bedeuten soll. Ich weiß nur, dass ich ihr hier und jetzt einfach nicht diese Tortur zumuten kann.

Es muss einen anderen Weg geben.

»Planänderung«, erkläre ich Amy, die mich, als ich ihr die Details ausführe, ansieht, als wäre ich verrückt geworden. Verdammt, wahrscheinlich bin ich das auch.

Kurz darauf starrt Kerrie mich verblüfft an, als ich auf sie zugeeilt komme, aber ihr Blick ist nicht so verwirrt und wütend wie Rollins'. Allerdings fängt er sich rasch wieder. »Gibt es ein Problem?«, fragt er.

»Eher einen Vorschlag.« Amy hat zu uns aufgeschlossen, und als ich Kerrie direkt in die Augen sehe, kratze ich mir an der Brust, genau an der Stelle, wo sie das Emetikum versteckt hat.

Ganz kurz wirkt sie ratlos, doch als ich Rollins meine Aufmerksamkeit zuwende, erkenne ich, dass sie verstanden hat. Zwar befürchte ich, dass sie sich weigert, aber eigentlich sollte sie doch wissen, dass ich einen neuen Plan habe. Ich werde nicht den Auftrag opfern. Ich werde sie nur vor Rollins retten.

Glücklicherweise scheint es ihr zu dämmern, denn als ich anfange, Rollins meinen Vorschlag zu unterbreiten, holt sie verstohlen das Fläschchen hervor und schluckt rasch den Inhalt.

Währenddessen habe ich mich hinter Amy gestellt und meine Hände auf ihre Brüste gelegt. »Wir wollen zusehen«, sage ich und bemerke amüsiert, wie Kerrie schockiert die Augen aufreißt. Aber Rollins wirkt nicht schockiert, sondern erregt.

»Wirklich?«

Als ich mit der Fingerspitze über Amys Unterlippe streiche, nimmt sie sie in den Mund und saugt daran, genau wie wir besprochen hatten. Dann sehe ich, wie Kerrie sich neben Rollins vorbeugt.

Rollins hat das nicht bemerkt, dazu fasziniert ihn unser Vorschlag zu sehr. »Mir gefällt deine Einstellung, John. Vielleicht sollten wir ...«

Ich weiß nicht, was er vorschlagen wollte, denn genau in diesem Moment kotzt ihm Kerrie auf den teuren Perserteppich.

»Oh, das tut mir unendlich leid«, sagt sie. »Normalerweise trinke ich nichts, und ...«

»Ist schon gut, Schätzchen«, sagt Amy mit mütterlicher Stimme und hilft Kerrie, sich aufzurichten. »Komm, wir bringen dich wieder auf Vordermann.«

Die Frauen verschwinden, noch bevor Rollins sich sammeln kann. Ich mustere ihn forschend, um zu sehen, ob er uns durchschaut hat oder seine Frustration später an Amy auslassen wird. Aber er blickt mich nur ernüchtert an und sagt: »Tja, wenn du gern zuschaust, suchen wir mal jemanden, um deinen Wünschen zu entsprechen.«

Der Typ nimmt seine Gastgeberpflichten wirklich ernst.

Er verschwindet und lässt mich, vermutlich auf der Suche nach einer passenden Gefährtin, für eine gute halbe Stunde allein. Gott sei Dank kommt Amy zurück, bevor er die Glückliche findet, mit der er sich zu meiner Unterhaltung vergnügen will. Ich entspanne mich, da ich jetzt weiß, dass es den Mädchen gelungen ist, den Computer anzuzapfen.

»Ich hab sie ins Bett gesteckt«, erklärt Amy, als Rollins mit einer großen, dünnen Blondine auftaucht. »Ich glaube nicht, dass es am Alkohol lag, denn sie scheint leichtes Fieber zu haben. Außerdem möchte sie dich dringend bei sich haben.«

Ich bemühe mich, enttäuscht zu wirken. »Sobald sie eingeschlafen ist, komme ich wieder«, lüge ich. Zutiefst erleichtert nicke ich Amy zu und flüchte die Treppe hinauf.

Richtig entspannen kann ich mich allerdings erst, als ich in unserem Zimmer bin. Dort spielt Musik, und über dem Fernseher hängt ein Bademantel. Am liebsten würde ich in lautes Jubelgeschrei ausbrechen und von ihr bis ins letzte Detail hören, wie es gelaufen ist. An ihren leuchtenden Augen sehe ich, dass sie ebenfalls darauf brennt, es mir zu erzählen.

Aber noch lieber will ich sie an mich ziehen und sie so gründlich vögeln, bis sie sich schreiend vor Lust auflöst.

Andererseits ist sie krank, zumindest angeblich. Was heißt, dass niemand, der am anderen Ende des Mikros oder der Kamera sitzt, Verdacht schöpfen darf, weil eine Kranke auf einmal wilden Sex hat.

Aber das ist schon in Ordnung, denke ich, ziehe mich aus und steige zu ihr ins Bett. »Du warst großartig«, flüstere ich. »Wie geht's deinem Magen?«

»Schon besser.«

»Ja? Ich schau lieber mal nach.« Ich schiebe die Decke zur

Seite und sehe, dass sie nur ein Tanktop und ein winziges Höschen trägt. Ich lüfte das Top und drücke einen Kuss auf ihren Bauch. »Besser?«

Darauf stöhnt sie nur leise und genüsslich, was ich als »Ja« deute.

Ich hebe den Kopf und sehe ihr in die Augen. »Du warst umwerfend«, sage ich.

»Ich wäre auch bei ihm geblieben«, flüstert sie und fährt mir mit den Fingern durch die Haare. »Aber ich hätte es gehasst. Vielen Dank, dass du mich gerettet hast.«

»Ich konnte die Vorstellung nicht ertragen, dass er dich anfasst«, erwidere ich. »Wo das doch mein Job ist. Zumindest an diesem Wochenende bin ich der Einzige, der dieses Privileg hat.«

»In diesem Fall«, entgegnet sie, »halt den Mund und fass mich an.«

Bereitwillig gehorche ich, ziehe sie heftig an mich und küsse sie. Sie schmeckt nach Erdbeeren und Sünde, und ich könnte sie die ganze Nacht küssen. Ihre weichen Lippen genießen und ihre begierig forschende Zunge. Unsere Leidenschaft, die immer mehr steigt, während wir in einem einzigen, ausgiebigen Kuss den eigentlichen Akt vorwegnehmen, voller Drängen und Verlangen. Wild und hitzig.

Aber schon bald reicht mir das nicht mehr. Ich brauche mehr. Ich brauche alles von ihr. Ich muss sie in Besitz nehmen. Sie ganz und gar erobern. Durch das Top hindurch sauge ich an ihrer Brust, während meine Finger unter ihr Höschen wandern. Sie ist heiß und sehr feucht, und ich will mehr als nur meine Finger in ihr. Ich will alles von ihr. Alles von uns.

Sanft ziehe ich ihr den Slip aus, lasse ihr aber das Top. Wir müssen immer noch leise sein – nur für alle Fälle –, doch jetzt gibt es für mich kein Zurück mehr. Ich muss unbedingt in ihr sein.

Als ich ihr in die Augen sehe und bemerke, wie sie sich auf die Unterlippe beißt, weiß ich, dass auch sie nicht mehr warten kann. Ich manövriere mich zwischen ihre Beine, dringe langsam und ohne Druck in sie ein, stoße dann immer tiefer und muss mir jegliches Stöhnen verkneifen und ihr die Hand auf den Mund legen, weil sie sich vergisst und vor Lust aufschreit.

Als wir uns in die Augen blicken, entdecke ich einen Funken von Humor in ihren. Und dieser Augenblick bedeutet mir alles. Denn das hier sind wir, es ist nicht nur Sex. Es ist Freundschaft und Spaß, Lust und Leidenschaft, und das treibt mich immer mehr an, bis wir uns beide am Rand der Klippe befinden.

Sie zieht mich mit sich, als ihr ganzer Körper sich um mich herum verkrampft und sie sich auf die Lippen beißt, um nicht aufzuschreien. Gemeinsam lassen wir uns ins Nichts fallen.

Es ist magisch, denke ich. Das zwischen uns. Die Intensität. Diese Anziehung. Die Sehnsucht nach einander. Schlicht und einfach magisch.

Doch die Frage ist, wie wir überleben sollen, wenn wir wieder in der echten Welt landen. Wenn wir das hinter uns lassen, was wir wieder miteinander erschaffen haben, und wenn alles, was wir an diesem Wochenende erlebt haben, zu einer Erinnerung verblasst.

13

Am Sonntagnachmittag werden wir mit großem Jubel und Applaus in Austin willkommen geheißen. Ein Großteil davon gilt Kerrie, die erfolgreich ihren ersten, richtigen Undercoverauftrag durchgeführt hat.

»Das Modeln zählt nicht«, sagt Gracie und lehnt sich an Cayden. Wir haben uns alle im Garten von Pierce und Jezebel versammelt. »Das hat dich kaum Mühe gekostet, schließlich bist du ein Naturtalent. Und gefährlich war es auch nicht.« Gracie ist eine hinreißende Frau mit einer großartigen Karriere als Model für Übergrößen.

»Nur ein kleines bisschen«, scherzt Cayden, worauf Gracie die Augen verdreht.

»Was ist gefährlich?«, fragt Jez, die sich mit einem Tablett mit Kaffee, Wein, Gebäck und Käse zu uns gesellt. »Hat Noah angerufen? Haben wir Rollins geschnappt?« Eigentlich treffen wir uns regelmäßig am Wochenende, aber heute ist es etwas anderes, da wir auf eine Antwort von Noah warten, dem wir auf dem Rückweg das Übertragungsgerät übergeben haben.

»Oh, Rollins ist gefährlich«, erwidert Pierce. »Nur haben wir dafür noch keine Beweise.« Er wirft einen Blick auf seine Uhr und runzelt die Stirn. »Sind ja auch erst ein paar Stunden vergangen.«

Kerrie nimmt sich achselzuckend ein Glas Wein und gibt auch mir eins. Ich verkneife mir ein Lächeln; sie kennt mich so gut. Nach unserem Abenteuer fühlt sich dies hier nicht wie ein ganz normaler Nachmittag mit Freunden an. »Als wir es bei Noah abgaben«, erklärt Kerrie, »meinte er, es könnte ganz schnell gehen oder bis morgen dauern. Oder noch länger.« Sie zieht eine Schulter hoch. »Hängt wohl von vielen Faktoren ab.«

»Umso besser«, erwidert Leo. »Dann bleibt uns mehr Zeit zum Faulenzen und Feiern von Connors und Kerries sicherer Rückkehr aus den Fängen des Teufels.« Dies ist sein erstes Wochenendtreffen mit uns, und als er sich ungezwungen einen Keks vom Tablett nimmt, weiß ich, dass er gut zu uns passen wird.

»Und, wie war es?«, erkundigt sich Jez und fügt mit einem Seitenblick auf Pierce hinzu: »Ich war noch nie auf einer Sexparty.«

»Unsinn«, spottet er, »so was feiern wir doch fast jede Nacht.«

Jez sieht ihn zwar streng an, aber ich merke, dass sie sich ein Lächeln verkneifen muss.

»Gab's so was denn nicht in Hollywood?«, fragt Kerrie, was die grünen Monster in meinem Bauch sofort wieder zum Leben erweckt. Hat sie etwa damit zu rechnen, wenn sie westwärts zieht, um für Del zu arbeiten?

Jez hebt die Augenbrauen. »Beim Terminplan meiner Schwester? Dafür blieb gar keine Zeit. Nicht dass ich jemals zu einer eingeladen worden wäre. Geschweige denn hingegangen. Aber nein. Weder Einladungen noch Gerüchte von solchen Partys. Und keine Reue.«

»Gut«, sagt Pierce und drückt ihr einen Kuss auf die Stirn.

»In der Modewelt hört man aber auch davon«, wirft Gracie ein. »Obwohl so was nicht mein Fall ist.«

Cayden stößt einen übertriebenen Seufzer aus. »Mist aber

auch«, sagt er und erntet dafür einen Schubs von seiner Zukünftigen.

Wir alle wenden den Blick zu Leo, aber der hebt nur kopfschüttelnd die Hände. »Ich verweigere die Aussage«, sagt er, doch ich weiß nicht, ob er das ernst meint oder uns nur aufzieht.

Schon bald reden wir nicht mehr über die Arbeit, sondern wenden uns anderen Themen zu. Während Pierce mich in die Geheimnisse seiner neuen Sprinkleranlage einweiht – und mir wieder vor Augen führt, warum ich lieber in einer Wohnung lebe –, fällt mir auf, dass Kerrie und Leo zusammen auf der Hollywoodschaukel sitzen und angeregt miteinander reden.

Mich durchzuckt schmerzhaft die Eifersucht, und ich versuche es zwar zu ignorieren, spüre aber noch eine Stunde später die Nachwirkungen, als Kerrie sich neben mir auf die Gartenliege sinken lässt. »Ich hab dich mit Leo gesehen«, rutscht es mir heraus, obwohl ich sofort weiß, dass ich das besser nicht gesagt hätte. »Ihr habt euch wohl gut verstanden.«

Sie lächelt strahlend. »Er ist ein netter Kerl. Ich hab über das nachgedacht, was du gesagt hast. Dass du glaubtest, wir gingen miteinander aus.« Sie zieht eine Schulter hoch und sieht mich unschuldig an. »Konnte ich nachvollziehen.«

Mein ganzes Inneres verkrampft sich. »Ergibt doch nicht viel Sinn, wenn du nach Kalifornien ziehst.« Ich schlucke. »Hast du das immer noch vor?«

Daraufhin legt sie den Kopf schräg, verschränkt die Arme und blickt mich von oben herab an. »Ach je, Connor, das weiß ich gar nicht. Sollte ich lieber hier bleiben und mit Leo ausgehen? Oder sollte ich den fabelhaften Job bei Delilah annehmen?«

»Kay...«

»Wag es ja nicht«, sagt sie mit gesenkter Stimme, sodass die anderen sie nicht hören können. »Wag es nicht, solche Spielchen mit mir zu treiben.«

Mit hängenden Schultern erwidere ich: »Tut mir leid. Hatte ich gar nicht vor.«

Ihre Mundwinkel zucken. »Ich glaube dir. Und versteh's auch. Aber genau deswegen muss ich hier weg. Außerdem wäre das kein Grund zu bleiben. Leo ist super, aber nicht mein Typ.«

»Woher weißt du das?«

Sie blickt mir direkt in die Augen. »Ich weiß es einfach«, sagt sie laut, aber ihr Ton verrät mir, dass sie mich für einen Idioten hält.

Ich stehe auf, weil ich plötzlich das Gefühl habe, die Kontrolle über das Gespräch zu verlieren. »Und wann willst du es ihnen sagen?«, frage ich. »Das mit L. A.?«

Sie runzelt die Stirn und seufzt dann. »Weißt du was? Ich glaube, ich sag's ihnen einfach jetzt.«

Eine Viertelstunde später sehe ich nur in geschockte Mienen. Vor allem Pierce kann es nicht fassen. »Du wirst mir fehlen«, sagt er zu seiner kleinen Schwester. »Wir haben doch noch nie so weit auseinander gewohnt.«

»Äh, was war mit dem Nahen Osten?«

»Das war ein Einsatz«, entgegnet er. »Kein Umzug.«

»Mag sein«, kontert sie. »Dennoch warst du weit weg.« Ich weiß, da sie zehn Jahre jünger ist als er, hat sie seine Abwesenheit als Kind als sehr schmerzlich empfunden.

»Du wirst uns allen fehlen«, meldet sich Jez. »Aber wenn du schon weggehst, landest du wenigstens bei Del, worüber ich mich sehr freue. Weil sie mir auch fehlt und ich mir Sorgen um sie mache.«

Kerrie winkt ab. »Das brauchst du nicht mehr. Wir werden uns blendend verstehen. Zwei Mädels, die sich in Hollywood mal so richtig ausleben.«

Darauf verkneift sich Jez nur ein Lachen. Pierce aber runzelt die Stirn und erwidert: »Äh, hallo? Da hätte ich aber einiges gegen einzuwenden.«

»Ganz genau«, rutscht es mir heraus. »Ich aber auch.«

Kerrie verdreht die Augen. »Jungs! Das war nur ein Witz. Das ist weder mein Ding noch Dels.«

»Ich hab's auch nicht ernst gemeint«, rudere ich zurück. Dabei stimmt das gar nicht. Eifersucht ist ein schlechter Ratgeber. Und nach Caydens Blick zu urteilen, weiß mein Bruder, dass da irgendwas unkoscher ist.

»Was?«, frage ich, als wir etwas später zusammenstehen.

Ganz kurz habe ich den Eindruck, dass er etwas sagen will, aber dann klingelt Kerries Handy.

Sie holt es aus ihrer Hosentasche, sieht mich an und lächelt.

Ein, zwei Minuten hört sie dem Anrufer nur zu, während ihr Lächeln immer breiter wird. Dann beendet sie das Gespräch und sieht uns alle an. »Das war Noah«, verkündet sie. »Sein Gerät hat nicht nur einwandfrei funktioniert, sondern auch die Informationen von Carrington-Kohl geliefert – und jede Menge weitere Betriebsgeheimnisse, die Rollins sicherlich nicht freiwillig übergeben wurden.«

Mit anderen Worten: Michael Rollins ist geliefert.

14

Da der Rollins-Fall für Blackwell-Lyon eine Nummer zu groß ist, hat das Justizministerium ihn vor zwei Wochen übernommen. Noah, Leo und ich fungieren zwar als Berater, aber die Beamten überwachen Rollins, während gleichzeitig der Fall wasserdicht gemacht und eine Exitstrategie für Amy erarbeitet wird.

Wichtiger jedoch ist, dass die Ermittler, mit denen wir zusammenarbeiten, so beeindruckt von unserer Arbeit sind, dass das sicher für Empfehlungen für weitere Aufträge aller Art sorgen wird.

All das ist großartig.

Und deshalb stellt sich die Frage, wieso ich seit letzter Woche so miese Laune habe. Dabei weiß ich, ehrlich gesagt, die Antwort. Weil Kerrie vor acht Tagen nach L. A. geflogen ist, um sich eine Wohnung zu suchen, und mir zum ersten Mal schmerzhaft bewusst wurde, dass sie wirklich umziehen wird.

Ich will nicht, dass sie weggeht. Aber ich kann sie auch nicht bitten zu bleiben. Es sei denn, ich bin bereit, eine Beziehung mit ihr einzugehen, und das kann ich einfach nicht. Denn es hat sich nichts geändert. Ich wollte sie schon vorher und will sie immer noch. Ich war vorher wesentlich älter als sie und bin es noch.

Ich kenne die Nachteile eines derartig großen Altersunterschieds, und es gibt nichts, was meine Einstellung dazu verändert hätte. Außer dieses intensive Gefühl des Verlusts und die Sehnsucht in mir, die immer stärker wird. Aber das ist selbstsüchtig. Und was Kerrie betrifft, darf ich einfach nicht selbstsüchtig sein. Ich muss berücksichtigen, was das Beste für sie ist.

»Glaubst du wirklich, du tust das für sie?«, fragt mich Cayden, als er mich schließlich zur Rede stellt, weil ich mit meiner Trauermiene alle in meiner Umgebung herunterziehe.

»Allerdings glaube ich das. Ich weiß es. Meinst du, ich würde sie sonst gehen lassen?«

»Wenn das Richtige einen so unglücklich macht, ist es nicht das Richtige«, entgegnet er. »Vielleicht musst du das Ganze mal aus einer anderen Perspektive betrachten. Vielleicht ist das, was du für das Richtige hältst, einfach nur gequirlte Scheiße.«

»Nein, ist es nicht.« Davon bin ich fest überzeugt.

»Du glaubst also echt, du tust das für sie?«, hakt er noch einmal nach. Dieses Mal jedoch antworte ich nicht mal.

Er seufzt. »Na dann. Heißt das dann auch, dass da draußen eine andere auf dich wartet? Eine, die besser zu dir passt als Kerrie? Denn ich habe euch beide zusammen gesehen, und ihr seid wie füreinander geschaffen.«

Das sind wir. Wirklich.

»Darum geht es aber nicht«, entgegne ich. »Du weißt genau, wieso wir nicht zusammen sein können. Obwohl ich sie liebe, kann ich ihr das einfach nicht antun. Unsere Beziehung steht unter einem schlechten Stern.«

»Das ist einfach nur Bullshit!« Wir sind in meinem Wohnzimmer, und Cayden tigert vor dem prächtigen Ausblick des Panoramafensters hin und her.

»Wie kannst du das sagen? Du hast doch selbst erlebt, wie es war, als es mit Grandpa bergab ging. Du hast gesehen, wie viel Gran aufgegeben hat.«

»Das hast du gesehen«, entgegnet Cayden. »Du hast dich daran erinnert, wie aktiv Grandpa war und wie viel Spaß ihr beiden hattet, als ihr euch Bälle zugeworfen habt. Ich hingegen war ständig beim Kampfsport.«

Das stimmt. Cayden liebte Grandpa natürlich auch, aber ich war derjenige, der am meisten Zeit mit ihm verbrachte.

»Du hast ihn vermisst und es gehasst, dass er nach einem aktiven Leben ans Bett gefesselt war. Und du bist davon ausgegangen, dass Gran von seiner Krankheit ebenso mitgenommen war wie du.«

»Natürlich war sie das! Der Mann hatte einen Herzinfarkt. Er war jahrelang bettlägerig. Das kann dir doch nicht entgangen sein!«

»Ist es auch nicht«, versichert Cayden. »Aber ich habe auch eine Frau gesehen, die ihren Mann liebte. Die ihm vorlas und mit ihm lachte. Sie sahen zusammen Filme an und teilten ihr Leben. Ich sah Liebe, Connor. Glaubst du vielleicht, der Umstand, dass sie nicht mehr einfach ins Flugzeug steigen und nach Rom fliegen konnte, hätte das geändert? Abgesehen davon, dass er das nie von ihr verlangt hat. Sie hätte doch jederzeit Reisen unternehmen oder weggehen können. Aber sie entschied sich, das nicht zu tun. Sie entschied sich für ihn. Weil sie ihn liebte.«

Darauf sage ich nichts.

Sichtlich frustriert atmet er einmal tief durch. Eine Minute lang glaube ich, er ist fertig mit seiner Tirade. Dann kneift er leicht die Augen zusammen und sieht mich durchdringend an.

»Was ist?«

»Wenn ich Kerrie fragen würde, ob sie meint, dass es irgendwo eine Bessere für dich gibt, was würde sie wohl antworten?«

Zwar verziehe ich das Gesicht, antworte aber ehrlich: »Sie würde Nein sagen. Weil sie nicht klar denken kann.«

»Wieso hast du das Recht, für sie zu entscheiden?«

»Weil ich nicht will, dass sie unglücklich wird.«

Er reibt sich über die Schläfen. »Ich hab dich lieb, Bruder. Aber dir ist schon klar, dass du ein Idiot bist, oder?«

»Verdammt, Cay…«

»Soll ich meine Anteile an Microsoft verkaufen?«, fragt er plötzlich.

»Was?«, erwidere ich verblüfft.

»Oder die an Facebook? Was sollte ich dieses Jahr verkaufen, damit meine Rücklagen in den nächsten neun Monaten um hundertfünfzig Prozent steigen?«

»Bist du jetzt vollkommen verrückt geworden? Wovon redest du, zum Teufel? Woher soll ich wissen, was du mit deinem Portfolio anfangen sollst?«

»Oh, sorry.« Er bedenkt mich mit einem selbstgefälligen Grinsen. »Ich dachte, du könntest in die Zukunft sehen.«

»Das ist was anderes.«

»Ja, ja«, sagt er nur und geht zur Wohnungstür. »Allerdings.«

Als er mich allein lässt, weiß ich, ich sollte aufstehen und irgendetwas tun, doch bleibe ich wie gelähmt in meinem Lieblingssessel sitzen, starre aus dem Panoramafenster und beobachte, wie die Sonne immer tiefer sinkt.

Tausend Gedanken wirbeln mir durch den Kopf, aber ich kann keinen richtig fassen. Ich weiß nur, dass ich unglücklich bin. Und dass ich Kerrie liebe. Und dass ich unvermittelt mein Handy schnappe und ihre Nummer wähle, obwohl ich nicht die geringste Ahnung habe, was ich zu ihr sagen soll.

Als sie nach dem ersten Klingeln drangeht, ist ihre Stimme wie Balsam. »Hey, ich habe eben an dich gedacht.«

»Das gefällt mir. Wo bist du?«

»Gerade in Austin gelandet.«

»Wie war Los Angeles? Hattest du Spaß?« Ich umklammere fester das Handy, weil ich hoffe, dass sie es gehasst hat.

»Ja, hatte ich. Ich glaube, mir gefällt es da. Außerdem haben Del und ich uns schon immer gut verstanden, also wird der Job bestimmt gut.«

Ich muss mich erst mal räuspern, bevor ich darauf etwas erwidern kann. »Ist ja großartig«, bringe ich schließlich heraus, aber meine Stimme ist vollkommen ausdruckslos. Ich kann nicht mal ein Quäntchen Begeisterung aufbringen.

Schweigen. Dann ihre Stimme, leise. »Geht es dir gut?«

»Na klar. Bin bloß müde. Die Arbeit. Die Justizbehörde. Viel zu tun.«

»Oh.«

»Weißt du was?«, platzt es aus mir heraus, bevor ich es mich versehe. »Vergiss es. Ich bin nicht müde, und es liegt nicht an der Arbeit.« Jetzt strömt es wild und ungehindert wie ein Wasserfall aus mir heraus. Aber ich stemme mich nicht dagegen. Es fühlt sich richtig an. So als würde ich mir endlich nicht mehr selbst im Weg stehen.

»Oh«, sagt sie noch einmal, doch klingt es diesmal nicht gepresst, sondern hoffnungsvoll.

»Geh nicht«, sage ich voller Inbrunst. »Ich weiß, Del wird enttäuscht sein, und ich weiß, dass L. A. toll sein könnte, aber wir brauchen dich hier. Wer soll denn sonst das Büro leiten und uns alle im Zaum halten?«

»Connor, bitte.« Ihre Stimme klingt wieder gedrückt und schleppend.

Ich rede einfach weiter. »Aber das ist nur ein Grund. Ich brauche dich, Kerrie. Zum Teufel, ich liebe dich.«

Stille.

»Kerrie?«

»Was sagst du da?«

»Ich sage, dass ich ein Idiot war. Ich sage, dass ich nicht ohne dich leben will.« Diese Worte strömen mir direkt aus dem Herzen. »Ich sage, wenn dich der Altersunterschied nicht stört, stört er mich auch nicht. Was ist schon eine Zahl, verdammt noch mal? In Mathe war ich noch nie gut.«

Sie lacht, aber so erstickt, als würde sie mit den Tränen kämpfen.

»Kerrie? Ich weiß, mein Timing ist grottenschlecht, und Del wird mich wahrscheinlich hassen. Aber bitte bleib.«

Wieder höre ich nur Schweigen. Und ein leises Geräusch, das Weinen sein könnte.

»Kerrie? Baby, sag doch was.«

»Ich liebe dich auch«, flüstert sie, worauf mir das Herz aufgeht. »Und jetzt komm endlich her und küss mich.«

15 Kurz darauf bin ich schon unterwegs und rase zu ihrem Haus. Nun, da ich endlich meine Entscheidung getroffen habe – und den Kopf aus meinem Hintern gezogen –, kann ich es nicht mehr abwarten. Verdammt, Kerrie gehört mir, und wir werden für immer zusammen sein.

Und wenn es nach mir geht, fangen wir damit so schnell wie nur menschenmöglich an.

Der Weg von der Innenstadt bis zu ihrer Wohnung im Süden von Austin ist eigentlich gar nicht so weit, aber der Verkehr ist einfach mörderisch, und offensichtlich habe ich eine rote Welle erwischt.

Ich fluche gerade auf Austin, die Stadtplaner und Autos im Allgemeinen, als mein Handy klingelt. Ich drücke den Knopf meiner Sprechanlage, weil ich annehme, dass Kerrie sich meldet.

Irrtum.

»Wo bist du?«, fragt Cayden mit angespannter Stimme.

»Auf dem Weg zu Kerrie«, antworte ich. »Ich schulde dir was. Du hattest recht. Ich war ein Idiot. Ich ...«

»Halt den Mund und hör zu«, unterbricht er mich. »Ich hab dir gerade eine Nachricht geschickt. Hast du die gelesen?«

»Ich sitze im Auto, schon vergessen?«

»Es ist wichtig.«

»Mist.« Aber da ich ohnehin gerade schon wieder an einer gottverdammten roten Ampel stehe, werfe ich einen Blick auf mein Handy, sehe, dass er mir ein Foto geschickt hat, und drücke den Knopf, damit es auf den Bildschirm meiner Konsole übertragen wird.

»Kerrie und Del«, sage ich und betrachte das Bild von meiner Freundin und ihrer Schwägerin. »Kein schlechtes Foto.« Sie sind am Meer, aber da springt die Ampel um, sodass ich meinen Blick vom Bildschirm löse und weiter die South First Street hinunterfahre.

»Del hat es bei Instagram eingestellt«, erklärt Cayden. »Es wurde von ein paar Online-Magazinen aufgegriffen.«

»Sehr faszinierend. Aber wieso erzählst du mir das?«

»Weil sie das darunter geschrieben hat.« Cayden liest laut vor: »Bin begeistert, dass meine Schwägerin Kerrie Blackwell schon bald mein Team als Chefassistentin bereichern wird, was im Klartext heißt, sie ist mein Boss. Ich freue mich unheimlich und kann es kaum erwarten, dass sie ihr Haus in Austin ausräumt und hierher zieht. Und falls sie euch vertraut erscheinen, so hat Kerrie jahrelang für Blackwell-Lyon gearbeitet, das Sicherheitsunternehmen, das mir vor ein paar Jahren in Austin geholfen hat. Also ist sie auch ein toughes Mädchen. Außerdem ist ihr Bruder der Beste und zufällig mit meiner Schwester verheiratet. Ich bin außer mir vor Begeisterung. Hab dich lieb, K, wir sehen uns in Kürze!«

Als Cayden verstummt, herrscht für einen Moment Schweigen. Ehrlich gesagt weiß ich nicht, was er von mir will.

Und dann dämmert es mir.

»Der Post wurde weiterverbreitet?«

»Ich fürchte ja«, antwortet mein Bruder.

»Wo ist Rollins?«

»Das FBI wollte ihn holen, aber er ist abgehauen.«

»Und Amy?«

»In Sicherheit«, erklärt Cayden. »Und als sie in seinem

Computer nachgesehen hat, entdeckte sie das Foto hier. Ich bin sicher, er ist auf dem Weg nach Austin.«

»Scheiße! Wo bist du? Und wo sind Pierce und Leo?«

»Unterwegs zu Kerrie. Genau wie du.«

»Hast du sie gewarnt?«

»Bei ihr springt direkt die Voicemail an.«

Ich unterdrücke einen weiteren Fluch. Steht zu hoffen, dass sie nur unter der Dusche ist und Rollins sich noch Meilen entfernt befindet. Aber ich habe ein ungutes Gefühl.

»Wir sehen uns dort.«

Die nächsten drei Ampeln überfahre ich, ohne Unfall, aber mit jeder Menge Gehupe von verärgerten Autofahrern, und als ich schließlich quietschend vor Kerries Haus bremse, sehe ich voller Erleichterung, dass kein Wagen in der Nähe steht. Pierce kommt kurz nach mir und wirkt so besorgt, wie ich mich fühle. Verstehe ich vollkommen. Sie ist meine Freundin, aber seine kleine Schwester. »Sie ist bestimmt in Sicherheit«, sage ich. Etwas anderes ist undenkbar.

»Irgendein Hinweis auf Rollins?«

Ich schüttele den Kopf. »Ich gehe jetzt rein.«

»Ich komme hinten rum«, erwidert Pierce. »Nur für alle Fälle.«

Ich nicke und steuere die Haustür an. Sie ist unverschlossen – kein gutes Zeichen –, doch als ich mit gezückter Pistole eintrete, ist Kerrie allein.

»Gott sei Dank«, sage ich und eile zu ihr, aber sie reißt die Augen auf. »Rollins...«

»... freut sich sehr, dass du hier bist«, sagt eine vertraute Stimme, und als ich mich umdrehe, taucht er aus der Küche auf und zielt mit seiner eigenen Waffe auf Kerrie. »Gerade rechtzeitig, um sie sterben zu sehen.«

Ohne lange nachzudenken, werfe ich mich auf sie und reiße sie zu Boden, Sekunden bevor er abdrückt. Ich höre den scharfen Knall der Waffe und spüre, wie ein Brennen mein Bein durchzuckt. Ich rieche Schießpulver und Blut und höre Kerries Schrei.

Aber ich lebe. Bis jetzt noch. Genau wie Kerrie.

»Mich verscheißert niemand«, knurrt Rollins, aber seine Stimme klingt wie unter Wasser. Vergeblich versuche ich, mich zu rühren. Aus dem Augenwinkel sehe ich, wie er mit der Waffe im Anschlag auf uns zukommt. Ich will Kerrie decken, schaffe es aber nicht. Und als er auf sie zielt, ist mein einziger Gedanke, dass ich nicht zulassen darf, dass sie stirbt. Aber ich kann nichts dagegen tun, verdammt noch mal, außer zu beten.

Und dann ertönt ein lauter Knall, und er zuckt zusammen. Eine rote Rose erblüht auf seiner Brust, als er nach hinten kippt.

Genau in dem Moment, als Pierce durch die Hintertür platzt, höre ich, wie Kerrie seinen Namen schreit.

Eine Woge des Schmerzes lässt alles vor meinen Augen verschwimmen, dennoch bekomme ich mit, wie Pierce seinen Gürtel auszieht und mein Bein abbindet. Ich höre das Wort Oberschenkel. Ich höre Sirenen.

Doch vor allem höre ich Kerrie, die mich anfleht, bei ihr zu bleiben.

»Ich liebe dich«, flüstere ich.

Und als sich grauer Nebel um mich herum zusammenschließt, sehe ich die Angst in ihrem Gesicht. Ich will ihr sagen, dass alles gut wird. Dass ich sie auf keinen Fall verlassen werde, da wir doch endlich zusammen sind. Doch irgendwie bringe ich kein Wort heraus.

Aber das ist schon in Ordnung. Ich weiß, dies ist nicht das Ende. Im Gegenteil, dies ist erst der Anfang.

Denn ich gehe nirgendwohin. Nicht mal, wenn ich als alter Krüppel mit nur einem Bein ende. Auf keinen Fall werde ich sie von mir stoßen.

Nie wieder.

Epilog

Zwei Monate später

»HAPPY BIRTHDAY TO YOU! Happy birthday to you. Happy birthday, liebe Kerrie ... Happy birthday to you!«

Ich stehe hinter Kerrie, als das schrecklich falsch gesungene Geburtstagslied endet, und stütze mich auf meinen Stock, während sie sich in Gedanken etwas wünscht und die Kerzen auf dem Kuchen ausbläst.

Der Kuchen befindet sich noch in der Form. Es ist ein Fertigkuchen mit Schokoglasur. Den hab ich selbst gemacht, obwohl Del behauptet, dass das nicht stimmt, weil es ja ein Fertigkuchen ist.

»Du hast ihn zusammengerührt«, beharrte sie heute Morgen, als sie mir zu Hilfe kam. Delilah ist zwar nur etwas jünger als Kerrie, benimmt sich aber schon so reif und klug wie jemand, der unter den Augen der Öffentlichkeit aufgewachsen ist. »Und gebacken«, fügte sie hinzu, »aber nicht selbst gemacht.«

Dann zuckte sie die Achseln und sagte philosophisch: »Dennoch wirst du Lob einheimsen, weil du dir Mühe gegeben hast.«

Nach dem Drama mit Rollins – der erst ins Koma fiel und dann im Krankenhaus starb – erklärte Kerrie ihr, es täte ihr leid, aber sie bliebe als unsere Büromanagerin in Austin. Und als meine Freundin. Heute sind wir sieben Wochen und fünf Tage zusammen.

Und heute hoffe ich, sie noch ein bisschen länger an mich zu binden. Sagen wir mal: auf Lebenszeit.

Ich bin so nervös wie eine Katze auf einer Hundeshow.

Kaum sind die Kerzen ausgeblasen, blickt Kerrie zuerst strahlend zu mir und dann zu den Freunden und Verwandten, die sich um uns versammelt haben. Del, Cayden, Gracie, Jez, Pierce und Leo. Außerdem Amy, Noah Carter, seine Frau Kiki und mindestens ein Dutzend weiterer Freunde, die Pierce und ich für sie eingeladen haben.

Wir hoffen, dass sie sich darüber freut.

»Kann ich den Kuchen jetzt anschneiden?«, fragt sie mich, worauf ich nicke. Dann aber hebe ich die Hand und bitte sie, noch zu warten.

»Champagner«, sage ich, lehne meinen Stock an den Tisch und humpele zum Kühlschrank. Den Stock brauche ich nur noch ein, zwei Monate – die Kugel hat zwar ziemlichen Schaden angerichtet, doch mein Bein heilt gut –, aber Kerrie nennt mich scherzhaft jedes Mal, wenn ich an ihr vorbeihinke, »alter Mann«.

Worauf ich mit der Drohung kontere, den Sex einzustellen. Worauf sie meine Jugend und Tapferkeit in höchsten Tönen lobt.

Mit dem Champagner kehre ich vom Kühlschrank zurück und lasse den Korken knallen, und dann ertönt der unvermeidliche Applaus. Gracie reicht Plastikgläser herum, die ich fülle.

»Schick«, bemerkt Kerrie grinsend. »Normalerweise gibt's zu Schokokuchen ein Glas kalte Milch.«

»Mein Mädchen verdient Champagner«, erwidere ich, stelle mich neben sie und drücke ihr einen Kuss auf den Schopf. Als ich zu Del blicke, sehe ich, dass sie grinst.

Ich hingegen habe einen Knoten im Magen.

Davon scheint Kerrie nichts zu bemerken.

»Ist es egal, wo ich ihn anschneide?«, erkundigt sie sich. Auf dem Kuchen steht in Schnörkelschrift Happy Birthday über einer 26. Darunter klebt ein kleines Zuckerherz.

»Als Geburtstagskind solltest du da anschneiden«, erwidere ich und zeige auf das Herz. »Schneide rund ums Herz herum.«

Mit angehaltenem Atem beobachte ich sie dabei, wie sie sauber und ordentlich ein Stück herausschneidet und auf ihren Teller legt.

Dann will sie ein weiteres Stück herausschneiden, aber ich halte sie auf. »Koste erst mal davon.«

Stirnrunzelnd sieht sie die anderen an. »Ich dachte, ich müsste erst mal den Kuchen aufteilen.«

Ich schüttele den Kopf und sehe Del und Pierce um Unterstützung heischend an.

»Er hat recht«, nickt Del. »Das Geburtstagskind isst einen Bissen, um den Wunsch in Erfüllung gehen zu lassen, und serviert erst dann den anderen Gästen vom Kuchen.«

Daraufhin sieht Kerrie offensichtlich verwirrt ihren Bruder an. Doch Pierce zuckt nur die Achseln. »Mit so was kenne ich mich nicht aus. Aber die beiden klingen ziemlich überzeugend.«

»Ist eine Familientradition«, erkläre ich.

»Wie auch immer«, meint Kerrie und sticht mit der Gabel in den Kuchen, trifft aber sofort auf ein Hindernis. »Was zum Teufel…«

Ich beobachte sie und sehe genau, wann ihr dämmert, dass etwas im Kuchen versteckt ist. Und wie ihre Miene vollkommen ausdruckslos wird, als sie eine kleine Metallschatulle herausholt. Vor lauter Angst dreht sich mir der Magen um. Warum lächelt sie nicht?

Dann werden meine Knie weich, denn ich sehe die Freude in ihrem Gesicht, als sie die Schatulle aufspringen lässt.

Sie sieht mich an und bewegt die Lippen, bringt aber offenbar keinen Ton heraus.

Ich nehme ihr den Ring aus der Hand und hebe ihn in die Höhe. Damit sie mir ihren Ringfinger gibt.

Sie streckt die Hand aus, und ich streife ihr den Ring über. Erwartungsvolles Schweigen breitet sich im Raum aus. »Gestern waren wir fünfzehn Jahre auseinander«, setze ich an. »Aber heute sind es nur noch vierzehn. Also ist heute genau der richtige Tag, um dich, Kerrie Blackwell, zu fragen, ob du meine Frau werden willst.«

Tränen strömen ihr übers Gesicht, als sie nickt. »Ja«, sagt sie mit erstickter Stimme. Und dann noch mal: »O ja.«

»Ich liebe dich, Kay«, erkläre ich, als sie sich mir in die Arme wirft.

»Ich liebe dich auch, alter Mann«, erwidert sie und küsst mich leidenschaftlich, während alle Gäste jubeln und applaudieren. Ich halte Kerrie ganz fest und weiß, dass wir uns gemeinsam der Zukunft stellen werden.